KB253796

사로의 전설

쌍룡불화의 비밀

살로의 전설

김경로 | 장편소설

신아출판사

맨 먼저 이 글을 쓸 수 있게 허락하고 모든 상황을 만들어주신, 나의 하나님께 마음속 깊이 감사의 기도를 올린다.

우리는 살아가면서 많은 역사를 접하게 되지만, 그 속에는 드러난 역사도 존재하며, 숨겨진 역사도 존재한다. 하지만 어떤 역사라고 해도, 우리의 역사는 이 세상에서 가장 진귀한 보물임은 두말할 나위가 없다.

책을 출판하게 된 계기는 욕심이었다.

누가 묻는다면 살아 있는 역사와 문화 그리고 우리 유물에 대한 소중한 가치를 일깨워주기 위함이라고 말하겠지만, 우리나라에도 새로운 소재를 바탕으로 한 추리형식의 시리즈가 한 권쯤 있었으면 하는 바람으로, 이 글을 쓰게 된 것이 더 솔직한 고백이다.

빛 바랜 노트 한 권으로 시작된 이 이야기는 단지 우리 역사를 배경으로 일제 강점기(强占期)에 두 주인공을 통해 수수께끼 같은 비밀을 풀어가며, 유물을 지켜가는 과정을 그린 내용이다.

　하지만 좀더 멋들어진 문체로 멋지게 글을 소화하지 못한 것이 무척 아쉽고, 미흡한 문장 구성 또한 나의 한계를 드러내는 것 같아, 먼저 이 점부터 많은 독자 분들께 넓은 아량으로 용서를 구하고 싶다. 잘못된 점은 저자의 능력 부족을 탓하고, 재미있고 편하게 읽을 수 있는 책이 되었으면 하는 바람이다.

　마지막으로 남의 나라의 역사를 훔치는 자들을 더 잔인하게 묘사하고 싶었지만, 창작 욕구를 억제하면서 많이 참았다. 하지만 한 가지는 분명하다. 왜곡되고, 훔쳐지고, 잘못된 것은 바로 잡아야 한다. 그리고 현존해 있는 우리 문화재를 어떻게 발굴하고 보존할 것인가도 우리의 영원한 숙제이자 이 책의 가르침인 것이다.

　그것이 이 소설의 핵심이다.

2006. 4. 저자

김경로 지음

쌍룡불의 비밀

사로의 전설

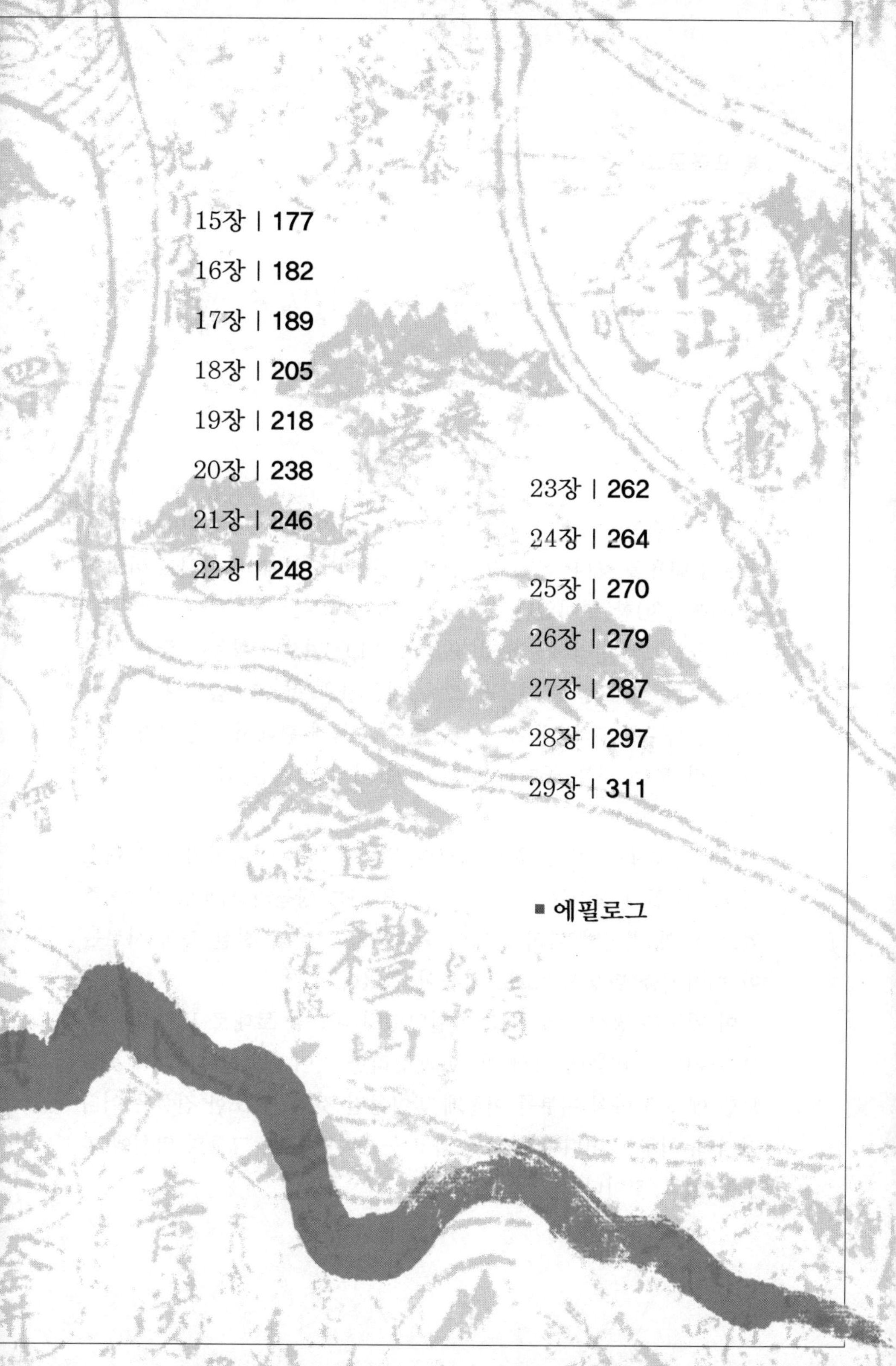

■ 프롤로그

　일제 강점기(强占期)가 끝나고, 사로와 같이 모험을 즐기던 빛 바랜 노트의 내용을 보니, 실로 엄청난 모험을 한 사실에 나 자신도 아연실색(啞然失色)할 뿐이었다.
　깨끗하게 잘 정리하진 않았지만, 내가 1920년부터 활동한 글을 정리하다 보니 이 모험 얘기들을 많은 이들에게 전하고 싶었다.
　또한 사로가 그 전에 홀로 활동했던 모험에 관해서도 언젠가 기회가 되면 모든 것을 공개하고 싶은 게 나의 솔직한 심정이다.

　노트의 내용은 온통 우리 역사와 유물에 관한 이야기지만, 아직도 생생하게 살아 숨쉬는 수많은 모험담은 나를 창작의 세계로 이끌어주었고, 나의 벗이며 나의 생명이나 다름없는 나의 전설 속의 사로는 이 이야기를 탄생시키고도 남음이 있었다.
　이 기록은 당시 사로와 같이 활약했던 내용을 토대로 모자라는 부분은 기억을 더듬어 다시 한 번 재정리한 것이지만, 감히 믿지 못할 모험 얘기에 사실 여부를 어떻게 받아들일 것인가? 또한 진실은 어디까지며, 허구는 어디까지인가? 라고 묻는다면 나는 그들의 의심에 할 말이 없을 것이다.

　사로는 이 기록을 적어 나가는 것을 처음부터 강하게 반대해 왔지만, 나는 역사 속에 묻혀있는 우리의 소중한 유물들의 존재를 후대(後代)에게 남기고 싶은 욕심이 먼저 앞섰으므로, 사로의 우려에도 이 글을 출판하기로 결정한 것이다.
　왜냐하면 이러한 유물들은 우리나라에 실제로 존재했던 유물이며, 역사 속에 파묻혀서는 안 될 우리만의 소중한 역사적 문화유산이기 때문이다.

　하지만 평소 사로의 당부대로 여기에 나오는 사찰의 이름이나 지명 그리고 거론된 이름들은 독자들의 혼란을 막기 위해 일부러 가명(假名)과 방향(方向)으로만 서술했음을 밝힌다.
　정확한 기재(記載)는 또 다른 오류를 범하고, 역사 속의 또 다른 약탈을 불러오기 때문이다.
　그러나 그 무엇보다 우리의 역사는 참으로 흥미있는 이 시대의 살아 있는 영원한 전설이며, 이 지구상의 가장 훌륭한 우리만의 영원한 보물 중의 보물일 것이다.

- 사로의 다정한 벗 -

혜통항룡(惠通降龍)

　당나라 황실에서는 공주가 병이 있어 고종(高宗)이 삼장에게 치료해 달라고 청하자 삼장은 혜통을 천거했다. 혜통(惠通)이 가르침을 받고 딴 곳에 거처하면서 흰 콩 한 말을 은그릇 속에 넣고 주문을 외니, 그 콩이 변해서 흰 갑옷을 입은 신병(神兵)이 되어 병마(病魔)들을 쫓았으나 이기지는 못했다. 이에 다시 검은 콩 한 말을 금그릇에 넣고 주문을 외우니, 콩이 변해서 검은 갑옷 입은 신병(神兵)이 되었다. 두 빛의 신병이 함께 병마를 쫓으니 갑자기 교룡(蛟龍)이 나와 달아나고 공주의 병이 나았다. 용은 혜통이 자기를 쫓은 것을 원망하여 신라 문잉림(文仍林)에 와서 인명을 몹시 해쳤다. 당시 정공(鄭恭)이 당에 사신으로 갔다가 혜통에게 말했다. "스님이 쫓아낸 독룡(毒龍)이 본국에 와서 해(害)가 심하니 빨리 가서 없애 주십시오." 혜통은 이에 정공과 함께 인덕(麟德) 2년 을축(乙丑; 665)에 본국에 돌아와 용을 쫓아 버렸다.

　(중략)

　용은 이미 정공에게 원수를 갚자 기장산(機張山)에 가서 웅신(熊神)이 되어 해독을 끼치는 것이 더욱 심하여 백성들이 몹시 괴로워했다. 혜통은 산속에 이르러 용을 달래어 불살계(不殺戒)를 주니 그제야 웅신의 해독이 그쳤다.

삼국유사 중 – 일부 발췌(拔萃)

1

언제나 그랬듯, 나는 사로와 함께 모험하기를 좋아했다. 하지만 돌이켜보면 그와 함께 모험을 한다는 것은 매우 위험하기 짝이 없었다.

왜냐하면 그런 모험들은 역사 속의 진귀한 보물이나 유물들을 찾는 것들로 그 장소는 도시가 아닌, 늘 깊은 산속이나 벼랑, 사찰, 바다, 강, 지하 동굴 등 아주 위험한 장소가 대부분이므로, 소심하고 허약한 체질의 나로선 그 여행에 부적격일 때가 많았다.

그래서 사로는 언제나 내게 위험부담이 적은, 평범한 유적탐방이나 토질조사, 그리고 표면적인 발굴 작업 장소에만 날 데리고 다녔으며, 혼자 며칠씩 다녀오는 그의 알 수 없는 모험세계에는 절대 끼워주는 법이 없었다.

하지만 솔직한 내 심정을 말한다면, 언젠간 나도 그의 신비스런 모험세계에 같이 동참하는 것이 나의 크나큰 소망이었다. 그러나 그런 일은 단점이 많은 나에게 있어서는 거의 불가능한 일이었다.

·물론 나에게도 장점은 많았다.

역사학(歷史學)과를 졸업한 나는 사로에 버금가는 해박한 지식과 궂은일들, 그리고 심심할 때면 말벗이 되어주는 것과 음식을 만드는 잡다한 일들이 그런 것이다.

그러나 그런 것들은 지금껏 내가 없어도 사로 혼자 잘해냈으므로, 그런 장점을 내세운다고, 그가 나를 그의 모험세계에 끼워줄 리는 만무했다.

하지만 내가 그의 모험세계에 뛰어든 것은 아주 엉뚱한 곳에서 비롯됐다. 모험 얘기를 하기 전에 잠시만 그 얘기를 해보자.

이름을 밝힐 수 없는 나는 소년시절부터 만들기를 좋아했다. 시간이 날 때마다 책읽기도 좋아했지만, 우리 마을 김 씨가 운영하는 대장간에서 여러 가지 기술을 배우는 것을 무척이나 좋아했는데, 남이 생각 못한 걸 쉽게 생각하고 곧잘 만들어내는 재주가 있었으므로, 대장장이 김 씨는 그런 나를 매우 특별한 재주꾼으로 우대해줬다.

하지만 그와는 반대로 나의 부모님은 커서 대장장이가 될 것이냐며 그와의 접촉은 물론 대장간 출입을 엄격하게 통제하는 바람에, 더 이상의 솜씨는 발휘할 수 없었지만, 내가 아는 대장장이 김 씨는 나와 같은 성씨로 성품도 좋고 힘도 장사였으며, 마을사람 모두에게 없어서는 안 될 인물이었기에 후에 성장해, 그와 같은 직업을 갖는 것도 나쁘지 않겠다고 생각했다.

그러나 세월이 흐르면서 부모님의 기대와 내 장래에 대한 신중함은 나를 역사학을 전공하는 학생으로 성장시켰으며, 어릴 때 그 추억은 언제부터인지 서서히 내 뇌리에서 사라져가고 있었다.

그러나 대학을 졸업하고 나중에 사로를 만났을 때 나는 그와 같은 모험을 갈망해 왔기에, 언젠가 나도 기회가 생기면 필요한 장비를 만들어 모험을 떠나겠다는 각오로, 소년시절의 추억을 가지고 내 나름대로 장비들을 고안하기 시작했는데, 그런 나에게 어느 날 뜻밖에 사로가 찾아온 것이다.

학문이 아닌 장비를 연구하고 있는 나를 보고, 사뭇 놀라운 표정을 짓던 그는 내가 만든 장비들을 유심히 살펴보다 꽤나 쓸 만하다고 여겼는지, 믿지 못하겠다는 표정으로 다음과 같이 말했다.

"이걸 정말…… 자네 혼자서 만들었단 말인가?"

그는 곧바로 이런 장비들을 제작하게 된 이유에 대해서도 물어왔는데, 부끄러움이 앞섰지만 모든 걸 솔직히 털어놓는 게 좋겠다고 생각하고 언젠가 나 자신만의 모험에 쓰여질 필요한 장비들이라고 말하자, 그는 잠시 동안 나와 장비들을 번갈아 살펴보다가 매우 씁쓸한 표정을 지어보였다.

나 혼자 모험을 하겠다는 의지표명이 그에겐 우스워 보였겠지만, 나로서는 솔직한 고백이었다. 하지만 잠시 생각에 잠겨있던 그가 뜻밖의 제안을 해왔다.

"이렇게 하면 어떻겠나? 내게 필요한 장비들을 만들어 준다는 조건으로 자네가 내 모험에 동참하는 것이…… 어떤가? 내 제안이."

파격적인 그의 제안이 무척 어리둥절 했지만 생각지도 못한 제의를 받은 나로서는 반대할 리가 만무했다. 나는 서둘러 그의 제의를 흔쾌히 수락하고 구두계약까지 체결했다.

사로는 알 수 없는 미소를 흘렸지만, 내가 이런 이상한 계약 조건에도 그와 그렇게 모험을 원했던 건, 아마도 내 가슴깊이 살아 숨 쉬는 우리 역사에 대한 뜨거운 열정 때문일 것이다.

물론 그는 내가 만든 장비들을 아직 깊게 신뢰하진 않았지만, 나

는 내 장비에 대해서는 자신감이 있었기에 크게 문제될 것은 전혀
없었다.

　3대 총독으로 부임한 사이또 미노루(齊藤實)가 통치하던, 1920년 어
느 봄날, 나는 그와 본격적인 첫 모험에 나서며 깊은 산을 오르고 내려
가기를 반복하고 있었다.
　아침 8시경.
　산속의 정적만큼이나 안개 속으로 피어오르는 주변 경관은 매우 아
름다웠다. 산길을 끼고 옆으로 흐르는 계곡물도 그러했지만, 산에서
뿜어져 나오는 신선한 공기와 흙냄새는 그야말로 자연의 신선함을 그
대로 전달해 주었다.
　더구나 아침 일찍 울창한 산림 속에서 울려 퍼지는 알 수 없는 새들
의 울음소리는 어딘가 모르게 동화 속 같은 신비감마저 들게 했다.
　새벽부터 몇 시간을 걸어선지 다리가 저려오고 피곤함이 느껴졌다.
잠시 쉬어가자고 말하고 싶었지만, 첫 모험에 따라나선 나로서는 사로
에게 나약함을 보이고 싶지 않아, 몇 번을 망설이다 참기로 했다.
　하지만 시간이 갈수록 체력의 한계를 극복하지 못한 내가 결국은
인내심을 포기하고 휴식을 과감하게 요구했다.
　"이제부터 시작이네, 친구."
　때마침 저만치 앞서가던 허름한 조끼차림의 사로가 날 돌아보며 말
했다.
　"그래. 새벽부터 걸어선지 꽤 많이 온 것 같네."
　뒤쪽으로 다가가 이마에 맺힌 땀방울을 닦으며 내가 대꾸했다
　경성(京城, 현 서울)을 출발한 지 삼 일 동안 산을 뒤지고 다닌 탓도
있었지만, 체력의 한계를 뼈저리게 실감했기에 의식적으로 뱉은 말

이었다.

물론 밤에는 일찍 취침에 들어갔지만, 산속의 온갖 벌레들 때문에 밤잠을 설친 탓에 피로가 쉽게 가시지가 않아, 나의 이런 말은 당연히 휴식을 의도로 꺼낸 말이었다.

그러나 그는 자신의 호주머니에서 허름한 나침반과 몇 장의 지도뭉치를 꺼내 방향을 측정하면서, 나의 그런 의중에는 아무런 반응을 보이지 않았다.

"이제 천천히 가도 될 것 같네, 친구."

내가 다시 한 번 그의 눈치를 살피며 나의 뜻을 전달했다.

"왜? 피곤한가?"

그의 질문에 내가 고개를 끄떡이며 부드럽게 대꾸했다.

"그래. 웬만하면 자네도 좀 쉬게. 많이 피곤할 텐데."

상대를 생각해주는 말 같지만, 그건 어디까지나 나 자신을 위한 배려였다. 하지만 그는 빙긋이 웃으며 들고 있던 지도에 시선을 돌리며, 나의 이런 말에는 곧바로 반응을 보이지 않았으므로, 다소 민망한 내가 다시 한 번 어렵게 말을 꺼내기로 했다.

"난 어제 벌레들 때문에 한숨도 못 잤네. 자넨 어떻게 잤나?"

지도에 몰두하며 그가 덤덤하게 대꾸했다.

"글세…… 난 잘 잤네만."

그는 아직도 내 심중을 파악 못했는지, 성의 없는 말로 느릿하게 대꾸했다. 결국 난 내 속마음을 확실히 사로에게 전달하는 방법을 놓고 잠시 고민에 빠지기 시작했다.

그리고 의중전달보다는 행동이 우선 앞서야겠다는 최종결론에 도달한 나는, 마지막으로 내 뜻을 전달하기 위해 최후통첩을 하려는 순간이었다. 갑자기 지도를 보던 사로가 자신의 허리춤에서 물통을 꺼내 나에게 건네며 말했다.

"피곤할 땐 물이 최고네. 한 모금 마셔두게."

내가 원했던 배려는 아니었지만, 건네주는 물을 거절할 수는 없어 일단 목을 축이기로 했다. 그리고 곧바로 장딴지가 아픈 듯 다리를 두드리며 슬그머니 내 등 뒤로 무거운 배낭을 내려놓기 시작했다.

하지만 갑자기 지도를 접은 사로가 내뱉은 말은, 이런 나의 행동을 일순간에 정지시키고 말았다.

"자넨 정말 대단한 체력을 가진 사람이네. 여기까지 와서도 피곤함을 모르니, 아무튼 자넬 데려온 것은 무척이나 잘한 것 같네. 조금만 더 가면 목적지에 도착하니 힘을 내게, 친구."

저만큼 거리가 멀어졌다.

나는 그의 고집스러운 성격을 잘 알기에, 더 이상 말을 하지 않았지만 자존심이 상한 건 사실이었다. 더군다나 그의 그런 낡은 수법은 날 무시한다는 생각까지 들었으므로, 내 마음은 영 개운하지 않았다.

처음부터 고생은 각오했지만, 하루 종일 두 번밖에 쉬지 않고 계속 전진하는 그의 습성으로 볼 때, 이런 휴식 없는 모험은 나에겐 여간 힘든 게 아니었다.

더구나 체력적으로 약하다는 걸 누구보다 잘 알면서도, 이렇게 무리하게 강행군을 시키는 것은, 친구를 조금도 배려하지 않는 인정머리 없는 처사였으므로, 그를 바라보는 내 시선은 곱지 않았다.

하지만 다시 한 번 휴식 얘기를 꺼낸다는 건, 내 자존심이 허락하지 않아 이쯤해서 모두 그만두기로 했다. 그렇게 불만스럽게 그의 뒤를 따라가고 있는데, 문득 공중에 뭉쳐있는 하루살이 떼들이 내 눈에 들어왔다.

사로는 그냥 무시하고 피해 갔지만, 나는 의식적으로 손을 내밀어 신경질적으로 하루살이가 흩어지라고 손을 내저으며 나아갔다. 어떻게 보면 나의 그런 행동은, 인정 없는 사로에 대한 일종의 불만이었다. 하지만 그것은 내 실수였다.

내 손을 피해 잠시 공중에 흩어졌던 하루살이들이, 나를 사납게 공격하기 시작한 것이다. 피할 겨를도 없이 몸을 파고드는 하루살이들의 공격에, 나는 속수무책으로 몸을 웅크리며 그것들을 막는 데 전력을 다하고 있었다.

내가 그렇게 엉뚱한 고통과 대적하며 나 자신의 몸 구석구석을 때리고 있을 때 그가 내 손을 잡아끌었다. 겨우 고통에서 벗어났지만, 걱정스럽게 날 바라보는 그에게 고맙다는 말은 하지 않기로 했다.

그러나 그는 말없이 나의 콧구멍에서 죽은 하루살이를 꺼내 내 손바닥에 얹어주곤, 시간이 촉박한 사람처럼 다시 걷기 시작했다.

어이없는 행동이었지만 자존심이 상한 내가 있는 힘껏 그를 따라가기로 결심하고, 무거운 발걸음을 다시 내디뎠다.

내가 사로를 처음 만난 것은, 지금으로부터 2년 전.

1918년 어느 봄이었다. 그 동안 강압통치의 대명사였던 1대 총독인 데라우치 마사다께(寺內正毅)는 본국에 송환되고, 뒤이은 2대 총독인 하세가와 요시미찌(長谷川好道)의 강압통치가 계속되던 때였다.

나는 경성에 작은 하숙집 하나를 얻어, 많은 사람들이 우리 역사를 쉽게 접할 수 있는 나름대로의 역사책을 기획하기로 마음먹고, 잉크와 종이를 낭비하며 집필에 몰두하고 있었다.

하지만 너무 표면적(表面的)인 내용에만 집착하다 보니 책의 내용도 부실하고, 일본의 감시 하에 우리 역사를 다룬다는 것도 사실상 어려웠으므로, 나의 집필은 좀처럼 진도를 내지 못했다.

결국 쓰라린 패배감을 맛본 나는 다른 소재를 찾기로 하고, 역사에 관한 집필은 잠시 중단하기로 마음먹었는데, 아침을 먹으면 홀로 하숙 집에 남아 있기 미안했으므로, 낮에는 책방이나 골동품, 만물상 등 여러 군데를 돌아다니며 나의 이런 문제점을 찾는 데 소일하기 시작했다.

물론 내가 이런 여유로움을 갖게 된 것은 시골에서 넉넉한 살림을 하고 계시는 부모님이 매달 밀리지 않게 나의 하숙비와 용돈을 때맞춰 보내주어 가능한 일이었지만, 반면에 부모님에 대한 부담은 그만큼 커져 갔던 것도 사실이었다.

그렇게 따분한 시간을 보내던 어느 날 오후였다.

도시 나들이를 끝내고 나룻배를 건조하던 용산나루터 근처에서 석양을 바라보며 하루를 정리하고 있던 내 시야에, 작고 허름한 골동품 가게 하나가 들어왔다.

평소에 가게가 있는 것은 알았지만, 항상 문이 닫혀 있어 좀처럼 가볼 기회가 없었던 가게였으므로, 서책을 둘러볼 겸 무턱대고 가게를 향해 발걸음을 내딛기 시작했다.

가게 안은 다소 어둡고 지저분했다.

나름대로 고풍스런 분위기도 있었지만 내 취향은 아니었다. 잡다한 물건들 뒤로는 탁자 하나와 군불을 땔 수 있는 작은 화덕, 그리고 아마도 어딘가에 작은 방 하나가 있을 만한 통로 하나가 가게 안의 전부였다.

"실례지만 책 좀 구경하겠소이다."

화덕 앞쪽에서 의자에 깊숙이 몸을 묻고 있는 주인에게 말을 던진 내가 서책을 둘러보기 시작했다. 하지만 그는 나의 이런 말에도 아무런 반응을 보이지 않았다.

자세히 보니 잠에 취해 있었는데, 어찌나 깊은 잠에 빠져 있던지 몇 번의 나의 헛기침에도 아무런 동요도 보이지 않고, 오히려 코까지 골고 있었다. 심기가 불편한 내가 다시 그를 불러봤지만 그는 여전했다.

손님을 맞이하는 상인으로서 올바른 자세가 아니었다.

괘씸한 생각이 들었다. 무시하고 그냥 모른 척하기엔 그가 더욱더 얄밉게 느껴져, 그대로 있을 수 없는 내가 그를 나무라기 위해 그 앞으로 성큼 다가가기로 결정했다. 그러나 그 순간 뜻밖의 물건하나가 내 눈을 크게 자극해 왔다.

갑골문자였다.

동물의 넓적다리뼈에 새겨진 갑골문자였는데, 구하기 어려운 희귀 유물로, 잠자는 그의 책상 앞에 그런 유물이 있다는 게 믿기지 않았다. 그러나 그 물건에 관심을 보인 건 나의 큰 불찰이었다.

그를 깨우기보다는 그쪽에 먼저 관심이 간 내가 그걸 욕심내는 순간이었다. 그가 언제 눈을 떴는지 갑골 뼈에 다가가는 내 손목을 낚아챈 것이다.

그리고 내가 놀라기도 전에 그는 비호같은 동작으로 내 손목을 책상 위에 고정시키고, 펼쳐진 손가락 사이에 예리한 단검 하나를 깊숙이 꽂아 버렸다.

"으악!"

날카로운 비명을 지른 내가 순식간에 벌어진 일에 너무 놀라, 가쁜 숨을 내몰았다.

그는 깊고 매서운 눈으로 날 무섭게 쏘아보다, 떨고 있는 내가 다소 허약해 보였는지 그제야 내 손가락 사이에서 단검을 빼주었다. 심장이 크게 뛰기 시작했다.

사람을 만난 후로 이렇게 크게 놀라보긴 처음이었다. 한시라도 빨리 이곳에서 도망치는 게 상책이라고 생각한 내가 황급히 가게 밖으로 뒷걸음 쳤다.

그러나 단검을 챙겨든 그는 자신의 책상 서랍에서 한 권의 낡은 고서를 꺼내들고, 나에게 그것을 건네며 차가운 한 마디를 내뱉는 것이었다.

"구하기 어려운 건데 읽어보면 그만한 가치는 있을 거요, 친구."

나이는 나와 같은 이립(而立, 30세 정도를 일컬음)이 넘는 나이였지만, 착한 성품에 단정하고 곱상한 내 외모에 비하면 허름한 옷에 날렵한 몸매를 가진 그는, 딱 벌어진 어깨와 다부진 입술 그리고 불타는 눈동자와 지저분한 모자, 꺼칠한 수염이 전부였다. 물론 여자가 본다면 그리 호감 가는 스타일은 아니었지만, 그 꺼칠한 수염만 깎는다면 썩 나쁜 인상은 아닐 거라는 생각도 들었다.

접을 먹고 내가 그의 가게를 빠져나간 며칠 후, 서책을 돌려주려고 내가 다시 그의 가게를 찾았다.

그는 마침 책상에 몇 장의 고지도(古地圖)를 꺼내놓고, 자신만의 지도 그리기에 몰두하고 있었다. 한편으로 두려움도 있었지만 용기를 가지고 내가 먼저 그에게 반가움을 표시했다.

그는 양심껏 책을 돌려주려고 온 나를 보고 아주 잠깐 미소했지만 계속 따뜻하게 대해주지는 않았다. 다른 물건을 고르는 도중에도 그는 여전히 지도에만 몰두하고 있었는데, 말을 걸어보고 싶었지만 두려운 마음이 앞서, 그날은 그냥 서책만 둘러보고 서둘러 가게를 빠져 나왔다.

그는 평범한 장사꾼처럼 보이지는 않았다.

그의 정체가 매우 궁금했지만, 그 보다 내가 더 놀란 것은 사학자 출신인 나보다, 소름끼칠 정도의 해박한 역사적 지식이 나를 능가한다는 사실이었다.

더구나 역사유물에 관해서는 그 어느 누구보다도 강한 집착력을 보였는데, 예를 들어 일본의 문화재 약탈사건이 터지면, 그는 그 어느 때보다 심난한 표정으로, 그날 하루는 몹시 우울하게 보내는 것을 봐도 쉽게 알 수 있었다.

그러나 그는 내가 보는 시각에선 어느 누구보다 인정이 많았으며, 해박한 지식 또한 내가 아는 한 단연 최고였기에 그를 사귀는 데 전혀 망설이지 않았다. 그리고 그런 시간 속에서 나는 그와의 우정도, 집필에 대한 나의 열정과 정체성도, 서서히 풀려가고 있음을 느낄 수 있었다.

하지만 그런 그도 가끔 베일에 가려져 보일 때가 많았다. 내가 그렇게 본 것은 다 이유가 있었다. 그는 대단히 조용했으며 필요한 말 외에는 침묵을 지켰다. 단지 내가 알 수 있는 것은 출생이나 가족에 대한 말은 단 한 번도 하지 않은 그의 이름이 '사로'라는 것뿐이었다. 하지만 다행히 그에게서 한 가지 알아낸 게 있다면, 그도 나처럼 종교를 가지고 있다는 사실이었다.

난 독실한 불교신자로 가끔 사찰에 시주와 불공을 드리러 가지만, 그는 단 한 번도 종교가 있는 사람처럼 행동하지도 기도하지도 않았다. 내가 종교가 있다고 판단한 건, 두꺼운 천으로 겹겹이 지어 만든 지저분한 그의 조끼 안쪽 목덜미에, 항상 낡은 십자가가 걸려 있었기에 그리 판단한 것이다.

그 십자가는 그에게 무슨 특별한 의미를 주는 목걸이 같았지만, 대답해주지 않았으므로 더 이상 묻지는 않았다.

또한 그는 가게 문을 닫고 출장 다녀오는 일도 빈번했다.

간혹 일본인들의 눈을 피해, 경성(서울)이나 지방에서 올라오는 상인, 그리고 부류를 알 수 없는 사람들과 접촉하는 일이었는데, 그럴 때마다 그는 어디론가 사라졌다가 갑자기 나타나는 일을 반복했기에, 나는 항상 그의 가게를 지키며, 반자의적(反自意的)으로 주인행세를 하고 있었다. 그러나 무엇보다 중요한 것은 그는 언제나 나와 함께였으며, 나 또한 언제나 그와 함께였다는 사실이었다.

한참을 걷던 사로가 가던 길을 잠시 멈추고, 자신이 만든 지도를 펼쳐 보이고 있었다.

"무슨 일인가?"

곁으로 다가가 내가 묻자, 그는 잠시 산세를 둘러보다 별거 아니라는 듯 나침반을 꺼내 방향을 살펴보며 말했다.

"잠시만 기다려주게."

그는 자신의 지도를 바위에 올려놓고 수정을 가하기 시작했다.

모처럼 만에 휴식이었다.

내가 그리 생각한 것도 무리는 아니었다. 그가 지금 가지고 있는 지도는 일반 지도하곤 달랐다. 꼼꼼하고 세밀하게 작성된 지도였는데, 깊은 산속의 지름길이나 사찰 그리고 마을까지 상세하게 그려진 것으로 그것은 고지도를 바탕으로 그가 직접 작성한 지도였다.

그런 그가 그 지도에 남다른 애착심을 가지고 있는 것은 두말할 필요가 없었다. 그런데 그가 지금 그 지도에 수정을 가하고 있는 것이다. 분명 많은 시간이 소요될 것은 뻔한 일이었다.

"급할 것 없으니 천천히 고치게. 난 볼일 좀 보고 오겠네."

휴식을 상상하며 쾌재를 부르던 내가 숲속으로 빠르게 발걸음을 옮겼다. 그리고 그렇게 시원한 소변을 보고 있을 때였다.

"윙~"

갑자기 내 앞으로 땅벌 한 마리가 소리를 내며 접근해왔다. 무시하고 손을 휘저었지만 그것을 쫓으려고 손에 속도를 더할수록 , 땅벌의 수는 늘어만 갈뿐 전혀 사라지지 않았다.

이상한 생각이 들었다. 그러나 내가 소변이 떨어지는 땅 밑을 바라보는 순간 나의 시야에 큰 구멍 하나가 들어왔는데, 그건 다름 아닌 커다란 벌집이었다.

"이런!"

당황한 내가 급히 바지를 올렸다. 그러나 나의 오줌세례에 이미 분노한 땅벌들은 순식간에 수많은 벌떼들을 앞세우고 집단공격을 감행했다. 구멍에서 쏟아져 나온 땅벌들은 어림잡아 수백 마리는 족히 되어 보였다.

혼이 빠진 내가 비명을 지르며 다급하게 사로 쪽으로 뛰기 시작했다. 어찌나 소란스럽게 외쳐댔는지 나 자신도 정신이 하나도 없을 지경이었다.

잠시 후, 지도를 수정하던 사로가 흘러내리는 바지를 움켜쥐고 숲속에서 뛰어나오는 나를 의아하게 바라보고 있었다.

나는 피하라고 손짓했지만, 그는 영문을 몰라 했다. 그러나 내 뒤로 쫓아오는 수백 마리의 벌떼들을 뒤늦게 발견한 그가 먼저 옆 냇가의 깊은 물웅덩이에 급히 몸을 내던졌다.

실로 엄청난 숫자였다.

자칫 잘못하면 벌에 쏘여 죽을 수도 있는 상황이었다. 나는 멀리서 물에 뛰어든 사로를 보고, 재빨리 그를 따라 물 속으로 잠수하려고 했지만 바지가 흘러내려 여의치가 않았다.

그러나 생사를 판가름하는 벌들의 공격이었으므로, 난 최선을 다해 바지를 움켜잡고 땅바닥에서 나뒹구는 구경거리를 펼치며 가까스로 물 속으로 뛰어드는 데 성공했다. 실로 절체절명(絕體絕命)의 순간이었다.

　벌떼들은 크게 화가 났는지, 잠시 물 위에 머무르다 우리가 물 밖으로 여간해서 나오지 않자 이내 큰 소리를 내며 사라지고 말았다.

　잠시 후, 사로가 날 데려온 걸 후회라도 하듯 원망어린 시선으로 날 바라보았다. 일부러 시선을 마주칠 필요가 없다고 생각한 내가 먼저 미안한 표정으로 물 밖으로 빠져나왔다. 그러나 그는 한참 동안이나 물 속에서 날 어이없게 바라보고 있었다.

2

봄날의 따뜻한 정오의 햇살이 산속 나무들 사이에서, 영롱한 보석처럼 빛나고 있었다. 길 위에서 올라오는 아지랑이가 마음껏 춤을 추고 있었다. 사로의 뒤를 따라 힘겹게 걷고 있는 내 입에서 하품이 쏟아져 나왔다.

따뜻한 봄날에 실바람이 더해져 물에 젖은 내 옷도 거의 말라갈 즘이었다. 정오가 좀 지나서였다.

우린 최종 목적지인 암벽으로 이루어진 큰 산 아래에 도착했다. 점심이 지난 후였지만, 배는 고프지 않고 몸만 무거울 뿐이었다.

산 아래 주변은 온통 거대한 돌무덤을 연상하고도 남을 정도로 사방 천지가 돌들로 빽빽했다. 아마도 오랜 세월 암벽위에서 떨어져 나온 돌들이 분명했다.

나와는 달리 전혀 지친 기색이 없는 사로가 먼저 암벽 위를 올려다

보고 있었다. 나는 혹시 그가 뭔가 착각하는 것이 아닌가 하는 의심이 들어 한마디를 거들기로 했다.

"우리가 찾는 곳은 저 위가 아니네, 친구."

사실 우리가 찾고 있는 것은 신라의 육층석탑이었다. 벼랑 위에 그런 석탑이 있을 리 만무한 나의 충고어린 말이었다.

하지만 그는 나의 그런 주장에도 고집스럽게 암벽 위만 뚫어지게 살펴보고 있었다. 나는 이런 암벽 위에 신라석탑이 있다는 것은 말도 안 되는 논리였으므로, 다시 한 번 그에게 내 의견을 피력하기로 했다.

"지도상으론 이곳이 맞지만, 이런 높은 벼랑 위에 석탑이 있다는 건 말도 안 되는 상식이네. 그러니 더 늦기 전에 이 산을 돌아서 다음 목적지로 넘어가 보세."

그러나 그는 끝까지 나의 이런 주장에도 아무런 대꾸도 없이, 이번엔 돌멩이로 가득한 암벽 주변을 살펴보기 시작했다.

"괜한 고집 부리지 말고 내 말대로 다음 산으로 돌아가세. 주변에 사찰의 흔적이라도 있다면 모를까, 벼랑 위에 석탑이 있다는 것은 말도 안 되는 소리네."

말을 마친 내가 심란한 표정으로 암벽 위를 올려다 보았다. 어림잡아 75도의 각도로 이루어진 200미터는 족히 될 만한 아찔하고 험한 암벽이었다. 간혹 암벽 사이로 군데군데 어우러진 나무와 풀들로 인해 묘한 자태를 뽐내는 듯 했으나 험하게 보이는 건 사실이었다.

사로는 계속해서 내 충고를 무시한 듯, 주변의 돌멩이들을 파헤치고 있었다. 난 고집스러운 그를 어이없게 바라보다, 다시 한 번 나의 의견을 관철시키는데 입을 열기로 했다.

"제발 내 말대로 하게. 시간이 아깝다며 계속 걷게 하더니 이런 데서 딴청을 피우면 언제 목적지에 도착하겠나?"

그러나 그 순간 내 발 밑에 있던 그가 몸을 일으키며 뭔가를 나에게 보여줬는데, 그것은 다름아닌 조각난 옛 기왓장이었다.

"옛날 이곳에 사찰이 있었던 게 분명하네. 등반준비를 하게."

당황한 내가 급히 주변을 둘러 보았다.

과연 주변에는 그가 파헤친 곳마다 사찰에서나 볼 수 있는 건축 재료들이 널려 있었다. 그런 것들은 먼 옛날 이곳에 사찰이 있다는 증거가 될 수 있기에, 나의 주장은 여지없이 무너지고 말았는데, 아마도 그 옛날 이곳 바위의 암벽들이 무너져 내리며 이곳 사찰을 덮었을 가능성이 많아 보이는 절터임은 분명했다.

자존심이 상한 내가 들고 있던 기왓장을 만지며 낙담하자, 그가 말했다.

"자네가 경성에서 만들어 온 장비를 선보일 때가 온 것 같네."

유물에 관한 고집스런 그의 집착력이 발동한 것이다.

말릴 수 없다는 걸 잘 알고 있는 내가, 말없이 배낭에서 끈이 달린 쇠침을 사로에게 불만스럽게 건네주었다. 그가 신발 형태의 쇠침을 자세히 살펴보다 나에게 물었다.

"상당히 날카로워 보이는데, 이게 암벽하고 무슨 상관인지 설명 좀 해보게."

뜻밖의 질문에 내가 기분도 전환할 겸 설명을 늘어놓기 시작했다.

"이건 신발 밑창의 형태를 따서 만든 쇠침으로 보기는 흉하지만 이걸 신발 밑에 묶고 산을 타면 미끄럽지 않게 오를 수 있네. 쇠침 전부를 강철로 만들어서 웬만한 압력에도 구부러지지 않으니까 믿고 사용해도 무관하네."

사로가 의아한 듯 다시 물었다.

"두 쪽을 다 묶는단 말인가?"

"맞네. 대신 신발에 단단히 동여매야 한다는 것을 염두에 두게."

그가 쇠침 신발을 만져보곤 맘에 들었는지 고개를 끄떡였다. 다소 장비에 대해 인정하는 태도인 것 같아 우울해졌던 내 기분이 조금 나아지는 것 같았다.

"이것 말고 다른 장비도 있으면 보여 보게."

"알겠네."

우쭐한 마음에 내가 서둘러 배낭에서 다른 장비들을 꺼내 보였다. 직접 고안하고 제작한 특수 장비들이었다. 남들이 보기엔 고리타분한 장비 같았지만, 이런 장비들은 모험을 할 때 없어서는 안 될 소중한 장비였으므로, 나에겐 자부심을 갖게 해주는 장비들이었다.

"이건 비상시에 꺼내 쓰는 것으로 원래는 손목에 부착하고 편하게 찍으며 바위를 탈 수 있게 만들려고 했지만, 문제가 있어서 그 형태를 유지한 채 바위를 찍는 용도로 바꿔 만든 장비네. 곡괭이를 닮아서 이름은 바위곡괭이로 명칭 했는데, 'ㄱ'로 구부려진 갈퀴 모양을 하고 있지만, 담금질을 반복해서 보통 쇠보단 강도가 더 우수할 거네. 오르다가 바위 틈이 있으면 한 번 찍어 보게."

그는 내가 건네는 바위곡괭이를 만지며, 바위를 한번 찍어보곤 크게 신뢰감이 생겼는지 연신 고개를 끄떡였다.

"그리고 이건 황촉규(黃蜀葵)나무의 즙과, 다른 물질 속에 모래를 혼합한 것으로, 간단한 바위를 탈 때 미끄럽지 않게 사용할 수 있는 일종의 장갑이네. 그리고 이건 둥근 쇠붙이 철모로 자네 모자 속에 눌러쓰면 위에서 떨어지는 바위들도 거뜬히 막을 수 있는데, 무겁지 않게 적당한 쇳물로 만들어서 부담이 없네. 그리고 이건 강철 쇠못으로 돌 사이에 박아서 밧줄을 엮어 매는데 쓰는 거고, 이건 망치와 허리띠 그리고 이건 휴대용 간이 횃불로 끈을 잡아당겨서 단번에 불을 붙일 수 있는 화약 횃불이네."

한참 만에 자랑스러운 표정으로 부가적인 설명까지 끝낸 내가 사로를 바라보았다. 그는 내가 이런 장비들을 만들었다는 게 믿기지 않는 듯 놀란 표정이 역력했다. 말없이 장비를 바라보던 그가 감탄한 듯 다음과 같이 말했다.

"자넨 사학자보단 장비 기술자가 더 적성에 맞겠네. 도대체 어떻게 그 머리에서 이런 발명품이 나왔는지 잘 모르겠지만, 정말 놀랍다는 말밖에 달리 할 말이 없네."

감탄에 늘 인색하던 그의 칭찬에 나는 한껏 기분이 부풀었지만, 단지 사학자보다 기술자가 더 적성이 맞는다는 말은 내 귀에 좀 거슬렸다.

하지만 찬사의 내용으로 봐서는 나의 능력과 내 자존심에 존경심을 보내는 것이 분명했으므로, 나는 그런 그의 칭찬을 못이기는 척 마음껏 받아들이기로 했다.

하지만 나의 이런 바보 같은 자랑은 그가 산을 오르는데 더 한층 자신감만 부추긴 꼴이 되어 뒤늦게 실수를 깨달은 내가 수습차원에서 다시 서둘러 얘기를 꺼냈다.

"그래도 아직 장비를 다 신뢰하지는 못하니. 오늘은 그냥 가고 다음번에 다시 오는 게 어떻겠나?"

나의 이런 말에 쇠침 신발을 자신의 신발에 묶고 있던 그가 날 의아하게 바라보았다.

"하긴 장비에 문제가 있는 것은 아니네만……."

진퇴양난에 빠진 내가 재빨리 궁색한 답변으로 마무리했으나, 이미 때는 늦어 버린 것이다. 그가 산을 오르기로 결정한 것이다. 그러나 한 번도 산을 타본 경험이 없는 나로서는 고민하지 않을 수 없는 노릇이었다.

'그렇다고 여기까지 와서 물러날 수는 없다. 탐사에 대한 열정은 누구보다 앞선다고 자부하던 내가 아닌가. 사학자로서의 위신과 낙오자 같은 기분은 또 어떡한단 말인가.'

모든 것이 혼란스러웠다. 하지만 여길 오른다는 건 극히 위험한 일로 자칫하면 생명까지 잃을 수 있는 일이었다. 나로선 좀처럼 결정을 내릴 수 없는 상황인 것이다. 그러나 결국 나의 입에선 돌이킬 수 없는 말이 튀어나오고 말았다.

"오르는 데…… 얼마쯤 걸리겠나?"

모든 준비는 빠르게 진행되었다. 내가 장비를 착용하고 있는 동안 사로가 굳은 표정으로 말했다.

"장비를 만드는 것은 자네가 전문이지만, 오르는 것은 내 전문이니 지금부터 내가 하는 말을 잘 듣고 그대로 따라하게."

나는 사로의 암벽 요령에 대해 신중한 태도로 임했다. 그러나 그는 자신의 강의를 끝내고도 불안했던지, 자신의 몸과 내 몸에 밧줄을 서로 엮어 묶기 시작했다.

자신감 있는 표정으로 그를 바라봤지만, 그는 그래도 내가 걱정스러운 듯 몸에 묶여 있던 밧줄을 잡아당기며, 다시 한 번 위험에 대해 주의사항을 빼놓지 않았다.

적운(積雲)이 파란 하늘에 그림처럼 펼쳐져 있었다.

조금 있으면 태양도 질 것이며, 아름다운 석양이 그곳에 펼쳐질 것이다. 바위를 찍으며 암벽을 오르는 사로의 뒤로, 밧줄에 매달려 조심스레 산을 오르고 있는 나의 발밑에 푸른 전경들이 한 폭의 수채화처럼 펼쳐졌다.

나의 부탁으로 경성 대장간에서 주물로 단단하게 만들어준 날카로운 바위곡괭이와, 쇠침 신발은 바위를 찍고 오르기에는 충분했는지 몇 십 미터를 오르던 사로는 매우 만족스런 표정으로 날 바라보았다.

상대에게 신뢰감을 표하는 사로의 특이한 인사법이기도 했다.

기분도 마음도 모든 게 상쾌해졌다. 암벽을 따라 몇 발자국을 오르다보니, 내가 하늘에 떠 있는 착각이 들 정도로 기분이 날아갈 것 같았다.

지금까지의 고생에 대한 보상을 받는 듯, 나의 암벽 등반은 나름대로 스릴과 남다른 재미를 줬다. 무서움도 사라지는 듯했다.

끔찍한 암벽으로 여겼지만, 막상 암벽을 중간쯤 오르니 군데군데 원만한 경사로가 있어, 등반에도 그리 큰 무리가 없었다.

하지만 얼마쯤 올라갔을 때 산 아래를 내려다 보던 내 머리에 약간의 현기증과 함께 피곤이 엄습해 왔다. 하지만 내 몸에 밧줄을 휘감고 위에서 잡아끄는 사로를 생각하니, 이런 곳에서 피곤함을 하소연해서, 그에게 짐이 될 수 없었기에 나는 조금 더 힘을 내기로 했다.

그러나 내가 그렇게 인내할 즘, 저만치에서 나를 향해 뭔가 날아오는 작은 물체가 포착되었다.

희미하게 출렁대며 빠른 속도로 다가오는 모양으로 봐서 하늘의 새가 분명했지만, 유독 큰 몸짓에 큰 날개를 가진 모양이 신기해 그저 넋을 놓고 바라보고만 있었다.

하지만, 큰 몸짓치곤 너무 빠른 몸놀림으로 내 쪽으로 곧바로 날아온 물체는 다름 아닌 사나운 야생매 두 마리였다.

"악!"

내가 외마디 비명을 지른 건 바로 그때였다.

감상에 빠져 있는 나에게 뜻밖에 두 마리의 야생매들의 공격이 시작된 것이다. 있을 수 없는 일이었지만, 그건 분명 현실이었다.

먹이가 궁한 두 마리의 사나운 매들은 피곤에 지친 나를 거침없이 공격하며, 먹잇감에 만족한다는 듯 연신 날카로운 소리를 질러댔는데, 인간에 비해 몇 배나 멀리 볼 수 있는 가장 민감한 눈을 가진 그것들이 바위에 매달려 있는 나를 먹잇감으로 결정한 것이 분명했다.

뒤늦게 나의 비명을 듣고 내려온 사로가 재빨리 바위곡괭이를 휘둘렀지만, 나를 붙들고 그것들을 막아내기엔 역부족이었는지 커다란 날갯짓 몇 번으로, 들고 있는 바위곡괭이가 암벽 밑으로 떨어져 나갔다. 당황한 사로가 급히 나의 배낭을 뒤져 주먹밥을 꺼내 들었다.

아마도 먹잇감을 가지고 그것들의 공격을 분산시키려는 의도가 분명했지만, 대신 손바닥을 사정없이 쪼아 먹는 날카로운 부리로 인해, 그의 손바닥은 피로 얼룩지고 있었다.

도와줄 수 없는 상황을 만든 내가 크게 당황하자, 손바닥에 심한 통증을 느낀 사로가 허공을 향해, 주먹밥을 멀리 던져버리고 허리에 차고 있던 단검을 빼 들었다.

그러나 그것들은 이미 주먹밥에 길들어져 사로가 단검을 쓰기도 전에 쏜살같이 벼랑 밑으로 내려갔으므로, 더 이상의 위기는 찾아오지 않았다. 아찔한 순간이었다.

나는 얼굴에 적잖은 상처를 입었지만, 위기에서 구해준 내 친구에게 감사하고 또 감사했다. 사로는 언제 또다시 공격할지 모르는 매들을 생각해서 나를 거침없이 끌어올리기 시작했다.

시간이 얼마나 흘렀을까?

어느새 나와 사로는 암벽 정상에 손을 얹고, 피곤한 몸을 어렵게 일으켜 세우고 있었다. 정상 끝에 올라온 내가 먼저 바닥에 꼬꾸라지며 가쁜 숨을 몰아쉬고 있었다.

그러나 그것도 잠시뿐이었다.

언제 올라왔는지 주먹밥을 향해 밑으로 내려갔던 두 마리 매들의 두 번째 공격이 시작된 것이다.

'있을 수 없는 일이다. 매들이 어떻게 사람을……'

믿을 수가 없었다. 꿩 사냥이나 하던 야생매가 사람을 이렇게 집요하게 공격할 수 있는지 이해가 되지 않았다. 이제 어떻게 이 위기를 벗어나야한단 말인가? 그러나 그 순간, 나의 그런 불안은 기우(杞憂)에 불과했다.

나를 붙들고 매를 공격했던 암벽 밑의 상황하고는 크게 달라 있었다. 자유자재로 손을 쓸 수 있는 사로가 언제 뽑아 들었는지 공격하던 매를 향해 재빠른 동작으로 단검을 던진 것이다.

"휙!"

과녁에 활을 쏘듯 힘차게 날린 단검이 허공을 곧게 뻗으며 정확히 매의 머리를 꿰뚫은 것은 그때였다. 머리에 칼이 박힌 매가 허공에서 몇 번인가 고통스러운 날갯짓을 하다가, 이내 저만큼으로 추락하고 말았다.

실로 무섭고 정확한 실력이었다.

나는 간혹 수많은 위험에서 그의 실력을 유감없이 발휘했다는 얘기를 들은 적이 있지만, 이번같이 칼을 던져 공중의 매를 떨어트리는 것을 처음 본 나는 그의 솜씨에 아연실색할 수밖에 없었다.

나머지 매 한 마리는 이미 겁을 먹었는지, 부지런히 날갯짓을 하며 멀리 도망쳐버렸다. 잠시 눈을 감고 있던 내 머리로 후회가 엄습해왔다.

'기껏 석탑 하나를 찾으려고 이럴 필요까지……'

첫 모험에 대한 후회와 나의 나약한 체력에 자책감이 든 내가 쉽게 고개를 땅에서 들지 못했다. 하지만 사로는 언제 그랬냐는 듯, 말끔하게 옷을 털고 자신이 서 있는 암벽 정상을 둘러보기 시작했다.

한때의 시원한 바람이 땀을 식혀주듯 내 얼굴에 몰아쳤다. 암벽 정상은 보기와는 다르게 꽤 넓은 평수를 유지하고 있었다.

몇 십 그루의 나무와 무성한 잡초로 인해 석탑의 흔적은 전혀 찾아볼 수 없었지만, 여기까지 올라온 것이 무척 대견스러운 것은 사실이었다.

사로는 벼랑 이곳저곳을 향해 천천히 걸으며 땅 밑을 살펴보고 있었다. 나도 언제까지 이렇게 얼굴을 파묻고 엎드려 있을 수는 없었다. 그가 잡초들을 헤치며 석탑을 찾고 있을 즘, 나도 천천히 몸을 일으켜 그의 곁으로 다가가 같이 땅 밑을 두루 살펴보기 시작했다.

벼랑 위에 올라오면 석탑이 분명히 있을 거라고 생각한 나로서도 아무것도 보이지 않는 이 상황이 무척 당황스러웠다.

그러나 잠시 후, 내가 그를 도와 주변의 풀숲을 파헤치고 있을 때였다. 사로가 갑자기 내가 딛고 있는 땅이 둥근 모양으로 불룩 솟아 있는 걸 발견하고, 나를 한쪽으로 비켜 세웠다.

언뜻 봐선 잡풀들에 가려져 그냥 불룩하게 솟은 봉분 같아 보였지만, 사로가 잡풀들을 대강 뽑아내니 뭔가 있을 것 같은 흙무덤이었다. 자칫하면 그냥 지나칠 뻔한 흙더미를 사로가 주의 깊게 염탐하기 시작했다. 뭔가 석연치 않은 그의 행동에 내가 다급히 삽을 꺼내 그 흙무덤을 파헤치기로 했다.

얼마쯤 파헤쳐졌을까?

갑자기 엉성하게 파묻힌 흙더미 속에서, 석탑의 상륜(相輪, 석탑의 맨 꼭대기층)부로 보이는 석탑 하나가 내 시야에 들어왔다.

숨이 멎을 듯 했지만 확실한 석탑의 존재 여부를 확인하고 싶은 나는, 빠르게 삽으로 주변의 흙을 정리하고 정신없이 손으로 잔흙들을 밀어내기 시작했다.

어느 정도 주변을 정리했을 때였다. 땅 속에 묻혀 있는 석탑의 윗부분을 차지하는 상륜부에서 보개(寶蓋), 보륜(寶輪)의 모습들이 차차 그 모습을 드러내기 시작했다. 아직 흙더미에 묻혀 제대로 분간은 할 수 없었지만, 그건 분명 수많은 세월 동안 땅 속에 묻혀 잊혀진 신라의 육층석탑, 바로 그 형체였다.

사로가 먼저 차분한 음성으로 나직이 말을 건넸다.

"그 노인의 말은 사실이었네."

"그래, 나도 석탑이 여기 있는 줄 알았네."

내가 흥분에 사로잡혀 그와 같이 대꾸하자 사로가 피식 웃어보였는데, 나는 그 웃음이 무슨 의미인지 잘 알고 있었다.

암벽 밑에서 석탑의 존재 여부를 잠시 부정한 나는, 석탑의 지도를 건네준 옛날의 그 노인을 떠올렸다.

1916년 사로를 만나기 전 일이다.

학교를 졸업하고 교사를 꿈꾸어온 나였지만, 일본의 식민지하에서 내 입맛에 맞는 일자리를 얻기란 좀처럼 쉽지 않았다.

더구나 20만여 권이 넘는 우리 문화재와 서적을 소각하고, 역사를 왜곡하는 일본의 만행을 지켜 본 나로서는 그런 편안한 안식은 어딘지 모르게 나를 불편하게 했으므로, 다른 투쟁 방법의 일환으로 그들에 맞서 뭔가 뜻 깊은 일을 펼치기로 마음먹었다.

그렇게 해서 선택한 것은 일본인 몰래 야학당(夜學堂)을 개설해 아이들에게 한글을 가르치는 친구를 도와 역사학을 가르치는 일이었다.

천성적으로 마음이 여린 나로서는 일본군에게 직접적으로 대항하는 것은 감히 상상도 하지 못하는 일이라 선택한 일이었지만, 일본군의 무서운 눈초리를 피해 야학당에서 몰래 아이들을 가르친다는 것도 결코 쉬운 일은 아니었으므로 나의 고민은 여전히 계속 되었다.

당시 일본 헌병대는 조선인 보조원 한 명씩을 데리고 다니며, 감시의 눈길을 멈추지 않았다. 그러던 어느 날 운이 없었던 내 친구는 그들에게 끌려가 많은 고초를 겪었기 때문에, 소심한 성격의 나로서는 그 일마저 크게 고뇌하게 만들었다.

결국 나는 주변의 권유대로, 역사와 문화를 말살하려는 일본에 맞서, 우리 역사에 대한 이야기를 익명(匿名)으로 집필해 많은 학생들에게 보급하기로 하고,

1916년 어느 겨울…….

친구가 일본인에게 끌려간 사이 아이들에게 마지막 역사수업을 하고 야학당 문을 나설 때였다.

한겨울이었는데, 컴컴한 야학당 밖에 누군가 찬바람을 맞고 서 있는 것이었다. 자세히 보니 그는 70세가 훨씬 넘어 보임 직한 꾸부정한 노인이었는데 오랜 시간 동안 밖에서 추위와 싸웠는지 온몸은 차갑게 굳어 있었으며, 턱에 난 수염에는 살얼음까지 매달려 있었다.

노인을 급히 청해 학당으로 들어선 나는 서둘러 장작에 불을 붙이고 노인의 몸을 녹이는 데 전력을 다했다.

얼마 지나지 않아 뜨거운 불길에 몸이 녹은 노인이, 마치 무슨 귀중한 보물처럼 품에 안고 있던 상자를 내 앞에 천천히 내려놓고 말문을 열었다.

"우리 손자가 여기에 역사를 가르치는 선생님이 있다기에 이렇게 찾아왔소이다. 이것은 조상 대대로 내려온 우리 집 가보(家寶)인데, 이 안에는 신라의 육층석탑이 보관돼 있는 지도와, 돌로 된 보주(寶珠)상이 들어 있는데 한번 살펴보시구려."

노인의 재촉에 내가 그 상자를 열어보자, 과연 그 안에는 다 떨어져 나간 허름한 옛 지도 한 장과, 석탑의 맨 위에 꽂혀 있을 보주석상 하나가 들어 있었다.

보주(寶珠)란 일반적으로, 석탑의 맨 위에 꽂혀있는 둥글고 뾰족한 돌을 말하는 것인데, 특이하게 노인에게 건네받은 보주는 사천왕(四天王, 절 입구 양쪽에 늘어선 수호신상)중의 하나인 약 25센티 길이의 석상으로, 특이하게 긴 창을 앞으로 들고 있는 형상이었다.

그러나 사천왕의 형상은 일반적인 석탑의 보주와는 크게 달랐으므로 나는 노인이 뭔가 크게 착각한 게 아닌가 하고 의문을 제기 하려했다.

하지만 노인을 상대로 시비(是非)를 가린다는 것이 우스워 그만두기로 마음먹고, 대신 나사형으로 깎여있는 보주석상 하단에 필(疋)이라고 쓰인 글자에 대해선, 궁금증을 버릴 수 없어 그것만 다시 되묻기로 했다.

"이 필(疋)이라는 글자는 무슨 뜻입니까? 어르신."

"글쎄, 그것까지는 잘 모르겠소만, 내가 알기론 그걸 만든 석공의 성씨가 아닌가 하오. 나는 박 씨 성을 가졌소만……."

여기까지 이야기를 마친 노인은, 자세한 것은 더 모르겠다는 듯 머리만 긁적대다가 다음 말로 대화를 계속 이어갔다.

"내 나이 벌써 고희(古稀)를 넘어, 이제 죽을 때만 기다리고 있다오. 피붙이라면 어린 손자녀석이 하나 있는데, 몇 년 전에 아들놈은 일본놈의 손에 죽고, 며느리는 미쳐서 집을 나간 지 벌써 두 해가 다 됐다오. 그러니 이제 이런 형편으로 이걸 보관할만한 여력도 없거니와, 왜놈들의 손때가 탈까봐 건네줄 마땅한 사람을 찾고 있는데, 역사 선생이 있다기에 이렇게 가져온 거요. 부디 이걸 가져가서 그 석탑을 찾으면 우리 불쌍한 식구들을 위해 불공이나 올려주시오."

며칠 후, 야학을 정리하고 집에 돌아온 나는 그 노인이 건네준 상자의 진위 여부를 파악하기 위해 온갖 서적과 내 지식을 총동원해 상자의 연도부터 알아내기 시작했다.

그리고 마침내 그 상자가 신라의 것임이 틀림없다고 여긴 나는 좀 더 정확성을 기하기 위해, 나의 선생이며 역사학자인 '선당' 선생님을 찾아뵈었다.

물론 나의 설명을 들은 그 분도 내 결론엔 동조했지만, 사천왕의 형상에 창을 들고 있는 보주상 만큼은 특이하다는 반응만 보인 채, 별다른 의미 부여를 하지 않아 단순한 석상으로 치부되고 말았다.

그러나 난 언젠가 조국이 해방되면 알 수 없는 비밀이 담긴 이 석탑을 한번 찾아 보겠다는 굳은 결심을 하고, 상자를 소중하게 보관하기로 했다.

하지만 언제나 날 궁금하게 만든 건 긴 창을 앞으로 펼쳐들고 있는 보주의 형상과, 필(疋)이라는 글자였다.

단순히 석탑의 보주에서 떨어져 나간 조각인가, 아니면 전혀 무관한 것일까. 나는 수없이 그 생각을 반복하다 결국 그 수수께끼를 접기로 했다. 그런데 나중에 사로를 만났을 때 나의 이런 의문은 그를 자극하기 충분했고, 나와 내 선생님의 의견에 침묵을 지키던 그가, 어느 날인가 장비를 만들고 있는 나를 찾아와 이 첫 모험을 제안한 것이다.

내가 그런 생각을 하고 있을 때 삽으로 흙무덤을 파헤치던 사로가 갑자기 삽질을 멈추었다. 내가 의아하게 바라보자 그가 내게 씁쓸한 한마디를 던졌다.

"이건 석탑이 아니네, 친구."

"무슨 소린가?"

황급히 놀란 내가 흙더미 속에 솟아 있는 석탑의 흙먼지를 털며 자세히 살펴보기 시작했다. 그러나 그의 말처럼 나는 믿을 수 없는 광경을 목격하고 말았다. 흙이 털려나간 석탑의 본모습은 석탑의 형상이 아니었다.

"이럴 수가……."

놀란 내가 사로를 말없이 바라보자, 그가 다시 말을 이었다.

"그래도 이건 값어치로 따질 수 없으니, 그리 실망할 필요 없네."

탑은 아직 땅에 절반쯤 묻혀 있었지만, 상판의 형태로 봐서 흙을 파본다고 해도 별로 달라질 건 없었다.

흙을 털어낸 내 눈에도 이것은 분명 석탑이 아닌, 석탑보다 작은 2미터 가량의 작은 부도(浮屠)였기 때문이다.

부도란 일반적으로 스님들의 사리(舍利)를 모신 승탑을 의미하는 것으로, 통일 신라 때 스님들의 지위가 높아져 건립된 작은 탑을 일컫 는 유물이었다.

길이는 대략 1-3미터 정도의 작은 석탑으로 우리문화의 소중한 유물이라고 해도 과언은 아니었지만 실망감이 앞선 건 사실이었다.

"하지만 그 노인은 분명히 신라의 육층석탑이라고 했네."

다소 당혹스런 표정으로 내가 손으로 부도를 매만지며 말했다.

"육층은 아니지만 육각은 틀림없네. 단지 그 노인께선 부도를 석탑으로 오인한 것뿐이네. 자! 더 늦기 전에 나머지 작업부터 끝내고 마저 얘기하도록 하세."

말을 마친 사로가 먼저 힘차게 삽을 휘둘렀다.

부도 탑의 하층부인 기단(基壇, 건축물의 터전이 되는 단)부를 끌어올리기 위해 사로를 도와 주변의 흙을 조심스레 정리하던 내 뒤로 어느새 석양이 곱게 물들기 시작했다.

날이 어둡기 전에 끝마쳐야겠단 생각에선지, 작업은 발 빠르게 진행 됐다. 누가 먼저랄 것도 없이 열심히 작업한 덕분인지, 30여 분이 못 되어서 탑의 기초가 되는 맨 아래층인 기단(基壇)이 드러났다.

비록 부도였지만 정교한 예술품인 것은 사실이었다.

내가 그렇게 감상에 심취해있을 때였다. 사로가 들고 있던 삽을 내려놓고, 탑신(塔身, 탑의 몸뚱이)부에 묻은 흙을 털어내고, 육각기둥 뼈대에 새겨진 6개의 보살조각상들을 먼저 살펴보기 시작했다.

흙으로 뒤범벅되어 있었으나, 흙을 대강 털어내니 분명 육각기둥면마다 6개의 보살 조각상들이 정교하게 새겨져 있었는데, 그 보살 조각들은 저마다 아름다운 자태를 뽐내며, 뚜렷하게 내 눈을 자극해 왔다.

"노인이 건네주었던 보주석상을 좀 가져다주게."

"알겠네."

감상에 빠져 부도 탑의 맨 위에 수호석상의 조각상을 잊은 나는, 서둘러 노인이 건네준 보주 석상을 배낭에서 꺼내 사로에게 건네주었다. 석상을 받아든 사로가 조심스레 부도 위에, 나사형으로 만들어진 긴 창을 든 사천왕상을 끼우기 시작했다.

"드르륵~"

돌 소리를 내던 보주의 조각상이 반바퀴를 돌아가다, 신기하게 멈춰서며 부도석탑에 딱 들어맞았다.

"이제 제대로 짝을 찾았으니 완전한 부도나 다름없네. 마음껏 감상하게."

그렇게 말한 사로가 창을 잡은 수호석상의 보주상과, 부도 탑신부에 조각돼 있는 6개의 보살들을 다시 한 번 천천히 살펴보기 시작했다.

비록 육층석탑은 아니지만, 노인과의 약속대로 나는 예를 갖춰 그분의 가족에 대한 기도를 먼저 드리기로 했다.

기도가 다 끝나갈 즘이었다.

내가 사로를 잠시 바라보자, 한참 동안이나 유심히 부도를 관찰하던 그가 어느 순간 음흉한 미소를 지으며 땅바닥에 그대로 누워버렸다.

난 그의 그런 음흉한 미소를 한 번도 본 적이 없었기에, 잠시 이상한

기분에 휩싸였지만, 신라의 육각부도를 찾은 것을 나름대로 큰 성과로
보고, 흥분된 마음을 애써 표현하기로 했다.
 "드디어 자네와 내가 큰 보물을 찾았네."
 이렇게 고생한 것치곤 다소 실망감도 있었지만, 나름대로 사학자의
본분과 감정에 충실하려는 의도에서 꺼낸 말이었다.
 "정말이지 훌륭한 예술품이네. 신라의 부도는…… 안 그런가?"
 그러나 사로는 아무런 대꾸도 하지 않고, 땅에 누워 그저 하늘만
바라보며 휴식을 취하고 있었다.

3

하늘의 노을이 참 아름다웠다. 석양 뒤로 흘러가는 뭉게구름도 정말 장관이었다. 충분한 휴식을 취하던 사로가 드디어 말문을 열었다.

"목이 마른데, 물 좀 주게나."

"알았네."

나는 그 동안 애쓴 생각을 해서 그 청을 들어주기로 했다. 그러나 배낭 속에서 물통을 꺼내들던 내 시야에, 저만치 사로의 단검에 찔려 죽어 있는 매의 시체가 눈에 들어왔다.

갑자기 불에 잘 익은 매고기가 생각났다.

마침 배도 고팠으므로 그리 생각이 들은 것도 무리는 아니었다. 물을 건네받은 사로가 다시 땅바닥에 몸을 누이며 침착하게 말했다.

"이건 다 자네 공일세."

뜻밖의 칭찬에 우쭐해진 내가 애써 겸손을 표하기로 했다.

“무슨 말인가? 고생한 건 자넨데…… 잠시 쉬었다가 부도 안에 사리(舍利)가 있나 확인하고 내려가세.”

“내려가긴 이미 늦었네. 해도 떨어졌는데, 오늘은 여기서 묵고 내일 내려가는 게 좋을 것 같네.”

사로가 조용히 대꾸했다.

‘하긴 석양이 기울면 잠시 후 컴컴한 밤이 찾아올 것이다. 컴컴한 이 밤에 산을 내려간다는 것도 위험천만한 일이지만, 여긴 깊은 산속 아닌가. 위험한 맹수도 많을 텐데…….’

그렇게 속으로 생각한 내가 기꺼이 사로의 말에 따르기로 했다.

“저기……. 그럼 이렇게 하세.”

“배도 고픈데 아까 자네한테 죽은 그 매나 구워 먹세. 점심도 거르고 힘도 빠졌는데, 통통한 게 아주 맛있어 보이는데, 어떤가?”

나의 그 말에 그도 허기를 느꼈는지 배를 쓰다듬으며 말했다.

“하긴, 먹고 풀어 보는 것도 묘미가 있을 것 같네.”

“그게 무슨 말인가? 묘미가 있다니?”

그의 말에 내가 의문이 들어 대꾸하자, 사로가 물끄러미 날 바라보며 말했다.

“저 부도를 너무 단순하게 보지 말게, 친구.”

뜻밖에 대답이었다.

“무슨 말인가? 부도에 보주석상까지 붙여서 완벽에 가까운 건데 단순하다니, 이건 나중에 우리나라가 해방되면 국보로 지정해 놓아도 아무 이상이 없는 유물이네.”

나의 당당한 대답에 사로가 잠시 침묵을 지켰다. 나는 그가 다시 보물에 대해 엉뚱한 집착력을 발동했다고 생각하고, 염려스러운 투로 그에게 다시 말을 건넸다.

“혹시 자네 저걸 가져가고 싶은 거 아닌가?”

내 말에 그가 미소하며 대꾸했다.

"아니. 무게 때문에 안 될 말이네. 그리고 난 그런 욕심이 없네. 단지 내가 말하는 건 자네가 바라보는 부도의 색다른 해석을 좀 들어보고 싶어서 한 소리네."

그 말이 정확히 무슨 뜻인지 이해되진 않았지만, 얼핏 들으면 나의 해박한 지식을 시험하려는 의도처럼 들려서 마음이 좀 언짢았다.

"무슨 소린가? 그게."

내가 다시 그의 의도를 파악하고자 물었다.

"말 그대로네. 저걸 보고 뭘 느낀 점이 없나 하고 물었네."

그가 날 시험하는 것이 분명했다.

"좋네. 구체적인 지식을 원한다면 간단하게 몇 가지는 설명할 수는 있네."

아직 학술적인 연구가 필요했지만, 눈에 보이는 구조로도 간단한 설명은 가능하겠기에, 나는 거리낌 없이 그에게 나의 해박한 지식을 설명하기로 마음먹었다.

"자넨 내가 저 부도에 대해서 아는 게 없다고 생각하는 모양인데, 나도 알 건 다 아네. 난 이래 봬도 사학을 전공한 학자네. 전문적으로 학교도 나오지 않은 자네와 비교하지 말게."

언뜻 들으면 그냥 흘려들을 수도 있겠지만, 그 말은 사로의 자존심을 건들 만한 발언이었다. 내가 알기론 사로는 대학 근처는커녕 학교도 제대로 나오지 않은 사람이 분명했다.

물론 나와 견줄 만한 해박한 지식이 있어서, 나와 같이 사학자의 반열로 동등한 대접을 해주었지만, 그가 전문적인 학교를 다니지 않은 것은 분명했다.

거기에 비하면 나는 인천 일어학교를 다녔던 선배에게 일본말을 익혔고, 3년제 경학과(經學科)를 설치했던 모 대학에서 역사학을 전공한 쓸 만한 인재였다.

그러니 골동품을 파는 상인에 가까웠던 그에게 내가 그리 말한 것도 별 무리는 아니었다. 물론 그런 말을 들으면 그가 비위가 상할 것이라고 생각하고 의도적으로 한 발언이기도 했지만, 그것은 그 동안 번번이 자존심이 상한 나의 작은 불만의 결과라고도 볼 수 있었다.

그러나 그는 나의 그런 말에도 아무렇지 않다는 듯 빙긋이 미소할 뿐, 재미있다는 표정으로 내 강연에 경청할 자세를 취해왔다.

내 거창한 역사수업이 시작되었다.

"설명 중에 질문이 있으면 나중에 해주면 고맙겠네. 우선 이건 단순한 부도가 아니라, 내가 생각했던 대로 이것은 신라 것으로 추정되는 우리의 소중한 보물이네. 단순한 부도에서 벗어나 예술의 극치를 이루는 6개의 보살이 조각된 완벽한 탑으로, 원래는 사리(舍利)를 봉안하기 위한 목적으로 지어진 탑이지만, 세워진 장소는 나중에 학술적인 연구가 더 뒷받침되면 그때 설명해주겠네."

약간 상기된 표정으로 말하는 도중 사로가 잠시 말을 끊었다.

"내가 말하는 것은 그 얘기가 아니네, 친구."

그러나 나는 경고하듯 그의 말을 차단했다.

"아니. 질문은 가급적이면 내 설명이 다 끝난 다음 해주면 고맙겠네. 친구."

그 동안 쌓인 불만을 멈출 수 없어, 과감히 그를 제지한 것이다.

부도탑을 매만지며 나의 학문적인 설명은 계속됐다.

"그리고 부도의 전체 윤곽선이 굵게 처리된 것과 6개의 보살의 섬세함으로 볼 때 이것은 신라불가의 전통적인 고전양식으로, 한 가지 특이한 건 상륜부에 큼직하고 둥글납작한 보주가 주종을 이루는 신라양식과는 달리, 창을 든 보주의 석상은 좀 특이하다고 말할 수밖에 없네. 물론 내 개인적인 생각은 있네만…… 아직 뭐라고 속단하기는 이르니,

이 문제도 나중에 전문적인 연구가 뒷받침되면 자세히 설명해주겠네. 그리고 상륜(相輪), 탑신(塔身), 기단(基壇)을 보면, 아래의 지대석과 각도가 서로 잘 맞추어 있고, 옥개석의 육각지붕도 전체적으로 납작하고, 전각(轉角)과 처마의 반전(反轉)이 완만한 걸 보면, 예술품으로 단연 돋보이는 유물은 확실하네…… 재질은 화강암으로 돼 있고, 육각 부도에 조각된 6개의 보살은, 천수보살부터 준제관음보살까지 두루 조각돼 있는 것으로 누구든 이 유물을 가져가는 것도 불가능 하겠지만, 개인적인 욕심을 낸다면 내가 절대 용서하지 않겠네.”

마지막 말은 그에 대한 일종의 경고였지만, 그를 너무 욕심 있는 사람으로 몰아붙인 것은 좀 미안하기도 했다.

나의 복잡하고 장황한 설명이 끝나자, 사로가 박수를 치며 말했다.

“대단하네. 간단하게 살피고도 그 정도까지 알 수 있다니, 자네의 학식은 아무도 따라올 자가 없는 것 같네. 그리고 그 동안 자네 기분이 좀 상했다면 용서하게. 한 번도 자네를 무시해 본 적이 없을 뿐더러 여기까지 빨리 행군시킨 것은 하루를 까먹지 않기 위한 것도 있지만, 체력적으로 자넬 강하게 하고 싶어서 그런 거니까 모두 다 너그럽게 이해해주게.”

그는 나의 야릇한 불만을 눈치 챈 듯, 나에게 정중히 사과하고 물통의 뚜껑까지 손수 열어서 나에게 물을 건넸다.

그의 그런 행동으로 비추어볼 때 어느 정도 나의 자존심을 회복했지만, 괜히 한번 부려본 심술과 짜증이 들통난 것은 어딘지 모르게 불안하고 미안했다.

그 동안 둘의 우정에 단 한 번도 불만은 없었지만, 이런 본격적인 첫 모험에 내가 먼저 의도적으로 불만을 표출한 것이 여간 씁쓸하지 않았던 것이다. 내가 미안한 표정으로 변명했다.

“그렇다고 이럴 필요는 없네, 난 단지 나의 학술적인 얘기를 했던

거지, 자네 기분을 상하게 하려고 한 건 아니네."

뒷감당이 어려운 내가 이렇게 말하고 조심스럽게 그의 표정을 살펴보았다. 그는 말없이 빙긋이 웃었지만 미안한건 어쩔 수가 없었다.

석탑을 끼고 앉아 있는 우리의 벼랑 밑으로, 노을이 짙게 깔리며 석양이 내려앉고 있었다.

어느 정도 휴식을 취한 사로가 침착한 어조로 다시 말을 꺼냈다.

"이건 자네가 쉽게 생각할 정도의 단순한 부도가 아닐세, 친구."

난 다시 사로가 내 비위를 건드리는 게 아닌가, 다소 긴장했지만 반복되는 그의 말이 어쩐지 이상하게 들려 침착하게 대꾸했다.

"그게 무슨 소린가? 내가 아직 모르는 게 있으면 말해보게."

"내가 아까 얘기한 것은 그런 설명을 듣자는 게 아니었네. 오해하지 말고 내 말을 천천히 들어보게."

그는 조심스레 날 달래며, 다음 말을 이어갔다.

"자넨 저 부도가 왜 여기 있다고 생각하나?"

"그게 무슨 소린가? 왜 있냐니?"

"여긴 벼랑 끝이네. 사찰은 밑에 있는데, 부도만 여기 세울 이유가 뭔지, 우선 그것부터 설명해 보게."

뜻밖의 질문이었다. 내가 멈칫하다 궁색하게 변명을 끄집어냈다.

"글쎄, 그건 내가 아까도 말했지만, 학술적인 연구가 뒷받침되면 설명할 수 있다고 보네."

하지만 그가 내게 묻는 건 그게 아니었다. 가만 생각해보니 이상한 생각이 들었다. 내가 사로를 바라보자 그가 침착한 어조로 다음 설명을 이어갔다.

"물론 자네말대로 부도를 여기에 세울 수도 있네. 하지만 내가 묻고 싶은 것은 왜 꼭 여기다 세웠을까 하는 거네. 여긴 백 미터가 넘는 암벽 벼랑 끝이네. 부도 하나 세우는 데 장소가 없는 것도 아닌데, 왜 하필 이런 높은 곳에 부도를 세웠는지 먼저 그걸 말해보라는 거네."

사로의 요점을 정확하게 알아들은 내가 고개를 끄떡이며 말했다.

"글쎄. 지금으로선 정확히 말할 수 없지만, 누군가 전망이 좋아서 세웠다고밖에 추정할 수 없네."

"그럴 수도 있네. 하지만 난 뭔가 특별한 비밀이 있다고 보네."

애기가 이상하게 전개되고 있었다. 마음이 떨려왔다. 사로의 이런 날카로운 추리 뒤에는 언제나 또 다른 열쇠가 숨어있기 때문이었다. 나는 조금 전에 흥분해서 내 해박한 지식을 자랑했던 것이 어쩐지 불안하기 시작했다.

"특별한 비밀이 있으면 자세히 말해 보게."

내가 다소 긴장된 음성으로 물었다.

"부도가 묻힌 모양을 잘 살펴 보면 그 해답을 알 수 있네. 이건 자연적으로 흙 속에 파묻힌 현상이 아니네. 자연적으로 흙무덤이 생겼다면 다른 곳에도 그와 같이 여러 개의 봉분들이 형성됐을 테고, 그렇게 깊이 파묻히진 않네. 그러니 부도만 묻혀 있다는 게 심히 의심스런 대목이네. 그 말은 곧 누군가가 탑을 땅에 파묻고, 흙으로 덮어 놨다는 애기인 데, 여기서 우리가 하나 생각할 게 있네. 왜 이걸 묻어 놓았을까? 이건 보석으로 만든 탑도 아니고, 금으로 장식한 탑도 아닌데, 왜 그랬을까? 뭐가 그리 소중하다고 사찰 어느 곳에나 있는 평범한 부도를, 이런 높은 곳에 설치하고 묻어 놓았을까? 참으로 이해할 수 없는 문제라고 보네."

"특별한 사리라도 봉안되어 있으면 가능할 수 있네."

내가 반문했다.

"맞네. 특별한 사리라면 그럴 수도 있네. 하지만 애기는 여기서 끝나지 않네.”

나는 주변을 살펴보았다. 아니나다를까 주위에 다른 것들은 어느 곳 하나 흙으로 불룩하게 솟아 있는 곳이 없었다. 만약 풍화작용이라면 부도가 묻힌 곳에만 저렇게 흙이 쌓이진 않았을 테고, 오히려 흙이 씻겨 나가야 정상이다는 생각이 들었다.

마음이 떨려왔다. 그가 다시 말했다.

“그럼 이번에는 우리가 가져온 보주의 조각상에 대해서 생각해 보세.”

내 목에 침이 꿀꺽하고 넘어갔다.

“보주의 조각상도 특이하지만, 완벽하게 묻어놓은 부도 탑에서 왜 이것 하나만 빼놓았을까? 하는 문제네. 뭐가 중요해서 이걸 부도에서 빼냈을까 생각해 보게.”

하긴 설명을 듣고 보니 그랬다. 다 함께 묻어놓았으면 그만이지, 구태여 이거 하나만 빼서 보관해온 이유가 무엇일까? 보주를 손에 넣을 때부터 궁금한 건 나도 마찬가지였다.

“그건 잘 모르겠네. 맘에 안 들어선지, 아님 기념으로 가지고 있었는지, 둘 중에 하나라고 생각하네.”

“틀렸네. 보주를 돌려 맞춰보면 쉽게 알 수 있네. 이건 누군가 일부러 부도에서 보주를 뺄 수 있게 만들어진 정교한 석탑이네. 그러니 누군가 고의적으로 저 부도에서 보주만 빼낸 것은 다분히 의도적이라고 볼 수 있네. 빠진 보주석상의 하단이 나사형으로 제작된 것만 봐도 쉽게 알 수 있네. 하지만 결론은 왜 그걸 빼냈을까 하는 것이네. 결론은 한 가지밖에 없네…… 비밀이네.”

내가 피식 하고 웃으며 대꾸했다.

“억지로 짜 맞추지 말게. 내가 알기론 다른 의도는 없네.”

이번엔 사로가 응답하듯 피식 웃으며 다시 말했다.

"얘기를 계속 풀어가세. 먼저 창을 든 보주석상에 대해서 말해 보게. 난 저런 보주상은 난생처음이고 뭐라고 딱히 설명할 수 없으니까, 자네 의견대로 신라의 전통기법에 어긋나는 저런 보주상을 설명할 수 있는 사람은 자네밖에 없을 것 같네. 무슨 의미가 내포되어 있는지 아는 대로 설명해 보게."

당황스런 질문이었다. 내가 머뭇거리며 딱히 설명을 못하자 그가 다시 말했다.

"학술적인 연구 운운할 필요 없네. 원한다면 내가 자네 대신 간단히 설명할 수 있네."

자존심이 상했지만 달리 의도를 설명할 수 없는 내가 머뭇거리다가 양보하듯 말했다.

"그럼 설명해 보게."

그 말을 기다렸다는 듯 그가 말했다.

"방향이네. 저건 방향을 가리키는 것으로, 누군가가 의도적으로 암시를 주려고 만든 보주석상이네. 불교에서 사천왕(四天王)은 각자 네 가지의 방향을 가지고 불법을 수호하는 상징을 뜻하네. 자네도 알겠지만, 비파를 들고 있는 동쪽의 지국천왕(持國天王)과 칼을 들고 있는 남쪽의 증장천왕(增長天王) 그리고 용을 쥐고 있는 서쪽의 광목천왕(廣目天王) 마지막으로 창을 들고 있는 북쪽의 다문천왕(多聞天王)으로 구성되어 있는 이 수호신이 방향을 상징한다는 건 누구나가 다 알고 있네. 그러니 우리가 가져온 저 보주석상이 방향을 암시한다는 것은 누가 봐도 금방 판단할 수 있네."

순간 내 머리가 망치로 얻어맞은 듯 멍해 왔다.

사로의 말은 옳았다. 사천왕은 각자 방향이 있는 수호신이었다. 더구나 사로의 말대로 창을 든 보주석상은 정확하게 한 곳의 방향을 가리키고 있는 듯했다. 머리가 어지러웠다. 내가 떨리는 음성으로 인정하기 어려운 듯, 마지막 자존심을 내세워 다시 말했다.

"너무 비약시키지 말게, 사로."

그러나 그는 자신의 설명에 탄력을 받은 듯, 거침없이 다음 말을 내뱉었다.

"그럼 이번에는 보주상의 밑에 필(疋)자라고 쓰인 글자를 논해 보세."

내가 기어 들어가는 목소리로 변명하듯 말했다.

"그 글자는 여러 해 동안 풀지 못했네."

"그럼 지금 풀어보게."

가슴이 떨려왔다. 뛰는 가슴을 억누르며, 잠시 생각을 가다듬었다. 그러나 그 글자와 연상되는 것은 아무것도 없었다.

"잘 모르겠네. 부도를 만든 사람의 이름이라는 것밖에……."

"애석하게 또 틀렸네. 답은 의외로 쉽게 찾을 수 있네. 창을 든 수호 석상이 방향을 말한다면, 그 글자는 뭘 말하겠는가? 바로 길이를 나타내는 단위네."

순간 나의 심장 박동이 빨라지기 시작했다.

"하지만 길이를 말한다면 촌(寸)이나 척(尺)으로 표현해야 옳네."

사로가 고개를 흔들며 말했다.

"아니. 그것도 틀렸네. 그렇게 한다면 너무 쉽게 비밀이 들통날 수 있으니 나라도 그 방법은 쓰지 않을 거네. 그리고 자네도 알다시피 필(疋)이라는 단위는, 그 옛날 척(尺)처럼, 길이를 나타내는 척관법(尺貫法)으로 쓰인 것은 부정할 수 없는 사실이네."

분명 그랬다. 필(疋)과 척(尺)은 그 옛날부터 길이를 재는 단위로 통용되어 왔다. 보통 명주나 무명의 길이를 말할 때 그런 단위를 쓰는데, 명주 한 필은 40척이니, 지금 길이로 환산하면 대략 12미터 정도가 나왔다. 그러니 그 글자를 풀어보면 결론은 간단했다.

이라는 뜻이었다. 심장이 터지고 머리가 깨질 것 같았다. 도무지 마음을 자제할 수도 없었다. 내가 애써 부정하듯 다시 말했다.

"이건 말도 안 되는 얘기네. 설사 자네 말이 옳다고 해도, 이미 그 비밀을 쥐고 있던 사람이 지금까지 그걸 숨겼다고는 볼 수 없네."

"아니. 이번에도 틀렸네. 주변 어느 곳을 봐도 파헤친 흔적이 없네. 그리고 누군가 이 비밀을 풀었다면, 저 보주석상을 유품으로 남겨놓지도 않았을 뿐더러, 이미 부도탑에는 보주가 꽂혀 있을거네."

소름이 끼쳐왔다. 너무 예리하고 기발한 추리로 비밀을 풀어가는 사로가 무서웠다. 그가 다시 말했다.

"이건 첫 모험치곤 별로 힘들지 않는 모험이네. 그래서 자넬 여기에 데려온 거니, 나머진 자네가 알아서 한번 찾아보게."

난 믿어지지 않는 현실을 우선 인정하기로 했다. 그리고 부도에서 정확히 북쪽으로 12걸음을 걸어, 그곳에 당도해 사로에게 말했다.

"그럼 여기가 그 곳이란 말인가?"

사로가 곁으로 다가왔다. 그리고 풀이 죽은 내 어깨를 잡고 다시 설명했다.

"애석하지만 또 틀렸네. 너무 성급하게 서두르지 말게, 친구. 저 보주가 북쪽을 가리키는 다문천왕이라고, 뭔가가 북쪽에 있다고 생각하면 큰 오산이네. 이 비밀을 숨겨놓은 사람은 아주 용의주도하고 지능적인 사람이네."

사로는 힘이 빠진 나를 데리고 다시 부도 탑으로 향했다.

"저 보주는 오직 방향을 상징할 뿐 해답을 주진 않네. 정확한 방향을 알려면 아직 한 가지가 더 남았네."

사로를 바라봤다. 사로가 부도의 중간기둥인 6개의 보살을 가리키며 말했다.

"해답은 여기 있네. 자세히 살펴보게."

사로가 다시 땅바닥에 편히 앉았다.

난 떨리는 손으로 부도 중간기둥에 조각돼 있는, 6개의 보살들을 자세히 살펴보기 시작했다. 그러나 숨겨진 단서를 찾는 데 치중하던 내 눈에는 좀처럼 특이한 사항이 발견되지 않았다.

"내 눈에는 별다른 단서가 보이지 않네."

내가 난처한 표정으로 말하자, 사로가 가르치듯 대꾸했다.

"팔을 잘 살펴보게. 그럼 쉽게 풀 수 있네."

난 다시 6개의 보살의 팔을 눈여겨 살펴봤다. 그 순간이었다 나의 입에서 탄성과 함께 무엇인가 내 눈을 크게 자극해 왔다. 방향이었다. 6개의 조각된 보살들이 모두 오른쪽 방향으로만 두 팔을 향하고 있었다.

"사로, 6개의 보살 모두 오른쪽 방향으로만 팔을 향하고 있네."

"바로 맞혔네."

사로가 빙긋이 웃으며 몸을 일으켰다.

"이 석탑을 만든 석공(石工)은 아주 대단한 사람이네. 아무나 이런 걸 만들지는 못하네. 그는 위대한 석공이며 발명가라고 불러도 손색이 없을 것 같네. 난 이 석탑의 비밀보다는 이걸 만든 석공을 더 알고 싶은 심정이네."

사로가 조각된 팔들을 가리키며 말했다.

"이 보살들이 가리키는 방향대로 옥개석 지붕을 잡아 돌려보세. 아마 모르긴 해도 어느 한곳에서 방향이 멈추어질 것 같네."

갑자기 내 손이 떨려오며, 아찔한 현기증이 일어났다.

어떻게 이런 단순한 부도에서, 꼭꼭 숨겨져 있는 비밀들을 훔쳐본 것같이 줄줄 풀어낼 수 있단 말인가.

놀라움과 부끄러움이 교차했다.

너무 충격이 큰 것도 사실이지만, 사학을 전공한 학자로서 심히 부끄러워, 감히 얼굴을 들고 그를 쳐다볼 수가 없었다. 단지 그의 추리가 틀리는 수밖에 별 다른 방법이 없었다. 그러나 그 전에 한 가지 확인할 게 있어, 내가 다시 그에게 물었다.

"이런 비밀은 언제 알았나?"

그가 나와 같이 옥개석 지붕을 잡으며 말했다.

"처음엔 나도 몰랐네. 하지만 하루 종일 곰곰이 생각해 보니 몇 가지 의문이 생겼네. 특이한 보주석상도 그러했지만, 이 보주가 뭐가 그리 대단하기에 그처럼 소중하게 간직했을까 하는 생각이 먼저 나를 더 의심하게 만들었네. 더구나 그 밑에 새겨진 필(正)자라는 글자와, 지도까지 만들어 필요 이상으로 함에 보관한다는 것은 한 가지 결론밖에 없었네 비밀이네……. 그래서 자네한테 이 모험을 시작하자고 제안한 거네."

기가 막혔다. 몇 년 동안 이걸 가지고 있으면서 바보가 된 느낌이었다.

"자 이제 방향을 돌려보세. 어디를 가리키는지 알아야 땅을 팔 테니까."

나도 모르게 깊은 한숨이 터져 나왔다. 덜떨어진 관찰력에 경박한 지식을 가지고 날뛰던 꼴이라니…… 여지없이 자존심이 밑바닥까지 추락하는 기분이었다.

"그럴 필요 없네. 나도 가끔 실수할 때가 있으니까."

사로가 위로해 주지 않았다면 나의 패배의식은 더 심했을 것이다. 하지만 이쯤해서 모든 걸 털어버리고 우선 그 숨겨진 비밀을 찾는 데 집중하기로 했다. 나는 사로와 같이 있는 힘껏, 옥개석 지붕을 잡아 오른쪽으로 돌리기 시작했다.

"크르릉~"

부도의 지붕은 의외로 나사가 풀리듯 쉽게 돌아갔다. 그리고 90도 정도가 돌아갔을 즘, 부도 탑의 옥개석 지붕이 갑자기 방향을 멈추었다. 사로가 말했다.

"동쪽이네, 친구."

창을 든 보주의 석상은 정확하게 해가 뜨는 동쪽을 가리키고 있었다. 사로가 부도에서 동쪽으로 12걸음을 걸어가서, 그곳에 삽을 힘차게 꽂으며 말했다.

"여기가 바로……. 그 비밀이 숨겨져 있는 장소네? 친구."

이미 해는 산 아래로 내려가 주위가 어둑해졌다.

"자네는 매 고기나 구워주게. 여긴 내가 맡을 테니."

사로가 제안했다.

하지만 나는 나의 빗나간 판단과 경박한 지식에 뭔가 보상을 하고 싶어, 그런 그의 제안을 거절하고 나의 손에 삽을 움켜잡기로 했다. 사로가 그럴 필요 없다고 말렸지만 나의 의지는 단호했다.

어둠이 내려앉는 벼랑 위로 나의 부지런한 삽질이 시작됐다. 있는 힘껏 땅을 팠다. 부끄러움 때문인지 삽 끝은 힘이 더해졌고 내 무능함을 속죄하고 싶어 육체적인 노동을 자청해서인지 땅파기는 빠르게 전개되고 있었다. 고기를 굽던 사로가 걱정스런 표정으로 내 쪽으로 다가와 말했다.

"이제 그만하고 요기부터 하게. 나머진 내가 알아서 하겠네."

그는 쇠꼬챙이에 매달린 매의 고기 일부를 나에게 내밀었으나, 내 눈에 고기가 들어올 리가 없었다.

오로지 관심은 여기에 숨겨진 비밀뿐이었다.

"아니. 사양하겠네. 그냥 혼자 다 먹게."

나의 뇌리에는 오로지 땅 속에 숨겨진 의혹에만 관심이 있을 뿐, 다른 생각은 할 여유가 없었다. 열심히 고기를 뜯으며 휴식을 취하고 있는 태평한 사로와는 달리, 어디서 그런 힘이 생겼는지 나의 흙 파기 작업은 계속되었다.

1미터가 좀 넘게 파 들어가고 있을 때였다. 땅파기 작업을 수행하고 있던 내 삽 끝에 뭔가가 탁 하고 둔탁한 소리가 들려왔다.

"사로……."

내가 떨리는 음성으로 그를 불렀다.

횃불을 들고 구덩이 쪽으로 다가온 사로가 뭔가 발견한 것을 증명이라도 해주 듯 고개를 끄떡여줬다. 자신감이 생긴 내가 황급히 손으로 흙을 걷어내기 시작했다.

그때였다. 내 두 눈에 흙 속에 파묻혀 있는 석함(石函)하나가 서서히 그 모습을 드러내기 시작했다.

"석함이네, 사로."

손끝이 부들부들 떨려왔다. 사로가 그런 나를 말없이 바라봤다. 60센티 크기의 석함치곤 상당히 무거웠다. 얼마나 무거웠는지 내가 겨우 사로의 힘을 빌려 어렵게 석함을 땅 위에 올려놓는 데 성공했을 정도였다.

나는 서둘러 석함에 묻은 흙부터 털어내기 시작했다.

흙이 털려나간 석함의 바깥 모양은 은은한 연꽃 무늬로 조각된 화강암 상자로, 옛 조상들의 정교한 석공 기술이 돋보이는 상자였다. 나무상자라면 오랜 세월 땅 속에 묻혀 있다가 썩을 것이 분명했기에, 누군가 단단한 화강암으로 만든 것은 아주 현명하다고 볼 수밖에 없었다. 마음이 급한 내가 먼저 석함의 뚜껑을 잡았다.

그러나 석함을 열기에 앞서 예를 갖추는 것이 필요하다고 느낀 나는 서둘러 경건한 마음으로 합장기도를 했다. 합장이 끝나고 나의 손은 다시 석함의 뚜껑으로 돌아왔을 때였다.

갑자기 컴컴한 하늘 저 멀리에서 나직하게 천둥소리가 들려왔다. 비가 올 것 같았지만, 신경은 온통 석함으로만 집중돼 천둥소리가 나의 시선을 분산시키지는 못했다.

이제 남은 일은 상자를 여는 일만 남은 것이다. 목구멍이 타는 듯했다. 사로가 그런 나를 잠시 바라보았다. 그리고 석함이 발견된 게 다행이라고 생각한 듯, 그의 표정도 상기되었다.

"크르릉"

조심스레 돌함의 뚜껑이 열어 젖혀졌다. 그러나 내 눈에 제일 먼저 들어온 건 뭔가를 감싼 듯 금실로 수놓은 노란 보자기였다. 귀중한 물건을 감싸고 있는 것이 틀림없었다.

내가 가쁜 숨을 몰아쉬고 떨리는 손으로 조심히 그 보자기의 매듭을 풀기 시작했다. 그리고 떨리는 내 손에 보자기의 매듭을 풀어헤치자, 나의 심장은 이미 멎은 것처럼 아무런 동요도 없었다.

황금부처상이었다.

한 손에 직경 2센티미터의 사리를 움켜쥐고 있는 휘황찬란하게 빛나는 황금부처상이었다. 황금 특유의 노란 빛과, 찬란한 빛이 어우러진 황금부처상과 사리……

눈이 부셨다.

연꽃 위에 앉아, 광배(光背)를 두른 좌불 부처상은 너무나 정교했다.

나도 모르게 손끝이 부들부들 떨려왔다. 얼굴은 마구 화끈거리고, 눈은 이미 초점을 잃어 황홀경에 빠져 있었다.

내 입에서 나도 모르게 뜨거운 입김이 뿜어져 나왔다.

황금부처상 밑에는 연꽃 무늬의 불자(拂子)와, 금강저(金剛杵, 승려들이 불도를 닦을 때 쓰는 법구(法具)의 하나)를 들고, 불교의 수호신인 천부상(天部像)을 새긴 조각들이 황금부처상을 떠받들고 있었다. 실로 경탄을 자아내고도 남음이 있는 정교한 조각이었다.

또한 부처상의 하대에는 금동문자(金銅文字) 형태의 글자들이 빽빽이 조각 되어있어, 유물로서는 보기드문 희대(稀代)의 보물이었다.

가슴이 조여 오고 숨이 막혀왔다.

내가 그런 황금부처상 앞에서 넋이 빠져 있을 때 갑자기 황금부처상이 움켜쥐고 있던 둥근 사리가 불을 켠 듯 환하게 빛을 발하며, 황금부처상의 전체가 푸른 광채를 발하기 시작했다.

원인 모를 강한 광채와 뿜어져 나오는 알 수 없는 형형색색(形形色色)의 눈부신 광채였다. 내가 겁을 먹고 다시 뒤로 한걸음 물러나자, 사로도 약간 당황스러운 듯 모자를 벗고 이마를 쓸어내렸다.

하늘의 별까지 가린 시커먼 구름이 몰려오기 시작했다.

뒤이어 청천벽력 같은 천둥소리와 함께, 마른벼락도 울려왔다. 무서움이 엄습해 왔지만, 말로 다 형언할 수 없는 황금부처상의 아름다움과, 사리의 황홀한 광채는 그 공포를 씻어내는데 충분했다.

내가 황금부처상 앞에 무릎을 꿇고, 엄숙하게 연화합장(蓮花合掌, 두 손의 손바닥을 함께 합하는 기도)을 시작했다.

두 손 모아 부처님께 정성껏 기도를 했다. 사로는 그런 나를 말없이 바라 봤지만, 그가 믿는 하나님께 나처럼 기도는 하지 않았다. 기도가 끝나고 내가 몸을 일으키자, 사로가 기다리기 지루했다는 듯 이마를 매만지다 나에게 짧은 미소를 보내며 말을 건넸다.

"첫 모험을 무사하게 끝마친 것을 축하하네, 친구."

그 말이 끝나자, 전에 우리를 공격했던 매 한 마리가 벼랑 위로 굉음을 질러대며 공중을 선회했다.

그리고 나와 사로가 서 있는 벼랑 끝의 그 밤은……

그렇게 찬란히 흘러가고 있었다.

4

　일본 경시청이 자리하고 있는 경성의 도심 한복판을 통과하고 있는 우리는 일본의 검문을 피해가고 있었다.

　3.1 운동의 여파로 강압통치를 저질렀던 2대 총독인 하세가와 요시미찌(長谷川好道)는 본국으로 송환되고, 1919년에 새로 부임한 3대 총독 사이또 미노루(齋藤實)총독이 지배하고 있었다.

　그는 소위 문화정치를 내세우면서 우리 민족말살과 역사 파괴정책을 계속 진행하는 인물이었다. 험악한 시대의 상황인지라 경성 곳곳에 감시의 눈도 여전했다.

　우리는 그런 일본군의 눈을 피해 황금부처상을 교묘하게 위장하여 도심을 통과하고 있었다. 위장이란 별 게 아니었다.

　사로와 내가 각각 똥장군(똥지게)을 들고 지나가는 방법이었는데, 똥장군은 나뭇조각을 원통형으로 짜서 만든 나무통으로, 인분을 담아

나르는 용도로 쓰였기에, 일본 순찰병들은 그런 나와 사로에게 아무런 검문을 하지 않고, 냄새 때문인지 오히려 검문을 기피하는 현상까지 보였다.

물론 이런 방법은 나의 머리에서 나온 것은 두 말할 나위가 없었다. 하지만 누군가 우리를 눈여겨 봤다면 발각될 수도 있는 문제였다. 그것은 사로가 맨 똥장군은 냄새가 전혀 나지 않았기 때문이었다. 물론 그 통에 황금불상이 들어 있다는 것은 설명할 필요도 없을 것이다.

사람의 심리란 참 묘했다.

나란히 똥장군을 들쳐 메고 걷는 우리를 보고 둘 다 인분통으로 알다니, 참으로 인간심리를 이용한 교묘한 위장 전술이었다.

나는 이런 방법으로 군자금을 전달하면 꽤나 유용하겠다는 엉뚱한 착상까지 하며, 경성(서울) 곳곳을 돌아다니는 일본인의 감시를 피해, 드디어 우리가 몸담고 있는 용산나루터 근처의 사로의 가게 앞에 도착했다.

내가 먼저 곧바로 문을 굳게 닫아걸고, 사로가 메고 있던 똥장군을 황급히 바닥에 내려놓는 걸 거들었다.

"나무판은 내가 뜯어내겠네."

내가 서둘러 똥장군의 나무판을 뜯어내기 시작했다. 그리고 조심스럽게 뜯겨나간 나무 통에서, 금실 천으로 감싼 황금부처상을 꺼내는데 성공한 나는, 다시 한 번 감격에 겨워 어찌할 바를 몰랐다.

나의 기쁨은 말로 다 표현할 수가 없었다. 황금부처상의 영롱한 빛은 다음날 암벽을 타고 내려올 때 그쳤지만, 그 빛은 내 뇌리에서 영원히 지워지지 않을 보물 중에 보물이었다.

그러나 시간이 흐르자 우리는 황금부처상을 놓고 크게 고민에 빠지고 말았다. 사로의 가게는 이미 설명했지만 그리 크지 않는 규모로 되어 있었다. 몇 십 점의 골동품과 고서들 그리고 잡다한 장신구들이 전부였으며, 그런 물건 뒤에는 나무땔감을 넣어 불을 지피는 작은 화덕과, 사로가 숙식을 취하는 나무침대가 있는 허름한 방 한 칸이 전부였다.

가게 밖 뒤편으로는 취사를 할 수 있는 작은 우물 하나가 있었고, 아침에 일어나면 그 우물에서 세면을 하고, 취사를 준비하는 아주 소박한 가게의 풍경이었다.

물론 후에 나도 사로의 침대 옆에 나란히 나무침대를 하나 갖다놓는 바람에 공간이 좁아 여간 고생이 아니었지만, 사로의 골동품점은 가게와 숙식들을 동시에 해결할 수 있는 우리의 비밀장소 같은 역할을 해왔으므로, 나름대로 만족할 만한 장소임은 충분했다.

그런 사로의 가게구조로 봐서 이런 황금 부처상 같은 보물을 숨기기엔 다소 무리가 있었으므로, 우리는 고민하지 않을 수 없었던 것이다.

사로의 잦은 외출도 문제였지만, 황금부처상을 보관하기엔 절대로 안전하지 않다는 결론에 도달한 우리는, 내가 개인적으로 알고 있는 고승 '신현대사'가 머물고 있는 사찰에 이 황금부처상을 비밀 보관하는 데 합의했다. 더욱이 이번일은 내가 먼저 단서를 제공했기에, 사로도 그런 나의 의견에 적극 찬성해줬다.

며칠 후 신현대사(晨晛大師)가 머물고 있는, 답국사(畓麩寺)에 도착한 우리는 조심스레 이 황금부처상을 그 앞에 내보였다. 그리고 발굴하게 된 사연과 모험 얘기를 말하는 데 조금도 게을리하지 않았다. 물론 그런 얘기는 나의 입으로 통해져 신현대사에게 전달되었다. 흡사 내가 발굴해서 가져온 양 떠들고 있었던 것이다.

내가 그렇게 설명을 하고 있을 때 사로는 조용하고 부드러운 미소로, 방의 문턱에 앉아 날 묵묵히 바라보았는데, 처음에 신현대사도 황금부처상을 보고 어찌나 놀랐던지 목탁을 떨어트리고 연거푸 합장기도를 올리며 이마에 땀방울까지 맺히며 어찌할 바를 몰랐다.

우리에겐 보상이란 건 따로 없었다.

처음부터 바라지도 않았지만, 답국사의 보답은 융숭하기 그지없었다. 우리가 원하는 만큼 그 곳에 머물 수 있는 허락도 떨어졌다. 그리고 황금부처상의 단서를 제공한 노인을 찾아 끝까지 돌봐주겠다는 답국사의 약속도 흔쾌히 받아냈다.

나는 이번 기회에 그 동안 지친 여독을 풀 겸, 펜과 종이를 챙겨들었다. 뭔가를 기록하기로 마음먹은 것이다.

그것은 다름 아닌 모험에 관한 내용으로, 이 일은 후에 역사 집필에 소중한 자료가 될 수 있었기에, 이 기록을 남기는 게 좋다고 판단한 나의 결정이었다.

그리고 지난 2년 동안 사로와 함께한 작은 탐사나 발굴 작업에도 소상한 기록을 남겨두기로 했다. 그러나 사로는 비밀유지를 위해 나의 기록을 달갑게 생각하지 않았다.

몇 번인가 회유하려고도 했지만 모든 게 부질없었다. 하지만 철저한 비밀을 유지한다면 문제될게 없다는 나의 생각은 변함이 없었다.

나는 이번 기회에 사로의 성장과정부터 그 동안 혼자 해왔던 그의 개인적인 모험담도 소상히 기록하려고 했지만, 그것만큼은 사로가 입을 열지 않아 도움을 받지는 못했다.

난 과장스런 언변으로, 우리 둘의 모험담은 후에 역사가 평가할 위대한 기록이라고 떠들었지만, 사로는 여전히 흥미를 느끼지 못하고 있었다. 그렇게 답국사에서 하루하루를 편히 쉬고 있었다. 그리고 사흘이 좀 지났을 때였다.

"먼저 경성으로 돌아가겠네."

그가 먼저 자신의 가게로 돌아가고 싶다며 의견을 말해왔다. 다소 아쉽지만 그의 결심을 꺾기가 어렵다는 걸 안 나는 결국 그와 함께 짐을 싸기로 했다. 그리고 다음날 아침, 우리는 신현대사의 마중을 받으며 다소 아쉬운 발걸음으로 경성을 향해 길을 재촉했다.

우리가 돌아갔을 즘, 경성에는 일본헌병대 장교 자택에 도둑이 들었다는 사실에 비상이 걸려 있었다. 가는 곳마다 검문이었다.

나중에 안 사실이지만, 그들은 누군가에 의해서 독립군의 활동상황을 염탐하는 소위 스파이라고 불리는 명단과 기밀서류가 도난 당한 것이었다. 그러나 일본인들의 검문을 받을 때면 내 활약은 크게 두드러졌다. 나는 일본어를 유창하게 잘했다.

인천 일어학교의 선배에게 배운 탓도 있었지만, 일제 식민지하에서 거의 매일 활용하다시피 하는 언어는, 내 뇌리에서 쉽게 지워질 수 없는 언어였다.

더구나 그들의 말은 내 자신이 위기에 빠졌을 때 위기탈출용으로도 적극 활용되었는데, 야학문제로 일본인의 검문을 받을 때도 그랬고, 사로와 같이 다닐 때도 좋은 방패 역할을 해주고 있었다.

반면 사로는 일본어 실력이 그리 유창하진 못했다.

대강 기본만 구사할 줄 알았는데, 그 발음도 가끔 엉터리여서 난 곧잘 웃음을 터트렸다. 그러니 당연히 그와 동행할 때면 내 일본어 실력은 큰 빛을 발하며 좋은 무기가 되었던 건 사실이었다.

사로와 내가 가게에 도착했을 때는 점심이 좀 지나서였다. 가까운 국밥집에 점심을 먹으려고 대강 가게를 정리하고 나서려는데, 한 일본 순사와 조선인 통역사가 가게 문을 열고 들어섰다.

일본순사의 말은 이러했다.

간밤에 일본헌병대 장교 자택에 강도가 들어, 범인을 색출하고 있으니, 혹시 수상한 사람이나 일본어로 쓰인 서류뭉치들을 보면 신고하라는 내용이었다.

우리는 보지 못했으므로 그런 사람을 보게 되면 신고하겠다는 대답을 하고, 그들의 비위를 맞춰 보내려 했지만, 갑자기 가게 문을 나서던 일본 순사가 가게 모퉁이에 있는 한 개의 도자기를 발견하고 주인으로 착각한 나에게 가격을 물어왔다.

"얼마주면 팔 수 있는가?"

아무리 하찮은 도자기라도 일본인에게 파는 것은 마땅치 않은 내가 일본어로 또렷하게 별로 값나가는 도자기가 아니라고 설명했다.

그러나 그는 고개를 흔들며 오히려 나의 무식함을 나무라듯, 꽤나 많은 돈을 내 손에 쥐어주고 자랑스럽게 도자기를 들고 가게 문을 나서는 것이었다.

어안이 벙벙했으나 사로는 미소만 흘리고 있었다. 내가 판 도자기는 흔하고 평범한 도자기로, 사로의 거래처인 지방에서 제작해서 보내주던 물건이었다. 그 가격대 밑으로 어디서든 구입할 수 있는 무난한 도자기였지만, 뜻밖에 웃돈을 받고나니 어쩐지 쑥스럽고 너털웃음만 나왔다.

그러나 한편으론 평범한 도자기도 자신만의 가치성을 부여해 구입해가는 일본 순사를 보고, 오래된 연도와 가치만 따지는 내 자신이 약간 부끄러운 것도 사실이었다.

하지만, 그것은 몇몇에 해당되는 사항이며, 어떤 일본인들은 더 좋은 물건들을 구하는데 열을 올렸으므로, 사로와 친분이 있는 몇몇 뜻있는 상인들은 좋은 도자기와 골동품들은 아예 가게에 진열하지 않고 일본인의 눈을 피해 꼭꼭 숨겨놓기 일쑤였다.

하지만 친일파 앞잡이들은 국보급에 해당하는 우리의 유물들을 감쪽같이 구입해, 언제나 일본인들에게 갖다 바치기 일쑤였으므로, 사로는 그걸 항상 분통해 했다.

그 대표적인 예로 조선총독부 산하의 '취조국'이 빼앗아간 우리나라의 유물은 실로 엄청났으며, 자료와 정보도 곳곳에서 파헤쳐지고 빼앗긴 숫자도 이루 헤아릴 수가 없었다. 그러므로 사로가 역사와 유물에 관한 한 강한 집착력을 보이며, 분통을 터트리는 것도 절대 무리는 아니었다.

골동품상을 우리의 비밀장소로 이용한 것은 참 잘한 선택이었다. 물론 사로가 이런 골동품상을 하게 된 건 그만한 이유가 있어서였지만, 그 첫 번째 이유로는 우선 상인들과의 접촉에서 많은 정보와 흐름을 파악할 수 있었고, 둘째. 무지한 서민들이 가지고 있던 많은 유물들이 일본인의 손에 직접 들어가는 것도 막을 수 있었으며, 셋째. 생활비와 숙식을 같이 해결할 수 있는 가장 유일한 장소였다. 물론 지금같이 공돈이 생길 때도 있었다.

"공돈도 생겼는데, 국밥이나 먹으러 가세."

나의 말에 사로가 가게 문을 잠그고 나섰다.

우리가 자주 찾는 국밥집은 사로의 가게에서 약간 떨어져 있었다. 소공동으로 빠져나가는 길에 일본인 약방 뒤편으로 나 있는 골목길 끝 판자로 된 가게였는데, 국밥만큼은 제법 입맛에 맞아 우리는 자주 거길 찾는 편이었다.

국밥을 먹는데도 일본 헌병과 순사들이 번갈아 들락거렸다. 간밤에 강도가 든 건 알지만, 이렇듯 심한 검문을 하는걸 보면 일본 헌병대가 꽤나 크게 자존심이 상한 것 같다는 생각도 들었다.

국밥을 먹는 도중에도 검문을 받았으며, 다시 먹다 검문을 받고 나중엔 국밥 맛이 싹 달아날 지경이었다.

사로는 태연했지만, 난 더 이상 참을 수 없어 유창한 나의 일본어도 뽐낼 겸, 검문을 위해 마지막으로 들어서는 일본 순사에게 용감하게 맞서기로 했다. 뭔가를 보여주기로 결정한 것이다.

그러나 내게 돌아오는 것은 일본 순사의 무섭고 따가운 뺨 한 대였다. 가게로 돌아와 사로에게 위로를 받았지만, 다소 등치 큰 놈한테 얻어맞아선지 한쪽 뺨이 이상하게 벌겋게 달아올랐다.

'괜히 나서서 일만 만들었구나.'

그러나 그보다 내가 더 창피한 것은 일본군에게 뺨을 맞았을 당시 입 안에 든 국밥을 옆 탁자에 앉아있는 20대 초반의 여자에게 내뿜었던 사실이었다. 그 일만 생각하면 창피해서 미칠 지경이었다.

사로는 웃음을 참고 있었지만, 그보다 먼저 내 혼사 문제로 내일 아침 일찍 부친의 요청에 따라 시골 고향으로 내려가기로 약속한 것이 더 크게 걱정되었다.

귀한 아들이라 나의 이런 뺨을 보시면 노발대발하실 게 뻔했기 때문이었다. 상처 난 뺨을 계란으로 밤새 비벼댔지만 웬만해서 부기가 빠지지 않았다. 거울을 보면서 두 번 다시 만용은 부리지 않겠다고 결심도 했지만, 마음이 상한 것은 어쩔 수 없는 노릇이었다.

나무로 만든 작은 침대에 몸을 눕히고 나니 피곤이 엄습해왔다. 사로가 생활하는 곳이지만, 하숙집에 돌아가기 늦을 때면 내 전용침대에서 가끔 이곳에서 신세를 지곤 했으므로, 이 일은 아주 자연스러운 일이 되어버렸다.

내가 묵고 있는 곳은 경성 도심에 있는 작은 하숙집으로, 여기서 그리 멀지 않는 곳에 있었다.

한밤중이었다.

곤히 잠에 빠져 있었는데, 누군가 조심스럽게 가게 문을 두드리는 소리가 났다. 잠에 취해 있었지만 계속되는 노크 소리에 귀를 쫑긋 세울 수 밖에 없었던 내가 가게 문 쪽으로 나가보니, 이미 사로가 호롱불을 켜고 가게 문을 조심스레 열어 젖히고 있었다.

밖에는 한 남자가 싸늘한 표정으로 어둡게 서 있었다.

"실례합니다. 여기 가면 주인을 볼 수 있다고 하기에 이렇게 야밤에 불쑥 찾아왔습니다만. 괜찮다면 잠시 들어가서 얘길 하고 싶군요."

사로가 잠시 경계하 듯 그를 바라보자, 그가 다시 말했다.

"뒤쫓는 사람은 없습니다."

사로는 고개를 끄떡이곤, 서둘러 가게 문을 단단히 걸어 잠그고 그를 화로 쪽으로 인도했다. 그는 다소 정중하게 격식을 갖췄지만, 어딘지 모르게 다급함이 몸에 배어 있었다.

그는 30대 후반에 미남형 얼굴이었으며 카이저 수염을 기른 단단한 체격 만큼이나 얼굴도 상당히 기품 있게 보였다. 그는 나를 의식하지 않는 듯, 사로가 권하는 의자에 천천히 몸을 기대며 큰 숨을 몰아쉬었다.

"최 노인께서 여길 적극 추천해 주시더군요. 그래서 이렇게 온 겁니다."

최 노인은 큰 규모의 정미소(精米所)와 쌀집을 운영하는 상인이었다. 언젠가 사로의 소개로 나도 잠시 인사를 나눈 처지였지만, 가게를 운영해서 독립군 자금을 조달하는 뜻있는 애국지사로 정평이 나 있는 사람이었다.

작년엔 일본군의 의심을 받아, 70세의 나이에도 불구하고 옥고를 치른 용감한 노인이기도 했는데, 그런 최 노인이 여길 추천한 것은 사로를 그만큼 믿었으며, 자신에게 일본군의 감시가 있을지 모른다는 걱정에 여길 소개했다고 미뤄 짐작할 수 있는 일이었다.

"소식은 들은 줄 압니다만, 며칠 전 일본군 장교 자택에 도둑이 들었다는 말은 들었을 겁니다."

그 말에 내가 귀를 쫑긋 세웠다.

"그 일을 벌인 건 바로 접니다. 동지 한 명과 같이했는데, 그 동지는 훔친 서류를 가지고 먼저 이곳을 떠났습니다."

소스라치게 놀란 내가 사로를 바라보자, 사로는 오히려 태연하게 그의 말을 경청하고 있었다.

'한밤중에 일본장교 자택을 턴 범인이 이렇게 사로를 찾아오다니…… 도대체 무슨 일이란 말인가?'

난 다가올 두려움에 바짝 긴장하고 귀를 기울였다.

"다행히 우리가 찾던 서류는 손에 넣었지만, 그걸 가져나올 때 금고 속에 또 다른 서류가 있기에 확인도 안 해보고 다 가지고 온 건데, 나중에 보니 우리하곤 거리가 먼 서류 같아서 이렇게 찾아뵌 겁니다."

남자는 품안에서 한 뭉치의 서류를 사로에게 건네주었다.

"발각되는 바람에 또 한 뭉치는 떨어트렸지만, 이거라도 건졌으니 다행인 것 같습니다."

일본어를 잘 모르는 사로지만 서류를 받아본 그가, 어느 부분에서 뭘 발견했는지 크게 안색이 변하였다.

서류를 보고 그렇게 크게 안색이 변한 건 지금까지 한 번도 본 일이 없기에, 뭔가 심각한 내용이 그의 시선을 끌었다고 미뤄 짐작할 수 있었다.

"저도 대강 살펴봤는데, 무슨 유물에 관한 문서 같던데, 역사에는 문외한이라 이렇게 염치불구하고 이걸 전하러 온 겁니다."

남자의 말에 사로가 안색을 바꾸며 따뜻한 표정으로 올려다봤다.

"독립도 중요하지만, 우리 유물들을 지키는 것도 중요하다 생각해서 가져왔는데, 필요한 서류였으면 좋겠군요."

그 남자는 거기까지 얘기하고 잠시 긴장이 풀린 듯, 길게 또 한 번 한숨을 내쉬었다. 사로가 예를 갖추고 정중하게 남자에게 물었다.

"실례지만 성함이 어떻게 되시는지요?"

남자가 이름 밝히는 게 늦었다는 듯, 몸을 바로잡으며 말했다.

"네. 제 이름은 송……."

순간 이름을 밝히려던 그가 잠시 말을 멈추고, 나를 의식한 듯 바라보았다.

"이분은 어떻게 되는지요?"

"걱정 마십시오. 믿을 수 있는 제 친구입니다."

"그렇다면 다행이군요. 험한 일을 하는 사람이라 습관이 돼서."

난 그 말에 기분이 좀 언짢았지만, 겸연쩍게 미소를 흘렸다.

그도 그런 나를 의심했던 게 미안해선지, 눈인사로 나에게 미안함을 대신했다.

"이름은 관두시죠. 피차 알아야 좋을 게 없으니까. 그보다 최 노인 말씀에 대단한 일을 하는 분이라고 들었습니다만, 가기 전에 한 가지 부탁이 있는데 들어주실 수 있는지 모르겠군요."

"말씀하시죠."

사로가 따뜻하게 말했다.

"미안하지만 오늘 밤중으로 무기가 될 만한 것을 좀 구해주실 수 있겠는지요. 동이 트기 전에 이곳을 빠져나가야 하는데 맨몸으로 탈출하자니 좀 걱정이 되는군요. 지붕에서 총격전을 벌이다가 총을 분실한 것도 그렇지만, 그보다 이 서류를 무시하고 동지와 함께 경성을 떠날까도 생각했습니다. 하지만 저의 부친께서도 선생님이셨기에 함부로 버릴 것도 못돼서, 서대문 밖 곡물창고 근처에 있다가 이렇게 위험을 무릅쓰고 가지고 온 겁니다."

사로는 이걸 전해주기 위해 위험을 자초한 그 남자가 고마웠던지 나에게 차 한 잔을 끓여 내오기를 부탁했다. 나는 뭔가 심상치 않는 사로의 친절에 서둘러 부엌으로 향했다.

잠시 후, 내가 차를 끓여 내오자 사로와 나직하게 얘길 주고받던 그는 잠시 이야기를 멈추고, 내가 건네준 차를 받아들었다.

"잠시만 기다리시죠."

내가 의자에 앉자마자, 사로가 급히 뒷방으로 들어갔다. 나는 딱히 할 말도 없어 괜히 미소하다, 그에게 불쑥 말을 꺼냈다.

"보아하니 독립군 같아 보이는군요."

내 말에 그가 힘 있게 대꾸했다.

"네. 다들 그렇게 부르지만 아직 큰일을 한 건 없습니다. 지금은 자금 조달이나 염탐 같은 일이지만, 언젠간 큰일을 벌이는 게 제 소원입니다."

문득 어두운 불빛에서 그가 나의 뺨을 봤는지, 염려스런 표정으로 다시 물어왔다.

"그런데……. 한쪽 뺨이 부었군요. 놈들한테 끌려가서 무슨 고초라도 당하신 것 같은데……."

그 말에 내 가슴이 뜨끔해졌다. 일본군에게 괜한 만용을 부리다 뺨을 얻어맞은 얘기를 차마 할 수 없다고 생각한 내가 잠시 머뭇거리자, 그가 다시 근심의 얼굴로 다음 말을 물어왔다.

"다른 덴 이상 없는지요?"

난처한 질문의 연속이었다. 하지만 거짓말보단 솔직한 것이 좋겠다고 생각한 내가 사실대로 털어놓기로 했다.

"아뇨. 실은 그게 아니라,"

말을 다 하기도 전에 그가 눈치를 챈 듯 말했다.

"그렇군요. 오랫동안 이런 일만 하다 보니 다친 걸 보면 모두가 일본군이 한 짓으로 보여서 그만…… 허허."

부끄러운 일이었지만, 솔직하게 대답하는 것이 더 옳았으므로 후회하지는 않았다. 그러나 다음 말에서 나는 그만 실수를 저지르고 말았다.

"저기…… 이런 일을 하려면 자격은 어떻게 되는지 모르겠군요……."

나는 왜 그때 그런 말을 끄집어냈는지 후회스럽기 짝이 없다. 독립군을 하는데 무슨 자격이 필요하단 말인가. 말을 꺼내놓은 내가 심히 부끄러웠다.

"글쎄요……."

내 말에 그도 잠시 우스웠는지 입가에 묘한 미소를 띠며 답했다.

"지금 하는 일도 그리 나쁘지 않으면, 그냥 계시는 것도 도움이 될 것 같군요."

그 말은 내가 자격 미달이란 말같이 들려 불쾌했지만, 나의 말 실수가 더 컸으므로 그냥 가만 있기로 했다.

그도 미안했던지 잠시 겸연쩍은 표정을 보였는데, 이때 우리 앞에 사로가 다시 나타났으므로 이 상황을 자연스럽게 벗어날 수 있었다.

"무슨 일인가? 뒤에서 작은 소리가 들리던데."

남자와 얘기 도중 뒤쪽에서 작은 소리가 들려 난 무슨 일인가 궁금해 사로에게 물었다.

"별일 아니네."

사로는 그렇게 말하고, 수건으로 감싼 뭔가를 탁자 위에 내려놓았다. 펴보니 권총 한 자루와 실탄 몇 십 발이었다. 그 권총은 남부 14년식으로 8발이 장전되는 일본 장교들이 가지고 있는 권총으로, 장비 제작에 관심 있는 내 눈에 쉽게 들어왔다.

"역시 최 노인께서 사람은 잘 보셨군요. 감사히 쓰겠습니다."

그는 얼굴이 환해지며 재빨리 권총과 실탄을 품에 넣었다. 난 이러한 광경에 다소 놀란 것이 사실이지만, 물어볼 겨를도 없이 그가 자리에서 일어났으므로, 나중에 다시 묻기로 하고 보낼 준비를 서둘렀다.

사로는 평소 권총을 휴대하고 다니지 않았다. 모험을 떠날 때도 그러했지만, 선천적으로 총을 잘 좋아하지 않는 탓에 허리에는 늘 그가 아끼는 단검만 소지하고 다녔는데, 뜻밖에 이런 무기 출현은 나를 놀라게 했다.

권총을 받아든 그가 든든한 표정으로 문으로 향하며, 사로에게 말했다.

"보아하니 저보다 더 큰일을 하시는 것 같은데 부디 몸 조심하시고, 조국이 해방되면 그때 다시 뵙기를 바랍니다."

사로도 가벼운 인사말로 대꾸했다. 말을 마친 그가 이내 컴컴한 어둠 속으로 사라져 갔다.

그는 나에게 인사는 하지 않았지만, 컴컴한 암흑 속으로 사라져가는 그의 등 뒤에는, 독립군 투사로서의 고단한 삶을 살아가는 한 영웅의 쓸쓸한 모습이 그려져 있었다.

나는 떠나는 그의 뒤에 대고 정성껏 행운을 빌어줬다.

하지만 6년 후에 전해들은 소식으로는, 그가 독립군 자금을 가지고 중국으로 건너가다 일본군과 치열한 전투 속에서 13명의 일본군을 죽이고 남은 한 발의 총탄으로 자살했다는 소식이었다.

내가 아는 한 가장 훌륭한 삶을 살았던, 유일한 독립군의 죽음인 것이다.

남자가 떠난 후, 사로는 좀더 자세히 서류를 살펴보기 시작했다. 난 권총의 출처를 물으려고 했지만, 그 남자의 길에 숙연치 못한 행동이라는 생각을 하고, 대신 그의 찻잔을 치우기로 했다.

그러나 내가 알고 싶은 것은 권총이 아니라, 솔직히 말해 사로만의 비밀 장소였다. 아무리 봐도 권총을 숨길 만한 데가 없었는데, 사로가 그걸 꺼내 왔다는 것은 아직도 내가 모르는 비밀장소가 있다는 증거였기 때문이다.

하지만 묻기에는 아직 성급한 것 같아 그만두기로 마음먹었는데, 내가 찻잔을 치우고 돌아왔을 즘, 가지고 있던 서류 몇 장을 분류한 사로가 그것을 나에게 건네며 말했다.

"이걸 좀 번역해 주게."

서류를 받아든 내가 의자를 끌어당기고 그 앞에 마주 앉았다.

"뭔데 그러나?"

"일단 번역부터 해보게. 아참! 그 전에 이 문서의 수신자부터 말해 주게."

문서의 상단 쪽을 살폈다, 거기엔 일본 내무성 보안과 '야마모토 겐죠에게 보내는 전문보고서' 라고 표기되어 있었다.

"내무성 보안과, 야마모토 겐죠라고 표기되어 있네."

순간 사로는 몹시 상기된 표정으로, 의자에 조용히 몸을 파묻었다.

"왜? 아는 사람인가?"

사로가 침울하게 말했다.

"일단 번역부터 해주게. 분량이 얼마 되지 않으니 되도록이면 정확했으면 좋겠네."

"알겠네. 내일 아침 날이 밝으면 그렇게 해주겠네."

"아니, 지금 당장 해주는 게 좋겠네."

다급함을 요하는 사로의 말투였다. 나는 순간 뭔가 중요한 게 있구나 하는 생각이 들어 그의 부탁을 들어주기로 했다.

"알았네. 종이하고 펜부터 챙기고 번역을 시작하겠네."

잠시 후, 나는 사로의 부탁대로 펜과 종이를 준비하고 곧바로 번역에 들어갔다. 하지만 번역을 시작하기도 전에 문서를 대강 훑어본 나는 번역은 고사하고, 들고 있던 펜마저 조용히 책상 위에 내려놓았다.

펜을 멈추자, 사로가 의아한 표정으로 날 바라보았다.

내가 먼저 콧방귀를 뀌며 말했다.

"이거 잘못 가져왔네. 그 독립군이란 사람 수고는 했지만, 이건 기밀 문서도 아니고, 누군가 동화책이나 쓰려고 우리의 전설을 베껴놓은 일본문서 같네. 이런 것을 상부에 올리다니 기가 막혀 말이 안 나오네. 아마 자네도 이게 무슨 내용인지 알면 크게 실망할거네."

일본의 역사 찬탈에 크게 분개했던 내가 이제는 떠돌아다니는 동화 같은 얘기까지 가져가려는, 그들의 야비함에 냉담한 어투로 말했다. 사로가 대꾸했다.

"쌍룡불화(雙龍佛畵)에 대한 얘기라는 건 나도 대강 아네."

"일본글을 잘 모르잖나?"

"몇 글자는 알 수 있네."

"그럼 거기에 관한 내용도 잘 알고 있을 테니 다행이네."

사로가 재미있다는 듯 날 바라봤다.

"그런데 불화 얘기는 어떻게 알고 있나? 그 얘기는 일반인들은 잘 모르는 얘긴데."

내가 묻자, 그는 대답 대신 미소와 침묵으로 일관했다.

"하긴 자네가 뭘 모르겠나? 그러나 저러나 이 따위 얘기를 복사해서 올린 걸 보면, 정말 할 일이 되게 없는 놈들이라고 보네. 남의 나라 전설 따위를 가지고 어디다 써먹겠다고."

내가 일본군을 조소하며 허탈하게 웃었다. 그러나 사로는 자못 진지한 태도로 다시 말했다.

"그래도 번역해 보게. 뭐라 쓰였는지 알고 싶네."

"아니. 그럴 필요 없네. 이건 전설에나 나오는 얘기지, 실제 불화 같은 건 없네. 있다고 믿는 것 자체가 이상한 거고, 번역하는 것 자체가 웃기는 일이네. 그러니 이것 때문에 시간 낭비하고 싶지는 않네."

사로가 다시 대꾸했다.

"그럼 자네가 알고 있는 쌍룡불화에 대해 말해 보게?"

쓸데없는 시간 낭비였지만, 얘기가 나온 이상 내 해박한 지식을 숨길 수는 없었다.

"글쎄. 전반적인 내용은 삼국유사의 일부 대목하고 똑같네. 유사를 살펴보면 혜통항룡(惠通降龍)이라는 대목이 나오는데, 거기 보면 혜통(惠通)이라는 중이, 당나라 황실의 공주의 병을 고치려고, 콩으로 신병(新兵)을 만들어 병마인 교룡(蛟龍)을 내쫓고, 공주의 병을 완치시켰다는 기록이 있네. 물론 그 용이 나중에 복수심으로 신라 어딘가에 가서 백성을 해쳤다는데 혜통이 그 용을 달래어 불살계(不殺戒)를 줬다는 기록도 나와 있네. 하지만 내가 스승한테 들은 다른 책의 기록들을 보면 기억이 잘 나지는 않네만, 불살계를 받아든 그 용이 한 마리의 용을 더 데리고 와서 부부의 연을 맺고 또다시 극성을 부렸는데, 사태가 심각해지자 알 수 없는 한 고승이 그 근처를 지나다, 그 두 마리의 용을 젓가락으로 잡아 화폭에 넣었다는 기록이 있는데, 그 화폭에 용을 담은 그림이 바로 쌍룡불화라고 들었네."

한 치의 오차 없는 얘기에 사로가 진지한 표정으로 듣고 있었다.

"그리고 마지막 장에서 두 마리의 용이 빠져나올 것을 대비해서, 그림에서 용의 눈을 빼내고, 두 명의 고승에게 손수 적은 불경을 줘서 그 불화를 감시하도록 했는데, 그 후 나머지 얘기는 나도 더 이상 들은 바가 없네. 아무튼 이런 어처구니없는 얘기를 가지고 보고서까지 만들다니 정말 기가 막혀서 말이 안 나오네. 내가 알고 있는 얘기는 여기까지가 전부네."

조용히 듣고 있던 사로가 실눈을 뜨고, 다시 고개를 끄떡였다. 내가 부가적인 설명 차원에서 다시 한 번 말을 이었다.

"물론 우리 역사에 이런 용에 대한 몇 가지 얘기가 있는 건 잘 알고 있네. 그 중에 대표적인 것은, 신라 문무왕 때 명랑이란 사람이 용궁에 들어가서 책을 가져온 얘기와, 진평왕 때 연광, 그리고 백제 위덕왕 때 현광, 그리고 문무왕 때 의상대사가 동해용한테 여의주를 선물 받았다는 얘기까지, 수많은 설화(說話, 신화·전설 등을 줄거리로 한 옛이야기)들이 있지만, 실제 용이라는 것은 상상 속에서 만들어낸 동물이지 현세(現世)에는 절대 존재하지 않는 동물이네.”

말을 듣던 사로가 나직이 미소를 흘렸다.

“그러니 이제 이런 허무맹랑한 얘기는 그만하고, 자던 잠이나 자세. 자다가 일어나서 그런지 어깨가 쑤셔 죽겠네.”

서둘러 얘기를 마친 내가 먼저 의자에서 일어나려는 순간이었다.

“믿기지 않는 얘기를 줄줄 내 앞에서 다 털어놓고, 다 허구라고 우긴다면, 그 책을 쓴 우리 선조들은 다 거짓말쟁이나 다름없네.”

핵심을 찌르는 말이었다.

“믿기지 않는다고 다 허구라고 볼 수는 없네, 친구…….”

사로의 말에 내가 진지한 표정으로 그를 올려다봤다.

그가 다음 말을 계속했다.

“자네 생각은 충분히 알고 있네만, 내가 그 동안 수많은 경험 속에서 한 가지 배운 게 있다면, 진실이 아니라고 뭐든지 그냥 흘려보내서는 안 된다는 사실이네. 그러니 이번 일은 중대한 문제이니만큼 일단 번역부터 끝내주게.”

황금부처상의 열기가 식지 않은 나로선 이해할 수도 있는 문제였지만, 그래도 그것과는 차원이 다른 문제였다.

이것은 엄연한 전설이다. 용이라니, 말이 되는 소린가. 자못 심란한 표정으로 내가 사로를 바라보자, 그도 진지한 표정으로 날 바라보고 있었다.

순간 난 그의 표정에서 또 한 번 유물에 대한 강한 집착력이 발동하고 있다는 느낌을 받자, 불만족스러운 투로 다시 말했다.

"이보게, 사로. 믿는 건 자네 맘이지만 허구와 진실은 제대로 판단해야 훌륭한 학자라고 들었네. 이건 어디까지나 미화시킨 얘기지, 그대로 다 받아들일 순 없네. 그러니 괜한 일에 휘말리지 말고 이쯤해서 그만 신경 끄고 잠이나 자세."

또 한 번의 권유에 사로는 침묵으로 일관했다. 어이없었지만 그가 차츰 내 신경을 건드리고 있는 것은 분명했다.

"이럴 땐 정말 자네를 알다가도 모르겠네. 진실도 아닌 것에 뭐 하러 시간을 낭비한단 말인가? 차라리 다른 얘기나 하는 게 백번은 더 낫겠네. 만약 자네한테 누군가 여기가 단군이 살았던 집터라고 한다면 자넨 어떻게 하겠나?"

내 말에 사로가 말없이 이마를 만지기 시작했다. 뭔가 갈등이나 깊은 생각에 휩싸이면 늘 하던 사로의 습관적인 행동이었다. 난 이 정도면 충분한 납득이 되었다고 믿고, 잠을 청하려고 다시 의자에서 일어나기로 했다. 그러나 그가 불쑥 다시 말을 던졌다.

"원한다면 야마모토 겐죠에 대해서 말해 주겠네."

뜻밖의 말이었지만, 모든 게 귀찮아진 내가 반발하듯 대꾸했다.

"아니, 별로 관심 없네. 하지만 한 가지는 알고 있네. 보고서를 꾸민 놈도 그렇고, 그 불화 얘기를 받는 야마모토라는 놈도 다 미쳤다고 보네. 그러니 난 그만 여기서 빠지겠네."

다소 반항적인 말투였지만, 이런 허구적인 전설을 믿는 사로에 대한 반감이기도 했다.

그러나 나의 이런 불만에도 불구하고, 사로는 집요하게 내 감정을 건드렸고, 급기야는 피곤에 지친 내가 모든 걸 포기하고, 허구적인 전설을 믿는 사로를 위해 그 보고서를 읽어주기로 결정했다.

"맨 윗장부터 읽어 줄 테니 한쪽 귀로 듣고 한쪽 귀로 흘려듣게.

보고서의 내용은 이렇게 쓰여 있네.

거기까지 읽고, 서류를 뒤척이던 내가 다시 말했다.

"불화에 대한 보고서 겉장의 내용은 여기까지네. 첨부한 뒷장에는 불화에 대한 자세한 내용이 있을 텐데, 그 독립군 말대로 빠트리고 온 서류가 바로 그 서류 같네."

그 말에 사로는 안타깝다는 듯, 얼굴 표정을 찌푸리며 실망을 감추지 못했다. 내가 격려하듯 말했다.

"그만하게. 그래도 불화를 지키는 부적에 관한 자세한 서류는 다 손에 넣었으니 이것만 해도 큰 수확이네."

그러나 나의 그런 위로에도 사로의 표정은 크게 일그러져 있었다. 내가 눈치를 보며 부적에 관한 서류를 다시 읽기 시작했다.

먼저 부적에 관한 겉장 보고서는 이러네.

본인이 직접 단서를 근거해 부적 탐사를 희망함. 3. 자세한 사항
은 첨부서류에 있음.

여기까지 읽은 나는 뒷장의 첨부된 서류를 뒤척이다 실망하는 사로
를 바라보았다. 사로의 어두운 표정은 여전했다.

"다음은 부적에 관한 자세한 내용을 읽어 줄 테니 들어보게."

난 서둘러 나머지 부적에 관한 내용을 읽어주기 시작했다. 그러나
내가 보고서를 읽는 동안 그의 험한 인상은 쉽게 가시지 않았다.

보고서의 내용을 다 읽은 내가 사로를 다시 바라보았다.

사로가 얼굴을 붉히며 깊은 한숨을 몰아 쉬었다. 난 서둘러 허구에
찬 유물에 강한 집착력을 보이는 친구를 다시 위로하기로 했다.

"내용까지 읽어보니 불화의 내용에 걸맞게 얘기는 꾸며져 있지만
불화의 단서가 어떻고, 부적이 어떻고 하는 것은 믿지 말게. 이 친구
심심해서 이런 거짓말 같은 보고서를 만들어 올린 것 같은데, 이런
것은 무시해 버리는 게 최선책이네. 그리고 아까 내가 말한 겐죠라는
놈도 잊어버리게. 그놈이 누군지는 모르겠지만 이런 허무맹랑한 보고
서를 받는 걸 보면 확실히 머리가 돌았다고 보네. 도대체 그 놈은 뭐하
는 놈인데 자네가 그리 민감하게 반응하는지 모르겠네."

그에 대해 예민한 반응을 보이는 사로가 궁금해 내가 묻는 질문이
었다. 사로는 나의 그런 질문에 잠시 침묵으로 일관하다, 머리 뒤로
손을 깍지 끼고 다소 무겁게 입을 열었다.

"그 얘기를 하자면 자네를 만나기 4년 전쯤으로 거슬러 올라가야
하네. 사실 불화에 대한 문제는 그 친구만의 문제는 아니네."

"그게 무슨 말인가?"

추억에 잠기듯 사로가 피식 하고 웃었다. 뜻밖의 대답이었다. 난 어
이없는 표정으로 사로의 다음 말을 기대했다.

그 순간 잠시 자리에서 일어난 사로가 책장 모퉁이에서 한 권의 낡은 서책을 꺼내 내 앞에 가져다 놓았다.

"뭔가?"

"쌍룡불화에 대한 일부 대목이 실려 있는 서책이네."

크게 놀란 내가 서둘러 그 책의 내용을 살펴봤다. 책의 내용에는 이런저런 다른 이야기가 있었으며, 어느 한 대목에 이르자 쌍룡불화에 대한 이야기가 몇 줄 실려 있는 게 눈에 뜨였다. 서책의 질감이나, 형식, 묵향의 냄새로 봐서 통일신라 시대쯤의 서책이 아닌가 하는 생각이 들었다. 살펴본 내가 말했다.

"뭐 결정적인 단서는 없네만, 불화 얘기가 사실처럼 묘사돼 있는 몇 구절하고, 사찰 두 곳의 이름까지 거명된 것 같은데, 도대체 이 귀한 서책은 어디서 구한 건가?"

다소 마음이 불편한 내가 상기되어 물었다.

"그 책을 어디서 구했는가는 별로 중요하지 않네. 단지 거기에 적혀 있는 내용이 문제라고 보네."

"하긴 나 같아도 이 내용대로라면 무시하긴 좀 뭐하네만……."

사로가 잠시 미소를 머금었다.

"물론 물어보지 않아도 거길 찾아간 것은 뻔할 테니, 심장이 터지기 전에 먼저 찾은 게 있으면 말해 보게."

혹시나 하는 기대에서 꺼낸 말이었지만, 사로의 답변은 의외로 간단했다.

"찾은 건 아무것도 없네."

실망 섞인 표정으로 내가 크게 말했다.

"내가 뭐랬나? 이건 어디까지나 전설이니 절대 진실이 될 수 없네. 아무튼 자네가 찾아보고 성과가 없었다니, 이제 이런 얘기는 이쯤해서 접도록 하세."

나의 단호한 어조에, 사로가 다시 대꾸했다.

"성급하게 판단하지 말게. 장소는 언제든 누군가에 의해 다시 옮겨질 수 있네. 그러니 모든 게 허구라고는 단정할 수는 없네."

"그건 변명에 불과하네, 친구."

심기가 불편한 내가 질책하자, 사로가 다시 답변했다.

"하지만 거기 실린 나머지 문화재와 유물들은 이미 우리 곁에 존재하고 있는 것들이네."

그랬다. 사로가 건네준 서책에는 신라때 왕릉이나 사찰, 석탑 등 이미 우리 시대에 현존하고 있는 곳에 일목요연하게 서술되어 맞아 떨어지고 있었다.

"하지만 이건……."

"사실을 적은 책에, 거짓 하나를 끼워 넣긴 힘든 일이네, 친구."

이야기는 다시 이어졌다.

"물론 나도 그곳에서 단서를 찾지 못해 실망했네만, 그 책에 나와 있는 다른 것들은 이미 사실이니만큼 그 불화 얘기를 쉽게 지울 순 없었네. 그러나 그것보다 더 놀라운 건 그 같은 생각을 하는 사람이 나 혼자만은 아니라는 사실이네. 내가 그걸 찾고 다닐 때쯤 나만큼이나 그 불화에 대해서 강한 집착을 가진 사람이 또 한 명이 있다는 걸 알았네."

"말하지 않아도 대강 알 것 같네."

"맞네. 아직까지 얼굴을 직접 본 적은 없지만, 내가 불화를 찾는 동안 나와 같이 그걸 캐묻고 다니는 유일한 사람이 그 야마모토 겐죠였네. 그래서 평소에 친분이 있는 사람한테 부탁해서 그 자에 대해 좀 알아봤네. 그런데 운이 좋아선지 어느 날 총독부 학무국장(지금의 교육부장관) 만찬에 참석한 그 사람이 그자에 대해서 자세히 알아왔네. 그 사람 얘기론 그는 우리나라 학문의 대가인 오구라 신페이(小倉進平) 교수가 재직했던 도쿄제국 대학에서 일본사학을 전공했고, 나중엔 고적조사 위원으로 있으면서 중국과 러시아 역사학을 전공할 정도로 역사학에 관해서는 남다른 열정이 있는 인물이라고 들었네."

"오구라 신페이 교수라면 나도 들어봤네. 이두(吏讀, 한자의 음과 훈을 빌려 한국어를 적던 표기법)를 해독했다는 그 교수 아닌가?"

"정확히 맞았네."

사로가 잠시 말을 멈추다가 다소 상기된 표정으로 계속 말을 이어갔다.

"그러나 여기서 중요한 것은 겐죠라는 그 친구 지적 판단과 분석능력이 뛰어나서 일본인 사이에서는 아주 유능한 유물학자라고 정평이 나있다는 점이네. 물론 다른 한편에선 학자치고는 기계처럼 강인하고, 무사정신도 투철해서 어떤 면에서 군인에 가깝다는 이견도 있지만, 무엇보다 그가 신망 받는 것은 50세가 넘은 나이에도 불구하고 일본 문화과에 재직하면서, 그가 원하는 보물은 어떤 방법으로든 탈취해 갔다는 사실이네. 그러니 불가능할 것 같은 유물도 그의 머리를 빌리면 뭐든지 가능하다고 보는 일본인들도 꽤 많은것 같네. 그 예로 그가 잠시 근무했던 조선총독부 조선사편수위원회에서 우리 몰래 가져간 유물만 해도 수십 점은 된다고 들었네."

다소 상기된 표정으로 내가 물었다.

"하지만 자네도 못 찾은 걸 어떻게 그 친구가 지금까지 4년 동안 포기하지도 않고 이런 자료들을 모아서 전문을 받는단 말인가?"

"믿을 수 없는 건 나도 마찬가지네. 포기할 줄 알았는데 그가 본국으로 돌아가면서 그의 부하를 시켜 계속 그 불화의 소재를 파악한 걸 보면 정말이지 대단하다고 밖에 할 말이 없네. 더구나 본국에서도 그에게 유물탐사에 필요한 정예부대를 허락한 걸 보면 그의 신용이 어느 정도인지는 대강 짐작할 수 있네. 아마 시모노도 그 중에 한 명일 수가 있네."

여기까지 말을 마친 사로는 잠시 회상이 끊긴 듯 말을 끊었다. 그의 행방이 궁금한 내가 물었다.

"그는 지금 어디 있다고 생각하나?"

"알 수 없네. 하지만 보고서를 보면 그가 일본에 있다는 건 미뤄 짐작할 수 있네. 다만 그가 이번 일에 이 전문을 받지 않았으면 하는 바람뿐이네."

난 겐죠도 무서웠지만, 우리 것을 전설로만 여기고 관심조차 갖지 않는 내 자신도 심히 부끄러웠다. 남의 나라 것을 그렇게 열정을 가지고 찾고 다니는 그가 정말로 소름끼치도록 무서웠다.

불화의 존재 가치를 떠나, 일본의 그런 무서운 학자가 다른 나라의 유물을 약탈하고 다닌다는 것이 내겐 너무 큰 충격이었던 것이다.

내가 그런 생각을 하고 있을 때, 여기까지 말을 마친 사로가 씁쓸한 표정으로 물 한 잔을 따라 마셨다.

"한 잔 먹겠나?"

"그래. 주게."

물을 따라준 나에게 사로가 다시 어두운 표정으로 말했다.

"언젠간 나도 한번 만나보고 싶은 인물일세. 그 야마모토 겐죠라는 친구……."

그 말을 끝낸 사로가 씁쓸한 표정으로 다시 깍지를 끼고 의자에 몸을 묻었다. 말도 안 되는 얘기였지만 그럴듯한 상황 전개와 어딘지 모르게 숨어 있을 비밀들이 나를 혼란스럽게 했다.

모든 걸 부정하고 싶었다. 하지만 만약 이 보고서가 모두 사실이라면 어떡할 것인가. 정말 끔찍한 상상이었다. 혼란스런 머리를 뒤로하고 내가 다시 고개를 들어보자, 사로는 빈 컵을 들고 뭔가 생각에 골몰해 있었다.

나는 황금부처상을 찾기 전 그와 함께 여러 번 지방을 돌아다니며 위험부담이 전혀 없는 평범한 발굴조사를 한 적이 있었다. 하지만 모험이라고 할 수도 없는 그런 일에도, 사로는 언제나 그렇듯 전혀 빈틈을 보이지 않았다. 청동항아리일 때도 그랬고, 선사시대 토기 조사 때와, 옥 상자 발굴조사 때도 그랬다.

각 지방에서 그의 활약은 눈부셨고, 전혀 가능할 것 같지 않은 일에도 한 치의 오차 없이 유적지와 유물들을 발굴해 내는 그의 남다른 기질은 나를 단 한 번도 실망시킨 적이 없었다.

하지만 이건 그것과는 차원이 다른 유물이었다.

더군다나 이 불화는 일본군도 눈을 부릅뜨고 찾고 있는 위험한 일이니만큼, 그 동안 경쟁자 없이 유물들을 찾는 거하곤 전혀 다른 문제였다. 어쩌면 목숨을 내놓고 뛰어들 위험한 일이 될 수도 있었다.

하지만 내가 혼란스러운 것은, 조선과 일본의 최고 유물학자인 두 명의 인물이, 저렇게 심각하게 생각하고 있다면 분명 내가 생각하는 그 이상의 뭔가가 있다는 사실이었다.

머리가 크게 혼란스러웠다.

그리고 잠시 후, 내가 그런 혼란 속에서 사로를 다시 바라봤을 때, 사로는 이미 의자에 몸을 묻고 겐죠 때문인지 얼굴을 찡그리며 깊은 잠에 빠져 있었다.

5

이른 아침, 나는 서류를 도난 당한 시모노 사토의 집 근처에 도착해, 근처를 서성이고 있었다. 그의 집은 광화문거리에 있었는데, 광화문 왼쪽에는 통감부 통신관리국이 있었으며, 오른쪽 건물엔 시모노가 근무하는 일본의 군부대가 있었다.

나는 행상 차림으로 변장하고 야채나 두부 등을 팔기 시작했다. 간혹 이른 아침 일본군의 부인들은 우리 조선인의 싱싱한 야채나, 두부를 사먹는 경우가 있었으므로, 새벽에 그리 변장하고 서 있는 것은 전혀 의심받을게 없었다. 그러므로 내가 이렇게 위장하고 시모노의 집을 관찰하기에는 충분했다.

내가 이 집을 관찰하는 것은 그만한 이유가 있었다.

뭔가 다른 단서를 찾고 싶은 것이 첫 번째 이유였지만, 두 번째 이유는 이를테면 그곳에 출입하는 사람들과 분위기 파악이었다. 물론 대뜸

들어가 독립군이 빠트리고 온 나머지 불화의 서류를 가져오고 싶은 마음은 꿀떡같았지만, 난 그런 무서운 일을 벌일 만한 인물은 절대 못되었으므로 그것만은 생각하지 않기로 했다.

　내가 자청해서 이런 일을 한다고 했을 때 사로는 권장하지 않았지만, 무언가 확실한 결론을 내리고 싶어, 내가 자청한 일이므로 뭔가 소득 있는 결론을 가져가고 싶었다.

　하지만 나의 이런 기대에 걸맞게 어디선가 한 무리의 헌병들이 우르르 몰려오고 있었다. 수십 명에 달하는 일본 헌병들이 그의 집에 뛰어 들어가고, 몇 명은 보초를 서며 삼엄한 경계를 펴기 시작했다.

　무언가 심각한 사태가 일어났음을 직감한 나는 저만큼에서 그의 집을 계속 지켜보기로 했다.

　얼마쯤 시간이 지났을까.

　한 무리의 헌병들이 다시 우르르 몰려나오기 시작했다. 그리고 그들의 양손 들것에는 한 구의 시체가 실려 나오고 있었는데, 자세히 보니 배에 칼이 꽂아진 그 시체는 다름 아닌 시모노 사토였다.

　그를 본 적은 없었지만 직감으로 알 수 있었다.

　그가 분명 자살한 것이 틀림없었다.

　내가 그렇게 생각한 것은 일본의 고위관리들은 간혹 명예를 그 무엇보다 소중하게 생각했기에, 가끔 이런 일을 종종 벌이곤 했는데, 그가 이런 자살을 선택했다면, 그 불화에 대한 진위 여부는 더 한층 신뢰가 생기는 것 아닌가 하는 생각이 들었다.

　정보 유출이 얼마나 심각한 사태였으면 자신의 일에 책임을 지고 이런 일을 벌인단 말인가. 다급해진 상황에 크게 놀란 내가 걷잡을 수 없는 상상을 하면서 빠른 발걸음으로 사로에게 향했다.

가게에 도착해 보니, 사로는 내가 번역한 보고서를 자세히 살펴보고
있었다.

"그가 자살했네."

나의 충격적인 말에 사로가 태연하게 대꾸했다.

"그럴 줄 알았네. 겐죠가 그 일을 그에게 맡겼을 정도면 충분히 그
러고도 남을 위인이네."

"부적에 관한 내용은 어떤가?"

사로가 흥분에 들떠 말했다.

"대단한 놈이네. 난 불화만 생각했지, 불화를 지키는 부적에 관해선
전혀 아는 게 없었는데, 이런 자료를 발견했다는 건 놀랍다고 밖에
달리 할 말이 없네. 이건 불화만큼이나 중요한 자료니 생각 같아선
조문을 가서 죽은 시체라도 붙들고, 여기에 대해서 더 물어보고 싶을
정도네. 아무튼 겐죠가 대단한 부하를 둔건 사실이네."

내가 장사꾼 변장을 풀어헤치며 말했다.

"하지만 난 아직도 신뢰가 가지 않네. 그런 하찮은 보고서 몇 장으
로, 불화가 실제로 존재하는 것처럼 포장되는 건 못마땅하네."

"자네 맘은 충분히 이해하네. 하지만 겐죠라는 친구는 허구를 좇는
인물은 절대 아니네. 더군다나 그의 믿을 수 있는 부하 한 명이 이일로
자살했다면, 이 문제를 그냥 하찮은 일이라고 치부할 순 없네. 그러니
이번만큼은 날 믿고 자네가 도와줬으면 하네."

사로의 솔직한 심정이었다.

하지만 그렇다고 쉽게 동조하고 싶지는 않은 일이었다. 전설로만
떠돌던 허무맹랑한 얘기를 현실에서 좇겠다면 누군들 쉽게 따르겠는
가. 내가 이런 생각을 하고 있을 때, 사로가 잠시 인상을 찌푸리며 말
을 이었다.

"불화에 대한 나머지 서류가 빠져 있는 게 정말 안타깝네. 그걸 입

수할 수만 있다면, 내 모든 걸 줘도 아깝지 않을 텐데 말일세."

그의 말에는 아직도 안타까움이 배어 나오고 있었다. 그리고 다시 착잡한 심정으로 말을 이어갔다.

"알다가도 모를 일이네. 어째서 이런 불화에 대한 자료가 시모노한테 흘러 들어갔는지 정말 모르겠네."

내가 한마디 덧붙였다.

"우리가 가지고 있는 이 서류들은 내가 보기엔 사본이나 다름없네. 아마 겐죠가 도착하면 불화에 관한 원본과, 부적에 관한 원본 모두를 손에 넣을게 뻔한 일인데 도대체 어떻게 대처할건가?"

"알고 있네. 그 정도는."

"더구나 문제의 핵심은 불화인데, 거기에 대한 자료는 아무것도 없는 상황에서 어떻게 이일을 마무리한단 말인가?"

사로는 금방 기분을 전환한 듯, 습관적으로 머리 뒤에 깍지를 끼며 대답했다.

"물론, 그 자료는 없네만 보고서대로라면 이 시점에서 우리한테 제일 중요한 건 그 부적 같네. 부적에 관한 자료를 자세히 살펴보면, 두 개의 부적은 불화의 탄생 자체를 방해한다고 했네. 바꿔 말하면 겐죠가 불화를 찾는다면, 우리는 그 부적으로 그걸 막을 수 있다는 얘기로도 풀이되네. 그러니 우선은 아쉬운 데로 이 부적을 찾는데 초점을 맞추는 게 좋을 것 같네."

논리는 제법 그럴싸했다. 내가 다시 반문했다.

"하지만 내 생각엔 불화를 막아주는 부적보단 불화 쪽에 더 치중해야만 한다고 생각하네. 부적을 찾는다고 그걸 어떻게 사용할지도 모르고, 부적이 위력을 발휘한다고 장담도 못하는데 이 시점에서 부적만 찾는다는 건 좀 무리가 있다고 보네."

나의 이런 걱정에, 사로가 깍지를 풀며 다시 부연 설명을 했다.

"자네 말도 맞네. 하지만 부적이 신통력이 있든 없든, 그 부적을 무시하다가 그것마저 빼앗길 순 없네. 그리고 설사 자네 말대로 부적이 아무런 효험이 없다면 그땐 내 손으로 직접 그들을 막을 수밖에 없네."

"어떻게 막는단 말인가?"

"그건 나중에 한번 생각해 보세. 하지만 진짜 불화가 존재한다면 우리의 보물을 훔치는 도둑을 막는 데는, 그 어떤 이유로도 피할 수는 없는 문제라고 보네."

그 말은 일리가 있어 나도 고개를 끄떡였다. 사로는 다시 한 번 불화와 관련된 서류가 없어 아쉽다는 얘기와, 우리가 이 사실을 알고 있다면, 겐죠가 까무러칠 거라는 농담도 하면서, 벌써 그의 마음속에는 두 번째 모험을 준비하고 있었다.

그런 그에게 내가 다시 침착하게 질문했다.

"자넨 그 부적들이 그곳에 있다고 어떻게 확신하나?"

"확신도 못하지만 딱히 부정할 수도 없네. 바꿔 말하면 부적이 거짓이면, 불화의 존재 자체도 거짓일 가능성이 크네. 그러니 이게 허위보고서인지 아닌지는 찾아보고 판단해 보세. 그러나 굳이 내 개인적인 소견을 말한다면, 난 분명 거기에 부적이 존재한다고 믿는 편이네."

그의 표정은 진지했다.

"아무튼 자세한 건 나중에 다시 상의하기로 하고 그보다 먼저 이걸 좀 봐주게. 자네도 번역했으니 잘 알겠지만, 이걸 보면 여기 이 문장들 뒤에는 부적이 있는 사찰들의 이름을 거명하고 있네. 그 첫 번째 장소는 구(求)자고, 두 번째는 평(坪)자로 이것은 분명 사찰의 첫 이름을 딴 거라고 확신하네."

사로는 자신감을 내비쳤다. 나도 어젯밤에 나름대로 분석한 결과로도 그럴 가능성이 충분했으므로, 그의 말이 옳다고 느껴졌다.

사로의 설명이 계속되었다.

"그리고 첫 번째 부적을 찾을 수 있는 단서로는, 옥구슬을 입에 문 백호라는 문장과, 두 번째 부적을 찾을 수 있는 새 조(鳥)자라는 알 수 없는 한 글자가 있네. 지금으로써는 딱히 이 단서만 가지고 부적이 어느 곳에 있다고는 말 못하니, 우선 급한 대로 구(求)자와 평(坪)자를 가진 절부터 찾고나서 이걸 한 번 풀어보세. 그리고 이건 아주 급한 사안이니만큼 겐죠가 도착하기 전에 우리가 먼저 일을 끝내야만 안전을 보장받을 수 있을 것 같네."

내가 걱정스럽게 물었다.

"구(求)자와 평(坪)자가 들어간 절이라면 몇 군데나 될 텐데, 그걸 언제 다 돌아다니면서 찾는단 말인가?"

사로는 일본 문서를 가르치며 내 말에 대꾸했다.

"걱정 말게. 다행히 구(求)와 평(坪)자가 들어간 나머지 글귀들을 잘 풀어보면, 그곳의 주요 특징과 방향들이 군데군데 잘 나타나있으니 특징대로 풀다 보면 두 개의 절을 가려내는 건 그리 어렵지 않네."

사로는 모든 일에 긍정적인 듯, 나를 쳐다보며 금세 기분이 좋아져 말했다. 그러나 나는 이 불화에 대한 일을 어떻게 판단해야 할지 막막했다. 사로는 이미 결심을 굳혔고, 분명 부적을 찾기 위해 또 한 번의 모험을 시작할 게 뻔했기 때문이었다.

쓸쓸한 표정으로 내가 사로에게 다시 물었다.

"사로…… 난 아직도 믿기지 않는 얘기 같아서 결정하는 데 좀 당황스럽네."

"자네 심정은 충분히 이해하네. 하지만 아까도 말했지만 이걸 손에 쥐고도 그냥 여기 있을 순 없네, 친구."

나는 다시 한 번 사로의 강한 집착을 확인한 뒤, 조심스레 마지막 질문을 던졌다.

"한 가지만 더 묻겠네. 이걸 끝까지 찾겠다는 이유가 뭔가?"

나의 그런 질문에, 사로가 무겁게 입을 열었다.

"자네가 알아둘게 한가지 있네. 난 일부러 그 불화를 찾을 생각은 추호도 없네. 난 단지 우리 영토에서 우리 것을 도둑질하려는 자를 막으려는 것뿐 다른 욕심은 없네. 내가 바라는 건 단지 그것뿐이네."

간단한 설명이었지만, 그 요약된 말 속에는 굳은 의지와 남모르는 애국심이 서려있었다. 그의 강한 집착력은 한 개인의 유물에 대한 욕심이 아니라, 우리 역사를 지키려는 순수한 학자로서의 욕심인 것이다.

"하지만 언젠가 조국이 해방되고 그 불화가 우리 것으로 보호될 수만 있다면, 한번쯤은 찾아보고 싶은 게 내 솔직한 심정인 것은 속이지 않겠네. 자네와 같이 말일세."

사로의 그 마지막 말은 나에게 숙연함을 주었다. 그리고 역시 내가 자랑할 만한 친구라고 여겨, 난 그에게 환하게 웃음 지어 보이며 이 일에 갑자기 호감이 가기 시작했다.

"알겠네. 그럼 난 우선 고서를 뒤져서 그 두 개의 사찰부터 찾아보겠네."

"아니, 그럴 필요 없네. 사찰에 대해 잘 알고 있는 사람이 있으니 그 사람을 불러 부탁하면 되네. 자넨 그 동안 필요한 장비를 준비해주게. 겐죠가 이곳에 오려면 대강 일주일은 걸릴 테니까, 그 전에 일을 끝내고 돌아와서 그자의 동태를 살펴야 일이 순조로울 것 같네. 그리고 이번 일은 위험하니까 자네의 동참 여부는 아침이나 먹으면서 애기해보세."

심사숙고할 필요도 없었다. 믿기 어려운 문제인 건 알지만 그렇다고 모험을 좋아하는 내가 이런 큰 모험에서 빠진다는 건 말도 안됐기에 난 기꺼이 이 일에 동참하고 싶은 마음으로, 그에게 단호하게 말했다.

"아니, 그럴 필요 없네. 물론 지금도 난 이 애길 믿진 않지만, 한번쯤 움직인다고 손해 볼 건 없으니까, 자네만 괜찮다면 나도 기꺼이 이 일에 동참하고 싶네. 어떠한 경우라도 이번 일에 자네와 생사를 같이 할 것을 맹세하네.”

내 말이 끝나자 사로는 잠시 나를 바라보다, 환한 얼굴로 우리의 두 번째 모험이 계약 성사된 것을, 자축하는 의미로 큰 웃음을 지어보였다.

가게 문을 잠그고 나는 사로를 따라 전에 일본 순사에게 뺨을 얻어맞았던 그 국밥집으로 향했다. 가는 길에 우체국에 들러 날 기다리시는 부친께 전보를 보내고 싶었으나, 일의 경중으로 봐서 그럴 수 없었다.

새벽부터 부지런히 움직여선지 국밥이 한층 맛있었다. 한참 먹고 있는데, 서양식 의상에 온화한 미소를 가진 예쁜 여자 한 명이 가게 안으로 불쑥 들어섰다.

자세히 보니 내가 뺨을 맞았을 당시 먹고 있던 음식을 내뿜었던 바로 옆자리의 그 여자였다. 내 탁자 옆에서 음식을 주문하던 그녀를 피해, 황급히 시선을 돌린 나는 다시 한 번 그녀를 바라보았다.

남자들이나 이용하는 해장국집에 아침부터 들어와 국밥을 시켜먹다니 무슨 사연인지는 잘 모르지만, 분명 호감이 가는 모습인 것은 분명했다.

얼굴의 고운 자태를 보면 앳되게 보였지만, 어딘가 모르게 날카롭고 강인한 면도 있는 듯보였다. 한 가지 특이한 건 그녀가 들고 온 날씬하고 기다란 가방 이었는데, 그녀는 그것을 소중하게 자신의 탁자 옆에 세워놓고 국밥을 기다리고 있었다.

어떻게 보면 아이들을 가르치는 선생님 같아 보이기도 했지만, 예리한 눈매와 대범한 기상을 보면 그리 생각하는 것은 약간 무리가 있었다.

당시 내가 그녀의 옷에 국밥을 내뿜었을 때 그녀는 예민한 반응이나 놀란 기색 한 번 없이, 아주 침착하게 옷을 털고 나간거로만 봐도 쉽게 알 수 있었다. 다른 여자 같으면 상상도 할 수 없는 일을 그녀는 아주 태연하게 대처했던 것이다.

내가 잠시 그렇게 생각할 즘에, 그녀 앞으로 빠르게 국밥이 나왔다. 국밥을 받고 그녀가 잠시 나를 흘끗 돌아봤으나, 다행히도 내가 빠르게 시선을 돌리는 바람에 그녀는 날 제대로 바라보지는 못했다.

작은 손으로 수저를 움직이며 밥을 먹는 그녀의 예쁜 손과, 입술이 내 눈을 강하게 자극해왔다. 난 내 국밥은 아랑곳없이 그녀만 훔쳐보는 데 열중하기로 했다. 그러나 언제 시간이 흘러갔는지 그렇게 한참을 훔쳐보는 데 정신이 팔린 내 앞으로, 사로가 먼저 밥그릇을 비우고 자리에서 일어났다.

내 국밥 그릇에는 아직도 절반이나 밥이 남아있었지만, 의아하게 날 바라보는 사로의 시선을 피해, 입맛이 없다는 표정으로 나는 서둘러 국밥집을 빠져나왔다. 그러나 가게로 향하면서 그 여자의 모습이 아른거려 나는 좀처럼 걸음을 걷는 데 집중할 수가 없었다.

'다음에는 나 혼자 국밥집에 가서 여유 있게 그녀를 훔쳐보고, 주인에게 그녀에 대해 상세하게 물어보리라……'

가게에 도착하자마자 의자에 앉기도 전에, 누군가가 가게 안으로 불쑥 들어섰다.

옷차림으로 봐서 평범한 도포(道袍) 차림 이었지만, 나를 의식해선지 삿갓을 깊게 눌러쓰고, 사로에게 곧장 다가가는 어둠이 깊게 드리워진 그의 얼굴을 자세히 바라보지는 못했다.

걸음걸이나 손등의 주름 형태로 봐선 50대 후반 같다는 생각이 들었으나, 사로와 나직이 귓속말을 주고받은 그가 서둘러 종이 한 장을

품에 넣곤, 재빨리 다시 가게를 빠져 나갔으므로 자세히 살펴보는 데
는 끝내 실패하고 말았다.

그러나 내가 추측건대 그는 알 수 없는 부류에 속하는 사람으로 전
에도 한두 번 가게를 찾던 사람임은 분명했다.

"누군가?"

"사찰이 있는 곳을 알아올 손님이네."

"뭐하는 사람인 데 저런 비밀스런 복장으로 다니나?"

사로가 피식 웃었다.

"알겠네. 더 묻지는 않을 테니 걱정 말게."

뭔가를 감추고 있는 게 분명했지만, 속이는 것은 아니라는 생각에
나중에 묻기로 하고, 그를 더 이상 귀찮게 하지 않기로 했다.

"이건 자네가 준비할 장비들이네. 여기 필요한 것은 다 적어놨으니
내일 새벽까지 준비해주게."

사로가 장비 목록이 적힌 메모지를 나에게 건넸다. 난 목록을 살펴
보다가 말했다.

"이런 거라면 이미 만들어 놓은 것도 있으니, 오늘 하루면 문제없네.
출발은 언제 할 건가?"

"되도록이면 빨리 떠날 생각이네. 이번 모험은 화급을 다투는 일이
니 내일 새벽으로 결정하는 게 좋겠네."

"아침 해장국이나 먹고 가지 그러나? 가다가 배도 고플 텐데."

불쑥 튀어나온 말이었지만 그 말이 이상했는지 사로가 잠시 날 바
라보았다. 난 그녀 때문에 그런 말이 불쑥 튀어나온 게 조금은 부끄러
웠지만 아무렇지 않게 다음말로 마무리했다.

"그냥 농담이었네. 자네 말대로 따르겠네."

6

이른 새벽. 사로의 가게 안에서 우리는 두 번째 모험에 필요한 장비와, 온갖 잡다한 물건들을 배낭에 챙겨 넣었다. 모험 기간은 일주일이었지만 느낌상으론 위험부담이 전보단 크겠다는 생각에 출발 전의 나의 각오는 다른 모험 때와는 남달랐다.

더구나 겐죠 패거리가 들이닥치면 살아 돌아올 수도 없는 위험한 일이었기에, 이번 모험은 나에게 있어서는 내 인생에 가장 중요한 모험이 될 수도 있었으며, 마지막 모험이 될 수도 있어 비장한 각오로 임하지 않으면 안 되는 일이었다.

가벼운 사로의 배낭과는 달리, 내 배낭은 결코 가볍지가 않았다. 필요한 장비와 식재료, 다른 물건들을 합쳐서 그런지 묵중한 느낌이 들었다. 그런 와중에서 단검을 챙겨든 사로가 뭔가를 발견했는지 나를 보고 말했다.

"그건 뭔가?"

"새총이네."

사로는 날 어린아이 취급하듯 의아하게 바라보았다. 그가 그렇게 바라보는 것도 무리는 아니었다. 이런 위험한 모험에 고무줄 새총을 가지고 간다는 게 우스울 수밖에 없는 상황인 것이다. 그러나 나는 그 앞에 환약을 내보이며 다시 입을 열었다.

"자네가 무슨 생각하는지 알고 있네만, 내 설명을 들으면 이해할 테니 섣부른 판단은 하지 말게."

궁금해 하는 사로의 시선에 나의 간단한 설명이 이어졌다.

"이건 새총에서 발사할 총알로 보통 탄환이 아니네. 이걸 물에다 적시고 사람 목이나 피부에다 쏘면 몇 분 있다가 정신을 잃는 마비단이라는 환약(丸藥)이네. 아무도 모르게 적을 공격하기에는 이만한 무기도 없다고 보네. 약방에 부탁해서 만든거지만 동물한테 실험해보니 성능이 아주 좋아서 이번에 이걸 가지고 가서 시험해보기로 했네."

사로는 흥미롭다는 듯, 고무줄총과 마비단을 번갈아 만져보며 천천히 입을 열었다.

"하지만 덩치 큰 사람이 쓰러진다고 어떻게 장담하나?"

"팔뚝에다 실험해 보면 금방 알 수 있네. 이 마비단은 작은 버섯 하나로 여러 사람을 죽일 수 있는 치명적인 맹독버섯인 광대(廣大)와, 사람을 취하게 만든다는 갈색 송이의 즙으로 그걸 어떻게 가공하느냐에 따라 완전히 효능이 달라진다고 들었네. 거기다 그 사람이 알고 있는 몇 가지 독초약물을 더 첨가했는데, 그 비법은 나도 잘 모르겠네. 하지만 이걸 맞으면 신경계통을 마비시키는 데는 최고의 무기라고 알고 있네. 소량을 가지고 내 팔뚝에 실험해 봤는데 몇 분 되지 않아 정신이 몽롱해졌으니 난 이걸 가져가겠네."

내 설명이 끝나자 그가 웃을 거라 생각했지만 생각은 예외였다. 사

로는 몇 번인가 마비단을 만져보고 냄새를 맡아보다가 이윽고 믿을만
한 뭔가가 있는지 고개를 끄떡였다.

더구나 마비단을 사용할 새총의 고무줄을 당겨보곤, 위력치곤 꽤나
쓸 만했던지 나름대로 나의 무기제조법에 대해 칭찬을 아끼지 않았으
므로, 우쭐해진 내가 새총의 견고함을 기하기 위해, 탱자나무로 만들
었으며, 고무줄은 어렵게 서양인한테 구한 것이라며 간단한 부가설명
도 해주었다.

고무줄총은 쉽게 볼 무기가 아니었다.

웬만한 표적은 고무줄에서 튕겨나간 돌멩이에 맞아, 잠시 정신을
잃을 수도 있으며 공중에 참새도 잘만 맞힌다면 무난하게 요깃감이
되고도 남음이 있는 무기였으므로, 내가 구한 마비단은 어쩌면 의외의
위력을 발휘하는 무기가 될 수도 있었던 것이다.

우린 그렇게 모든 장비를 꼼꼼히 챙겨들고 이른 새벽 가게를 출발
했다.

새벽 일찍 북쪽을 향해 출발한 우리는 경성을 출발한 지 하루 만에
첫 번째 목적지의 중간쯤인 호담사(護談寺)라는 작은 사찰에 도착했다.

컴컴한 야밤에 하룻밤의 숙식을 부탁한 우리를 보고 그곳의 스님들
은 매우 놀랐으나, 60대 중반의 주지스님은 우리를 보고 매우 반가웠
는지 숙식을 허락하는 대신 경성에서 벌어지는 일이며, 이것저것 꼬치
꼬치 캐묻기를 그칠 줄 몰랐다.

한동안 세상 소식을 듣지 못한 것 같아 안쓰러운 생각이 들었다.
사로는 말없이 뒤늦은 야식을 했지만, 난 아는 대로 성심성의껏 대답
하기로 하고 묻는 질문에 친절하게 답변해 주었다.

다른 젊은 스님들도 내 얘기가 재미있었는지, 식사중인 내 앞으로

바싹 다가들며 부지런히 내 얘기를 경청하고 있었다. 저녁식사가 끝나자, 나와 사로는 조용한 방 하나를 안내받았다. 배도 부르고 편히 쉴 수 있게 되어 안도했지만 그것도 잠시뿐이었다.

사찰 밖이 매우 소란스러워 방문을 열어보니, 어디선가 한 무리의 일본 사냥꾼들이 몰려와 조용한 사찰의 적막을 깨트리고 있었다.

6명으로 구성된 그들 모두는 제각기 사냥총을 들고 있었지만, 우리가 두려워하는 겐죠 일당은 아니었으므로 사로의 말대로 조용히 방문을 잠그고 잠자리에 눕기로 했다.

눕기 전에 닫히는 문틈 사이로 황급히 주지스님이 그들 앞으로 걸어 나가는 것이 보였지만, 그들은 사찰의 경건함은 아랑곳없이 한참이나 소란피우기를 멈추지 않았다.

지껄이는 소리를 언뜻 들으니 사냥을 하다 길을 잃고 우리와 같은 처지로 하룻밤 신세를 지려고 이곳에 찾아온 것이 분명했다. 난 서둘러 호롱불을 끄고 잠자리에 누웠지만, 만일의 사태에 대비해 배낭에서 새총과 마비단을 꺼내 이불 밑에 숨겨두기로 했다.

그러나 쉽사리 잠을 청하지 못하는 내 귀에 시끄럽던 사찰 밖이 다소 조용해지며, 그들이 방을 배정받은 듯 이내 고요가 찾아왔다.

피곤에 지쳐 언제 잠에 곯아떨어졌는지 내 무거운 눈꺼풀 위로 벌써 새벽빛이 환하게 밝아오고 있었다. 이른 새벽이었지만 사로가 먼저 배낭을 수습해서, 일본 사냥꾼을 피해 출발준비를 서둘렀다.

주지스님에게 한마디 인사도 못하고 서둘러 사찰을 빠져나가는 것이 미안하기는 했지만, 괜히 일본인들과 부딪쳐서 좋을 게 없다고 판단했기에 그리 결정한 것은 불가피했다.

우린 그렇게 호담사를 벗어나, 새벽 일찍 불화의 부적이 숨겨져 있는 구호사(求虎寺)를 향해 부지런히 발길을 재촉하고 있었다.

　구호사로 가는 산길은 매우 험준했다. 언제나처럼 씩씩하게 걷는 사로를 바라보며 뒤따라가고 있는 나는 두 번째 모험이 내심 기뻤다.
　하지만 이번 모험에서 겪게 될 고초를 생각해보니 불안한 건 어쩔 수 없었다. 더군다나 이번에 우리와 함께할 자들은 일본 사무라이 출신들의 군인들 아닌가.
　그들이 도착하기 전에 빠르게 움직인다면 안전을 보장받을 수 있는 일이지만, 만에 하나 그렇게 되지 못한다면 어찌할 것인가? 자칫하면 생사를 좌우할 수 있는 이번 모험에 처음부터 각오는 하고 따라왔지만, 미래에 대한 불안감은 쉽게 떨치지 못했다.
　그렇게 중간쯤 갔을 때였다. 사로가 갑자기 냇가 옆으로 문서를 펼쳐 보이고 잠시 머뭇거리고 있었다.
　"무슨 일인가?"
　언제나 휴식을 노리는 사람처럼 그의 옆으로 다가간 내가 재빨리 등에 있던 배낭부터 내려놓으며 그에게 물었다.
　"아니, 별일 없네. 단지 이 문서에 적힌 문장이 생각나서 잠시 걸음을 멈춘 것뿐이네."
　그 말에 내가 반갑게 대꾸했다.
　"그거라면 나도 생각한 게 있네."
　내가 힘주어 말했다. 시간을 끌려는 생각도 있었지만, 경성에서 생각한 것도 있었으므로 뜻밖에 자신감을 비춘 것이다. 내 자신감에 사로가 의외의 표정으로 날 바라봤다.
　"구호사에 도착하면 말하려고 했네만, 실은 출발 전부터 그 문장에 대해서 알아낸 게 조금 있네."

난 이 틈에 단단히 쉬어가리라고 마음먹고 옆 땅 바닥에 재빨리 엉덩이를 깔고 조심히 얘기를 풀어놓았다.

"자네도 알고 있겠지만, 우선 첫 번째 비밀인 옥(玉 옥)이라는 글자와, 호(虎 범)라는 글자로 시작되는 이 시 같은 문장 내용을 풀어보면, 바로 이런 내용으로 귀결되네."

그 한자를 풀이하면 내용은 대강 이러했다.

옥구슬 입에 문 백호여,
비단 위에 옥구슬을 던졌구나.
옥문을 찌르는 자여,
족쇄법문 취함은 어인 일인가.

"물론 자넨 아직 이걸 풀진 못했겠지만, 그 문장 구절들을 하나씩 풀어보면 해석은 아주 간단하네. 먼저 옥구슬을 입에 문 백호란, 사찰에 있는 호랑이 석상을 가리키는 말로, 분명 거기 도착하면 호랑이 석상이 있을 테니 두고 보게. 그리고 비단 위에 옥을 던졌다는 말은 분명 어딘가에 옥 문양이 새겨진 융단이 있다는 걸 뜻하네. 좋은 사찰은 그런 융단이 가끔 있으니 그것도 걱정할 게 없네. 그리고 옥문을 찌른다는 말은 열쇠로 문을 여는 사람. 즉, 해답을 찾는 우리 같은 사람을 지칭하는 말일 테고, 족쇄법문 취한다는 말은 말 그대로 숨겨져 있던 열쇠를 찾는다는 말로, 왜 부적을 취하는지를 묻는 질문이네."

여기까지 얘기한 내가 사로를 위해 다시 정리해주기로 했다.

"그걸 다 종합해 보면 이러네. 호랑이 석상 근처 융단 밑에 어딘가에 입구가 있으니, 거기에서 우리가 찾는 부적을 발견할 수 있다. 뭐 그런 뜻으로 풀이되는 말이네."

사로는 잠시 나를 바라보다, 고개를 끄떡이며 대꾸했다.

"대단한 추리네. 더구나 자네가 말한 3행과 4행은 나도 동감일세. 하지만 1행과 2행은 아직 난 잘 모르겠네. 아무튼 자네의 해박한 지식은 따를 자가 없을 것 같네, 친구."

하지만 첫 모험에 크게 실수를 해서, 내심 불안한 건 사실이었다. 잘못하면 또다시 망신을 당할 수 있으므로 더 이상 강조하지는 않기로 했다.

"그래도 혹시 모르니까 내 말을 다 믿진 말게. 내 말은 그저."

말이 채 끝나기도 전에 사로가 다시 움직였다. 그러나 나는 모처럼 쉬어 갈 수 있는 기회를 버리기는 아까워, 경성에서 가져온 누룽지를 급하게 꺼내 사로를 향해 내밀었다.

당시 우리는 모험에 필요한 비상식량으로 자주 누룽지를 가지고 다녔는데, 물을 붓고 끓이면 빠른 시간 안에 맛있게 먹을 수 있었으며, 더 급할 때는 그냥 씹어서 허기를 모면할 수 있는 좋은 방법이었다.

더구나 이런 방법은 다가올 여름철에 음식물이 쉽게 상하는 단점을 보완한 것으로 어느 음식과 비교해도 손색이 없는 아주 훌륭한 음식이었다. 사로 또한 나만큼이나 누룽지를 좋아했으므로, 나로서는 이 음식에 어떤 불만도 없었다. 그런 누룽지를 건네며 내가 사로에게 다시 한마디를 덧붙였다.

"쉬었다 가세. 누룽지도 먹고."

그러나 사로는 나의 손에 든 누룽지를 낚아채며 말했다.

"그럴 시간 없네. 겐죠가 도착하면 나머지 원본을 꺼내들고, 우리하고 똑같이 움직일 테니 힘들어도 계속 가는 게 좋겠네. 이건 걸으면서 먹겠네."

모처럼 휴식을 기대했지만, 언제나 그렇듯 사로의 습성상 달콤한

휴식은 기대할 수가 없었다. 누룽지를 먹으며 씩씩하게 걸어가는 사로
의 뒤를 쫓아, 누룽지를 입에 물고 나도 부지런히 발걸음을 떼기 시작
했다.

7

산속에 석양이 지기 시작했다.

몸과 마음이 지쳐서 죽을 지경이었다. 집요한 보행도 그렇지만 산속의 온갖 장애물 탓인지, 피곤이 내 몸 속으로 빠르게 전달되고 있었다. 사로는 그런 나를 가끔 부축했지만 힘들기는 매 한가지였다. 하지만 저녁이 다 돼서야 이번만큼은 무리해선 안 되겠다는 듯 그가 나에게 뜻밖에 휴식을 허락했다.

우리는 조용한 냇가 근처에서 먹고 남은 누룽지를 끓여 먹으며, 짧은 휴식을 가졌는데, 첫 모험때 익숙해져선지 잠깐의 휴식에도 나의 체력 회복은 빠른 속도로 진행되었다.

다른 때 같으면 한 시간의 휴식에도 몸을 풀지 못하겠지만, 이번만큼은 빠르게 회복되고 있는 것이 분명했다. 사로의 말대로 내 체력이 갈수록 강해지는 것 같았다.

휴식이 끝나자 산속의 어둠은 빠르게 찾아왔다.

한치 앞도 분간할 수 없을 정도로 캄캄해졌다. 횃불을 밝혀들었으나, 여전히 동물들의 울음소리는 내 귀를 바짝 긴장시켰다. 그러나 겁을 먹고 가던 길을 멈출 수는 없었다.

사로의 말에 따르면 오늘 밤중으로 거기에 도착해야 첫 번째 비밀을 풀고, 두 번째 장소로 향하는데 별 무리가 없다는 것이었다. 우리에게 주어진 시간은 1주일이었으므로 이해가 가는 이론적 계산이었다.

그러나 밤중에 도착해야 수수께끼를 풀 수 있다는 말은 좀처럼 이해가 되지 않았다. 내가 말한 해답대로라면 천천히 간다고 백호석상이 없어지는 것도 아닌데, 왜 이리 서두르는지 도무지 알 수가 없었다.

그러나 겐죠를 막기 위해선 하루라도 시간을 단축해야 한다는 것은 전적으로 동감했기에, 나는 계속 인내심 있게 그의 뒤를 따를 수밖에 없었다.

어느 정도 갔을 때였다.

숲속 저 달빛너머로 쓰러진 사찰이 아련한 모습을 드러내기 시작했다. 기쁜 표정으로 그쪽을 먼저 발견한 사로가 거침없이 그곳을 향해 돌진하다가, 사찰의 입구에서 구호사(求虎寺)라고 쓰인 이끼 낀 돌비석 하나를 발견하고 날 돌아보며 말했다.

"제대로 찾아왔네."

나는 무사히 구호사에 도착한 걸 먼저 부처님께 감사드리고 사로를 따라 사찰 안으로 들어갔다. 사찰은 이미 다 쓰러져 귀신이 나올 정도로 오싹한 것이 소름이 쫙 끼쳐왔다.

잠시 사찰을 바라보던 사로가 먼저 사찰의 중앙에 위치해 있는 대웅전 쪽으로 발길을 옮겼다. 그러나 거기에는 온갖 쓰레기와 흙먼지만 이 세월의 흔적을 보여줄 뿐, 다른 모습은 찾기 어려웠다. 그나마 다행이라면 한쪽 귀퉁이가 다 떨어져나간 길이 8미터의 육중한 돌부처 석상이 무거운 자태로 그곳을 지키고 있다는 사실이었다.

"정말 놀랍네. 이런 곳에 이런 돌부처상이 있다니……."

내가 놀랍게 바라보자, 사로가 먼저 그 부처상을 천천히 살피기 시작했다. 무언가를 찾고 있다는 느낌이 들었다. 나도 배낭을 내려놓고 잠시 그 부처상을 살펴보았으나, 별 특이한건 없이 다른 사찰에서 흔히 볼 수 없는 규모가 꽤 큰 부처석상이라는 사실뿐이었다.

그러나 사로는 그런 부처상을 유심히 살펴보다 부처석상의 앉아 있는 뒷면 돌 틈을 살펴보더니, 두 손으로 힘껏 부처상을 밀어보기도 하고, 주위를 둘러보기도 하며 계속 엉뚱한 짓을 벌이고 있었다.

나는 혹시 오는 도중에 쉽게 비밀을 풀어버린 나로 인해 자존심 상한 사로가 딴청을 피우는 것 같아 얼른 자리를 피하기로 했다. 그리고 내 주장을 뒷받침할 단서를 찾기 위해, 사찰 안의 호랑이 석상을 찾기로 마음먹었다.

"난 호랑이 석상을 찾아보겠네."

폐허가 된 사찰은 원상복구가 힘들 정도로 망가져 있었다. 그러나 그것보다 사로와 헤어져 이곳저곳을 살피던 내 얼굴에 시간이 갈수록 난감한 표정이 드리워졌다. 그 어느 곳에도 내가 생각해낸 백호상은 보이지 않았기 때문이었다.

더욱이 옥 모양의 융단이 있을 거라는 나의 주장과는 달리, 사찰 어느 곳에도 양탄자는커녕 흔한 천 조각 하나 보이지 않자, 성급한 결론을 내린 내 뇌리에 후회가 밀려오기 시작했다.

사로를 만나면 무슨 말로 변명을 한단 말인가. 결국 그럴듯한 변명

거리를 생각하는 것이 좋겠다는 결론을 내린 나는, 두 번 다시 섣부르게 나서지 않겠다고 다짐하며, 사로에게 무거운 발걸음을 옮기기 시작했다.

그러나 주변 어디선가 바스락 거리는 소리가 내 귀에 잠시 들려오는 듯 하더니, 이내 고요가 다시 찾아왔다. 저만큼 앞쪽으로 펼쳐진 어둠속에서 나는 소리였지만, 신경이 거슬린 내가 횃불을 높이 쳐들자 주위는 온통 암흑과 적막뿐 아무런 기척도 보이지 않았다.

주위 상황에 다소 긴장한 것으로 간주한 내가 마음을 다져먹고 서둘러 사로에게 발걸음을 돌렸지만, 바스락 거리는 소리는 여전히 내 귀에 다시 들려오고 있었다.

분명 뭔가 움직이는 소리가 틀림없었다.

발걸음을 멈춘 내가 다시 귀를 기울이며, 횃불을 들고 주위를 살폈으나 아까 상황과 별 다를 것은 없었다.

작은 횃불 하나로 저만큼 떨어진 앞쪽을 밝게 비출 수는 없는 상황에 답답한 내가, 그쪽으로 발걸음을 아예 돌려보자는 생각에서 천천히 그곳으로 걷기 시작했다. 그러나 그 순간 어둠속에서 뿜어져 나오는 살벌한 광채 하나가 내 두 눈을 크게 자극해왔다.

"으악!"

눈앞이 아찔했다. 떨리는 손으로 겨우 횃불을 치켜들었지만, 이미 광채는 어둠속으로 자취를 감추고 흐르는 건 고요와 적막뿐이었다.

혹시 잘못본게 아닌지 내 눈과 귀를 의심했지만, 분명 동물의 눈동자와 움직이는 소리였으므로, 내 머릿속은 순식간에 흔들리기 시작했다. 한시라도 빨리 사로에게 달려가는 것이 좋겠다고 생각하고 막 자리를 뜨려는 순간이었다.

갑자기 내 뒤에서 으르렁 하는 소리가 짧게 울려 퍼졌다. 울부짖는 소리였지만, 알 수 없는 동물이 내 뒤에서 분명 나를 노리고 있는 것이 확실했다.

나는 동물을 좋아하는 편이다. 하지만 이 상황에서 이런 알 수 없는 동물의 출현은 별로 달갑지가 않았다. 아랫도리에 힘이 빠지면서, 나도 모르게 다리가 부들부들 떨려오기 시작했다.

용기 있게 자리에서 벗어나 천천히 이 상황을 탈출하는 게 우선이라고 생각했지만 현실은 그렇지가 못했다. 동물 한 마리가 이 근처에서 날 노린다고 생각하니, 두 다리가 떨려와 자리에서 벗어나기가 불편해진 것이다.

내가 그렇게 한참을 떨고 있자, 나의 그런 모습이 못마땅했는지 이번에는 좀 더 큰 소리로 으르렁 거리는 소리가 내 귓전을 날카롭게 파고들었다.

호랑이였다.

틀림없이 호랑이의 소리였다. 그 소리는 분명 내가 아는 상식에서 호랑이소리가 틀림없었다.

"이런 사찰에 어떻게 호랑이가……."

사찰에 걸맞은 동물이긴 했지만, 감히 상상도 할 수 없는 동물에 크게 놀란 내가 사로를 목청껏 불러보기로 했다.

"사……."

그러나 겁을 잔뜩 먹은 상황에서 그를 부르기는 쉽지가 않았다. 목구멍에서 나온 소리가 다시 목구멍으로 빨려 들어가며, 소리가 제대로 터져나오지 않은 것이다.

'아…… 따라오지 말 것을 괜히 따라왔구나.'

금세 후회가 밀려왔다. 이제 호랑이를 만났으니 죽음을 눈앞에 둔 거나 다름없었다. 수많은 생각이 순식간에 밀려오기 시작했다.

'내가 조금만 더 사로를 말렸더라면……. 아예 그를 만나지 않았더라면…….'

눈을 감고 있는 내 머릿속에 그 생각만 수없이 반복되었을 때였다. 갑자기 뭔가가 내 어깨를 무겁게 짓눌렀다.

"으악!"

크게 비명을 지른 내가 그 자리에서 꼬꾸라지며 온몸을 사시나무 떨듯 떨기 시작했다. 그러나 내 등 뒤에 나타난 건 다름 아닌 사로였다.

"무슨 일인가?"

"호랑이가 있네, 사로."

떨리는 손으로 황급히 호랑이가 있는 방향을 가리키자, 잠시 후 횃불을 들고 그곳을 살피고 돌아온 사로가 나를 천천히 바라보다가 난감한 표정으로 이마를 쓸어내렸다. 내 말을 믿지 않는 것이 분명했다.

잠시 후, 사로를 따라 대웅전의 부처석상이 있는 사찰 중앙 난간에 걸터앉은 내가 놀란 가슴을 쓸어내리고 있을 때였다.

"숲 속을 샅샅이 살폈지만, 자네가 말한 호랑이는 없었네."

"하지만 호랑이 소리를 분명히 이 귀로 똑똑히 들었네."

사로는 날 의심쩍게 계속 바라보았으나, 나는 믿어달라는 표정으로 계속 그를 바라보았다.

"그 얘기는 그만하고, 찾은 게 있으면 그것부터 말해 보게."

내가 아무 말도 못하자, 사로가 태연하게 말했다.

"알 만하네. 하긴 자네가 해석한 3행과 4행은 정확하게 맞았으니 이번 일은 반반 찾은 거나 다름없네. 좀 아쉬운 게 있다면 1행과 2행인데, 그건 내 판단대로 하면 해결될 것 같네."

"그게 무슨 말인가? 해결되다니."

내가 다급한 어조로 말하자 그가 대꾸했다.

"이미 말했지만 3행과 4행은 우리가 찾는 것에 대한 직설적인 의미

해석이라고 보네. 그리고 1행과 2행은 문을 여는 가장 핵심적인 열쇠로, 우리가 찾고 있는 것이 바로 그거라고 볼 수 있네.”

“하지만 내가 말한 1.2행의 해답은 이 사찰에는 없네. 없는 것을 어떻게 해결한다는 건가?”

“아니. 그 해답은 이미 찾은 거나 다름없네.”

“무슨 말인가? 눈을 씻고 찾아봐도 백호석상이 안 보이던데.”

내가 힘 있는 어조로 몰아붙였다.

“눈에 안 보인다고 없다고는 할 순 없네. 단지 그 장소가 좀 멀리 있을 뿐이네.”

“그럼 여기 이렇게 앉아있을 게 아니라, 움직여야 되잖나?”

“그럴 필요 없네. 마침 때 맞춰 왔으니 여기 앉아 있어도 그 해답은 저절로 우리한테 오게 돼있네.”

“도대체 무슨 소리를 하는 건가? 우리한테 오다니.”

“우선 물부터 먹고 설명할 테니, 자넨 저쪽에서 제일 큰 대나무 하나만 잘라오게. 나머지 설명은 나중에 해주겠네.”

의문을 풀 수는 없었지만, 나는 우선 그가 시키는 대로 사찰 왼쪽 편에서 자라고 있는 대나무 중에, 10미터는 족히 돼 보이는 대나무 하나를 자르기 시작했다.

사로는 여유 있는 표정으로 물을 마시며, 매우 만족한 표정을 하고 있었다. 잠시 후 내가 자른 대나무를 사로에게 가져다 주었다.

“이 정도면 어떤가?”

“맘에 아주 꼭 드네.”

날카로운 단검을 꺼내 든 사로가 이번에는 말없이 대나무의 잔 나뭇가지를 치고, 자신의 단검을 대나무 끝에 묶기 시작했다. 궁금한 내가 다시 물었다.

“도대체 이 대나무는 어디다 쓸 건데 그렇게 묶는 건가?”

"보면 알게 되네. 이제 시간이 다 됐으니 우선 내 옆으로 바짝 앉게."

쉽게 이해가 되진 않았지만, 나는 우선 그가 하라는 대로 그 옆에 나란히 앉아, 그가 간직하고 있는 해답을 알기위해 조용히 침묵으로 일관했다.

잠시 후였다.

완성된 대나무를 나에게 건네던 사로가 손을 들어 어느 한곳을 가리켰다. 그러나 그가 가리킨 곳은 컴컴한 하늘에 떠 있는 구름 속으로, 살며시 모습을 드러내고 있는 평범한 보름달이었다.

"저건 구름 속의 달이 아닌가?"

다소 실망한 내가 말했다.

"구름이 걷히면 주위가 훤할 테니 잠시만 지켜보고 있게. 나머지 백호의 형상은 그때 보여주겠네."

사로가 빙긋이 웃었다.

난 그가 장난하는 것 같아 기분이 매우 씁쓸했다. 그러나 아주 잠깐 사이, 어두운 구름사이로 보름달이 모습을 드러냈을 때였다. 그가 가리킨 곳은 분명 보름달이었지만, 보름달의 배경은 아까하고는 사정이 크게 달라져 있었다.

구름 사이로 모습을 드러낸 보름달이 주위의 어둠을 밝게 비추자, 사찰 저 멀리 떨어진 산 중턱에 호랑이를 닮은 하얀 바위가 그 위용(偉容)을 드러내고 있는 것이었다. 그것은 입을 벌리고 있는 바위의 모습으로, 영락없이 달빛에 비쳐진 백호의 형상 그 자체였다.

옥구슬 입에 문 백호여,

나의 입에서 기나긴 탄성이 흘러나왔다. 더구나 구름 속에서 나타난 둥근 보름달은 흡사 옥을 그대로 옮겨 놓은 것 같은 백옥(白玉) 그 자체라고 해도 손색이 없었다. 믿을 수가 없었다.

'어떻게 이런 상황을 만들 수 있단 말인가.'

백호의 입에는 이미 둥근 보름달이 꽉 들어차 있었다. 단지 구름에 가려져 잠시 그 형체를 알아볼 수 없을 뿐, 둔갑해 있는 그 형상이야말로 옥구슬을 입에 문, 백호의 형상 그 자체로밖에 달리 표현할 수 없었다. 나도 모르게 또 한 번의 탄성이 터져 나왔다. 사로가 내 어깨를 두드리며 조용히 말했다.

"자! 이제 더 늦기 전에 비단 위에 옥을 보러 가세. 나머지 답은 그곳에 있네. 나무를 들고 날 따라오게."

사로는 재빨리 몸을 일으켜 사찰의 뒤쪽을 향해 뛰어갔다.

사찰 뒤는 폐허나 다름없는 전형적인 모습으로, 그 주변에는 온통 무성한 풀숲이 펼쳐져 있었다. 급히 잡풀을 헤치며 뛰어가는 사로를 따라 내가 계속 앞으로 나아갔을 때였다.

풀잎을 헤치고 나가던 사로가 갑자기 발걸음을 멈춰 서자, 나의 입에서는 또 한 번의 탄성이 터져 나왔다.

과연 비단 위에 옥을 던졌다는 문장 구절은 무얼 의미하는지 알게 된 것이다. 그건 바로 사찰 뒤로 풀숲 저 멀리 넓게 뻗어 있는 호수였다.

그 위에 비쳐진 보름달의 모습은, 영락없는 옥구슬을 던져놓은 한 폭의 비단이었던 것이다.

비단 위에 옥구슬을 던졌구나.

"사로……."

떨리는 음성으로 내가 나직이 사로를 불렀다.

그러나 사로는 응답할 시간도 없이, 내가 들고 있던 대나무를 뺏어, 있는 힘껏 호수를 향해 죽창을 날리고 있었다.

대나무는 어둠을 뚫고 핑 하는 소리와 함께, 50여 미터를 날아가 호수에 비쳐진 달 모양 위에 그대로 꽂혀지고 있었다.

옥문을 찌르는 자여,

두 눈을 의심하지 않을 수 없었다.

위치 표시를 해둔 사로가 만족한 듯 나를 돌아보며 미소 짓자, 나는 잠시 생각을 정리해 보기로 했다.

옥을 입에 문 백호는, 산등성이의 보름달을 물고 있는 백호바위를 말하며, 비단위에 옥구슬은 잔잔한 호수 위에 비쳐진 달의 모습을, 그리고 옥문을 찌르는 자는 지금 사로가 호수에 죽창을 던진 모습으로, 부적이 담긴 중요한 열쇠가 있는 장소임이 틀림없었다.

과연 1.2.3행 모든 문장이 그대로 정확하게 들어맞은 셈이었다. 생각이 거기까지 미친 내가 할 말을 잃고 말없이 사로를 바라봤다. 사로는 이미 열쇠를 움켜잡은 것이나 다름없다는 표정으로, 안도의 한숨을 내쉬고 있었다.

"횃불을 들고 있게. 물 속으로 들어가서 무슨 단서가 있는지 찾아봐야겠네."

놀라 내가 대꾸했다.

"이렇게 어두운데 저 깊은 물 속에 들어가서 어떻게 그걸 찾는단 말인가? 아침까지 기다리는 게 좋겠네."

"아침까지 기다리기엔 시간이 너무 아깝네. 일단 한 번 들어가 보고 판단해 보겠네."

말을 마친 사로가 옷을 벗기 시작했다. 나는 딱히 무엇을 도와줄 수도 없었다. 내가 그렇게 엉거주춤하게 서 있을 때 사로가 어느새 제지할 틈도 없이 물 속으로 몸을 날렸다.

그리고 날렵한 동작으로 호수 한가운데를 향해 헤엄쳐 간 그가 어느새 나를 향해 손짓을 보내고 있었다. 손을 들어 그에게 화답했으나 마음이 편치는 않았다.

그러나 손을 내려놓기도 전에 그는 또 다시 물 속으로 잠수하여 들어갔으므로, 더 이상 내 시야에 그의 모습은 보이지가 않았다.

그가 그렇게 물 속으로 들어간 후, 난 다시 한 번 산등성이에서 보름달을 물고 있을 백호의 형상바위를 말없이 바라보았다. 이미 보름달은 백호의 입 속에서 약간 벗어나 있었으나 아름답고 황홀한건 마찬가지였다.

'내 생각이 부족했구나.'

내 입에서 후회의 탄식이 흘러나왔다. 대학을 나와 사학자라고 자부했던 내가 이게 무슨 꼴이란 말인가……. 심히 부끄러워 고개를 들 수 없었다. 나에게 이 모험은 과분한 것인가? 아니면 내 능력을 펼치기에는 자질이 부족한 건가?

그렇게 생각하고 있을 즘, 때를 맞춰 사로가 산소를 공급받기위해 잠시 물 밖으로 나오는 것이 목격됐다. 분명 뭔가를 발견하고 열심히 찾고 있는 것이 분명했다. 같이 찾아볼 수 없는 것이 안타까웠지만 이대로 서 있기보다는 그를 위해 뭔가를 해야겠다는 생각이 들었다.

불현듯 모닥불 생각이 났다.

나중에 물에 젖은 사로의 몸을 말리기 위해서 땔감을 주워, 그의 떨어진 체온을 보호해야겠다는 생각이 들은 것이다. 그렇게 생각한 내가 서둘러 나뭇가지를 주워 모아, 사찰 쪽에 놓아둔 배낭에서 성냥을 찾기 위해 대웅전 쪽으로 뛰어갔다.

배낭은 대웅전 쪽 돌부처상 앞에 얌전히 놓여 있었다.

나는 서둘러 배낭 속에서 성냥을 찾기 시작했다. 그러나 내가 배낭 속에서 미처 성냥을 찾기도 전에, 내 앞에 있는 대웅전은 또 한 번의 믿을 수 없는 광경을 펼쳐 보이고 있었다.

"크르르~릉~."

갑자기 어디선가 육중한 굉음을 내며 사찰이 무너져 내리는 듯한 무서운 굉음소리가 내 귀를 파고들었다. 크게 놀란 내가 소리 나는 쪽을 돌아보자, 실로 믿기지 않는 일이 벌어지고 있었다.

대웅전 쪽에 얌전히 앉아있던 돌부처상이 스스로 움직이고 있었던 것이다. 오랜 세월 그 자리에 못박혀 있던 돌부처가 뭔가의 힘에 이끌려 서서히 옆으로 움직이고 있었다.

"크르르~릉~."

그리고 잠시 후, 어느 정도 열어 젖혀진 돌부처상이 움직임을 멈추자, 내 앞으로 한 움큼의 먼지들이 뿜어져 나왔다.

할 말을 잃은 내가 이 광경을 서둘러 사로에게 전해주어야겠다고 생각하고 떨리는 몸을 일으켰다.

그러나 내가 등을 돌리자마자 어느 틈에 물 밖으로 나왔는지, 사로가 젖은 몸으로 내 등 뒤에서, 나와 같이 돌 부처상을 말없이 바라보고 서 있었다.

"사로, 부처상이 저절로 열렸네."

하지만 그는 처음부터 짐작이나 하고 있는 것처럼, 젖은 몸에 옷을 걸쳐 입으며 태연하게 말했다.

"저절로 돌부처가 열리지는 않네. 친구."

먼지가 걷힌 돌부처상의 뒤에는 사람이 들어가기 좋을 만큼 넉넉한 공간이 확보되어 있었다. 내가 감상에 젖어 말했다.

"정말 대단하네. 어떻게 물속에 그런 장치를 한단 말인가?"

내가 말을 다 마치기도 전에, 사로가 먼저 돌부처상의 열린 문을 향해 가고 있었다. 횃불을 높게 치켜든 내가 곧바로 그의 뒤를 쫓았다.

암흑 속에서 횃불에 비친 내부의 모습은 깨끗하고, 쾌쾌한 냄새도 없었으며 거미줄만 그물처럼 펼쳐져 있었다. 그 옛날 누군가 여기에 이런 비밀의 방을 만들었다는 게 그저 신기할 뿐이었다. 그렇게 몇 발자국 앞으로 진행하고 있을 때였다.

갑자기 내 앞으로 뭔가가 모습을 드러냈는데, 그건 다름 아닌 죽은 지 몇 백 년, 아니 천년이 흘렀을 만한 한 개의 앙상한 뼈 조각인 것이다.

좌탈입망(坐脫立亡, 앉아 있는 자세로 죽은 것)의 자세로, 불공을 드리다 열반(涅槃)한 법복 차림을 한 노스님의 앙상한 해골이었다.

이미 천년이나 지났을 법한 그 골격의 뼈들은, 그 모습 그대로 한 점 흐트러짐 없이 그 자리에 앉아있었다. 만지기만 하면 부서질 것 같은 그 뼈들은 오랜 세월을 설명해주듯 앙상한 몰골을 확연히 드러내고 있었다.

사로가 환희에 찬 모습으로 먼저 횃불을 들어 해골위에 걸쳐있는 옷을 살펴보기 시작했다. 수많은 세월이 흘렀어도 법복은 약간 낡아 먼지만 가득할 뿐 보관 상태는 매우 훌륭했다.

자세히 살펴보니 법복의 안쪽에는 먹으로 무언가를 적은 경전(經典)들로 가득했는데, 그걸 본 사로가 환한 표정으로 내게 물었다.

"자넨 이걸 어떻게 생각하나?"

떨리는 음성으로 내가 대꾸했다.

"내가 알기론, 이건 단순한 옷이 아니네."

"맞네. 이건 불화를 깨우지 못하게 하는 우리가 찾고 있던 첫 번째 부적인 법복이 분명하네."

머리가 혼란스러웠다. 경성에서 내가 그토록 허구라고 외쳤던 전설 속의 이야기가 한순간에 이렇게 현실로 나타나다니…….

뭐라 할 말이 없었다. 사로가 말했다.

"이건 처음부터 여기 있었던 게 아닐세. 누군가 이 성스러운 법복을 이곳에 숨기기 위해 열반을 자처한 것 같네. 장소로 봐서 습한 것도 없고, 공기도 희박하니 오랜 세월 이곳에 안치하기는 안성맞춤이겠지. 하지만 이걸 찾도록 문장을 남겨놓아서 천만다행이었네. 자! 이제 이 걸 가지고 나가는 방법을 연구해 보세."

"뭘 가지고 나간단 말인가?"

놀란 내가 질문하자, 태연하게 그가 대꾸했다.

"법사가 입고 있는 경전이 적힌 법복 말일세."

"하지만 이 법복을 가져가면 이 법사의 뼈는 다 부서질 텐데 어떻게 가지고 나간단 말인가?"

내 말에 그가 표정이 굳어지며 말했다.

"자네 뜻은 알겠지만, 그런다고 여기서 이대로 시간 낭비할 순 없네. 불화를 막으려면 이 법복이 필요하니 쓸데없는 생각은 말게. 이유당행 불외천(理由當行 不畏天)이라고 했네. 아마 이 스님께서도 그걸 알면 우리를 너그럽게 용서할 거라 보네."

나는 정당한 이유를 가지고 행하면 하늘이 두렵지 않다는 말을 잘 알고 있었다.

"그럼 간단한 예불을 드리고 그렇게 하도록 하세."

사로도 그 말에 기꺼이 찬성했다. 난 서둘러 내 불심을 동원해 법복 을 벗기기 전에 그 앞에서 정중히 합장을 하고 예를 갖추기로 했다. 사로는 내 예의바른 행동이 다소 옳다고 느꼈는지, 자기 나름의 종교 방식대로, 내 뒤에서 하나님께 성호(聖號, 카톨릭에서 가슴에 손으로 긋는 십자 가 모양)를 그리며 간단한 예를 표시했다.

난 불심을 다해 예를 올렸다. 그러나 간단한 예를 마친 사로가 기다리기가 따분했는지 한마디를 던졌다.

"난 나가서 화장준비를 할 테니, 되도록이면 간단히 끝내주게."

사로가 나간 후, 난 정성껏 감사의 예를 올리기 시작했다. 그리고 한참 만에 성스러운 기도의식을 끝낸 나는 조심스레 법복을 벗기기 시작했다. 예상했던 대로 조심히 법복을 벗긴 내 앞으로 법사의 앙상한 뼈들이 부서져 내렸다.

법복과 법사의 뼈를 팔 안에 가득 담은 내가 사찰의 앞마당으로 빠져나왔다. 스님의 화장을 위해 모닥불을 피우고 있는 사로에게 조심히 법복을 건네준 나는 곧바로 이름 모를 법사의 뼈를 화장시킬 준비를 서둘렀다. 모닥불은 뼈를 태우기 좋게 거세게 불타오르고 있었다.

"이제 시작하게."

사로가 말했다. 내가 고개를 끄떡이며 법사의 앙상한 뼈를 한 움큼 손에 쥐고, 거세게 타오르고 있는 불길 속으로 뼈를 던져 넣으려는 순간이었다.

갑자기 암흑 속에서 크게 울부짖는 동물의 울음소리가 우리의 행동을 멈추게 했다. 놀란 내가 주위를 살피며 말했다.

"내가 조금 전에 말한 그 호랑이가 분명하네."

나의 겁먹은 표정에 사로가 주위를 조심스레 둘러보았다. 그리고 조금 전에 내가 겪었던 얘기가 생각난 듯, 반신반의(半信半疑)하는 표정으로 천천히 횃불을 치켜들고 말했다.

"여기 가만히 있게."

주의를 준 그가 횃불을 치켜들고 소리가 나는 앞쪽을 향해 조심스럽게 발걸음을 옮겼다. 나는 만약의 사태를 생각해 서둘러 배낭 속에

스님의 뼈를 챙겨 넣었다.

그러나 생각했던대로 나의 불길한 예감은 그대로 적중하고 말았다. 어둠 속으로 사라졌던 사로가 어둠 속에서 뛰어나오며 나에게 도망치라는 수신호를 다급히 보내온 것이다.

뭔가 크게 잘못된 것을 직감한 내가 사로의 뒤를 따라 뼈가 든 배낭을 챙겨들고, 그곳에서 죽을힘을 다해 도망치기 시작했다.

8

새벽이었다.

저만치 산속으로 먼동이 터왔다. 호랑이를 피해 이른 새벽까지 산속을 도망쳐 온 나와 사로는 피곤에 지쳐, 바위산 기슭에서 자리를 틀고 앉았다. 영문도 모르고 도망친 내게 사로가 말했다.

"간밤에 호랑이를 봤다는 자네 말이 맞는 것 같네."

"호랑이를 봤나?"

"멀리서 봤지만 틀림없는 것 같네."

당시 우리나라에 넓게 분포해 있는 동물은 호랑이와 반달곰, 그리고 늑대와 표범이 대부분이었다. 그러니 이런 험악한 산 속에서 그것들을 만나는 건 그리 어렵지 않은 일이었다. 그러나 조선이 호랑이의 천국이라는 소문이 나돌면서, 이러한 동물들은 얼마 지나지 않아 한두 마리씩 자취를 감춘 것도 사실이었다.

　더구나 해로운 맹수를 제거한다는 명목으로 조선총독부의 해수구
제(害獸驅除) 실시는 사냥꾼들에게 대대적인 지원을 해줌으로써 그
일로 희생당한 호랑이의 수가 100여 마리가 넘었다는 얘기는 나에게
는 실로 큰 충격이었다.

　1607년 선조때는 창덕궁 안에서 호랑이가 새끼를 낳을 정도로 우리
나라에는 호랑이가 많았다는 사실을 알고 있던, 종로에서 책방을 운영
하는 "윤"씨라는 사람은 이러한 일제의 포획만행을 저지하기 위해, 총
독부에 거칠게 항의하다 여러 번 고초를 당한 경험이 있을 정도였다.

　그러니 이런 모험에서 난생처음 우리 토종 호랑이를 봤다는 것은
여간 반가운 일이 아닐 수 없었다. 하지만 내가 호랑이보다 더 무섭게
생각하는 건 바로 겐죠가 이끄는 일본군의 추격대였다. 겐죠를 본 일
은 없지만, 어쩐지 소름끼치는 인물인 것은 분명했다.

　"겐죠가 쫓아온 게 아니라서 천만다행이네."

　그 말에 그가 늘 하던 습관대로 대꾸했다.

　"그러니 한시도 지체할 순 없네. 일을 끝내고 경성으로 돌아가서
놈의 움직임을 파악하려면, 늦어도 3일 후에는 경성으로 돌아가야
하네."

　괜히 겐죠말을 꺼낸 게 아닌가하고 후회도 했지만, 그의 말에 설득
력이 있어 고개를 끄떡였다.

　"두 번째 단서인 조(鳥)자에 대해 생각한 게 있으면 말해 보게."

　사로가 또 한 번 내 의견을 듣고 싶어 하는 것 같았지만, 두 번 다시
나서지 않겠다는 내 결심은 흔들리지 않았다.

　"나머지 한 개의 부적은 생각 안 해봤네. 생각할 수도 있지만 이제
는 더 이상 나서지 않을 생각이네."

　나의 투정에 사로가 빙긋이 웃으며 말했다.

　"그러지 말게. 구호사의 일은 순전히 운이 좋아서 찾은 것뿐이지

내 능력이 좋아서 그런 건 아니네. 그러니 두 번째 부적은 자네가 한 번 찾아보게.”

따뜻한 격려였지만, 두 번째 단서인 조(鳥)를 가지고 부적을 찾는다는 건, 첫 번째 부적을 찾기보다 더 어려울 것 같아 나서지 않겠다는 내 생각은 쉽게 바뀌지가 않았다.

“자네 몸 상태는 어떤가?”

“아직은 거뜬하네. 그러니 내 생각 말고 자네가 앞장서면 계속 뒤따라 가겠네. 하지만 그전에 어디 좋은 장소에서 이 스님의 뼈부터 화장해 주세.”

점심이 되어서야 우리는 맑은 하늘이 보이는 벼랑 위에 서 있었다.

그리고 수많은 세월을 묵묵히 어둠 속에서 법복을 입고, 불화를 지켜준 한 위대한 스님의 장례식을 치르기 시작했다. 나는 왕생극락(往生極樂, 죽어서 극락세계에 태어남)을 비는 마음으로, 깊은 예를 갖추어 기도를 올렸다. 엄숙한 기도 속에서 뼈를 태운 연기가 산허리를 타고 멀리 공중으로 흩어졌다.

그리고 무사히 화장을 끝마친 나와 사로는, 산 중턱 어느 한적한 곳에서 한 시간 동안 깊은 단잠을 취하기로 했다.

늦은 봄, 정오의 따뜻한 햇살 속에서 우리의 잠은 꿀맛 같았다. 한참을 자고 일어나보니 허기가 졌다. 급히 배낭에서 허기를 달래기 위해 남은 누룽지를 찾았으나, 언제 배낭에서 빠져나갔는지 아무것도 남아 있지 않았다.

배가 고팠지만 그렇다고 없는 음식을 하소연할 수 없어 꾸르륵 거리는 배를 만지며 겸연쩍게 웃자, 사로가 그런 나를 말없이 바라보다가 어디선가 ‘꿩~꿩’ 하는 요란한 꿩의 울음소리를 듣고, 나의 배고픔을 모른 척할 수 없었는지 자리를 털고 일어났다.

평소 사로는 동물 사냥을 즐겨하지 않았다. 그의 능력으로 볼 때 얼마든지 산에 있는 짐승들을 잡아 요기를 할 수도 있었지만, 야생동물을 사냥하는 것은 그가 좋아하는 일이 아니었으므로, 특별한 경우를 빼놓곤 이런 결정을 내리지 않았다.

그러나 오늘만큼은 예외였는지, 배고픈 나를 위해 손수 사냥을 해오기로 작정한 것이다. 나는 서둘러 맛있는 꿩고기를 사냥해 올 그를 위해 모닥불을 지피기로 했다.

그리고 잠시 후 우거진 풀숲으로 채 십 분도 안 되어 한 마리의 꿩이 내 앞에 요깃감으로 던져졌다. 허리에 차고 있던 칼을 이용해 꿩을 잡은 것이 틀림없었다.

"자축하는 의미에서 오랜만에 고기나 뜯어보세."

사로의 자비심 깊은 말에, 내가 기꺼이 요리를 시작했다. 그가 사냥해 온 꿩 고기를 모닥불에 구워먹는 맛은 천하일품이었다. 긴장도 풀리고 허기도 막 밀려온지라, 맛있게 뜯는 꿩고기는 어느 음식과도 비할 바가 없었다. 평소에 이런 고기를 원 없이 먹으며 모험을 즐기는 것도 좋겠다고 생각했다.

한 마리의 꿩 고기는 둘이 먹기에는 다소 아쉬웠지만, 허기를 면하기에는 그런대로 괜찮은 양이었다.

"꿩 고기가 어디에 좋은지 알고 있으면 말해 보게."

내가 몇 점 안남은 고기를 뜯으며 그에게 질문했다. 의외의 질문에 사로가 날 바라봤지만, 내가 미소하며 답까지 말해주기로 했다.

"우리를 위한 음식이라고 볼 수 있네."

뜻밖의 결론에 그가 재미있다는 듯 날 바라봤다. 내가 그의 눈치를 보며 다시 말을 이었다.

"내 말을 믿게. 꿩고기는 간의 기력뿐만 아니라, 눈도 밝게 하고, 기력을 많이 쓰는 우리 같은 사람한테 아주 유익한 음식이라고 중국의 도홍경이 쓴 명의별록(名醫別錄)에 나와 있네. 그러니 다음부턴 이런 꿩고기를 자주 섭취하는 것은 체력보강을 위해서도 바람직하니, 사방에 널린 게 꿩인데 한 마리만 잡지 말고 최소한 두 마리 이상은 잡아서 섭취하세. 그래야 약효가 있을 거라고 보는 데 어떤가? 내 생각이.”

그러나 사로는 내 의중을 알아챈 듯, 자리를 털고 일어나며 말했다.

“자네가 읽은 명의별록은 번역이 잘못된 것 같네, 친구.”

그 말에 내가 킥킥대자, 사로도 멋쩍은 듯 같이 웃어보였다.

그렇게 맛있는 식사를 끝낸 우리는 다음 목적지인 평(坪)자를 가진 사찰을 향해 발걸음을 옮기기 시작했다.

일본 문서에 기록된 수수께끼 같은 두 글자 중에 하나는 새 조(鳥)자였다. 난 길을 따라가며 사로에게 새 조(鳥)자에 대한 의문을 제기했다.

“이건 내 생각이지만, 평(坪)자가 들어간 절은 찾는다 해도, 새 조(鳥)자만 가지고 마지막 법복을 찾는다는 건 좀 힘들 것 같네.”

“나도 그 점을 생각 안 한 건 아니네. 하지만 그렇다고 이대로 물러날 수는 없네. 무슨 수를 쓰더라도 이 비밀은 꼭 풀어야만 하네. 이걸 찾지 못하면 우리가 계획했던 것도, 모두 물거품이 되니 최대한 머리를 써서 풀어보세.”

이해할 수 있는 말이었다. 그러나 그것은 말처럼 쉬운 일이 아니었다. 그러나 무엇보다 내가 불안하게 느끼는 건 다른 데 있었다. 그것은 우리가 찾는 법복이, 나중에 겐죠가 찾는 불화에 과연 어떤 영향을 미칠까 하는 의문이었다.

만약 아무런 효험이 없는 단순한 법복이라면, 이게 다 무슨 소용이 있단 말인가. 난 좀처럼 그 불안을 떨칠 수가 없었다. 그러나 사로는 그런 나의 의문에 다음과 같이 대꾸했다.

"더 이상은 의심하지 말고 법복을 믿는 게 좋겠네. 믿는 것이야말로 가장 참되다고 했네. 불교에서도 그렇지만 성경에서도 그렇게 가르친 걸 전에 들은 적이 있네."

"성경 어느 구절에 그런 말이 나온단 말인가?"

"너희 믿음대로 된다고, 마태 어느 구절에서 본 것 같네."

처음으로 성경을 인용한 사로의 말이었다.

허황된 얘기라고 우겼던 전설을 현실에서 보게 되었는데도, 믿음이 없는 내 자신이 부끄러웠지만, 그래도 그 불안은 쉽게 저버릴 수가 없었다. 난 혹시나 법복 속에 무슨 비밀이나 주문 같은 게 있지 않을까 하는 생각으로 법복을 꺼내 보려고 했다. 그러나 사로가 제지하며 말했다.

"그럴 필요없네. 자네가 잘 때 그걸 훑어봤지만, 그건 그냥 일부 법경이 적힌 단순한 법복이네."

"다라니(陀羅尼) 같은 불경일수도 있네."

다라니란 석가의 가르침이 있는 중요한 불경으로, 신비적 힘을 가진 일종의 주문(呪文) 같은 글씨였다.

"아니 그건 아니네. 하지만 다른 비밀이 있을지 모르니 나중에 자네가 다시 한번 검토해 보게."

그런 대화 속에서 우리는 평(坪)자가 들어간 다음 사찰을 향해, 몇 개의 산등성이를 빠른 속도로 오르고 내리기를 반복하며, 부지런히 길을 재촉하고 있었다. 그러나 우리가 찾는 평(坪)자의 사찰은 너무나 멀리 있었기에, 중간에서 하룻밤을 무시할 수는 없었다.

우리가 걷고 있는 산골짜기 밑으로 이미 석양은 기울고 있었다.

한참을 걷다가 컴컴한 밤이 찾아오차, 계획대로 중간 사찰인 절에 도착했는데, 그곳의 이름은 향운암이라는 암자였다. 내가 주지스님을 만나 뵙고 하룻밤 묵어갈 것을 정중히 간청하자, 주지스님은 흔쾌히 승낙하고 우리에게 작은 방을 안내해 주었다.

규모는 크지 않은 사찰이었지만, 몇 안 돼 보이는 스님들이 기거하기에는 안성맞춤인 절이었다. 모처럼 스님들을 만나보니 아주 마음이 편했다. 경성을 떠난 지 3일 째 되는 밤이었다.

절에서 주는 때늦은 야식을 먹은 나는, 잠시 사로가 없는 틈을 타서 조심히 배낭에서 법복을 꺼내 불경을 읽어 내려가기 시작했다.

사로의 해박한 지식을 의심하는 것은 아니었지만, 혹시나 법복에 숨겨져 있는 다른 비밀을 놓칠 수도 있었으므로, 그 몰래 조심히 살펴보기로 결심한 것이다.

그러나 법복에는 사로의 말대로 달리 특이한 비밀이 없어 보였다. 실망한 내가 법복을 다시 배낭에 집어넣고 뒤돌아보니, 사로는 이미 깊은 잠에 취해 있었다. 피곤이 엄습해 왔다. 그러나 법복을 놓고 불안해서 잠을 이룰 수는 없었다. 결국 법복을 껴안고 잠을 청하기로 결정한 내가 그의 곁에 누워 잠을 청했다.

그리고 밤새 꿈틀대는 용의 꿈을 꾼 나는 다음날 새벽, 사로와 함께 평(坪)자를 가진 두 번째 사찰을 향해 서둘러 절을 떠났다.

9

두 번째 목적지로 가는 산길은 더욱더 심했다.

벼랑을 타다가 밑으로 미끄러지기도 했으며, 발을 헛디뎌 그만 물 속으로 곤두박질친 적도 있었다. 그럴 때마다 사로는 나를 그 위기에 서 구해줬지만, 문제는 내 체력이 약해지고 있다는 사실에 미안함을 억누를 수가 없었다.

그러나 얼마 가지 못해 체력에 한계가 다가왔음을 느낀 나는, 결국 나침반을 살피고 있던 사로에게 휴식을 간청할 수밖에 없었다. 사로도 내 체력을 아는지라 이번에는 그렇게 하자고 승낙해, 출발한 지 몇 시간 만에 냇가 바로 옆 나무 밑에서 잠시 휴식을 취했다.

점심이 다가오는 시간이었지만 오는 도중 사찰에서 싸준 주먹밥을 아침 겸 점심으로 먹다보니, 소화가 빨라선지 배가 고픈 건 어쩔 수가 없었다. 누워 눈을 감고 있어도 쉽게 잠이 들지 않았다. 사찰에서 건네준 쌀을 가지고 밥을 해먹으려고 했으나, 피곤이 겹쳐진 뒤라 모든 것이 귀찮게 느껴져 전에 먹던 꿩 고기만 생각났다.

'중이 고기 맛을 알면 절간의 빈대도 남아나지 않는다.'라는 말이 실감났다. 그러나 뜻밖의 행운은 나에게도 찾아오고 있었다. 배를 만지며 잠시 그렇게 누워 꿩을 생각하던 내 시야에 저만큼 풀숲에서 뭔가가 움직이는 게 보였는데 그건 다름 아닌 토끼였다.

때를 맞춰 한 마리의 산토끼가 내 눈에 포착된 것이다. 무슨 횡재나 한 것처럼 가슴이 들떠 왔다. 포동포동 살이 오른 토끼를 보니 더욱더 허기가 밀려왔다.

체력 보강을 위해 토끼고기를 욕심낸 내가 서둘러 배낭에서 새총과 마비단을 꺼내들었다. 깊은 잠에 빠져 있는 사로 몰래 토끼를 잡기로 결심한 것이다.

살금살금 토끼에게 다가들었다. 사로의 힘을 빌리지 않고 나 혼자서 사냥한 것을 보여주리라. 토끼는 풀을 뜯어먹느라 정신이 없었다. 간혹 귀를 쫑긋 세우고 내 쪽을 바라봤지만, 내가 먼저 재빨리 나무 숲에 숨었으므로 다행히 토끼는 나를 발견하지 못했다.

나의 스파이 같은 몸짓은 계속되었다. 그리고 어느 정도 토끼하고 거리가 좁혀졌을 때, 나는 재빨리 흙에 침을 뱉어 마비단을 적셔 토끼에게 쏘아 날렸다. 그러나 마비단은 엉뚱하게 빗나가며 토끼만 내쫓는 꼴이 되고 말았다.

불심이 깊은 자로 살생은 안 되었지만, 삭발한 스님도 아니고 평소에도 고기는 잘 먹었으니, 배가 고픈 나에게 문제될 건 아무것도 없었다. 단지 토끼를 잡느냐 놓치느냐가 문제였다.

그러나 토끼는 그럴 때마다 날 놀리듯 도망치고 또 도망쳤다. 결국 아까운 휴식시간만 낭비한 내가 모든 걸 포기하기로 마음먹었다. 무기만 만들었지 그걸 제대로 활용하는 걸 깜빡했던 것이다. 사로와의 거리도 무척 멀어졌으므로, 이제 그만 돌아가려고 몸을 막 돌리는 순간이었다. 숲 속에서 갑자기 풀숲 헤치는 소리가 들려왔다.

내 뒤에서 나는 소리였으므로, 앞으로 도망간 토끼는 분명 아니었다. 뒤돌아보니 풀숲이 양쪽으로 나눠지며 뭔가 큰 몸짓의 동물이 내 쪽으로 다가오는것이 분명했다.

난 혹시 구호사의 호랑이가 아닌가 하는 의심이 들어, 바짝 긴장하고 사로를 있는 힘껏 불러댔다. 그러나 급할 때마다 여전히 목에서 터지지 않는 이상한 현상은 여전히 나를 당황하게 만들었다.

할 수 없었다. 있는 힘껏 사로한테 달려가는 방법밖에……. 뒤도 돌아보지 않고 젖 먹던 힘까지 발휘해 사로가 있는 곳까지 사력을 다해 뛰기 시작했다. 얼마큼을 뛰었을까.

아직도 단잠에 취해 있는 사로의 모습이 저만큼에서 보이기 시작했다. 그러나 너무 정신없이 뛰다보니 그의 곁에서 발걸음을 쉽게 멈출 수가 없는 내가, 그의 곁을 지나쳐 냇가 물 속으로 몸을 처박고 말았다.

잠에서 깨어나 물속에 빠진 나를 의아하게 바라보는 사로에게, 마땅한 변명거리를 찾지 못한 내가 천연덕스럽게 말했다.

"아무것도 아닐세. 그냥 목욕한 지도 오래됐고 해서 물 속에 잠시 들어왔네."

사로가 고개를 끄떽이며 다시 배낭을 수습했다. 한바탕 소동을 치른 나는 사로의 곁에서 웅크리고 앉아, 젖은 옷을 말리려고 했으나 그가 날 보며 말했다.

"미안하지만 그럴 시간이 없으니 그만 출발하세."

결국 난 토끼도 놓치고 휴식도 취하지 못한 채, 젖은 옷만 입고 그의 뒤를 따라야만 했다.

한참을 걷고 있는데, 사로가 언제 가져왔는지 허리춤에서 나에게 권총 한 자루를 꺼내 주었다. 놀란 내가 경성에서 독립군에게 준 그 권총이 생각나서 조심스레 말을 꺼냈다.

"도대체 이 총들은 다 어디서 난건가?

나의 물음에 사로가 무표정하게 말했다.

"그냥 오다가다 길에서 주웠네."

사실 그 질문은 무의미했지만, 내가 알고 싶은 것은 내가 모르는 비밀장소에 대한 것이었다. 그러나 이 문제는 잘못하면, 개인적인 신뢰와 친구간의 우정에 손상이 가는 중요한 일이었으므로, 더 이상 묻는 것을 자제하기로 했다.

사로는 날 위해 이번만은 특별히 총을 소지하고 온 것 같았다. 전에 구호사에서 호랑이를 만났을 때 이 총만 있었다면 좋았을 텐데 하는 생각이 앞섰지만, 몇 걸음 못 가서 자꾸 권총이 허리에서 빠져 나왔으므로, 사로에게 다시 돌려주려다가 권총 한 자루쯤은 호신용으로 가지고 다니는 것도 그리 나쁘지 않겠다는 생각으로, 다시 배낭 속에 잘 쑤셔 넣었다.

뭔가 든든한 느낌으로 길을 걷던 나는 석양이 지는 저녁이 되어서야, 두 번째 목적지인 평(坪)자를 가진 평원사(坪圓寺)라는 사찰에 도착하기에 이르렀다.

규모는 작지만, 평원사는 첫 번째 사찰인 구호사보다 더 황폐해 있었다. 군데군데 널려 있는 둥글고 작은 바위들은 사찰 곳곳 땅 속에 박혀 있었고, 깨진 기왓장이며 허물어진 사찰에서 쏟아져 나온 여러 가지 잔해물들이 군데군데 널려 있었다.

평원사에 도착하자마자, 내가 먼저 대웅전 쪽으로 다가가 무너져 내린 작은 돌부처상의 틈을 살펴보기로 했다. 혹시나 구호사처럼 부처상 뒤에 비밀스런 방이 있지 않나 하는 의심이 들어서였다. 그러나 그런 나를 사로가 멋쩍게 바라보았으므로, 나의 관찰은 거기서 멈출 수밖에 없었다.

내가 그런 엉뚱한 행동을 하고 있을 즘, 내가 번역해준 일본군의 문서를 꺼내들은 사로가, 어둠이 내려 앉기 전에 다시 한 번 사찰의 이곳 저곳을 유심히 살펴보고 있었다.

물론 나도 나름대로의 조(鳥)라는 글자와 연상되는 곳을 살피고 다녔지만 별 소득은 없었다. 그에게 도움을 주려는 것도 있었지만, 무너진 내 자존심을 회복하려는 시도에서였다. 그러나 비밀을 푸는 문제에 있어선 언제나 사로의 판단이 옳았기에, 부질없는 짓으로 괜히 창피만 더할 거라는 생각에 나는 이내 그 생각을 접고 말았다.

나는 사찰 뜰에 군데군데 박혀 있는 유난히 둥근 돌 중에 하나를 택해 엉덩이를 기대고 걸터앉았다. 그리고 사로의 명쾌한 해답을 기다리며 나중을 위해 내 체력을 돌보는 데 시간을 보내기로 했다.

사로는 문서를 들고 사찰의 이곳 저곳을 살피다가, 뭔가를 뇌까리며 계속 두 번째 열쇠를 찾는 데 치중했다. 그러나 한참이 흘러도 그가 찾던 단서가 보이지 않자, 그는 몇 번이고 이마를 긁적이다가 멍하니 허공만 바라보기를 반복했다.

보기 민망한 내가 그를 위로하기 위해 바위에서 일어났다. 하지만 때맞춰, 공중에 나는 새 한 마리가 내 어깨에 배설물을 떨어트리고 가버리는 바람에, 내가 쉽게 그에게 다가가지 못하고 내 어깨의 배설물부터 닦기 시작했다.

저만큼에서 사로가 그런 내 모습을 말없이 바라보고 있었다. 난 겸연쩍게 미소 지었지만, 사로는 잠시 나를 이상한 표정으로 바라보다 뭐에 홀린 사람처럼 내 쪽으로 성큼 다가왔다.

다가온 그가 흥분에 들뜬 표정으로 하늘과 내 어깨를 번갈아 쳐다보다 말했다.

"내가 어리석었네. 정말 어리석었어. 자네 아니었음 이 수수께끼는 영원히 풀 수 없을 뻔했네."

혼자 신이 나서 뇌까리는 그를 보고 영문을 몰라 했지만, 아무튼 뭔가 단서를 찾았구나 하는 생각에 나도 같이 기뻐해 줬다. 사로가 밝은 표정으로 다음과 같이 말했다.

"괜찮다면 그건 나중에 닦고, 나하고 같이 갈 데가 있네."

"어딜 말인가?"

"가보면 아네."

결국 난 배설물도 닦기 전에 사로의 손에 이끌려, 급히 사찰 밖으로 따라 나갔다. 영문은 몰랐지만 어쨌든 허튼소리를 하는 사로가 아니어서, 그가 움직이는 대로 따라 뛰기 시작한 것이다.

사로가 날 데리고 간 곳은 사찰 앞에 높이 솟아 있는 구릉(丘陵)지대였다. 쉬지 않고 단 한 번에 뛰어 따라갔으므로 가쁜 숨을 몰아쉬며 그의 뒤에서 숨을 고르고 있었다.

그가 언덕 밑에 뭔가를 내려다보며 크게 웃으며 말했다.

"역시 내 생각이 맞았네. 이건 자네가 푼 거나 마찬가지네. 축하하네."

사로는 한참이나 언덕 밑을 바라보며 계속 만족한 미소를 던지고 있었다. 영문을 모른 내가 사로의 곁에 다가가 그와 같이 시선을 언덕 밑으로 향했다.

사찰의 전경이 한눈에 들어왔다.

그리고 그 전경 속에서 나의 눈이 금세 휘둥그레졌다. 내가 그리된 것은 다름 아닌 내 눈 밑으로 펼쳐진 사찰의 풍경이었는데, 그 모습은 전혀 다른 형태를 보이고 있었기 때문이었다.

그것은 바둑판을 그대로 옮겨놓은 모습으로, 여러 군데 골이 파여 반듯하게 나눠진 사찰의 앞뜰은 영락없는 바둑판 모양이었으며, 내가 잠시 앉아 쉬고 있던 사찰의 군데군데 박힌 바위들은, 영락없는 바둑판에 깔려 있는 바둑돌의 모습이었다.

더구나 바둑판의 양쪽으로 폐허가 돼서 무너져 내린 두 개의 사찰은, 흡사 고개를 숙이고 바둑을 두는 사람의 형상까지 그려내고 있었으므로, 얼굴이 화끈하게 달아오른 내가 잠시 생각을 다듬기로 했다.

사찰의 이름은 평원사(坪圓寺)다.

평평할 평자는 넓은 판을 의미하는 것이고, 가운데의 둥글 원자는 내가 앉아 쉬었던 둥근 돌인 바둑돌을 의미하는 것으로, 나머지 시모노의 문서의 조(鳥)자는 새처럼 높이 보라는 뜻으로,

우리는 이미 언덕에 올라와 밑을 내려 보고 있으니, 지금의 우리는 영락없이 새가 되어 있는 꼴인 것이다. 그러니 문서에 쓰여 있는 조(鳥)자는 바둑판 형상의 사찰을 보여주기 위한, 의미 있는 한 개의 한자였던 것이다.

물론 내 어깨의 배설물을 보고, 사로가 그리 생각한 것은 물어보지 않아도 뻔한 일이었다. 그러나 우연히 벌어진 일에 단서를 찾게 된 것은, 하늘이 우리를 돕고 있다는 생각이 들어 나는 이 일을 기쁘게 받아들였다.

서둘러 밑으로 내려온 우리는 누가 먼저랄 것도 없이, 사찰 곳곳에 반쯤 파묻혀 나뒹굴어져 있는 바윗돌을 둥글리며, 두 번째의 열쇠를 찾는 데 심혈을 기울였다.

바위가 둥글어선지 그리 큰 힘은 쓸 필요가 없었지만, 문제는 흙에 박혀 있는 것이 문제였다. 서둘러 삽을 가져와 땅을 파며 있는 힘껏 돌을 굴리기 시작했다. 둥글어서 그런지 힘이 약한 내가 둥굴려도 돌은 쉽게 움직여줬다.

해는 이미 기울어져 사찰에도 서서히 암흑이 찾아오기 시작했다.
난 횃불을 만들어 불을 붙이곤, 바위를 둥글리는 작업을 계속해 갔다.
사찰 뜰에 박혀있는 바위 돌의 수는 적어도 수십 개는 되어 보였으
므로, 시간은 다소 허비됐지만 기쁨은 그 어느 때와도 비교할 수가
없었다. 노력의 결실은 반드시 있게 마련이다.
한참 작업을 하던 나의 눈에 바위에 새겨진 글귀 하나가 눈에 뜨였
다. 바위에 새겨져 있는 글귀는 아래와 같았다.

기열사역 교호주편(棊列絲繹 交互周遍)

그 말뜻은 이렇다.
'바둑판처럼 나열되고 실처럼 엉켜 있어, 서로 얽혀 두루 뻗쳐 있다.'
라는 말이었다. 다른 바윗돌을 캐고 있는 사로에게 다가가 내가 호들
갑스럽게 말했다.
"내가 제대로 찾은 것 같네. 원래 시모노의 문서에는 저 글귀가 있
어야했네."
그러나 나의 그런 말에도 사로는 좀처럼 동요하지 않고, 자신이 잡
고 있는 바위에 시선을 고정시키고 있었다.
나는 사로의 시선을 따라 그 바위를 살펴보았다. 사로가 보고있는
바위에는 상(尙)자가 새겨져 있었다. 자못 심각한 표정으로 그 글자를
바라보던 사로가 머리가 복잡한 듯, 바윗돌에 몸을 기대고 잠시 땅바
닥에 주저앉았다.
"이건 상(尙)자 아닌가? 이 글자 하나로 어떻게 단서를 찾는단 말
인가?"
나의 물음에 사로가 대꾸했다.
"나도 잘 모르겠네."

그 한자는 '숭상할 상' 자로 그 뜻을 풀어 해답을 얻기는 참으로 까다로운 글자였다.

尚(오히려 상. 숭상할 상)

글자를 뇌까리며 그와 관련된 단서를 사찰에서 찾아보려고 했지만, 사찰 어느 곳에도 그와 관련된 해답은 보이지 않았다. 사로 곁에 돌아온 내가 그와 같이 나란히 바위 돌에 몸을 기대고 앉았다.

"내가 알기론 '상'자와 관련된 단서는 전혀 없네. 전체적으로 보면 뜻도 별로 내세울 수 없는 글자로, 뭔가 단단히 잘못된 것 같네."

내가 그렇게 말하자, 사로도 내 말에 수긍한다는 듯 고개를 끄떡였다. 횃불이 꺼져가고 있었다. 난 서둘러 기름통을 찾아 횃불에 끼얹곤, 다시 사로 옆에 앉았는데, 그때 뭔가가 내 머리를 스쳐 가는 것이 있었다. 내가 침체돼 있는 사로에게 말했다.

"이건 금방 생각난 건데, 이 수수께끼를 다른 방법으로 한 번 풀어보면 어떻겠나?"

그 말에 사로가 날 돌아봤다.

"파자(破字)를 적용해 보면 어떨까 하네."

다소 엉뚱하긴 했지만, 한 글자를 가지고 적용시킬 수 있는 방법은 그 옛날부터 전해 내려온 파자(破字)밖에 없었으므로, 내가 그 말을 꺼낸 것이다.

"이 글자는 지금까지 찾던 글자와는 전혀 다른 양상을 보이네. 그러니 이 글자를 파자법에 맞춰 한번 풀어 보는 것도 좋을 것 같네."

"계속해 보게."

사로가 지푸라기라도 잡는 심정으로 다급히 말했다.

"원래 상(尙)자속에 소(小)라는 부수는 의미적으로 아무런 관련이 없네. 그 옛날 금문(옛날의 철기(鐵器)나 금속에 새겨져 있는 글자)에서는, 팔(八)과 향(向)으로 구성되었지만, 팔(八)은 갈라짐을 뜻하고, 향(向)은 집에 창문이 난 방향을 말하는 글자로, 여기서 이런 글자를 가지고 적용할 곳은 아무것도 없다고 보네. 그래서 난 이 글자를 가지고 파자법을 한번 적용시켜보고 싶네.”

사로는 심각한 태도로 내말을 경청하고 있었다. 파자(破字)란 한자의 자획(字劃)을 나누거나, 분합(分合)으로 그 속뜻을 알아맞히는 일종의 수수께끼 같은 글자 해석방법이었다.

난 평소에 ‘파자’ 라면 자신이 있었기에 이 문제에 그것을 한번 적용시켜보면 어떨까하는 생각이 들었던 것이다. 사로도 무척 흥미로웠는지 귀를 쫑긋 세우고, 나의 강의에 경청할 준비를 해줬다.

내가 조심스레 말했다.

“자네도 알다시피 파자는 원래 어떻게 푸느냐에 따라 의미가 전혀 다르게 해석되네. 예를 들어 형상(形象)으로 풀 수도 있고, 분합(分合)으로도 풀 수 있네. 푸는 방법에 따라 그 의미는 천차만별인데, 중국에서도 그 파자법은 많이 쓰이고 있네. 삼국지를 예로 들면, 위연이란 자가 어느 날 머리에 뿔이 난 꿈을 꾸고 그의 부하를 불러 해몽을 부탁했는데, 그는 ‘각(角)자는 칼 도<刀>자 아래에 쓸 용<用>자’가 있는 것으로, 머리 위에 칼을 쓴다는 말로 해석하였으나, 진실을 숨겨 결국은 마대의 칼에 의해서 머리가 잘려나가게 만들었네. 이걸 봐도 파자가 가져다주는 의미는 실로 대단하네. 물론 조선시대에도 어떤 사람이 왕(王)자라는 글자를 가지고 해몽을 부탁했는데, 해몽하는 사람이 말하길 ‘왕(王)자의 윗글자인 한 일자(一)는 누워 있는 사람으로, 아랫글자 흙 토(土)자는 글자 그대로 사람이 흙에 누워 있으니, 당신은 곧 죽는다’라고 결론지어줬네. 풀이하면 토신와상 불능재기(土上臥身 不能再起)라는 말이네.”

사로는 나의 해박한 파자법 강의에 넋이 나간 듯, 조용히 바라보며 내 설명에 한 줄기 희망을 걸고 있는 듯 고개를 끄떡였다.

"그럼 이제부터 상(尙)자를 가지고 첫 번째 파자법인 획부터 분리해 보겠네. 그러나 아까 말한 것 같이 향할 향(向)자와 여덟 팔(八)자로 나뉘는 이 글자로 별 다른 의미가 없어 보이니 그건 제외시키고, 두 번째인 형상법으로 이 글자를 풀어 보겠네."

그러나 순간 내 가슴에 불안감이 일기 시작했다. 그도 그럴 것이 괜한 파자법 강의로 희망을 갈구하는 사로에게, 혹시 또 다른 실수를 만드는 게 아닌가 싶어 내심 불안했던 것이다. 얄팍한 지식으로 또 다시 내 자존심에 상처를 입는 것은 아닐까. 내가 근심어린 표정으로 말했다.

"저기…… 파자법에 대해선 자네도 잘 알고 있을 테니, 이쯤해서 그만두라면 그만두겠네."

그러나 나의 그런 염려에, 사로가 난색을 표명하며 말했다.

"아니, 난 자네에 비하면 파자법은 어린아이 수준이네. 그러니 하던 말을 계속해 보게. 두 번째 법복은 아마도 하늘이 자네에게 찾도록 기회를 준 것 같네."

난 그의 마지막 말에 공감하고 싶었다. 그 동안 대학을 마친 사학자로서 수모를 겪어온 것도 그렇지만, 이쯤해서 나의 자존심을 회복하고, 다시 사학자로서의 위상을 드높이고 싶은 게 솔직한 심정이었다.

그러나 그런 기회는 그리 쉽게 오지 않았으므로, 난 이 기회에 이 수수께끼 같은 글자를 풀어서, 내 무너진 자존심을 회복시킬 것을 마음속으로 굳게 다짐했다.

내가 그렇게 한번쯤 도박을 하자는 심정으로 용기를 내자, 나도 모르게 힘이 솟구치며 머리가 맑아졌다. 그의 말대로 내가 계속 설명을 이어갔다.

"그럼 자네말대로 두 번째 방법인 형상(形象)법으로 이걸 한 번 풀어보겠네. 우선 상(尙)자를 분해해보면, 윗글자인 적을 소(小)자는 뭔가 쏟아져 내리는 형상이고, 멀다 경(冂)자는 뭔가를 감싸는 형상이고, 입구 자(口)는 말 그대로 출입구를 나타내는 형상이네. 다시 말해 이 형상대로라면 뭔가 쏟아지는 곳에 문이 있고, 거기에 우리가 찾는 열쇠가 있다는 뜻이네. 하지만 문제는 적을 소(小)자 형상을 어떻게 봐야 하느냐가 문제의 핵심이네."

사로가 잔잔한 미소를 띠고 말없이 날 바라봤다.

"자네가 무슨 생각을 하는지는 잘 알고 있네. 물이라고 생각하겠지만, 내가 둘러본 바로는 이 근처엔 물도 없고 냇가도 없네. 그러니 그것 말고 다른 쪽으로 생각해 보는 게 좋을 것 같네."

내가 사로의 생각을 알고 있다는 듯 말하자, 그 순간 사로가 피식 웃었다. 가슴이 철렁 내려앉았다. 혹시 지금까지 내가 한 말이 모두 잘못된 것은 아닐까……. 사로가 날 놀리기 위해 묵묵히 듣고 있었던 건 아닐까.

순식간에 마음이 위축되자, 나는 서둘러 그에게 내 얄팍한 지식을 사죄하려는 마음으로 다음과 같이 말문을 열었다.

"미안하네. 지금까지 내 강의가 잘못됐다면 사과하겠네. 나서지 않으려고 했지만……. 그게 잘 안되었네."

순간 사로가 제지하며 말했다.

"그러지 말게. 내가 웃은 건 그것 때문이 아니네, 친구."

이해할 수 없는 말에 내가 사로를 다시 바라봤다.

"생각해 보게. 옛날엔 여기에도 스님이 있었을 텐데, 물이 없다는 것은 말이 안 되네. 그러니 여기 말고 밖에서 물을 길어다 먹을 만한 곳을 한번 찾아보세. 분명 어딘가에 물이 꼭 있네."

맞는 말이었다. 우리는 서둘러 사찰 주변을 수색하기 시작했다. 그러나 사찰의 주변 어느 곳에도 쏟아져 내리는 폭포는커녕, 고여 있는 샘물조차도 없었다.

주변에서 물이 있을 거라고 장담했던 사로가 잠시 침묵을 지켰다. 물을 찾는 데 한 줄기 희망을 걸었지만, 물은 그림자조차 보이지 않았으므로 맥 빠지는 것은 당연할 수밖에 없었다. 하지만 쉽게 포기할 그가 아니었다. 뭔가를 결정한 듯 그가 다시 말했다.

"어딘가에 분명 물은 꼭 있네. 물 없는 사찰은 절대 생각할 수가 없으니 이번에는 주변 말고 조금 멀리 떨어진 곳까지 한번 살펴보세."

나는 그의 말대로 다른 마땅한 선택도 없었으므로 그렇게 하기로 결정했다. 우리는 물을 찾아 멀리까지 수색을 시작했다.

주위는 고요하고, 산새들의 울음소리만 깊은 밤하늘의 적막을 깨트리고 있었다. 물을 찾아 풀숲을 헤치며 다니던 우리 앞에 들고 있던 횃불마저 서서히 수그러지고 있을 때였다.

사찰에서 꽤 멀리 떨어진 곳까지 물을 찾아 헤매던 우리는 잠시 지친 발걸음을 멈추었다. 때를 맞춰 우리의 마음을 표현하듯, 들고 있던 횃불마저 꺼져 버렸지만, 달빛 때문인지 주위가 그리 어둡지는 않았다. 잠시 갈등에 휩싸인 사로가 먼저 말했다.

"아까 말한 파자법 강의는 정말 놀라웠네. 하지만 아쉽게도 그 적용법은 여기서 그만 끝내야겠네. 돌아가서 다른 방법을 한번 강구해 보세."

나도 사로의 말에 동감했다. 이 정도면 물이 있을 법한데 보이지 않았기 때문이었다.

"미안하네. 내가 괜한 소리로 시간만 낭비한 꼴이 됐네."

그렇게 말한 내가 막 발길을 돌리기 시작할 때였다. 갑자기 숲 속의 동물들 울음소리가 한순간에 고요해지며, 우리 귀에 아주 잠깐 동안 적막이 찾아왔다. 그런데 바로 그때였다. 짧은 순간이었지만 분명 우리 귀에 뭔가가 들려오고 있었다.

물 소리였다.

다시 울려 퍼지는 야행성 동물들의 울음소리에 섞여 그 소리는 묻혔지만, 이 근처에 물이 있는 것은 분명했다.

"들었나?"

"그래. 분명히 들었네."

내가 환한 표정으로 고개를 끄떡였다. 잠시 후, 우리는 누가 먼저랄 것도 없이 그곳을 향해 뛰기 시작했다. 한참을 뛰어간 우리 귀에 물소리는 더 가깝게 들려오고 있었다. 그건 흐르는 시냇물 소리와는 비교도 안 되는, 더 선명하고 힘차게 쏟아지는 물소리였다.

폭포였다.

힘차게 달려온 내가 폭포를 바라보며 기쁨의 탄성을 질러댔다. 길이 100여 미터는 족히 될 만한 거대한 폭포였다. 폭포에서 쏟아지는 거대한 물줄기는 나의 움츠렸던 마음을 씻어내고도 남음이 있었다.

10

　나는 파자법을 이용해, 이 어려운 문제를 푼 것이 나였다는 사실이 사로에게 자랑스러웠다. 그리고 앞으로 펼쳐지는 모든 단서가 파자로만 풀어진다면 난 더 이상 바랄 게 없다고 생각했다.

　벼랑에서 떨어지는 시원한 폭포수 아래서 사로는 모든 게 내 덕분인듯, 나에 대한 존경심을 유감없이 내비쳤다. 달빛이 밝게 비치는 가운데 높은 벼랑에서 떨어지는 폭포는 장관이었다.

　내가 그에게 명령하듯 말했다.

　"내 할 일은 다했으니, 이제부턴 자네가 앞장서게."

　나는 허리 뒤로 양팔을 끼고 거들먹거리며, 그와 같이 시원한 폭포를 바라보고 있었다. 잠시 폭포를 살피던 사로가 말했다.

　"폭포 위로 올라가야 하겠네. 자네가 만든 쇠침신발을 꺼내 주게."

　배낭에서 장비를 꺼내든 나는 곧바로 장비를 착용하고 사로를 따라 미끄러운 암벽에 오를 준비를 서둘렀다. 그리고 잠시 후, 우리는 어느새 폭포가 쏟아지는 물 위쪽을 향해 미끄러지듯 아슬아슬하게 물에 젖은 암벽을 기어오르기 시작했다.

"미끄러지지 않게 조심하게."

물에 젖은 이끼 낀 바위를 올라가는 건 여간 힘든 일이 아니었다. 그렇게 한참을 오른 우리가 폭포의 중간쯤에 다가갔을 때였다. 우렁찬 물 소리를 내며 흐르는 폭포 뒤로 동굴 하나가 눈에 띄었다. 제법 큼직하게 뚫려 있는 천연 동굴이었다.

나는 조심스럽게 사로가 이끄는 손을 잡고, 쏟아지는 물 줄기를 피해 무사히 동굴 안에 몸을 안착시켰다.

물 줄기 때문인지 동굴 안은 습하고 축축했다. 뭔가 기분은 좋지 않았지만 문제 삼지 않기로 했다. 오로지 두 번째 부적이 있다는 사실에만 집착하기로 했다. 급히 화약횃불을 챙겨 든 내가 먼저 동굴 안을 환하게 비추었다.

언뜻 보기에 좁고 기다란 통로같이 보이는 동굴이었지만, 종유석 (鍾乳石, 동굴천장에 고드름처럼 매달린 것)이나, 석주(石柱, 돌로 된 기둥)같은 것은 보이지 않는 것으로 봐서, 그리 넓고 깊은 동굴이 아닌 것은 분명했다. 주위의 벽은 단단한 바위로 형성되었고, 간혹 바위 틈새로 흘러내리고 있는 물줄기는 전형적인 동굴의 모습이었지만, 그 안에 흐르는 차가운 냉기는 어쩐지 소름이 끼쳤다.

"이런 폭포 뒤에 천연동굴이 있다니 믿기지가 않네."

내가 연신 감탄을 하며 잠시 걷고 있을 때였다. 사로가 바닥에서 노래기(몸통은 여러 개 고리모양인 지네 같은 벌레)를 발견하고 말했다.

"내 뒤에 바짝 붙어 따라오게."

그것은 동굴 안에서 박쥐의 배설물을 먹고사는 절지동물에 속하는 것으로, 건드리면 둥글게 말리며 고약한 노린내를 풍기는 벌레였다.

그 불길한 벌레만큼이나 뭔가 기분이 찝찝하고 온몸이 간지러웠다. 한참을 걷고 있는데 어디선가 수많은 전구 같은 불빛들이, 허공에서 날카롭게 빛을 내고 있었다. 횃불을 들어 자세히 살펴보니, 그건 다름 아닌 동굴천장에 매달려 있는 수백 마리의 박쥐 떼였다.

"불을 *끄고* 엎드리게."

사로가 나직이 외치며 재빨리 몸을 숙였다. 그러나 공포에 휩싸인 나는 미처 몸을 숙이지 못하고 그만 횃불을 땅에 떨어트리고 말았다.

그때였다.

떨어지는 횃불을 신호로 박쥐들의 무차별적인 공격이 시작된 것이다. 사로가 급히 횃불을 휘둘러 박쥐들을 쫓으려 했으나 그건 큰 오산이었다. 그것들은 오랫동안 피에 굶주렸는지, 횃불의 공격에도 무서워하지 않고 그에 맞서 용감하게 덤벼들고 있었다.

다급해진 사로가 주위의 바윗돌 두 개를 움켜잡고, 공격해 오는 박쥐들을 차례로 내려치기 시작했다. 그러나 박쥐들은 동료의 죽음에도 아랑곳하지 않고 끈질기게 나와 사로를 공격해 왔다.

난 너무 두려운 나머지 사로를 돕지도 못하고, 바닥에 엎으려 몸을 웅크리며 떨기 시작했다. 그때 사로가 건네준 권총이 생각났다. 서둘러 배낭 속에서 권총을 꺼내기로 했다. 그러나 떨리는 손으로 겨우 배낭 속에 있던 권총을 꺼내는 순간, 박쥐 한 마리가 나의 어깨를 사정없이 물어뜯기 시작했다.

"으악!"

비명을 지른 내가 권총을 땅바닥에 떨어트리곤, 바닥에 뒹굴기 시작했다. 사로가 날 황급히 일으켜 세웠으나, 박쥐의 공격은 여전히 집요했다. 공포에 젖어있던 내가 사로에게 후퇴하자고 했지만, 그는 후퇴를 모르는 사람처럼 바닥에 떨어진 권총을 주위들어 허공을 향해 총탄 한발을 발사했다.

그러나 그건 또 다른 판단착오였다.

총소리를 듣고 어딘선가 더 많은 박쥐 떼들이 몰려오기 시작한 것이다. 엎친 데 덮친 격이었다. 사로가 다급히 말했다.

"자네 말대로 우선 여기서 빠져나가는 게 좋겠네."

그 말이 떨어지기 무섭게 우리는 박쥐의 공격을 피해 겨우 동굴 밖으로 빠져 나오는데 성공했다. 박쥐들은 후퇴하던 우리를 더 이상 공격하지는 않았다. 기괴한 생각이 든 내가 사로에게 말했다.

"벌레나 잡아먹는 관(冠)박쥐 같은데, 어떻게 사람에게 덤벼드는지 모르겠네. 관박쥐 습성은 이렇지 않네."

사로도 의뭉스러운지 대답을 회피하고 인상만 찌푸렸다. 그러나 이대로 폭포 밖에서 언제까지 서 있을 수만은 없었다. 사로가 이대로 물러날 수 없다는 듯, 동굴 안으로 다시 들어가자는 의미 있는 눈짓을 내게 보내왔다.

나도 달리 반대할 수 없어 이번엔 횃불을 끄고 조용히 들어가는 방법으로 끔찍한 동굴 안에 다시 무거운 발걸음을 옮겨 놓았다.

컴컴한 동굴 안은 조용했다. 우리를 집요하게 공격했던 수많은 박쥐들은 보이지 않고 고요와 적막감만 맴돌았다. 그러나 그것들이 천정에 다시 붙어 우리를 기다린다고 생각하니 머리카락이 곤두섰다.

그렇게 두려운 마음으로 천천히, 그리고 아주 조심스럽게, 한 발자국씩 발걸음을 내딛고 있을 때였다. 한참을 전진하던 우리 앞 동굴 천장에 수백의 박쥐들이 눈을 부릅뜨고 다시 매달려 있는 것이 목격되었다.

횃불이 없어서 그런지 박쥐들은 다소 조용하게 붙어 있었다. 우리는 발에 힘을 빼고, 구름 위를 걷는 것처럼 조용하고 신중하게 박쥐 밑을 통과하고 있었다. 그러나 행운의 여신은 우리 편이 아니었다.

동굴 천장에서 떨어지는 몇 방울의 물방울이 우리의 머리와 어깨 위로 작은 소리를 내며 떨어진 것이 화근이었다.

"할 수 없네. 이제 싸워서 이기는 수밖에!."

그렇게 외친 사로가 먼저 배낭을 내려놓고, 화약횃불을 잡아당겨 불과 칼을 휘둘러 박쥐들을 공격하기 시작했다.

앞으로 나가려고 했지만 쉽지가 않았다. 박쥐 수가 너무 많아 앞도 분간하기 어려웠으므로, 나갈 수도 없었으며 뒤로 후퇴할 수도 없는 상황이었다.

결국 진퇴양난에 빠진 나는 용기를 내기로 했다. 우선 다급한대로 바닥에 떨어져있는 돌을 주워 그것들의 공격을 막아내기로 한 것이다.

이판사판(理判事判)이었다. 그러나 집요하게 공격해 오는 박쥐 떼들을 상대하기란 벅찬 일이었다. 한참을 싸우던 내가 첫 모험 때 사로가 써먹던 방법이 생각났다.

사로가 첫 번째 모험에서 매들에게 주먹밥을 이용한 것처럼, 나도 그와 같은 방법으로 박쥐들의 시선을 뺏어볼 생각이 난 것이다.

서둘러 배낭에서 마비단을 찾았다. 마땅한 먹을 것이 없었지만 급한 대로 냄새가 강한 그것을 사용하기로 한 것이다.

그러나 그 기대는 어이없이 허물어지고 말았다. 박쥐들은 마비단의 환약에는 전혀 관심도 보이지 않고, 우리의 붉은 피를 요구하듯 미친 듯이 공격을 계속할 뿐이었다.

박쥐의 공격은 전혀 그칠 기미를 보이지 않았다. 결국 버티지 못한 내가 온몸을 물어뜯기다 배낭 속에서 아무거나 꺼내 몸을 휘감기로 했다. 두꺼운 옷으로 날카롭게 쪼아대는 박쥐의 공격을 다소 경감시키려는 의도에서였다.

그러나 그 순간이었다.

무섭게 공격하던 박쥐 떼들이 갑자기 한꺼번에 요란한 소리를 질러 대며 동굴 밖으로 도망치기 시작한것이다. 순식간에 일어난 일이었다.

영문을 몰랐지만 그것은 사로도 마찬가지였다. 그러나 잠시 우리는 그 이유를 알게 됐다. 배낭에서 급하게 꺼내 내 몸에 둘러썼던 것은 다름 아닌 법복이었다.

사로가 환한 얼굴로 내게 경고하듯 말했다.

"두 번 다시는 법복을 의심하지 말게."

법복의 신통력을 확인한 나는 두 번 다시 법복이 신통력이 없으리 란 의심은 감쪽같이 지워버리기로 했다.

잠시 후 흔적도 없이 박쥐가 사라진 걸 확인한 나는, 조심히 법복을 접어 다시 배낭에 집어넣기 시작했다. 그러나 사로는 효험이 있는 법복을 내가 걸치고 있는 것이 안전하다고 생각해선지, 나에게 그 법복을 걸쳐 입으라고 권유했다.

앞으로 무슨 위험이 도사릴지 모른다는 생각에 나도 그 청을 기꺼이 수락했다. 법복을 입고 앞으로 한참을 나간 우리 앞에 드디어 끝이 보이는 듯 했다. 그러나 우리가 도착한 곳은 막다른 곳이었다.

"사로……."

막다른 길에 도착한 내가 사로를 불렀다. 벽이었다. 더 이상 길도 보이지 않는 우리 앞을 벽이 가로막고 있었다.

난 혹시나 자랑하던 내 파자법이 행여 잘못되지는 않았나 하는 불안에 휩싸이기 시작했다. 앞이 가로막힌 벽에는 잔뜩 이끼로 형성된 흙벽이 전부였다. 내가 불안한 표정으로 바라보자, 사로가 침착하게 말을 꺼냈다.

"아직 성급하긴 이르네……. 자네가 말한 파자법에 따르면, 물 뒤에 경(冂)자와 구(口)자는 분명 두 개의 입구를 뜻하는 건데, 이미 동굴에 들어왔으니, 경(冂)자는 해결된 거고, 나머지 구(口)자는 또 하나의 입구를 의미하는 것 같네. 그러니 이 벽을 한 번 파헤쳐 보세. 분명 다른 입구가 있을지 모르겠네.”

일리 있는 말이었다. 사로가 먼저 배낭에서 작은 삽을 꺼내 가로막힌 흙벽을 찍기 시작했다. 나도 그를 도와 흙벽을 파헤치기 시작했다. 몇 번의 작업을 통해 우리 앞에 가로막힌 벽은 쉽게 무너져 내려갔다.

누군가가 부적을 숨기기 위해, 돌벽처럼 위장해 놓은 것이 분명했다. 마지막으로 나의 힘찬 삽질에 남아 있던 흙더미가 한순간에 무너져 내리자, 그 뒤에는 또 다른 공간이 거짓말처럼 모습을 나타냈다.

순식간에 차가운 냉기가 우리 앞으로 뿜어져 나왔다. 흡사 겨울의 문턱에 와있는 사람처럼 내 온몸이 움츠려들었다.

“횃불을 이쪽으로 한 번 비쳐 보게.”

사로의 요청대로 들고 있던 횃불을 옮겨들었다. 그때였다. 공간 바닥에 불쑥 솟아있는 바위 위에, 작은 상자 하나가 우연히 내 시야에 들어왔다. 자세히 보니 도자기로 만들어진 작은 사각 함이었다.

“열어 보게.”

사로가 다소 흥분한 음성으로 주문했다. 손이 심하게 떨려왔지만 그의 말대로 안에 내용물이 궁금한 내가 조심스레 열기로 결정했다. 경전(經典)의 글자가 적힌 법복……. 믿을 수가 없었다. 흙이 제거된 벽 뒤의 도자기 상자 안에는 또 하나의 법복이 분명히 존재하고 있었던 것이다. 법복을 들어 올리자 거기에 쓰인 글씨들이 우리를 반기듯 연한 광채를 발하고 있었다.

“이건 역사 이래 최대의 발견이네, 사로.”

내가 떨리는 음성으로 말하자, 사로도 다소 흥분이 되었는지 버릇처럼 자신의 턱을 쓰다듬으며 말했다.

“이젠 모든 게 다 끝났네, 친구.”

마치 험난한 여정과 모험이 다 끝난 것 같은 말투였다. 우리는 서둘러 그 앞에서 나름대로의 기도와 예를 갖추고, 박쥐들이 몰려오기 전에 서둘러 법복을 챙겨들었다.

두 개의 부적인 법복……

우리의 기분은 날아갈 것만 같았다. 모든 게 꿈만 같았다. 지금까지의 고생은 아무 문제가 되지 않았다. 피곤은 온데간데 없이 사라지고 내 몸은 하늘을 날아갈 것만 같았다.

11

우리는 다시 평원사로 돌아와 자리를 잡았다.

안개가 너무 심하게 끼어 있어, 이대로 산길을 강행하는 건 위험했기 때문에 오늘 밤은 이곳에서 쉬기로 합의한 것이다. 그리고 내가 입고 있던 첫 번째 법복과, 두 번째의 법복을 다른 옷에 둘둘 말아 내 배낭 안에 소중하게 보관했다.

아직 동이 트려면 한참을 기다려야 했기에, 난 사로에게 밥을 해먹자고 제의했다. 겐죠도 아직 보이지 않았기에 사로도 내 말에 순순히 따라줬다.

난 폭포에서 떠온 물을 가지고 평원사 사찰 마당에서 하늘의 별을 감상하면서 밥을 짓기 시작했다. 냄비에서 끓고 있는 향기로운 밥 냄새가 내 코를 강하게 자극해 왔다. 밥이 다 완성되자, 우리는 누가 먼저랄 것도 없이 냄비에 수저를 넣고, 반찬 없는 맨밥으로 맛있는 식사를 시작했다.

그러나 식사를 막 시작할 즘이었다. 우리 귀에 어디선가 바스락거리는 소리가 들려왔다. 짙은 안개가 깔려 있어 사찰 안은 매우 음산한 분위기였지만, 정체 불명의 소리가 난 것은 분명했다.

우리는 동시에 소리 나는 쪽을 바라보았다.

안개 때문에 물체가 쉽게 분간이 가지 않았지만, 바람소리가 아닌 것은 분명했다. 그러나 의심을 하고 있던 나와는 달리, 사로가 먼저 다시 밥숟갈을 들었으므로 나도 곧이어 그 소리를 무시하기로 했다.

그러나 다시 한번 소리가 나자 사로는 뭔가 심상치 않다는 듯, 소리 나는 쪽으로 몸을 일으켜 세웠다. 혹시 구호사의 호랑이가 온 건 아닐까 하는 생각도 했지만, 그곳 사찰에서 수백리 떨어진 이 구불구불한 사찰까지 호랑이가 쫓아온다는 건 무리였으므로, 나는 더 이상 그렇게 생각하지는 않기로 했다.

다시 조용해졌다.

"바람소리 같네."

안개 속을 살펴본 사로가 마지막 결론을 내렸다. 그러나 나는 유심히 소리 났던 쪽을 바라보며, 불안한 마음을 쉽게 떨칠 수가 없었다. 사로가 다시 밥숟갈을 뜨기 시작했다.

뒤이어 나도 불안한 마음으로 밥숟갈을 들었지만, 저만큼에 법복을 넣어 둔 배낭이 불안해 잠시 먹던 식사를 멈추고, 그 배낭을 가지러 그쪽으로 향했다.

"배낭 좀 가져 오겠네."

배낭은 자욱한 안개 속에 묻혀 있었다. 내가 주위를 두리번거리며 배낭을 들고 막 일어났을 때였다. 갑자기 내 앞으로 뭔가 검은 그림자가 불쑥 드리웠다.

이상한 생각이 들었지만, 그대로 있을 수는 없어 불안한 마음으로 그 검은 그림자를 올려다 보았다. 그러나 내가 올려다본 것은 다름 아닌 거대한 호랑이의 살벌한 모습이었다.

"으르렁~ "

분명 우렁찬 소리와 함께 안개 속에서 모습을 드러낸 건, 감히 상상도 못할 덩치 큰 우리의 토종 호랑이였다.

"사……사…….."

순식간에 온몸이 차갑게 굳어지며, 나의 목구멍에선 또 다시 목소리가 쉽게 새어나오질 않았다. 줄곧 구호사(求虎寺)부터 우리 뒤를 쫓아왔던 그 호랑이가 분명했다. 참으로 믿기지 않는 현실이었다.

숨이 멎을 듯, 내 심장과 온몸이 심하게 요동치기 시작했다.

"으르렁~"

그것은 동물의 제왕답게 조용히 나를 노려보고 있었다. 사시나무 떨듯 내 온몸이 심하게 흔들리자, 어느 틈엔가 사로가 내 뒤에 버티고 서 있었다. 말없이 호랑이를 바라보고 있었지만, 그도 다소 놀랐는지 긴장하는 빛이 역력했다.

그러나 나의 온몸이 문제였다. 호랑이에게 물려 죽기 전에 심장마비로 먼저 죽을 것만 같았다. 아마 밥 수저를 들고 있었다면 그 떨리는 손으로 밥그릇을 타악기삼아 연주했을 것이 분명했다. 그러나 윗니와 아랫니가 부딪치면서 입으로 연주하는 소리는 어쩔 수가 없었다.

나의 이빨이 다다닥 소리를 내며 그렇게 요란한 연주를 시작했을 때, 갑자기 호랑이가 한 걸음을 내디디며 내 쪽으로 한 걸음 바짝 다가들었다. 요동치던 내 이빨이 갑자기 멈추며 소름이 끼쳐왔다. 곧게 뻗은 수염, 날카로운 이빨, 광채를 뿜어내는 눈동자, 꿈틀거리는 가죽 무늬, 거기에 호랑이의 날카로운 이빨과 발톱은 그야말로 공포 그 자체였다.

호랑이의 덩치는 우리 둘을 합친 것보다 더 거대했다.

아직도 이런 거대한 토종 호랑이가 우리 앞에 있다는 사실이 믿기지가 않았다. 그러니 나의 온몸은 부들부들 떨려오다가 경직되어, 흡사 통나무같이 몸이 쉽게 움직일 수 없는 것은 자연스런 결과였다.

천천히 다가오는 호랑이를 향해 나는 아무것도 할 수 없었다. 이제 죽었구나 하는 생각만 내 뇌리에 가득 찼다. 사로가 그런 나에게 조심스럽게 주문을 했다.

"아까 그 법복을 다시 꺼내 주게."

박쥐를 물리쳤던 법복의 신통력이 생각난 듯 사로가 내게 말했다. 혹시나 하는 생각으로 내가 떨리는 손으로 배낭에서 법복을 꺼내 사로에게 건네줬다.

사로는 법복을 받아들고 서둘러 호랑이 앞에 법복을 펼쳐들었다. 호랑이가 잠시 법복을 바라봤다. 나는 제발 동굴 안의 박쥐처럼 무슨 효험이 있기만을 두 손 모아 기원했다.

그러나 나의 그런 기대와는 달리, 호랑이는 더욱더 험한 인상으로 으르렁대며 오히려 우리 앞으로 한 발자국 더 바짝 다가들었다.

무용지물(無用之物)이었다.

생사를 좌우할 수 있는 거대한 공포 앞에 사로가 먼저 법복을 조심스레 땅에 내려놓고 내게 다시 말했다.

"이놈에겐 법복도 안 통하는 것 같네. 총을 꺼내주게."

그러나 사로의 그런 말이 내 귀에 들어 올리는 만무했다. 다급해진 내 머릿속으로 만약에 불행한 사태가 생긴다면 호랑이가 먼저 사로부터 잡아먹었으면 하는 바람이 일기 시작했다. 그를 공격할 때 잘하면 도망칠 수 있는 기회를 가질 수 있다고 생각한 것이다.

그러나 경성에서 난 사로에게 생사를 같이하자고 맹세한 몸이니, 그렇게 생각하는 것 자체가 부끄러운 일이었다. 사로가 모닥불에서 잽싸게 불붙은 나뭇가지를 하나 치켜들며, 다시 다급한 어조로 외쳤다.

"뭐하고 있나? 어서 권총을 달라니까!"

공포에 떨며 까맣게 권총 생각을 잊었던 내가 서둘러 배낭에서 권총을 꺼내들었다.

"저 만치 물러나있게."

권총을 받아든 사로가 여유 있는 표정으로 말했다. 그리고 다소 안도감이 생겼는지 먼저 허공을 향해 한 발을 발사했다. 호랑이에게 기회를 주려는 그의 인정어린 자비가 분명했다.

그러나 어쩐 일인지 허공을 향해 방아쇠를 당긴 권총에서는 실탄이 발사되지 않고 있었다.

"찰칵!"

사로의 당황하는 빛이 역력했다. 전에 동굴에서 권총을 떨어뜨렸을 때 이미 고장 난 것이 아닌가 하는 생각이 들었다. 사로는 권총을 만지작거리며 탄환이 나가기를 몇 번이고 시도했지만, 그의 바람처럼 탄환은 끝내 발사되지 않았다.

그런 우리의 모습이 우스웠는지 노려보고 있던 호랑이가 말없이 고개를 내젓고 있는 가운데, 사로가 운이 없다는 듯 한숨을 쉬다가 총을 바닥에 내던지며 말했다.

"먼저 피하게. 아무래도 이놈은 억세게 운이 좋은 것 같네."

난 그럴 수 없다고 고개를 흔들었지만, 사로는 손짓을 하면서 계속 나에게 피할 것을 지시했다. 그러나 친구를 남겨두고 간다는 건 평생 벗어날 수 없는 업보(業報)가 될 수 있었으므로, 나는 그의 말을 듣지 않았다.

"아니, 자넬 두고 갈순 없네. 나도 그냥 여기 남겠네."

의외의 대답에 사로가 크게 난색을 표명했다. 순간 호랑이가 한 발자국 더 앞으로 다가들었다. 다급한 상황에 사로가 허리춤에서 단검을 빼들었다. 나도 뭔가 해야겠다는 생각에서 불붙은 가지를 치켜들었지만, 떨려오는 손으로 인해 좀처럼 불가지를 움켜잡지 못하고 춤추듯 내 온몸은 비실거렸다.

호랑이와 거리는 어림잡아 5미터정도로 좁혀져 있었다.

떨려오는 공포 속에서 시골에 계시는 부모님이 생각났다. 어릴 때 엄하게 사랑과 훈육으로 키웠지만, 효도 한 번 못해 보고 이 세상을 하직하는 것이 못내 안타까웠다. 야학을 한다고 애국심을 드높일 때도 부모님은 내 뒷바라지를 아낌없이 해왔고, 우리의 역사를 지킨다는 명분아래 이런 발굴 모험에도 우리 부모님은 단 한 번이라도 내 소신을 나무란 적이 없었다.

단지 내 혼사에 대한 것은 양보하지 않았지만, 이제는 그것마저 물거품이 되었으니, 부모님의 은덕에 보답할 길이 없는 내가 못내 아쉬웠다.

문득 국밥집에서 만난 그 여자가 생각났다. 지금쯤 무얼 하고 있을까? 짧은 순간이었지만, 난 그런 생각에 젖어들며 죽음을 맞이하고 있었다. 내가 그런 생각에 빠져 있을 때, 사로가 내 옆에서 한걸음 나가며 말했다.

"내가 저놈하고 싸우는 동안 여기서 빠져 나가게. 나도 곧 뒤따라 가겠네."

사로는 아무래도 둘의 죽음은 의미가 없다고 생각했는지, 나에게 다시 한 번 명령했다. 그러나 나의 대답은 단호했다.

"가려면 자네나 가게. 난 도망 안 가네. 차라리 저놈하고 싸우다 장렬하게 이 자리에서 죽겠네."

내가 왜 그때 그런 말을 했는지 지금도 알 길은 없지만, 지금에 와서 생각해보니 그건 쓸데없는 만용(蠻勇)인 것은 확실했다. 나의 고집에 사로가 어이없는 표정으로 날 다시 바라봤다. 그러나 나의 그런 만용은 오래가지 못했다.

으르렁 소리와 함께 호랑이가 나를 향해 먼저 공격 자세를 취하자, 너무 놀란 내가 먼저 외마디비명을 지르며 땅 바닥에 주저앉은 것이다. 그러나 호랑이가 먼저 덮친 쪽은 사로였다.

하지만 상대는 내 친구 사로였다.

호랑이의 1차 공격을 불가지로 막으며 잽싸게 옆으로 피해버린 것이다. 호랑이는 그의 방어가 만만치 않았는지, 잠시 동작을 주춤거리다 고개를 돌려 약한 나를 표적으로 삼았다.

나는 온몸이 다시 사시나무 떨듯 요동치기 시작했다. 타악기를 연주하듯 나의 이빨이 걷잡을 수 없는 음악 반주를 시작했으며, 땅 바닥에 주저앉은 나의 두 다리도 심하게 요동을 쳐댔다.

그러나 사로가 급히 내 앞을 가로막으며 호랑이의 시선을 다시 자신에게 돌리자, 호랑이는 큰 소리로 으르렁 대며 다시 한 번 그에게 덤벼들었다. 난 바닥에 엎드려 몸을 웅크린 채 모든 것을 포기해 버렸다.

그때였다.

으르렁 소리와 함께 내 귀에 이상한 울부짖음이 들려왔다. 분명 호랑이의 울부짖는 소리가 분명했지만, 그 소리를 자세히 들어보면 고통스러운 동물의 울음소리가 분명했다.

"혹시 사로가……."

궁금한 내가 천천히 실눈을 뜨고, 그 광경을 바라보기로 했다. 그러나 내 앞에 펼쳐진 모습은 실로 믿기지 않는 광경이었다. 호랑이의 온몸에 박쥐 떼들이 달라붙은 것이다.

믿기지 않는 듯 움켜쥐었던 불가지를 풀고 조용히 사로가 지켜보고 있었다. 박쥐들의 공격은 실로 대단했다. 분명 우리를 공격했던 폭포 동굴 안의 박쥐 떼가 분명했다. 난 박쥐가 법복을 가지고 있는 우리를 지켜준다는 생각이 들어, 하늘을 향해 깊은 감사를 드렸다. 감사가 끝나고 내가 눈을 떴을 때, 이미 호랑이는 박쥐들에게 쫓겨 온데 간데 없이 사라지고 말았다. 사로가 바닥에 떨어진 법복을 바라보며 믿을 수 없다는 표정으로 물끄러미 서 있었다.

12

새벽 동이 텄다. 우리는 평원사를 빠져나와, 한참이나 산길을 도망쳐 나오다 계곡의 한적한 초원에 피곤한 몸을 드러뉘었다.

오랜만에 쉬는 휴식이었지만, 평원사에서 박쥐에게 쫓긴 호랑이가 줄곧 우리 뒤를 쫓아오는 느낌이었다. 사로는 쉽게 긴장을 풀지 못하고 가끔 한 번씩 숲 속에서 바스락대는 소리에 예민해져, 주위를 경계했지만 불안감은 쉽게 떨치지 못했다.

믿을 수가 없었다.

무슨 원수를 진 것도 아닌데, 이렇게 사람을 쫓아오는 호랑이는 난생처음 본 것이다. 사로도 믿을 수 없다고 했다. 사방이 고요했다.

그러나 그런 와중에도 우리의 입가에는 웃음이 번져왔다. 두 개의 법복을 겐죠보다 먼저 가졌다는 사실이 기쁨을 자아내게 했던 것이다.

우리는 그렇게 무사히 두개의 부적을 찾아 돌아가는 길을 자축하며 서둘러 경성으로 향했다.

　우리가 걷고 있는 경성까지는 멀고 멀었으므로 중간쯤인 한 사찰에서 잠시 몸을 쉬기로 결정하고, 눈에 보이는 사찰을 찾아 부지런히 길을 걷기로 했다.

　호랑이를 피해 길을 떠난 지 몇 시간이 되어, 한가한 산길에 접어들었을 때였다. 저 멀리서 한때의 사람들이 우리 쪽을 향해 무리지어 걸어오고 있었다.

　사로와 내가 급히 풀숲으로 몸을 숨기자, 다행히 그들은 우리를 발견하지 못한 듯, 시끄럽게 떠들면서 한손에는 술병을 들고 술에 취한 듯 모두가 비틀거리며 걷고 있었다.

　자세히 보니 무리를 지어 오고 있는 그들의 손에는 하나같이 모두 총이 들려 있었으며, 두 사람의 어깨에 나란히 들쳐 멘 나뭇가지에는 팔 다리가 묶인 채 죽은 멧돼지가 매달려 있었다. 또한 일행 중 몇 명은 곰과 늑대를 사냥한 듯, 몇 장의 생가죽을 자랑스럽게 어깨에 걸쳐 메고 재미있다는 듯 낄낄댔다.

　그러나 내 눈을 크게 자극해온 것은, 일행 중 한 사람이 걸쳐 멘 호랑이 새끼쯤으로 보이는 두 장의 호피(虎皮)였다.

　그는 매우 자랑스러운 듯 술에 취해, 연신 그것을 매만지며 걸어오고 있었는데. 자세히 보니 그들은 전에 호담사(護談寺)에서 묵었을 때, 야밤에 찾아왔던 6명의 일본 사냥꾼들이 분명했다.

　"호담사에서 본 그 일본 사냥꾼들 같네."

　내가 그렇게 말하자 사로도 대강 눈치를 챈 듯 고개를 끄떡였다. 그러나 무엇보다 내가 더 분개한 것은 그가 메고 있는 호피였다. 갑차기 평원사의 그 호랑이가 생각났다. 혹시 그 호랑이의 새끼가 아닌가 하는 의심이 들었다.

그렇게 생각하자 내 심기가 크게 불편했다. 만약 그들이 가지고 있던 두 장의 호피가 평원사에서 우릴 공격했던 호랑이 새끼의 가죽이라면 어찌할 것인가?

그들의 소행이 괘씸하기 이를 데 없었다.

새끼를 잃은 어미의 심정으로 무작정 사람을 공격하는 호랑이의 심정을 이해할 수 있을 것 같았다.

나중에 이 모험이 끝나고 알게 된 사실이지만, 그들은 전에 우리가 묵었던 호담사에서 두 명의 스님을 불친절하다는 이유로 살해하고, 주지스님한테도 총상을 입힌 자들로 뒤늦게 나를 경악하게 만든 자들이었다.

내가 잠시 생각에 빠져있을 때, 그들은 우리가 숨어 있는 풀숲에서 저만치 벗어나 있었다. 그들을 혼내고 싶었지만 힘이 없는 나로선 어찌할 수가 없었다. 총을 든 6명을 상대하기엔 감히 상상도 할 수 없는 위험한 일이었으므로, 나의 생각은 여기서 멈추고 말았다.

하지만 그들은 분명 많은 산 속을 헤집고 다니면서 나머지 동물들에게도 많은 악행을 저지를 것은 불 보듯 뻔했다. 그 숫자라면 능히 어떠한 동물에게도 해를 입히고도 남음이 있는 인원수였다.

이런 만행을 저지르는 일본인을 접한 사로의 마음도 편할 리는 없었다. 굳이 설명하지 않아도 그의 마음을 헤아릴 수 있었지만, 그는 불편한 심기를 드러내지 않고, 풀잎 하나를 꺾어들고 땅 바닥에 그대로 드러누웠다.

"정말이지 못된 인간들이네."

내가 짜증 섞인 말을 내뱉으며 사로에게 불만을 토로하자, 사로가 풀잎을 입에 물고 지그시 눈을 감았다. 나라를 잃은 설움 속에서, 이러한 일본의 만행은 비단 이 일뿐만은 아니겠지만, 화가 치밀어 오르는 건 어쩔 수 없었다.

"그 호피 말일세. 우리를 공격했던 호랑이 새끼들의 가죽이 분명하네."

나의 불만스런 투정에 사로가 조용히 말했다.

"풀잎을 하나 뽑아보게."

알 수 없는 주문이었다. 영문을 몰라 하자 사로가 먼저 풀잎을 하나 뽑아들었다. 사로의 풀잎은 짧게 끊어져 있었다. 이해가 안 가는 행동이었지만, 뭔가 중대한 선택을 놓고 하늘의 뜻에 따라 결정하겠다는 의미 있는 행동 같아 보였다.

그 뜻을 알아챈 내가 풀잎을 하나 뽑아들었다. 내가 뽑은 풀잎은 끝이 길게 뽑혀져 나왔다. 사로가 말 없이 자리에서 일어나며 말했다.

"가세, 경성으로."

우리는 다시 경성으로 발걸음을 옮겼다.

걸으며 내가 생각했다. 만약 사로의 풀잎이 길게 나왔다면 지금쯤 사로는 그들을 상대로 어떠한 일을 벌일 것인가? 하지만 그들을 징벌하지 못한 것을 생각하면 아쉽다는 생각도 들었다. 난 속으로 그들이 운이 좋다고 생각했다.

그러나 얼마 가지 않아 나의 그 생각은 공포로 얼룩지고 말았다. 우리가 막 산등성이를 넘으려고 할 때였다. 산을 오르던 사로가 저 멀리 산등성이에서 뭘 발견했는지, 발걸음을 멈추고 그곳을 의미 있게 바라보고 있었다.

내가 같은 곳을 주시하자 그곳 산등성이의 풀숲이 크게 흔들렸는데, 수풀사이로 어렴풋이 보이는 가죽 무늬로 봐서, 분명 평원사의 호랑이가 여기까지 쫓아온 것이 틀림없었다.

빠르게 움직이는 풀숲을 보니, 호랑이는 다급하게 일본 사냥꾼들이 있는 쪽을 향해 정신없이 발걸음을 내딛고 있는 게 확실했다. 분명 잃어버린 새끼의 가죽 냄새를 맡은 것이 확실했다.

그런 내 우려는 곧바로 현실로 다가왔다.

사로를 따라 한참동안 산등성이를 오르고 있던 내 귓전에, 허공을 향해 몇 발의 총성과 함께 복수심에 찬 호랑이의 울부짖는 소리가 들려오기 시작한 것이다.

놀란 내가 걸음을 멈추자 곧이어 일본 사냥꾼들의 울부짖는 비명소리가 바람에 실려 오고 있었다. 아마도 그들 모두 호랑이의 습격을 받고 죽음을 맞이하고 있는 것이 분명했다.

하지만 그들의 비명소리는 산등성이를 막 넘어가던 내 귀에 이내 사라지고 새끼를 잃은 어미호랑이의 울부짖음만 허공에 메아리치고 있었다.

13

　한편 경성으로 달려온 야마모토 겐죠는, 문서유출에 책임을 지고 자살한 자신의 부하 시모노의 사망 소식을 전해 듣고 곧바로 그를 조문했다. 그리고 그가 남겨놓은 보고서의 원본을 받아든 겐죠는 우선 급한 대로 총독부의 병력을 지원받아 출발 준비를 서둘렀다.

　불화에 대한 보고서 전체와, 부적에 관한 보고서 전체를 넘겨받은 겐죠는 매우 흡족했지만, 유출된 부적보고서를 생각하면 뭔가 개운하지는 않았다.

　지원받은 10여 명의 군인들을 데리고 경성을 출발한 겐죠는 이틀 만에 첫 번째 사찰인 구호사(求虎寺)를 향해 여유 있는 행군을 하고 있었다. 그가 그렇게 여유 있는 행군을 한 것은, 보고서의 복사본이 누군가의 손에 들어가 자신을 방해할 거라는 생각은 꿈에도 생각하지 못했기 때문이었다.

그는 팔자로 단정하게 늘어진 수염과 강철 같은 표정, 매서운 눈을 가진 단정한 군인 복장을 한 50대의 군인이었으며, 어깨에 붙은 견장에 별 3개가 있는 것으로 봐서 일본군 대좌(大佐, 대령)의 계급인 것을 알 수 있었다.

그러나 군복 차림이라서 그런지 외모인 어디를 봐도 사학자 같은 기풍은 전혀 보이지 않았다. 그의 허리에는 기다란 군도(軍刀)와 권총이 매달려 있었다.

그가 이끌고 있는 군인들의 손에는 제각기 일본 주력총기였던 38식 소총이 들려져 있었으며, 탐사를 하는 군인이라기 보다는 소풍 가는 군인들의 모습이었다.

원래 겐죠가 이끄는 특수부대라고 이름 붙여진 유물발굴 지원팀은 일본에서 미처 도착하지를 못했으므로, 아쉬운 대로 군부대에서 지원받은 이들을 이끌고 지원팀이 오기 전에 첫 번째 부적이나 찾아 보자는 심산이었지만 겐죠의 속마음은 그리 편하지 못했다.

그 이유로는 그들의 허약한 체력과 역사유물에는 전혀 전문적인 지식이 없는 군인들이라는 사실이었다.

행군하면서 겐죠의 기분은 줄곧 우울했다. 어딘가 모를 불안감과 어깨를 짓누르는 중압감이 그의 마음속에서 고요한 마찰을 일으켰다.

그러나 겐죠는 자신의 유능한 부하 시모노의 죽음 탓으로 돌리며 여유 있는 행군을 계속했다. 그러나 그의 그런 느낌은 곧바로 현실로 닥쳐왔다.

구호사에 느린 행군으로 여유 있게 도착한 겐죠는 이미 누군가의 손에 의해 구호사의 부적이 탈취된 것에 놀라움을 금치 못하며 입을 다물지 못했다. 그는 경악을 금치 못하다가 뒤늦게 사태의 심각성을 눈치 챈 듯, 다음 행선지인 평원사를 향해 서둘러 부하들을 진군시켰다.

그러나 일은 이상하게 꼬이기 시작했다. 출발을 막 할 때였다. 갑자기 줄지어 행군하는 부하들의 뒤쪽에서 크게 비명소리가 들려왔다. 전에 사람들을 공격했던 호랑이의 갑작스런 출현이었다.

전혀 예상치 못한 짐승의 공격 앞에 겐죠가 크게 흔들렸다. 그리고 달려드는 호랑이를 향해 총과 칼을 휘둘러 전투 아닌 전투를 벌인 겐죠는 호랑이는 잡지도 못한 채 애꿎은 2명의 희생자만 내고 말았다.

참으로 어이없는 돌발 사태였다. 그런 일은 우리가 구호사를 떠난 지 이틀이 지난 뒤에 벌어진 일이었다.

호랑이의 습격으로, 두 명의 희생자를 낸 겐죠는 나머지 8명의 군인들을 데리고, 급히 두 번째 부적이 있는 평원사(坪圓寺)로 발길을 돌렸다.

그러나 평원사도 마찬가지였다.

한 발 늦었다고 생각한 겐죠는 분함을 참지 못하고, 연신 욕을 해대다가 허리에 차고 있던 군도를 빼어 평원사 뜰안에 있는, 사원(寺院) 경내를 밝히기 위해 만들어둔 석등(石燈)을 무참히 베어버렸다.

실로 돌도 자르는 무서운 칼솜씨였다.

범인이 누구인지 알지도 못하는 겐죠는 피곤에 지친 그의 부하들을 잠시 쉬게 하고, 일의 중대성을 깨달은 듯 무전기를 통해 가까운 군부대와 연락을 시도했다. 그러나 무전기는 깊은 산속이라서 교신하는 데 어려움을 겪으면서 실패와 실패를 거듭했다.

그는 결국 도둑질한 자들을 쫓기 위해선 또 다른 대대적인 지원병이 있어야 한다고 생각하고, 서둘러 날쌘 부하 한 명을 선발해서 가까운 군부대에 지원요청을 명령하고, 지금쯤 경성에 당도했을 겐죠의 특수부대에게, 어느 장소에서 만나자는 전문까지 줘서 그를 신속하게 떠

나 보냈다. 그러나 무엇보다 중요한 사실은, 그가 둥근 돌에 새겨진 상
(尙, なぉ)자를 보고 '폭포' 라는 단어를 쉽게 뇌까렸다는 사실이었다.
　겐죠는 유출당한 보고서 중에 불화의 단서만은 그들 손에 넘어가지
않았다는 사실에 적지 않게 안도하고 있었다.

14

우리가 두 개의 부적을 가지고 성성을 올라가다 하룻밤을 쉬어가기로 결정한 곳은 항평사(亢平寺)라는 절이었다. 이곳 주지스님의 따뜻한 환대와 정성은, 줄곧 지치게 달려왔던 우리에게 모처럼 편안함과 아늑함을 가져다 주었다.

더구나 겐죠가 아직 경성에 도착하지 않았을 거라는 나름대로의 추측과, 두 개의 부적을 찾은 승리감까지 더해진 우리는 천국과도 같은 시간 속에서, 경성에 돌아가서 겐죠를 방해하기 위한 나름대로 작전까지 짜는 여유까지 가졌다.

점심식사가 막 끝났을 때였다.

사찰 뜰 앞에 사로와 내가 따뜻한 봄 햇살을 받으며 조용히 휴식을 즐기고 있을 때였다. 공중에 아른거리는 아지랑이 속으로, 몇 마리의 나비들이 한가하게 날개짓을 하고 있을 때 내가 사로에게 물었다.

"한 가지 묻고 싶은 게 있네."

그가 내 쪽으로 고개를 돌렸다.

"이런 데서 이런 질문을 하는 것은 좀 뭐하네만, 친구로서 어느 정도
는 알아야 한다고 생각해서 하는 말인데, 자네 고향이나 어렸을 때
여러 가지 일 좀 말해줬음 좋겠네. 아무것도 알지 못하니 가끔 답답할
때가 있어서 하는 말이네. 어떤가?"

조심스럽게 눈치를 보며 꺼낸 말이었지만, 봄날의 햇살을 받으며
휴식을 즐기고 있자니 따분하기도 하고 궁금해서도 한 말이었다.

물론 그의 답변을 기대하고 꺼낸 말은 아니었다. 그러나 사로는 의
외로 친절하게 내 질문에 미소 지으며 대꾸했다.

"난 내 친부모가 누군지 모르네. 어릴 적 보자기에 싸여서 버려진
탓으로 성도 모르고 고향도 친척도 아무것도 알지 못하네. 내가 아는
건 날 길러주신 양부(養父)가 있다는 사실밖에 모르니 답답하긴 나도
마찬가지네"

간단하게 말을 마친 사로가 다시 나비에게로 시선을 돌렸다.

"하지만 이름이 있으니 양부께서 자네에 대해서 다른 것을 알고 있
을 거 아닌가?"

나의 두 번째 질문에 사로가 다시 입을 열었다.

"날 길러 주신 분은 외국 신부님이네. 어릴 때 예배당에서 자랐지만,
그 신부님께 들은 얘기는 별로 없네. 지금의 이름도 그 분이 지어 주신
거고, 이삭이라는 세례명으로 자란 것밖에…… 나머진 잘 모르겠네."

말을 마친 사로가 그의 양부를 회상하 듯, 밝은 미소를 머금고 다시
허공의 나비에게로 시선을 돌렸다. 그의 밝은 표정으로 볼 때 아마도
어릴 때 양부로부터 큰 사랑을 받으며 성장한 것이 분명했다.

내가 다시 조심스레 물었다.

"양부께서는 살아 계시나?"

그러나 그는 그 질문은 듣지 못한 듯 계속 회상에 잠겨 있었다. 겸연
쩍어진 내가 마무리 차원에서 다시 말을 꺼냈다.
"이삭이라는 세례명이 아주 맘에 드네, 친구."
그 말은 그가 들었는지 날 바라보며 빙긋이 웃었다.
사실 이삭이라는 그의 세례명은 부르기도 좋았고 듣기도 좋았다.
후에 나는 가끔 그의 세례명을 불러줬는데, 내가 그렇게 부를 때면
그도 별로 거부하지 않았다.
아마 추측컨데 이삭이라는 그의 세례명이 그에게는 종교적인 색채
와 양부에 대한 추억 그리고 정화된 어떤 순수함이 그의 마음속에 젖
어 있는 것이 분명했다.
아무튼 이삭이라는 그의 또 다른 세례명은 사로라는 이름 대신 다
른 분위기로 그를 부르기에는 아주 적합한 명칭이었다.
다음날 우리는 그렇게 딱 하루를 거기서 묵고, 이른 아침 주지스님
께 감사의 인사를 올리고 서둘러 경성으로 발걸음을 옮겼다.

몸이 가뿐했다. 하루 동안의 휴식이 이런 가뿐한 몸을 만들어 줄
수 있다는 게 놀라울 뿐이었다. 우리는 산을 타고 내려와 시골의 들길
을 여유 있게 걷고 있었다. 항평사에서 출발한 지 정오 때쯤 일이었다.
한참을 걷고 있는데, 저만큼 우리 뒤에서 한 일본군이 헐레벌떡 38
식 소총을 들고 숨 가쁘게 뛰어오고 있었다.
크게 놀란 내가 몸을 움츠리고 긴장했지만, 뛰어오는 그가 우리를
쫓는 표정은 아니었으므로, 나는 긴장을 풀기로 하고 사로와 함께 길
옆으로 비켜섰다.
그 생각이 맞는 듯 일본군은 우리를 무시한 채 숨 가쁘게 뛰어갔을
뿐 별다른 반응은 보이지는 않았다. 괜한 걱정을 했구나 하고 생각했

지만, 사로는 뭔가 이상한 듯 발걸음을 천천히 늦추기 시작했다.

"왜 그러나?"

"잠깐만 기다리게."

달려가는 일본군의 옷차림을 보던 사로가 뭔가 골몰해 있었다. 그도 그럴 것이 뛰어가는 그의 군복에는 온통 흙투성이였으며, 옷에는 땀이 배어 있었고, 신발은 온통 산속의 잡풀들로 범벅이 되어 있었다. 사로는 이런 산골에서 군인을 본다는 것도 의아했지만, 그의 행색으로 볼 때 일반 들길을 뛰어다닌 모습이 아닌, 산속을 헤쳐 나온 것같이 거칠은 행색이었으므로 뭔가 다른 생각을 하고 있는 눈치였다.

하지만 나는 그와 반대로 그가 우리를 무시하고 지나갔으므로. 별다른 의심 없이 시골 어딘가에 소속돼 있는 군인쯤으로 여기고 있었다. 사로가 걱정스런 표정으로 말을 건넸다.

"내 추측으로는 겐죠가 벌써 도착한 것 같네."

깜짝 놀란 내가 사로를 바라봤다.

"아무래도 뒤쪽에서 뛰어오는 걸 보면 지금쯤 평원사에 도착해 있을지 모르겠네."

"그게 무슨 소린가? 아무리 겐죠라도 일본에서 그렇게 빨리 올 순 없네. 근처에 있다면 모를까?"

"내가 어리석었네."

"뭘 말인가?"

"그 보고서 말일세. 원래대로 한다면 그건 벌써 일본으로 발송됐어야 했네. 그런데 그걸 작성한 시모노가 그걸 발송하지 않고 보관하고 있다는 건 뭘 의미하겠는가?

"그럼 겐죠가 이미 경성으로……."

"바로 맞았네. 그는 이미 경성으로 오는 중이었네. 그래서 보고서를 본국으로 발송하지 않은 걸세."

그럴듯한 추리였지만, 그는 우리와 단 이틀차이 밖에 나지 않는 시간 속에 있었다는 사실이 나의 간담을 서늘하게 했다.

마음이 불안해졌다.

더군다나 한참을 뛰어가던 일본군이 휙 하고 우리 쪽을 돌아보다 다시 뛰어갔으므로, 내 마음은 더욱더 불안에 휩싸이기 시작했다. 드디어 사로가 가던 길을 멈춰 섰다.

"안되겠네. 평원사 쪽으로 다시 되돌아가 겐죠가 확실한지 내 눈으로 봐야겠네."

난 그 말에 괜한 걱정이라고 말하고 싶었지만, 이대로 경성으로 돌아가는 것은 무의미하다는 걸 잘 알기에 결국 그의 뜻에 따르기로 했다.

이미 경성에서 겐죠를 상대로 방해 작전을 짜놓은 상태지만, 그 작전은 이미 우리의 계획에서 완전히 빗나가고 말았던 것이다. 나는 제발 사로의 의심대로 겐죠가 아니길 바라면서, 불안한 마음으로 지나왔던 길을 다시 걷고 있었다.

그렇게 다시 평원사 쪽으로 얼마쯤 가고 있을 때였다.

잠시 목이 마른 내가 산속 굽어진 계곡에서 목을 축이고 있을 때였다. 물을 마시고 있는데 갑자기 내 등을 누군가 찌르는 느낌이었다. 뒤돌아보니 내 등 뒤로 서 있는 것은 바로 조금 전에 들길을 뛰어가던 그 일본군이었다.

놀란 내 입에서 먹었던 물이 뿜어져 나왔다. 젊은 나이에 크나큰 등치만큼이나 표정 또한 거칠게 보이는 그가 나를 향해 총을 겨눈 채 상기된 표정으로 쏘아보고 있었다.

그는 나에게 조용히 친구에게 앞장서라고 말했다. 말을 듣지 않으면 들고 있던 총검으로 금방이라도 찌를 것 같은 표정이었다.

나는 우선 그의 말에 고분고분 따르기로 했다.

사로를 믿었기에, 그가 시키는 대로 움직여도 무방하다고 생각했던 것이다. 그러나 굽이진 산길을 접어 들었을 때 한참 길을 걷고 있어야 할 사로가 그 어느 곳에도 보이지 않았다.

근처를 다 둘러봤지만 그의 모습은 여전히 보이지 않았다. 일본군이 큰 소리로 나에게 윽박지르기 시작했다. 그러나 나도 모르게 사라진 사로를 어떻게 하란 말인가.

내가 그렇게 난감한 표정으로 겁을 먹고 있을 때, 다행히 풀숲에서 냉이를 한 움큼 들고 사로가 모습을 나타냈다. 사로를 발견한 일본군이 큰소리로 외쳤다.

"꼼짝 마라!"

하지만 사로는 놀란 기색도 없이, 소리치는 일본군을 바라보며 귀찮은 듯 짧은 한숨을 내쉬었다. 이에 크게 놀란 일본군이 더욱더 큰 소리로 손 들것을 요구했다.

"손들어라!"

그러나 사로는 전혀 동요하지 않고 일본군이 뭐라고 지껄이는지 묻는 표정으로 날 바라봤다. 내가 그에게 말했다.

"손을 들라고 하네."

이윽고 우리가 그의 뜻에 따라 손을 들자, 잠시 후 일본군은 우리에게 신분을 물어왔다. 나는 유창한 일본어로 산에서 일하는 사람이라고 말하고, 마침 사로의 손에 든 냉이를 입증이라도 하듯 그에게 내보여줬다.

그러나 일본군은 나의 유창한 일본어와, 우리의 행색을 주목하며 뭔가 이상한 듯 연신 총으로 위협하다가, 혹시 우리가 겐죠가 찾고 있던 범인들이 아닌가 하는 의심을 하기 시작했다.

그의 그런 생각은 크게 무리가 없었다. 사로의 허리에는 칼이 보였으며, 나머지도 그의 눈을 온통 자극하는 것 뿐이어서 그가 우리를 그렇게 보는 것은 이해할 수 있었다. 일본군이 허리에 찬 단검을 풀어놓으라고 사로를 윽박지르기 시작했다. 사로가 손을 들고 나에게 말했다.

"저 친구가 가진 정보를 알고 싶은데 몇 마디 물어 보게."

"그보다 자네한테 허리에 찬 칼을 풀어 놓으라고 얘기하고 있네."

내가 일본군의 주문을 통역 해주자, 일본군은 내 통역이 맘에 들었는지 연신 고개를 끄떡였다. 그러나 사로는 그의 명령에는 따르지 않고, 오히려 나에게 그의 정보부터 먼저 캐물어 보라고 권유했다.

상황이 이상하게 거꾸로 돌아가고 있었다.

일본군도 나와 사로의 대화에 이상한 눈치를 챘는지, 바짝 긴장한 표정이었다. 나는 사로가 시키는 대로 조심스럽게 일본군의 정보를 캐기 위해, 유창한 일본어로 그에게 말을 걸기로 했다.

"당신은 어디서 온 건가?"

손님이 주인된 격이고, 괜히 긁어 부스럼을 만든 격이었다.

우리의 질문에 그가 놀라며 겐죠가 찾는 범인이 확실하다는 듯, 배낭과 칼을 모두 바닥에 풀어 놓으라고 소총으로 다시 위협하기 시작한 것이다. 그러나 사로는 고래고래 소리를 지르며 위협을 하는 일본군의 주문에도 순순히 따라주지 않았다. 일본군은 크게 화가 났는지, 사로에게 소총을 겨냥하고 방아쇠를 당기려는 자세를 취했다.

위기의 순간이었다.

그러나 그는 사로의 적수가 되지 못했다. 방아쇠를 당기기도 전에 사로의 단검이 먼저 허공을 가르며, 총을 들고 있던 그의 손목에 정확히 박혀 버린 것이다.

"악!"

실로 눈 깜짝할 사이였다.

외마디비명을 지른 일본군은 소총을 떨어트리고, 칼이 박힌 손을 부여잡고 고통스러워했다. 사로가 바닥에 떨어진 일본군의 소총을 주워 나에게 건네줬다. 일이 커져버린 상황에 내가 크게 당황했지만, 위기에서 쉽게 벗어날 수 있는 다른 뾰족한 방법도 없었으니, 이 상황을 그대로 인정할 수밖에 없었다.

그러나 내가 그렇게 생각하고 있는 순간이었다.

총을 뺏긴 일본군이 허리에 찬 단검을 빼들고, 있는 힘껏 사로에게 휘둘러왔다. 하지만 쉽게 당할 사로가 아니었다.

어느새 날아오는 칼날을 피한 사로가 잽싸게 그의 팔을 비틀어 버리고, 어디서 그런 괴력이 나왔는지 그를 번쩍 들어 올려 허공에 내던져 버린 것이다.

그의 몸뚱이가 공중을 가로지르며 나무기둥에 부딪치다가 땅 바닥에 튕겨져 나갔다. 무서운 힘이었다.

사로는 언제나 그렇듯 나에게는 놀라움을 보여주는 사람이었지만, 사람을 번쩍 들어 올려 이렇듯 가볍게 공중으로 내팽개치는, 그의 괴력은 정말이지 뭐라 딱히 설명할 수가 없었다.

땅 바닥에 떨어진 그의 입에서 한 움큼의 선혈(鮮血)이 뿜어져 나왔다. 사로가 한 발자국 다가가자 그는 겁을 먹었는지 온몸을 떨기 시작했다. 그러나 그는 곧이어 죽음을 예감했는지, 사로에게 온갖 험한 욕설을 퍼부으며 악을 쓰기 시작했다.

그건 큰 실수였다.

그가 내뱉는 말이 욕이란 것을 눈치 챈 사로가, 내가 들고 있던 소총을 빼앗아 그를 향해 방아쇠를 당기려고 한 것이다. 만약 그때 내가 사로를 막지 않았으면 그는 가슴에 총을 맞고 죽었을 것이다.

"이러지 말게, 사로! 이건 안 되네."

나는 사로가 움켜잡은 소총을 부여잡으며, 살생은 안 된다고 말했다. 그때 그가 나를 무서운 표정으로 바라보았다. 차갑게 굳어 있는 그의 얼굴에는 싸늘한 살기마저 감돌고 있었다. 나도 모르는 또 하나의 사로를 보는 것 같았다.

"제발 나를 봐서라도 이번 한 번만 참게나."

내가 소총을 부여잡고 그를 말리자, 일본군은 그때서야 이 상황을 눈치 챘는지, 생사를 쥐고 있는 나를 향해 애원의 표정을 지어 보였다.

다급한 내가 사로의 목에 걸려 있는 십자가를 가리키며, 하나님을 믿는 사람으로서 살인은 종교에도 위배된다고 말하자, 사로는 잠시 그런 나를 쏘아보다 차가운 표정으로 말했다.

"이 놈 한 놈을 죽인다고 잘못될 것은 아무것도 없네."

"이건 살인이네, 사로. 제발 저들과 똑같은 사람이 되진 말게."

순간 사로의 눈빛이 붉게 변하며 다시 말했다.

"난 죄가 많은 인간이네, 친구."

이 생소한 말은 날 만나기 전에 사로가 어떠했는지 충분히 짐작이 가고도 남음이 있었다. 그가 만약 이런 일을 하지 않았으면 분명 그는 일본군에 대한 혐오와 증오로 인해 1909년 이토 히로부미를 살해한 제2의 안중근 같은 독립투사가 되기에도 충분했을 거라고 생각했다.

잠시 후, 일본군은 나의 지시대로 손을 머리 뒤로 하고 땅 바닥에 무릎을 꿇고 앉았다. 사로가 나를 통해 몇 마디를 물어왔다. 그는 자신을 살려준 사로가 고마웠는지 모든 것을 순순히 자백했다.

통역을 해준 내용은 아래와 같다.

"겐죠는 지금 어디 있나?"

"평원사에서 불화의 단서가 있는 동쪽으로 이동 중이다."

"동쪽은 어딜 말하는가?"

"월…… 무슨 암자라고 들었는데 잘 모르겠다. 하지만 나중에 일본에서 오는 특수부대와 다른 장소에서 만나기로 했으니, 그곳으로 갈 것은 확실하다."

"그곳은 어디인가?"

“원죽사(圓竹寺)다.”

“현재 숫자는?”

“10명 중에 2명은 구호사에서 호랑이에게 물려 죽었다. 나를 제외하고 지금 7명만 남았다.”

호랑이란 소리에 나와 사로가 크게 놀랐다. 우리가 구호사를 떠난 후에도 많은 숫자를 상대로, 사람을 해치는 그 호랑이의 기백(氣魄)이 실로 믿기 어려웠다. 나는 동물의 모성애가 그토록 무서운 것임을 그때서야 알게 됐다. 내가 다시 물었다.

“경성에 당도했을 겐죠의 특수부대는 어떤 자들인가?”

“잘 모른다. 들은 적도 없고, 본 적도 없다.”

“넌 어디까지 가려고 했는가?”

“가까운 군부대다.”

“거긴 왜 가려고 하는가?”

“무전이 원만하지 않아, 대령의 지시에 의해서 경성으로 연락을 취하고, 지원부대를 요청하러 가는 중이었다.”

“겐죠가 가지고 있는 서류뭉치를 본 적이 있는가?”

“잘 모르겠다. 가방을 가지고 있었지만 뭐가 들었는지는 잘 모르겠다.”

“겐죠는 평원사에서 뭘 하고 있었나?”

“내가 출발했을 때 폭포 쪽으로 향하고 있었다.”

나의 물음에 그는 겐죠의 생김새와 지원병의 숫자 그리고 부적이 있는 사찰에서의 이야기 등 아주 작은 것까지 상세하게 털어 놓았다.

심각하게 듣던 사로가 긴 한숨을 내쉬었다.

나는 우선 일본군을 나무에 묶어 놓고, 사로의 말대로 겐죠가 특수부대와 만나기로 한 장소인 원죽사로 발길을 돌리는데 합의했다. 일이 다급하게 돌아가고 있었던 것이다.

　그러나 산속을 걷고 있던 나는 몇 발자국 못 가서, 이 계획에 강한 반대의사를 표명했다.

　"뭔가 잘못 판단한 것 같네. 거기 가면 죽을 게 뻔한데 이렇게 무턱대고 간다는 것은 좀 무리가 있네. 더군다나 경성에서 겐죠의 부하들이 들이닥치면 숫자도 많아질 텐데, 우리 둘이 할 수 있는 건 없네."

　"내게도 생각은 있네. 아직 연락이 닿지 않았으니 지금 움직이면 무방하네."

　"하지만 무전이 돼서 지원병이 이미 도착할 수도 있네."

　나는 원죽사로 향하고 있는 동안 사로를 말리는 데 온 힘을 다했다. 그러나 그는 내 말을 무시하고 원죽사로 계속 걷기만 했다. 그의 강한 애국심은 높이 살만 했지만, 작전도 없이 이렇게 무턱대고 그곳에 가서 목숨을 잃기는 싫었다. 애가 탄 내가 침을 삼키며 다시 말을 이었다.

　"이런 말 하면 오해할 수도 있겠지만, 어쩌면 그자가 불화를 찾는 것이 불가능할 수도 있네. 생각만큼 영리하지 못할 수도 있다는 뜻이네."

　하지만, 사로는 그런 내말에 강하게 반대했다.

　"그렇게 생각하기엔 다소 문제가 있네. 아까 그 일본군이 하는 말을 들어봤지만, 그는 우리가 힘들게 찾은 두 개의 장소를 한순간에 쉽게 풀어낼 정도의 능력을 보여줬네. 더군다나 자네가 푼 파자법도 쉽게 풀어낼 정도라면, 그는 우리가 생각하는 그런 놈하곤 차원이 다르네."

　온갖 번뇌가 내 머리를 스치고 지나갔다. 갑자기 닥친 위험은 그렇다 치더라도, 앞으로 닥칠 운명도 피해갈 수 있기 때문이었다. 내가 그렇게 고민으로 갈팡질팡하고 있을 때, 갑자기 사로가 발걸음을 멈췄다.

　"나를 위해 한 가지 해줄 것이 있네."

　이상한 느낌이 들었다.

　"무슨 말인가?"

　등에 메고 있던 법복을 챙겨주며 그가 말했다.

"이 법복을 가지고 자네 먼저 경성으로 출발하게. 생각해 보니 이 법복 없이도 다른 방법으로 겐죠를 막을 방법이 생각났네."

뜻밖의 말이었지만, 혹시 다른 좋은 방법이 생각난 것 같아 우선 그의 말을 귀담아듣기로 했다. 사로의 말은 대강 이러했다.

일이 잘못되면 이 법복마저 그들에게 빼앗겨 더 악용될 수도 있다는 말과, 다음과 같은 말로 새로운 방법을 제시했다.

"우선 경성에 도착하면 최 노인부터 찾아 가게. 그리고 이번 일을 상세하게 설명하면, 사람들을 자네에게 붙여 줄 거네. 그럼 그들을 데리고 겐죠의 지원부대가 도착하는 원죽사로 와 주게. 난 그 동안 동쪽으로 향해있는 월(月)로 시작되는 암자를 찾아 겐죠를 당분간 막아 보겠네."

나는 심각한 그의 말을 하나라도 놓치지 않으려는 듯, 귀담아듣고 있었다.

"이건 아주 중요한 일이고 화급을 다투는 일이니 내가 하라는 대로 해주게. 서둘러 사람들을 데려오면 나머지 계획은 그때 설명해 주겠네."

머리가 복잡했다. 그가 다시 말했다.

"대신 그 소총은 내가 가지고 가겠네."

"혼자서 어떻게 막겠다는 건가?"

"다 방법이 있으니 날 믿고 어서 서두르게."

이상하게 들리는 작전 이였지만, 난 그에게 나름대로의 생각이 있을 거라고 생각하고, 결국 그 일을 승낙하고 말았다. 그리고 기나긴 모험에서 나는 그와 아쉬운 작별을 고했다.

"되도록이면 빨리 다녀오겠네. 그 동안 함부로 나서지 말게."

"알았으니 걱정 말고 어서 움직이게."

가벼운 포옹을 마친 내가 사로의 곁에서 발걸음을 돌리기 시작했다. 그러나 마음 한편에서 개운하지 못한 뭔가가 계속 내 머릿속을 압박해왔다.

나는 사로에게 다시 조심하라고 타이르고, 서둘러 그의 곁을 떠나 반대 방향인 경성을 향해 달리기 시작했다.

혼자 가면 더욱 안전할 거라는 생각과, 미래에 대한 불안감도 씻을 수 있어 발걸음은 한결 가벼워지고 있었다.

그러나 십여 분을 뛰어가던 내가 이내 발걸음을 멈추었다. 그리고 나의 판단착오와, 아둔한 머리가 얼마나 큰일을 저질렀는지 후회하기 시작했다.

사로의 말에는 잘못된 점이 있었다.

그 첫째로는 불화를 막으려면 이 법복은 필수 조건이었다. 그런데 나에게 이 법복을 가지고 경성으로 돌아가라면, 법복 없이 사로 홀로 그걸 막는다는 건 총으로 그들과 전쟁을 벌이는 것 말곤 달리 뾰족한 해석을 내릴 수가 없었다. 더구나 그 많은 수의 일본군을 어떻게 그 혼자 상대할 수 있겠는가?

두 번째로는 그가 말한 최 노인은 당시 경찰서에 있다가 우리가 경성에서 출발하기 전, 또다시 군자금 문제로 일본군에게 끌려가 감옥에 있다는 얘기를 들었는데, 이 방법이 어떻게 가능하단 말인가? 머리가 쇠망치로 맞은 듯 멍해왔다.

그렇다……

사로는 법복을 핑계로 날 위험에서 벗어나게 하려는 심산이었던 것이다. 갑자기 울컥 화가 치밀었다. 내 자신뿐만 아니라 그에게 말할 수 없는 분노가 밀려왔다.

그리고 내 눈에서 한 줄기 뜨거운 눈물과 함께, 발걸음은 이미 그를 향해 되돌아가고 있었다.

15

얼마쯤 뛰어 갔을까?

사로가 보이지 않았다. 동쪽 방향으로 한참을 달려 갔는데도 사로의 흔적을 찾을 수가 없었다.

분명 겐죠 일당을 잡으려고 시간 폭을 줄일 수 있는, 험한 지름길을 택해 간 것이 분명했다. 그러나 아무리 찾아봐도 그가 보이지 않자, 그의 습성과 체력으로 볼 때 나보다 한참을 앞서갔을 거라고 생각하니 억장이 무너져 내렸다.

나는 내 자신의 실수와 이기심이 한없이 미워 땅 바닥에 주저앉아 머리를 쥐어 뜯으며 슬픔에 휩싸이기 시작했다.

그렇게 한참이 흘렀다.

이렇게 마냥 앉아 있을 수는 없었다. 어떻게 해서든지 그를 찾아야 한다. 오기심이 발동했다. 난 용기를 내서 배낭에서 내가 평소에 가지고 다녔던 지도를 꺼내 겐죠와 사로가 향하고 있을 동쪽 방향의 월(月)이라는 암자의 이름을 대강 파악하고 지름길을 찾기로 했다.

그리고 마침내, 월상암(月像庵)이라는 암자를 향해, 서둘러 지름길을 이용해 사로를 뒤쫓기 시작했다.

내가 택한 지름길은 험하기 이를 데 없었다. 이 정도 험한 길은 사로에게 쉬운 일이겠지만 나로선 매우 험난한 길이었다.

언제나 사로와 함께 동행하다가 나 홀로 움직인다고 생각하니 겁도 나기 시작했지만, 나를 위해 홀로 일본군을 상대할 내 친구를 생각하니 이런 두려움쯤은 전혀 문제될 게 없었다.

나무숲을 헤치며 걷고 또 걸었다. 얼마쯤 갔을까?

잠시 쉬면서 방향을 파악하고 있는데, 갑자기 숲 속에서 누군가 내 앞길을 가로막았다.

자세히 보니 그는 아까 나무에 묶어놨던 그 일본군이었다. 소스라치게 놀란 내가 그만 손에 들고 있던 지도를 떨어트렸다.

'넌!……'

도무지 말도 안 되는 그의 출현에 크게 당황한 내가 어찌할 바를 모르자, 그는 얼굴에 독기를 품고서 손에 날카로운 단검을 가지고 나를 노려보고 있었다. 놀란 가슴이 좀처럼 멎질 않았다. 나무에 묶어놓았던 일본군이 나를 쫓아올지는 꿈에도 생각하지 못한 일이었다.

그는 포기할 줄 모르는 일본군이었다.

하지만 배낭에 들어 있는 법복을 생각하니 어떡하든 이 위기에서 빠져나가야 한다는 강한 사명감이 내 머리를 크게 압박해왔다.

친구가 나에게 준 법복인 것이다.

무사히 법복을 보호해야 한다는 그의 말이 생각났다. 더구나 어떻게 얻은 보물인데 여기서 이런 일본군한테 빼앗긴단 말인가.

그때였다. 불현듯 내 머릿속에 독립군들이 즐겨 불렀던 노래가 귓전을 타고 맴돌았다.

원수들이 강하다고 겁을 낼 건가
우리들이 약하다고 낙심할 건가
정의의 날쌘 칼이 비끼는 곳에
이길 이 너와 나로다
나가! 나가! 싸우러 나가! 나가! 나가! 싸우러 나가
독립문의 자유종이 울릴 때까지 싸우러 나가세.

칼을 치켜세운 일본군이 다가왔다. 그는 나에게 조심스럽게 배낭을 요구했다. 그러나 난 어디서 그런 용기가 났는지 있는 힘껏 배낭으로 그의 안면을 가격하고 산 위로 도망치기 시작했다.

그러나 그는 군인답게 어느새 나의 뒤를 덮쳐 왔다. 있는 힘껏 반항했지만 그와의 격투를 피할 수는 없었다.

나의 주먹이 그의 안면을 강타하고, 그도 나의 얼굴에 주먹질을 퍼부었다. 그리고 한참 동안 그와 결투를 벌이던 나는 그를 부둥켜안은 채로 산 밑 언덕으로 구르기 시작했다.

얼마쯤 굴러갔는지 정신을 차려보니 일본군이 내 곁에 누워 있었다. 나는 서둘러 정신을 차리고 일본군을 재차 공격하려 했으나, 그는 아무 반응이 없었다.

아마 뒹굴면서 바위 돌에 머리가 깨진 것 같았다. 살펴보니 그의 한쪽 머리에서는 이미 한 줄기 붉은 피가 흘러 나오고 있었다. 나는 서둘러 그 자리를 벗어나기로 했다. 그러나 방향 감각이 무디어져 어디로 가야 할지 막막했다.

하지만 그것보다 중요한 것은 격투를 벌이다, 법복이 들어 있던 배낭이 없어진 사실이었다. 내가 서둘러 배낭을 찾기 시작했다.

다행히 배낭은 그와 격투를 벌이다 뒹굴었던 언덕 위에 얌전히 놓여 있었다. 재빨리 그곳으로 올라가 다시 배낭을 집어들기로 했다.

그러나 언덕 위에서 배낭을 집어든 순간, 언덕 밑에서 머리가 깨져 있던 일본군이 또다시 나의 등 뒤를 덮쳐 왔다. 흡사 무슨 원한이 있는 것처럼 나를 붙들고 줄기차게 늘어진 그는 이미 사람의 모습이 아닌 악마와 같았다.

필사적으로 배낭을 부둥켜안고 몸부림치던 내가, 그의 안면에 또다시 한두 차례 주먹질과 발길질을 해댔다.

막무가내로 휘두른 나의 주먹에, 그가 또 다시 언덕 밑으로 굴러떨어졌다. 그러나 그는 포기할 줄 모르고 악귀처럼 나를 향해 다시 언덕 위로 기어 오르고 있었다.

순간 내 머릿속에서 마비단이 생각났다. 나는 황급히 마비단을 끄집어내기로 했다. 그리고 급히 배낭에서 마비단을 꺼낸 나는 언덕 위에 올라와 내 목을 조르는, 그의 입에 한 움큼의 마비단을 쑤셔 넣었다.

대부분의 마비단은 뱉었지만, 몇 개의 마비단은 그의 목구멍 속으로 넘어갔으므로, 격투를 벌이는 도중 그는 괴로운 듯 목을 움켜잡은 채 다시 언덕 밑으로 굴러떨어졌다.

나는 급히 주변의 나무 몽둥이를 찾아, 언덕 밑에 굴러 떨어져 고통에 휩싸인 그의 몸에 사정없이 매질을 가하기 시작했다.

잠시 후였다.

그가 조용해지며 숨이 끊어진 듯, 온몸이 축 늘어졌다. 앞이 보이지 않았다. 머릿속에는 온통 안개가 낀 듯 아무것도 판단할 수가 없었다.

나는 서둘러 배낭을 들고 그곳에서 도망쳤다.

뛰어가고 있는 나의 두 눈에서 한 줄기 이슬이 맺혔다. 원인이 어쨌든 사람을 죽음으로 몰고 간 내 자신이 한없이 미워진 것이다. 부처를 믿는 한 사람으로 살인을 저지른 죄책감에 평생 용서받지 못할 거라는 생각이 들었다.
　그리고 어느새 내 입에서는 비통함과 죄책감으로 깊게 얼룩진 한 줄기 흐느낌이 일어나고 있었다.

16

어둠이 내려앉는 저녁 무렵…….

겐죠는 산 위에서 무전기를 통해 어딘가에 다급하게 연락을 취하고 있었다. 시모노가 죽기 전에 보관했던 불화의 원본을 살펴보던 그가 멀리 석양구름에 파묻힌 높은 산봉우리를 바라보았다.

다소 걱정스런 눈빛으로 산을 바라보던 그는 모든 부하들에게 서둘러 군장을 다시 재정비하라고 명령했다. 아마도 불화의 단서가 묻혀 있는 첫 번째 장소로 출발하는 것이 틀림없었다.

겐죠는 서둘러 부하들에게 단단한 각오로 임할 것을 독려하고, 불화의 단서가 숨겨진 장소인 동쪽 방향의 월상암(月像庵)을 향해 다시 행군을 시작했다.

컴컴한 밤이 되었다.

겐죠는 일곱 명의 부하들을 이끌고 숲 속에서 울어대는 온갖 동물들의 소리를 귀에 담으며, 불화의 단서가 있을 월상암(月像庵)을 향해 서서히 진군해 갔다.

불화의 단서가 숨겨져 있는 월상암으로 가는 길은 매우 험난했다. 경성에서 데려온 군인 모두가 지친 표정이 역력하자, 겐죠는 그런 그들을 못마땅하게 생각했다.

그가 이런 부하들을 데리고 월상암으로 향하는 이유는 간단했다.

일본에서 원죽사(圓竹寺)에 도착할 자신의 부하들을 손꼽아 기다리는 동안, 아쉬운 대로 첫 번째 단서나 찾아보자는 심산인 것이다.

원래 시모노가 남긴 서류에는 불화의 단서가 있을만한 장소로 3곳이 거명돼 있었다. 불화를 찾으려면 두 개의 열쇠가 필요했지만 세 곳 어느 곳에, 두 개의 열쇠가 숨겨져 있을지는 자신도 몰랐으므로, 보이지 않는 적들의 방해공작이 있기 전에 첫 번째로 거명된 월상암(月像庵)부터 찾아보자는 목적인 것이다.

행군에 지쳐 비실거리는 군인들을 보고, 겐죠가 잠시 행군을 멈추라고 소리쳤다. 모두가 한 손에 횃불을 들고, 지친 표정이 역력한 데다 눈동자는 힘이 풀려 있었다.

겐죠의 얼굴이 갑자기 험하게 굳어졌다. 모두들 표정이 굳어 차렷 자세로 겐죠의 눈치를 살피고 있었지만, 지친 표정은 여전했다. 잠시 그런 그들을 살피던 겐죠가 못마땅한 표정으로 명령을 내뱉었다.

"바보 같은 놈들, 모두 군장을 풀고 30분 간 쉬어라."

불호령이 떨어질 줄 알았던 의외의 명령에, 강행군으로 일관했던 군인들은 연신 반가운 듯 모두들 겐죠에게 절을 하고, 지친 몸을 바닥에 뉘이며 헉헉대기 시작했다.

그러나 겐죠는 지친 기색 없이 불화의 단서가 있을 만한 월상암 쪽을 향해 방위를 측정하고, 나름대로 지도를 살피는 강인한 체력을 보여주었다. 잠시 후, 겐죠가 이 일에 매달려 있을 때 그의 부하인 사사끼가 자신의 졸병에게 명령했다.

"어이! 이시카와, 물을 떠와라!"

그의 명령에 다른 동료들도 일제히 기다렸다는 듯 수통을 땅 바닥에 내던졌다. 그는 졸병답게 주섬주섬 수통을 한데 모아 주변의 가까운 샘물을 찾기 시작했다. 그러나 어두운 숲 속에서 샘물을 찾기란 그리 쉽지가 않았다.

한참만에야 숲 속을 헤맨 그가 마침내 옹달샘을 발견하고, 서둘러 수통에 물을 채워 넣었지만, 휙 하는 소리와 함께 이내 그의 몸뚱이는 숲 속으로 사라져 버리고 말았다.

실로 순식간에 벌어진 일이었다.

단지 숲 속에서 짧게 으르렁거리는 소리만 들려왔을 뿐, 그는 비명 한번 지르지 못하고 숲 속에서 영영 빠져 나오질 못한 것이다.

"이시카와!"

"이시카와!"

얼마 후 그가 사라졌다는 보고를 접한 겐죠가 분노해 숲 속을 수색하고 있었다. 그러나 이미 사라진 그의 모습은 시간이 흘러도 나타날 기미를 보이지 않았다. 계곡 저편에서 울어대는 온갖 동물들의 기괴한 울음소리에 급기야 그를 포기한 겐죠가 다음과 같이 명령했다.

"그를 포기한다. 나머지는 다시 행군을 준비하라."

그러나 6명을 데리고 서둘러 그곳을 출발한 겐죠에게 칠흑같이 어두운 밤에 횃불에 의지한 채 산길을 계속 진군하는 것은 그리 쉽지가 않았다. 한치 앞도 분간할 수 없는 어두운 밤인데다, 주위에 동물들의 울음소리는 매우 공포스럽게 들려 겁을 먹고 두리번거리며 걷는 부하들의 행군 속도는 매우 느려지고 있었다.

"더 빨리 움직여라!"

겐죠는 서둘러 행군을 독촉했지만 처음부터 이런 모험이 익숙하지 않은 그들로서는 그의 뜻에 따라 민첩하게 움직여주지 못했다. 더구나 설상가상 험한 계곡 쪽으로 방향이 바뀐 뒤로는, 그의 부하 중 한명이 발을 헛디뎌 그만 산 밑으로 떨어지는 사고까지 발생했으므로, 겐죠는 자신이 처해진 현실을 인정할 수밖에 없었다.

"으악~"

미처 구할 사이도 없이 날카로운 비명을 지르던, 부하 한 명이 산 밑 계곡으로 한없이 떨어져 내려갔다. 겐죠는 일이 꼬여가는 것을 알았는지, 나머지 부하 5명에게 조심할 것을 명령하고 걷는 속도를 늦추기 시작했다.

그러나 그런 와중 속에서 제일 뒤에서 따라오던 일본군 한 명이 또다시 감쪽같이 숲 속으로 사라지는 괴기한 사건이 벌어지자 겐죠는 당황하기 시작했다.

믿을 수 없는 사건에 겐죠가 혼잣말로 중얼거렸다.

'이런 일은 있을 수 없다. 여긴 전쟁터도 아니고 지옥도 아니다. 누가 대일본제국의 군인들을 노린단 말인가.'

이렇게 뇌까린 겐죠가 남은 부하들에게 크게 외쳤다.

"모두 주위를 살피면서 천천히 행군하라!"

신경이 날카로워진 겐죠는 남은 부하 4명에게 주위를 살피며 행군하라고 지시했다. 그리고 앞장 선 자신도 허리춤의 군도를 빼들고 주변을 살피며 걷기 시작했다.

뭔가 알 수 없는 공포가 그들의 주변을 맴도는 가운데, 공포에 젖어 있는 부하들에게 겐죠가 말했다.

"너희 같은 겁쟁이들을 데리고 온 내가 한심스럽다. 오늘밤은 이 근처에 야영하고 내일 아침 일찍 방향을 바꿔, 내 부하들이 도착할 원죽사(圓竹寺)로 이동한다."

겐죠는 겁 많은 부하들을 데리고 온 걸 후회하고, 가까운 숲 속 근처에 야영을 지시했다. 그리고 그는 원죽사에 도착하는 자신의 특수대원들과 함께, 이 발굴을 완수하겠다고 결심하고 이들에게 걸었던 기대를 모두 포기하고 말았다.

근처 숲 속에 군막이 세워졌다.

총을 든 보초병 한 명이 보초를 서는 동안, 겐죠는 자신의 군도를 옆에 놓고 부하가 마련해 준 모포에 누워 휴식을 취했다. 그리고 그는 생각했다.

부하들을 공격한 것은 무엇일까.

부적을 가져간 일당들의 소행인가. 아니면 동물들의 소행이란 말인가. 그러나 그런 그의 수많은 생각에도 그 수수께끼는 좀처럼 풀리지가 않았다.

유난히 밤이 어두웠다. 구름 속에 가려진 달이 쉽게 나오지 않아 주위가 온통 컴컴했다.

"우 ~~."

산짐승들이 울어대는 소리에 보초병이 겁을 먹었는지 바짝 긴장하고 있었다. 더구나 바람까지 서늘하게 불어 숲 속 나뭇잎들의 살랑거림은 그 어느 때보다 음산한 소리를 내기 시작했다.

겐죠는 잠을 청하려 했으나 쉽게 잠이 오지 않았다.

또 하나의 풀리지 않는 수수께끼가 그를 잡아끌고 있었는데 그것은 부적에 관한 문제였다. 부적을 탈취해간 인물은 누구인가? 누군데 그리 쉽게 그런 보물을 찾아갈 수 있단 말인가?

겐죠의 시름은 시간이 갈수록 깊어만 갔다. 그러나 그때였다.

숲 속 근처에서 뭔가 바스락거리는 소리와 함께, 붉은 광채가 뿜어져 나오자, 놀라 몸을 떨던 보초병이 허겁지겁 소총을 들어 무작정 그곳을 향해 쏘기 시작한 것이다.

"탕! 탕!"

갑작스런 총소리에 겐죠가 먼저 자리에서 일어나 군도를 움켜잡았다. 뒤이어 모든 부하들이 허겁지겁 총을 움켜잡고 정신없이 사격에 가세했지만 눈에 보이는 것은 아무것도 없었다.

다음날 아침……

겐죠는 몇 명의 스님들이 있는 원죽사(圓竹寺)라는 사찰에 겨우 도착해, 어딘가에 다시 한 번 무전을 급히 쏘아 보냈다.

원죽사는 큰 절은 아니었지만, 주위에 대나무가 원형처럼 빽빽이 들어차 있는 산속의 아담한 절터였다.

그의 부하들은 어젯밤 일에 예민해져 있는 터라 분풀이라도 하듯, 절간의 스님들을 모두 위협하고, 말리는 주지스님에게 폭력을 행사하는 것을 조금도 서슴지 않았다.

한 젊은 스님이 그런 광경에 울분을 참지 못하고, 일본군 앞에 나섰으나, 뒤에 서 있던 일본군중 한 명이 총검으로 사정없이 그의 등 뒤를 찌르는 바람에 그는 말없이 숨을 거두고 말았다.

모든 스님이 통곡을 하는 가운데 뒤늦게 겐죠가 이 광경을 목격하고 스님을 찔러 죽인 부하를 보고 불같이 화를 내며 시체를 치우라고 명령했다.

잠시 후 일본군들은 죽어있는 스님의 시체를 서둘러 치우고 나머지 스님들을 몽땅 쪽방에 감금한 뒤, 보초병을 제외하곤 휴식과 식사 준비를 서둘렀다.

　한 취사병이 한명의 스님을 위협해 음식 만들기를 독촉하고, 겐죠에
게 아부하듯 음식을 가져다 줬다. 겐죠는 음식을 앞에 두고 쌍안경으
로 절 주변을 감싸고 있는 대나무 숲을 자세히 살펴보고 있었다.

17

　사로를 찾아 헤매던 나는 밤새 무서움과 공포에 얼룩져, 나무뿌리가 있는 작은 흙 동굴에서 취침을 해결하고, 먼동이 터오자 계속 사로를 찾아 움직이기 시작했다.

　그러나 아무리 찾아도 사로의 흔적은 보이지 않았다.

　일본군과 격투를 벌이다 지도를 잃어버리는 바람에 방향도 잃고 갈 곳도 없어진 나는 할 수 없이 사로의 말대로 경성으로 발길을 돌리기로 결정하고, 때마침 멀리 눈에 띄는 사찰을 향해 힘없는 발걸음을 내디뎠다.

　내가 도착한 사찰은 숲속에 묻혀 고요하기 이를 데 없었으나, 사찰 주위가 온통 대나무 숲으로 빽빽이 들어차 있는 풍경이 꽤 인상적인 절이었다. 일주문(一柱門, 사찰의 들어서는 첫번째 문)을 걸쳐, 불이문(不二門, 사찰에서 본당에 들어서는 마지막 문)까지 들어섰지만, 스님들의 모습은 단

한명도 보이지 않았다.

　이상한 생각도 들었지만 모두 참선이라도 하는 게 아닐까 하는 생각으로, 조심스레 대웅전(大雄殿, 사찰 중앙)쪽으로 피곤한 몸을 이끌었다.

　하지만 대웅전 저만큼에서 첫 번째로 내 눈에 들어온 건 일본군의 모습이었다. 내가 도착한곳은 바로 겐죠가 주둔해 있는 원죽사(圓竹寺)였던 것이다.

　전에 일본군 포로에게 전해들은 곳이었지만, 피곤에 지쳐있는 내가 미처 그걸 생각 못한 것이다.

　금세 후회가 밀려왔다. 크게 놀란 내가 다시 방향을 돌리려 했지만 몸이 말처럼 쉽게 움직여주지 않았다. 우선 급한 대로 불이문 옆에 있는 큰 나무 쪽에 급히 몸을 숨기기로 했다.

　기회를 봐서 도망가려고 급한 대로 숨었지만, 보초를 서고 있던 일본군은 좀처럼 움직일 기미를 보이지 않았다. 등에 메고 있는 배낭속의 법복이 제일 걱정되었다.

　'내가 이런 실수를 저지르다니……'

　그때 어깨에 총을 멘 그가 내 쪽을 향해 다가오고 있었다.

　'법복을 숨겨야 한다.'

　그렇게 생각한 내가 다급한 마음으로 법복이 들어 있는 배낭을 나무위로 던져 놓기로 결정했다. 운이 좋았는지 하늘 높이 던져진 배낭은 잎사귀가 무성한 나무 위로 무사히 안착하는 데 성공했다.

　일본군이 바짝 내 앞으로 다가와 있었다.

　'이제 남은일은 법복이 있는 나무에서 떨어져, 민간인처럼 그 앞으로 나가는 것이다.'

　법복의 안전을 위해서 그렇게 결정한 내가 불쑥 나무 뒤에서 나와 그 앞으로 성큼 걸어 나갔다.

　그리고 재빨리 절에 불공을 드리러 온 사람처럼 합장(合掌)으로 그에게 반배를 하며 위장을 시도했다.

나의 출현에 그는 크게 놀랐는지 총을 겨누며 나에게 손을 들라고 큰 소리로 외치기 시작했다.

"손 들어라!"

내가 끌려 간곳은 겐죠의 앞이었다. 처음으로 겐죠를 만나본 나는 그를 유심히 바라봤다. 역시 사로의 말대로 빛나는 눈빛만큼, 영특함이 흐르는 그의 얼굴을 보니 보통 인물은 아닌 듯했다.

겐죠 앞에 무릎을 꿇고 손을 머리 위에 올린 나는 앞으로 닥칠 내 운명이 답답하기만 했다. 막 식사를 끝냈는지 겐죠가 입을 닦으며 나에 대해 묻기 시작했다.

"우리말을 할 줄 아는가?"

내가 그렇다고 고개를 끄떡였다. 그는 다소 의외라고 생각했는지 나를 유심히 쳐다보고 일본말은 어디서 배웠냐며 물어왔다. 난 선배한테 배운 실력이라고 말하고, 그 외에는 입을 굳게 다물었다.

"너는 누군가?"

겐죠가 다시 물었다. 나는 장사꾼으로 지나는 길에 불공을 드리러 온 평범한 사람이라고 말했지만, 내 행색을 위아래로 살펴본 그는 나에게 작은 실소를 보냈다.

그도 그럴 것이 내 행색은 누가 봐도 불공을 드리러 온 복장은 아니었으므로, 그가 그렇게 생각하는 것도 무리는 아니었다. 그가 나를 다시 유심히 바라보았다.

"손바닥을 내밀어라."

갑자기 그가 나에게 손바닥을 요구했다. 나는 영문도 모른 채 주춤거리다 손바닥을 펼쳐보였다.

그가 내 손을 잡아 손바닥을 펼쳐보았다. 순간 나는 속으로 '앗차!' 싶었다. 왜냐하면 내 손바닥은 여자처럼 고왔으며, 얼굴 또한 장사꾼이라고는 믿어지지 않을 만큼 좋은 혈색을 가지고 있었기에, 장사꾼이라고 한 것은 금세 들통 날 거짓말이었던 것이다.

그도 그걸 눈치 챘는지 천천히 허리에 찬 군도를 꺼내들었다. 말할 수 없는 후회와 공포가 나를 엄습해 왔다.

그러나 그런 생각을 하기에도 너무나 짧은 순간이었다. 갑자기 칼을 빼어든 그가 빠른 속도로 내 목을 향해 긴 칼을 휘두른 것이다.

"휭!"

칼 소리가 허공을 그었다.

'죽었구나.'

그러나 그의 칼날은 내 목에서 한 치의 오차도 없이, 쌀 한 톨 정도의 공간을 남기고 목에 닿는 순간 멈추어 섰다.

"야츠(녀석)!"

그가 칼을 거두며 내뱉은 나에 대한 최초의 비아냥거림이었다.

난 간신히 눈을 떴지만, 두려움에 침이 말라 아무 말도 하지 못했다.

"너는 아니다."

그렇게 말한 그는 들고 있던 군도를 다시 칼집에 쑤셔 넣었다. 난 당시만 해도 그가 왜 그런 말을 내뱉었는지 알 수 없었다.

후에 안 사실이지만, 그는 간밤에 부하들에게 피해를 줬던 범인이 나일지도 모른다는 생각을 했던 것 같았다.

그러나 자신의 부하들을 공격하기에는 약한 내 모습이 어딘가 모르게 석연치 않음을 느끼고 칼을 거둔 것이다. 그는 부하들을 시켜 내 몸을 수색해 보라고 지시했다.

법복을 나무 위에 숨겨 놓은 것이 천만다행이라고 생각했다.

몸수색을 끝낸 부하가 이상 없다고 보고하자, 망원경을 꺼내 주변 숲 속을 살펴보던 겐죠는 뭔가 이상한 느낌이 들었는지, 부하들에게 사찰 구석구석을 수색해 보라고 명령했다.

사찰의 입구인 일주문과 불이문 밖, 그리고 대나무 숲까지 모든 사찰의 수색이 시작됐다.

난 제발 나무 위에 숨겨둔 법복이 무사하기만을 기도했다. 그러나 돌아보니 일본군 한 명이 법복이 숨겨진 나무 근처에서 서성이는 것이 목격됐다. 순간 머리에 둔기를 맞은 듯 현기증이 밀려왔다.

'제발 법복을 무사히 지켜주소서……'

그 바람대로 다행히 나무 옆에 있던 일본군이 위를 살펴보지 않아, 배낭을 발견하지 못했으므로 수색은 거기서 멈춰 졌다.

겐죠는 나를 끌고 가라고 명령했다.

나를 끌고 간 곳은 스님들이 붙들려 있는 작은 방으로 스님들이 참선하는 선방(禪房)이었다.

난 일본군의 사정없는 발길질에 스님들 앞에 꼬꾸라졌다. 젊은 스님의 죽음에 슬픔에 빠져 있던 스님들이, 끌려온 나를 보고 상당히 놀랐는지 몸을 황급히 일으켜 세웠다.

그들의 눈에는 촉촉한 이슬이 맺혀 있었다. 영문을 몰라 했지만 슬퍼하는 스님들의 사연을 듣고 보니, 일본군의 악행에 온몸에 전율이 일어났다.

그러나 사로도 없는 현실에서 달리 어찌할 수도 없는 일이었다. 시간이 지나자 나의 출현에 스님들이 조심스레 말을 걸어왔다. 방구석 한쪽엔 주지스님이 머리에 피 묻은 천을 감싸고 등을 돌린 채, 죽은 젊은 스님을 그리며 슬픔에 젖어 있었다.

"여긴 어쩐 일이십니까?"

한 스님이 걱정스럽게 물었지만, 사실대로 애기할 수도 없는 처지라, 산에 약초를 캐러 왔다가 길을 잃어 잡혔다고 변명하고 모두에게 합장으로 인사를 올렸다. 그러나 내 머릿속에는 오로지 나무 위에 숨겨놓은 법복 생각뿐, 다른 생각을 할 수는 없었다.

'어떻게 해서든지 법복을 가지고 이곳에서 빠져 나가야 한다.'

그러나 일본군은 쉽게 사찰에서 물러날 기미를 보이지 않았다. 전에 포로에게서 듣던 대로 겐죠는 이곳에서 그의 특수대원들을 기다리고 있는 것이 확실했다. 난 스님들에게 자세한 도움도 청할 수 없었으므로, 방 앞을 지키고 있는 일본군의 동태를 살피며 조용히 이 사태를 지켜보기로 했다.

그러나 한 두 시간이 흘렀을 때였다.

갑자기 거친 군화발 소리와 함께 일본군 몇 명이 '우르르' 방안으로 들이닥쳤다. 그리고 사납고 거친 말투로 나에게 온갖 욕설을 퍼부으며 밖으로 끌고 나갔다.

'혹시……'

법복이 발견된 것으로 생각한 내가 최후를 상상하며 끌려간 곳은 다시 겐죠의 앞이었다.

그러나 그 앞에서 엉뚱하게 내 시선을 어둡게 한 것은 차마 믿을 수 없는 내 시간속의 과거였다. 나와 격투를 벌이고, 몸이 부스러지도록 맞아 죽은 그 일본군이 머리에 피가 말라붙은 채 겐죠 옆에 앉아 있는 것이었다.

믿기 어려운 현실에 놀란 내가 다시 한 번 눈을 씻고 그를 바라봤으나, 그는 분명 나에게 맞아죽은 그 일본군이 틀림없었다.

꼭 죽은 사람이 귀신이 되어 살아온 듯한 느낌이었다. 그는 분명 내 마비단과 몽둥이에 맞아 죽었던 사람이다. 그런데 어떻게 버젓이 살아서 겐죠옆에 앉아 있단 말인가.

그는 사납게 독기어린 눈으로 날 쏘아보고 있었다. 난 법복이 발견되지 않은 것은 천만다행이지만, 이제 내 목숨은 끝장이구나 하고 생각하니 모든 것이 허무해졌다. 도저히 벗어날 길이 없었다.

겐죠가 다시 군도를 빼들었다. 눈을 감았다. 그러나 그는 칼날을 매만지며 묵직한 어조로 나에게 몇 가지 질문을 던졌다.

"사실대로 말하면 살려주마. 네 일행은 어디 있느냐?"

모든 게 모르는 일이라고 말할 수는 없었다. 증인이 내 옆에 저렇게 살아 돌아와 있지 않은가. 결국 난 사실대로 사로와 헤어진 애기를 하고 말았다.

그러나 법복에 관해서는 한마디도 발설하지 않았다. 그러나 겐죠는 사로의 행방만큼이나 부적에 대한 행방도 무척 궁금했는지 나에게 다시 물어왔다.

"부적은 어디 있는가?"

난 처음엔 무슨 말이냐고 대꾸했지만, 옆에 있던 사사끼라는 이름의 야무지고 사나운 부하의 발길질에, 법복은 존재하지 않았다는 거짓말로 위기를 모면했다.

그러나 겐죠는 실소를 하며 내 말을 믿지 않은 듯, 칼을 칼집에 꽂아 넣고, 부하들에게 알 수 없는 눈짓을 보냈다. 사사끼와 몇몇의 부하들이 거칠게 나를 일으켜 세웠다.

부하 두 명이 양팔을 붙들고 늘어서자, 거친 숨을 몰아쉬던 사사끼가 사납게 군복 상의를 벗어 젖혔다. 분명 나에게 폭력을 행사하려는 게 틀림없었다.

그리고 마침내 내가 우려했던 대로 그의 힘 있는 주먹이 나의 얼굴에 날아들기 시작했다. 일본군에게 맞아본 것은 이번이 벌써 세 번째였다. 그러나 계속 퍼붓는 그의 주먹은 난투극을 벌이는 거하곤 차원이 달랐다.

너무 고통스러웠다. 자존심도 무너졌지만, 덩치 큰 군인의 주먹 맛은 무시무시할 정도로 얼굴 전체가 얼얼했다.

사로가 생각났다. 지금쯤 무얼 하고 있는지가 궁금했다. 이번 모험을 하게 만든 그 독립군도 생각났다. 지금쯤 어디에서 일본군과 당당히 맞서고 있을 것이 틀림없었다.

최 노인은 감옥에서 어떤 고초를 겪고 있는가? 야학당을 개설해 일본군에게 고초를 겪고 있을 내 친구도 생각났다.

버텨야 한다. 여기서 모든 걸 말한다면 난 평생 씻을 수 없는 과오를 안고 살아가게 될 것이다. 내 입에서 붉은 피가 터져 나왔다.

난 겐죠에게 반강제적으로 친구를 따라 나선 거며, 일본군의 목숨을 살려준 것도 나라며, 인정어린 호소를 하기 시작했다.

이런 하소연에 겐죠옆에서 부상당한 그 일본군이 난처한 듯 얼굴이 붉어졌다. 그러나 겐죠는 내가 아직 많은 비밀을 숨기고 있다고 생각한 듯, 그의 부하 사사끼의 폭력을 그대로 방관한 채, 이내 굳은 표정으로 그 자리를 떠나버렸다.

폭력은 계속되었다.

정신이 하나도 없었다. 어디를 어떻게 맞았는지 생각이 도무지 나지 않았다. 얼마쯤 맞으니 얼굴에 감각이 없어지고, 맞기가 오히려 편안해졌다. 그리고 그런 내 눈에 어느새 잠이 쏟아지고 있었다.

얼마쯤 시간이 흐르자 내가 눈을 떴다.

얼굴이 퉁퉁 부어 앞이 잘 보이지는 않았으나, 일본군이 세워놓은 사찰 마당의 나무 기둥에 내가 꽁꽁 묶여 있는 것은 틀림 없었다.

그리고 나의 목에는 '7시까지……' 라는 일본군의 팻말이 걸쳐 있었다. 아마 내 동료인 사로에게 협박성 있는 경고인 듯했다. 당시 겐죠는 자신의 부하들과 법복이 사라진 것이 모두 우리 때문이라고 생각하고 이런 일을 벌인 것이 틀림없었다. 나는 사로가 이 근처에 있다고 생각하지 않았지만, 겐죠는 나와는 달리 사로가 이 근처에서 자신들을 지켜보고 있다고 느꼈는지, 그런 팻말을 붙여 사로를 항복하게 하자는 심산이었다.

물론 이 팻말대로라면 난 내일 아침 7시에 죽음을 당하겠지만, 나무에 묶인 고통보다는 죽음을 목전에 두었다고 생각하니 소름이 끼쳐왔다. 그러나 숲 속 어느 근처에도 사로의 모습은 보이지 않았다.

내 생각엔 사로가 있다 해도 날 구하러 오진 않을 거라고 생각했다. 왜냐하면 그들은 분명 사로를 기다리며 어느 곳에 총을 겨냥한 채 잠복하고 있을 게 뻔했기 때문이었다.

내가 그렇게 생각한 것은 나를 감시하는 일본군이 내 주위에 단 한 명도 보이지 않았기 때문이었다. 내 얼굴에 고여 있던 핏물이 조용히 땅 바닥에 이슬처럼 떨어져 내렸다.

밤이 찾아왔다.

구름 사이로 얼굴을 내민 달빛이 온 사찰을 밝게 비추었다.

사사끼에게 맞은 얼굴이 많이 부어 있었지만, 고통은 차츰 회복 기미를 보였다. 가끔 사찰 속 산새들의 울음소리에 내 신세가 처량하게 느껴졌지만, 미래가 불확실한 이상 모든 것은 잊기로 했다.

그렇게 얼마 동안 시간이 흘렀다. 온몸이 쑤셔왔다.

이제 날이 밝고 얼마 후면 난 죽게 될 것이다. 사찰의 젊은 스님도 죽이는 놈들인데, 나 하나쯤 죽이는 것은 식은 죽 먹기라고 생각하니 기나 긴 한숨이 저절로 새어나왔다.

그러나 만약 죽게 된다면 떳떳하게 죽음을 맞이하고 말 것이라고 속으로 다짐하며 모든 것을 털어버리기로 했다.

묶인 손끝이 저려왔다. 그런데 그때였다.

60대의 한 스님이 사찰을 가로질러 내가 묶여 있는 곳으로 다가오고 있었다. 바가지에 물을 떠서 내 갈증을 덜어주고 싶었던 모양이었다.

스님은 울먹이며 나에게 합장인사를 하고, 서둘러 물바가지를 나의 입술에 조심스럽게 갖다 대었다. 마침 갈증이 심했던지라 그 물맛은 어느 것과도 비교할 수 없을 정도로 깊은 꿀맛과 같았다.

나는 스님에게 고맙다고 인사를 하고 싶었다.

그러나 내 말문이 열리기도 전에, 어디서 나타났는지 겐죠의 부하 한 명이 물을 주는 스님의 머리를 사정없이 후려갈기기 시작했다.

총의 개머리판으로 머리를 맞아선지 스님은 바닥에 맥없이 꼬꾸라졌다. 묶여 있는 나의 손마디가 두 주먹으로 바뀌어져 불끈거려졌다. 일본군은 기분이 몹시 상했는지 꼬꾸라져있는 스님을 향해 몇 차례 군화발로 짓밟으며, 입술과 머리에서 흥건하게 피를 흘리게 만들었다.

그래도 스님은 다시 한 번 나에게 깨진 물바가지를 건네다가, 일본군의 혹독한 매질 앞에 이내 그 자리에서 정신을 잃고 말았다.

나의 온몸이 부르르 떨려왔다.

잠시 후 일본군은 어느 정도 분이 풀렸는지 숲 속을 경계하다가, 이내 쓰러진 스님의 목덜미를 잡아끌고 어디론가 사라져버리고 말았다.

난 사로가 왜 그렇게 일본군을 미워하는지 알 것 같았다.

불심도 필요없다. 살생 운운하고 싶지도 않았다. 대자대비하신 부처님도 이런 일을 당하면 나 같은 마음일 거라고 불경스런 생각도 하기 시작했다. 그리고 이곳에서 살아난다면, 다음부터는 내가 앞장서서 일본군을 꼭 죽이리라고 마음을 고쳐먹었다.

아침이 밝아왔다. 그리 반가운 아침은 아니었지만 내가 제일 궁금한 것은 법복이었다. 눈을 떠서 나무 위를 바라보았다. 희미한 내 시야에 어렴풋이 나무가 들어왔다.

그런데 이게 웬 날벼락인가.

나무 위에 있는 법복이 감쪽같이 사라진 것이 아닌가. 배낭을 거기 올려 둔 것이 분명한데, 감쪽같이 배낭이 사라진 것이다. 머리가 쑤셔 오기 시작했다. 도무지 믿을 수 없었다.

일본군이 가져갔다면 벌써 소란을 피웠을 것이다. 하지만 간밤에 아무런 소란도 없었다. 마음을 진정시키기로 했다.

'그럼. 혹시 사로가……'

생각이 거기까지 미치자, 사로가 내 주변에 있다는 생각에 온몸에 힘이 솟구쳐왔다. 주변 대나무 숲 속을 자세히 바라봤다. 그러나 사로의 모습은 보이지 않았다. 숲 속 어딘가에서 분명 나를 바라보고 있을 텐데 도무지 찾을 길이 없었다.

그러나 어딘가에 있을 친구를 생각하니 용기가 저절로 치솟아 죽음도 무섭지 않았다. 그가 바라보는 곳에서 용감하게 죽음을 맞이할 수만 있다면 그보다 더 영광스런 일도 없을 것 같았다.

난 얼굴에 미소를 담고, 더 바랄 것도 없이 죽음의 7시를 기다리기로 했다. 법복은 이미 사로의 손에 넘어갔으니 이제 두려울 게 없었던 것이다.

잠시 후, 겐죠는 간밤에 수확이 없었는지 피곤한 몸을 이끌고 부하들과 함께 뜰 앞에 모습을 나타냈다. 그는 몹시 상기된 표정으로 숲 속을 향해 무서운 표정으로 욕을 해댔다. 그리고 자신의 약속대로 부하를 시켜 나를 죽이라고 명령했다.

나와 격투를 벌이다 머리가 터졌던 그가 겐죠 앞으로 잽싸게 뛰어나갔다. 그는 나에게 맞은 감정이 아직 사라지지 않은 듯, 겐죠에게 정중히 자신이 총살시킬 수 있는 영광을 달라고 부탁했다. 겐죠는 잠시 그런 우리를 번갈아 바라보다가 고개를 끄떡였다.

"허락한다."

겐죠의 허락이 떨어졌다.

그는 신바람이 났는지 동료의 총을 뺏어 무섭게 내 앞으로 다가왔다. 그리고 독살스런 표정으로 다가온 그는 방아쇠를 당기기 전에 먼저 내 얼굴에 침부터 뱉기 시작했다.

난 그런 그의 행동에 맞서 죽이고 싶을 정도로 그가 미웠지만, 아무것도 할 수 없는 것이 한탄스러웠다. 이윽고 다소 분이 풀린 그가 몇 발자국 떨어져 나의 가슴에 총을 겨누었다.

생각했다. 지금쯤 어딘가에 사로가 숨어서 이 광경을 지켜보고 있을 것이다. 구해주지 않는 사로가 미울 수도 있었지만, 난 그렇게 생각하지 않기로 했다.

지금 그가 나를 구하러 나선다는 건 바보 같은 짓이기 때문이었다. 입장을 바꿔 내가 숲 속에 숨어 있더라도 난 나서지 않았을 것이다. 이런 상황에서 겐죠 앞에 나선다는 건, 둘 다 죽음을 자초하는 거나 다름없기 때문이었다.

눈을 감았다.

친구를 잠시라도 배신한 대가를 나는 지금 치르고 있는 것이다. 혼자 살겠다고 말도 안 되는 그의 감언이설(甘言利說)에 쉽게 동조해, 친구를 저버리는 의리 없는 나의 죽음인 것이다.

난 친구에게 마음속으로 마지막 인사말을 남기기로 했다.

'그 동안 함께해서 즐거웠네. 친구…… 자넬 만난 것이 나에게는 최고의 행운이었네.'

그가 나를 향해 정조준을 했다. 모든 일본군이 재미있다는 듯 이 광경을 지켜보고 있었다. 이제 총소리가 울리기만을 기다렸다.

총을 겨냥한 일본군 뒤로 사사끼라는 놈이 뭐가 그리 즐거운지 킬킬대고 있었다.

이윽고 한눈으로 정확하게 나의 가슴을 겨냥한 그가 방아쇠를 당기는 순간, 바로 그 순간이었다.

"탕!"

어디선가 적막을 깨며, 한 발의 총성이 먼저 허공에 울려 퍼졌다. 내가 감고 있던 눈을 뜨자, 날 겨냥했던 그 일본군은 이미 관자놀이에서 시뻘건 피를 분수처럼 뿜어대며 맥없이 땅바닥에 나뒹굴고 있었다. 잽싸게 몸을 웅크린 겐죠가 그의 부하들과 함께 뜻밖의 상황에 크게 허둥대기 시작했다.

"탕!"

이어 또 한 발의 총성이 허공에 울리자, 모두들 우왕좌왕하는 사이 또 한 명의 부하가 가슴에 총을 맞고 땅 바닥에 힘없이 쓰러졌다.

상황은 무섭게 변해가고 있었다. 아마도 친구를 총살시키는 것에 대한 내 친구 사로의 반감(反感)이 분명했다.

"탕!"

또 한 발의 총성이 허공에 울려 퍼졌다. 순간 겐죠가 움츠리며 내가 묶여 있는 나무 기둥에다 칼을 휘둘렀다. 묶여 있는 내 손목의 밧줄이 풀어지자, 그는 신속하게 내 목에 칼을 들이대고 나를 방패삼아 주변 엄폐물을 찾아 들었다.

그는 내 목에 칼을 들이댄 채, 총소리가 났던 대나무 숲 속을 날카로운 눈매로 바라보았다. 몇 명 남지 않은 부하를 데리고 함부로 나설 수도 없는 상황을 알고 있는 그가 답답한 듯 긴 한숨을 몰아쉬었다.

사로에게 큰 빚을 진 기분이었다. 하지만 이미 나 자신도 포기했던 생명을 살리려고 무리한 수를 둔 것은 그 답지 않는 행동이었다.

'고마운 친구⋯⋯.'

다시 고요가 찾아왔다. 정오 때쯤이었다.

겐죠는 더 이상 사로의 공격이 없을 것이라고 판단했는지, 부하들을 모두 이끌고 엄폐물에서 나와 급히 무전을 타전하라고 명령했다.
그리고 숲 속을 향해,

　"게스(げす, 쌍놈)……."

라고 외쳐대며 내가 묶여 있던 나무 기둥을 가지고 있던 칼을 빼들어
몇 조각으로 동강내버렸다. 실로 무서운 힘과 기술이었다. 저 칼에 내
목이 떨어져 나갈 걸 생각해 보니 온몸에 소름이 쫙 끼쳐 왔다.

　그렇게 얼마나 시간이 또 흘러갔다.

　손을 머리 뒤로 깍지 끼고, 무릎 꿇고 앉아 있는 나에게 겐죠가 친구
에 대해 물어왔다.

　"네 친구에 대해 말해봐라. 그는 누구인가?"

　난 처음엔 발설하지 않았지만, 이왕 이렇게 된 거 겐죠의 사기를
죽이기 위해서라도 다 말해야겠다고 생각하고, 자신 있는 일본말로
그는 조선 최고의 역사학자며, 지혜와 용맹은 감히 누구도 따라올 수
없는 조선의 영웅이라고 힘주어 피력했다.

　내가 말을 마치자, 처음엔 조소했지만 그가 어딘지 모르게 불안한
심경을 드러낸 것은 분명했다. 나는 다행히 사로 덕분에 목숨은 구했
지만, 앞으로 헤쳐 나갈 일이 막막했다. 사로의 안부도 걱정되었다.

　그렇게 또다시 시간이 흘러갔다.

　이제 남은 군인들이 겨우 3명뿐이라고 생각하니 왠지 기분이 좋아
졌다. 이 정도 숫자면 언제든 사로가 마음먹기에 따라 이길 승산이
커보였기 때문이었다. 물론 그전에 내가 죽을지도 몰랐지만 그런 것은
이제 두렵지가 않았다.

　그러나 모든 것이 내 뜻대로 움직여주지 않는 것이 하늘의 이치였
다. 갑자기 사찰 밖이 소란스러워 뒤돌아보니 약 20여 명의 일본군들
이 대웅전으로 들이닥치고 있었다.

　겐죠가 그토록 기다리던 본격적인 유물탐사를 위해, 본국에서 만들

어진 정예부대라고 불리는 특수대원들이었다.

모두가 한 줄로 서서 겐죠에게 경례를 붙였다. 겐죠의 뜨거운 포옹이 시작되었다. 서로의 친밀감을 유감없이 발산하고 있는 그들은, 내가 봐도 보통 군인들은 아니었다.

큰 등치들 만큼이나 인상도 험했으며 복장은 군인 복장이었지만, 다부진 체력과 날카로운 눈매는 그 이상이 분명했다.

그러나 그 중에 군복 차림이 아닌, 유일한 한 사람이 내 눈에 들어왔다. 60대 후반의 승복 차림으로 머리에 삿갓을 쓰고, 정중히 겐죠 앞에 불교식 합장으로 인사하는 스님의 출현이었다.

겐죠 또한 정중하게 합장으로 예를 갖추며 인사했다. 그의 그런 태도로 봐서, 그는 아마도 자신이 존경하는 스님이 아닌가하는 막연한 추측이 들었다.

일본승은 나에게도 합장(合掌) 반배를 해주었다. 그리고 부하들을 시켜 나를 일으켜 세워줬는데, 그런 그의 태도로 봐서 비록 국적은 달라도 불가의 자비로움은 똑같다는 걸 느끼게 해주었다.

나는 감사의 표시로 그에게 답례로 인사했다.

겐죠도 우리 둘의 이런 광경을 보고 있었지만, 제지하지 않는 걸 보면, 그가 분명 겐죠보다 한 수 위인 사람으로 대접받고 있는 것은 분명했다.

후에 안 사실이지만 그는 일본의 히에이산[比叡山]에서 불법을 닦고 있는 신가(眞雅)라는 법승으로, 이번 모험에 불화의 행적과 그 비밀을 풀기 위해, 겐죠의 초청으로 이곳에 오게 된 스님이란 걸 알게 되었다.

잠시 후, 겐죠는 모든 부하들에게 다시 재정비를 지시하고 첫 목적지를 향해 발걸음을 옮기기 시작했다. 사사끼의 감시를 받으며 때 아닌 포로가 된 나도 결국 그들과 함께 원죽사를 떠날 수밖에 없었다.

어이없는 결과였지만 그가 왜 날 살려주었는지 그때는 몰랐다. 하지만 무엇보다 내가 다행스럽게 여긴 것은, 사찰을 떠나면서 그곳의 스님들에겐 더 이상 행패는 벌이지 않았다는 사실이었다.

불행 중 천만다행이었다.

내가 그렇게 원죽사(圓竹寺)를 떠났을 때, 겐죠를 포함한 모든 군인들의 숫자는 경성에서 데려 온 3명을 합쳐, 모두 24명으로 불어나 있었다.

18

모험은 새로운 장으로 치닫고 있었다.

사로가 아닌 겐죠의 포로가 되어 일본군과 모험을 함께 한 나는, 이 암울한 현실에 쉽게 적응하지 못했다.

군인 숫자가 많아선지 그들은 나에게 결박을 지우지 않았지만, 그 대신 사사끼의 철저한 감시를 받으면서 빠른 행군을 계속됐다.

시간이 갈수록 겐죠가 자랑하던 부하들의 능력은 다른 군인들과는 사뭇 달라 보였다. 민첩성과 일사 분란한 행동, 그리고 남다른 충성심은 그가 자랑스럽게 내세울 만한 부하들임이 분명했다.

사로가 걱정되었다. 이 많은 숫자를 상대로 어떻게 불화의 발굴을 막는단 말인가. 포로가 된 나도 걱정이었지만, 불화를 막을 사로를 생각해보니 내 입에서 나도 모르게 한숨이 쏟아져 나왔다.

해가 질 무렵……

특수대원들과 경성군인 3명을 포함한 23명의 군인들은 일사분란하게 겐죠의 지시대로 불화의 단서가 있을, 월상암(月像庵) 근처까지 모두 전진해 있었다.

그러나 빈틈없이 움직이는 겐죠의 특수대원들과 사사끼의 감시 속에서, 나는 단 한 번의 탈출 기회도 얻지 못한 것이 못내 아쉬웠다.

밤이 되었다.

나는 일본군이 던져주는 몇 숟갈의 음식을 얻어먹고, 계속 고된 강행군을 하고 있었다. 늙은 나이에도 불구하고 신가라는 법승의 체력은 보통이 아니었다. 몸으로 봐서 지칠 만도 한데, 연속된 강행군에도 그는 젊은 사람 못지않게 끄떡이 없었다.

난 다시 한 번 나의 체력에 깊은 상처를 입고, 그들이 이끄는 대로 지친 몸을 이끌고 숨 가쁘게 따라가고 있었다.

밤새 그렇게 움직여 우리가 도착 한곳은, 전에 겐죠가 첫 번째 경성 군인들을 데리고 갔다가 실패했던 월상암(月像庵)이란 작은 암자였다.

그곳은 이미 폐허가 된 암자였다.

현판(懸板)의 글씨도 겨우 희미하게 남아 있었으며, 어느 곳 하나 성한 데가 없는 그야말로 이미 무너져 내린, 공터 같은 곳이나 다름없었다.

하지만 분명 그 옛날 이곳에도 참선을 위한 암자가 존재했던 곳만은 확실했다. 주변에 깨진 기왓장이며, 암자의 구조물이라고 할 수 있는 주춧돌, 그리고 군데군데 지저분하게 널려 있는 앙상한 목조들이 그것을 입증하고 있었다.

겐죠가 먼저 문서를 꺼내들고 한참 동안 그 곳을 둘러보다, 신가를 불러 깊게 상의했다. 그러나 신가는 뭔가 잘못됐다는 듯 고개를 설레설레 흔들며, 뭔가에 부정하는 의미를 보내자, 겐죠는 깊게 한숨을 내쉬며 군인들에게 다시 행군 준비를 명령했다.

그러나 신가가 그 명령을 차단시켰다.

"모두들 지친 것 같은데, 오늘 밤은 이곳에서 쉬고 내일 새벽 다시 출발하세. 빠른 행군도 좋지만 잘못하면 무리가 뒤따르니 각별히 유념하는 게 좋겠네."

겐죠는 신가의 말에 순종하듯 자신의 명령을 풀고, 오늘 밤 야영을 이곳에서 하라고 다시 명령했다.

나도 체력이 다 소모됐으므로 더 이상 진군하지 않는 것이 천만다행이라고 생각하고, 비록 적군이지만 휴식을 권유한 신가가 고마웠다.

그러나 편한 휴식이 내겐 너무 과분했던지, 부하 중 재수 없는 사사끼가 나를 밧줄로 꽁꽁 묶어 놓고 모처럼의 편안한 휴식에 제동을 걸고 말았다.

신가도 그런 내 모습을 봤지만, 오히려 사사끼의 철저한 군인정신에 만족한 듯 멋쩍은 미소를 지어 보이고 있었다. 전에 봤던 신가의 자비스런 태도와는 이해할 수 없는 또 하나의 신가를 보는 듯 했다.

사방이 고요했다.

계절은 봄이었지만, 깊은 산속이라 제법 쌀쌀한 기운이 돌아선지 큰 장작불을 밝히고 겐죠의 부하들이 차례대로 보초를 섰다.

나머지 군인들도 겐죠가 신경 쓰지 않도록 두 명씩 한 조를 짜서 주변을 수색하고 있었다. 역시 겐죠가 자부할 만큼 일사분란하게 움직이는 특공대다운 면모를 보여주는 행동이었다.

내가 감시를 받으며 쉬는 동안, 겐죠는 신가와 뭔가를 계속 상의하다가 가끔씩 나를 힐끗힐끗 쳐다보았다. 추측건대 뭔가 일이 안 풀린다는 느낌이 들었다.

겐죠는 불화가 있는 3곳 중 이곳이 잘못된 장소인 것이 확실하다고 판단했는지, 손에 들고 있던 몇 장의 서류를 찢어 불 속에 던져 넣었다. 한숨을 내쉬는 겐죠를 신가가 위로하고 있을 때였다.

"탕!"

난데없이 숲 속에서 한 발의 총소리가 울려 퍼졌다. 나와 일행 모두가 몸을 움츠렸다. 군인들도 모두 몸을 숙이고 사방을 경계하며 바닥에 그대로 엎드려 있었다.

나는 혹시 사로에게 무슨 일이 일어난 건 아닌가 하는 불안한 생각이 들었다. 겐죠도 총소리에 촉각이 곤두섰는지 권총을 빼들고 신가를 보호하며 주위를 살피고 있었다.

그러나 잠시 후, 어이없는 이 상황은 놀랍게도 경성에서 데려온 군인들이 토끼를 사냥하기 위해 총을 발사한 것으로 확인되었다.

겐죠가 불같이 분노했다. 그리고 그들을 불러 뺨을 때리며 크게 나무라자, 그들은 자신들의 위치가 사로에게 노출된 것에 뒤늦은 잘못을 깨달았는지, 연신 사죄하며 겐죠 앞에 무릎 꿇고 용서를 빌었다.

경성에서 데리고 온 군인들의 미숙한 실수였다.

난 사로에게 무슨 일이 없었던 게 다행이었지만, 앞으로 우리 둘의 행보를 생각하니 이만저만 걱정이 아니었다.

새벽이 되었다.

발로 내 어깨를 툭툭 치는 사사끼에 의해 눈을 떠보니, 나 몰래 허기진 배를 채운 일본군들이 서둘러 다음 행선지로 떠날 준비를 하고 있었다.

허기진 내가 사사끼에게 먹을 것을 달라고 부탁했다. 그러나 그는 그런 나를 비웃듯이 밥통에다 흙을 퍼주며, 날 골탕 먹이는 게 재미있다는 듯 연신 킥킥댔다.

출발은 다시 시작됐다.

모든 부하들이 발 빠르게 움직였다. 나는 간밤에 총성으로 사로가 지금쯤 내 위치를 파악할 수 있을 거라고 생각했다.

다음 행선지가 어느 곳인지는 몰랐지만, 분명 겐죠는 불화의 열쇠가 적혀 있을 나머지 두 곳 중 한 곳으로 이동 중인 것은 분명했다.

'저 문서의 내용을 사로와 내가 볼 수만 있다면……'

내가 그런 생각을 하며 정오쯤 돼서 겐죠를 따라 도착한 곳은 험난한 산 기슭으로, 어찌나 숲이 울창했던지 풀숲에 가려 한치 앞도 잘 보이지 않는 험한 계곡이었다.

겐죠가 모두에게 숲 속을 조심하라고 명령했다. 그가 그렇게 명령한 것은 전에 그에게 가져다 준 호랑이의 공포 때문이었다. 경성에서 온 군인들은 그 상황을 잘 알고 있었으므로, 그들 또한 경계심이 극도로 커져 있었다.

그렇게 한참을 가고 있는데, 술지어 행군하는 군인 하나가 뭔가에 목이 물렸는지, 자꾸 손으로 목을 긁기 시작했다.

벌레일 거라 생각했지만 잠시 후 그가 갑자기 헛구역질을 하며, 내 앞에서 큰 발작을 일으키기 시작했다. 깜짝 놀란 나는 다급하게 주변 숲 속을 둘러보았다.

생각할 필요도 없었다.

분명 사로가 주변에 있다는 것을 나에게 알리는 신호가 분명했다. 내 입가에 묘한 웃음이 번졌다. 헛구역질을 해대는 군인은 분명 마비단을 맞은 게 확실했다.

시간이 갈수록 그가 걷지도 못할 정도로 심한 통증을 호소하자, 앞서 가던 겐죠도 그의 증상을 보고 잠시 행군을 멈추었다.

하지만 그도 마비단을 맞은 부하의 증상을 치료하기엔 어쩔 수 없었는지, 신가와 함께 그를 살피다가 독벌레에 물린 것으로 끝내 결론 내리고 말았다. 사로가 이 근처에 있다고 확신한 나의 온몸에 힘이 불끈 솟아올랐다. 겐죠는 서둘러 의무병한테 치료를 부탁하고, 다들 독벌레를 조심할 것을 부하들에게 당부했다. 그러나 의무병의 치료에도 불구하고 그의 증상은 좀처럼 호전되지 않았다.

마비단의 위력은 실로 대단했다. 겐죠는 늦어지는 행군에 불만을 품었는지, 불편한 심기를 드러내며 주변에 있던 벌레들을 상대로 화풀이를 해댔다.

마비단에 중독된 부하는 죽은 듯 아무런 움직임도 보이지 않았다. 겐죠는 아무래도 이상한 듯 쓰러져있는 그의 목에서 뭔가 이물질을 발견하고, 손가락으로 그것을 채취해 냄새를 맡아보다가 이상한 생각이 들었는지 나를 무심코 바라봤다.

하지만 나는 시치미를 떼고 무표정하게 있었으므로, 다행히 그의 의심을 피해갈 수 있었다.

하지만 그는 전에 원죽사에서 나와 격투를 벌이다 살아 돌아온 그의 부하가, 내가 입에 환약을 집어 넣어 몇 시간 동안 혼수상태에 빠졌다는 보고를 상기하고 있는 듯했다.

그러나 환약을 목에 맞고 그런 증상이 오리라곤 꿈에도 상상 못한 겐죠는 한 시간 이상을 소비하다가 다시 진군을 개시했다. 그러나 한참을 가던 도중 그들 앞에는 생각지도 못한 난관이 펼쳐졌으니, 그것은 피비린내 나는 살육전이었다.

한참을 가다 계곡을 끼고 막 돌아서는 순간이었다.

어디서 나타났는지 모를 열대여섯명쯤 되어 보이는 민간인들이 무거운 석함을 어깨에 메고 한 줄로 계곡을 돌아 나오다, 겐죠의 부대와 딱 마주치고 말았던 것이다.

겐죠의 부하들은 화급히 놀라 모두가 총을 빼들고, 열대여섯명의 민간인들을 향해 총을 겨누었다. 민간인들로 보이는 그들 모두도 허리에 찬 사무라이 칼과 사냥총을 빼어들었다.

생각지도 못한 일이 벌어진 것이다.

모두가 한 치의 양보 없이 살벌한 눈초리로 서로를 향해 경계심을 품고 있을 때, 겐죠가 먼저 긴 칼을 빼들고 앞으로 나서며 외쳤다.

"너희들은 누구냐?"

이에 상대 쪽에서도 대장 격으로 되어 보이는 한 남자가, 무리 속을 헤쳐 나오며 사무라이 칼을 빼들고 일본말로 크게 대꾸했다.

"그러는 너희들은 누구냐?"

그렇게 말한 사나이는 대략 30대 젊은 나이로, 사냥꾼 복장을 하고 있었지만 사냥꾼같이 보이지는 않았다. 손과 허리춤에 사냥한 흔적도 보이지 않았으며, 나머지 사람들도 사냥한 흔적은 전혀 찾아볼 수가 없었기 때문이었다.

소리친 그는 야무진 얼굴로 눈매가 치켜 올라간 게 성깔이 있어 보였으며, 골격 또한 야무진 것이 예사 사람 같아 보이지는 않았다.

또한 그의 부하들로 보이는 자들의 체력 또한 우람한 것이, 날카로운 눈매만큼이나 겐죠의 부하들을 압도하고도 남음이 있어 보였다.

겐죠는 같은 일본인이라고 생각하고, 칼을 잡은 손목에 힘을 풀고 조용히 말했다.

"우리는 대일본제국의 군인들이다. 뭐하는 사람들인가?"

겐죠의 말에 그가 피식 웃으며 대꾸했다.

"나도 대일본제국의 시민이다. 그렇게 말하는 당신들은 무슨 볼일인가? 군인들이 어떻게 이곳까지 들어왔는가?"

그의 예의 없는 말버릇에 겐죠가 크게 화를 내며 외쳤다.

"말을 삼가라. 민간인 주제에 내가 물으면 답하라!"

다소 기분이 상한 듯 차가운 어조로 겐죠가 명령하 듯 말했다. 그러나 젊은 그는 칼을 치켜들고 반발하 듯 날카롭게 외쳤다.

"네가 뭔데 나한테 명령이냐?"

뜻밖의 저항에 상기된 표정의 겐죠가 다시 칼을 치켜들었다. 그도 질세라 긴 칼을 무섭게 세우며 휘두를 기세로 겐죠를 쏘아봤다. 모두가 다시 칼과 총을 마주하며 팽팽한 긴장감이 맴돌았다.

위기의 순간이었다. 한눈에 보기에도 그들 모두는 각지에 흩어져있는 우리 유물들을 훔치는 일본의 전문 도굴꾼 같아 보였다.

겐죠가 그들이 운반하고 있던 길이 1미터의 긴 석함을 보고 다시 입을 열었다.

"그 석함은 무엇인가?"

"너희 같은 군인조무래기들은 알 거 없다."

역시 차갑고 저항적인 어조였다. 겐죠가 노기 띤 얼굴로 차갑게 말했다.

"어디서 오는 길이냐?"

"그것도 알 거 없다."

도굴꾼 같은 그의 말은 단호했다.

겐죠의 얼굴이 붉어지며 더 이상 못 참겠다는 듯 긴 칼을 앞세우고 그의 앞으로 다가갔다. 그러나 젊은 그는 겐죠의 그런 행동을 비웃기라도 하듯 긴 칼을 앞세우고 그 앞에 똑같이 마주섰다.

모두가 긴장하는 가운데, 겐죠는 혹시 그들이 갖고 있는 석함이, 자신이 찾고 있던 쌍룡불화의 열쇠가 들어있는 함이 아닌가 하는 의심으로 날카롭게 그 석함을 바라보고 있었다.

"이건 중요한 일이다. 그 석함의 출처와 그 안에 뭐가 들었는지 만 말하라."

"허튼수작 마라. 네가 누군데 이 안에 들어 있는 것을 알고 싶다는 거냐?"

한 치의 양보 없는 대답이었다. 겐죠가 분을 삭이고 다시 한 번 굳은 표정으로 말했다.

"마지막으로 한 번 더 묻겠다. 너희는 어디서 오는가?"

"나도 마지막으로 한 번 더 말하겠다. 더 이상 알려고 하지 마라."

순간 겐죠가 불같이 노해 칼을 치켜들고 그를 향해 겨냥했다. 모두가 엉거주춤한 상태로 겐죠를 주시했다.

그러나 젊은 도굴꾼은 그런 겐죠를 비웃기라도 하듯, 긴 칼을 고쳐 잡고 그를 향해 바짝 다가섰다. 이번엔 모두가 그쪽을 바라봤다.

석함을 노리는 겐죠에게 칼을 겨누며 화가 난 젊은 그가 말했다.

"그러고 보니 군인 복장을 한 도둑놈들 아닌가?"

순간 겐죠의 얼굴이 흙빛으로 변하며 그를 향해 칼을 휘둘렀다. 그러나 그는 겐죠의 칼을 사뿐히 막으며, 오히려 그 앞으로 한 걸음 더 다가들며 공격을 감행했다. 누가 말릴 엄두도 내지 못한 사이에, 칼과 칼이 부딪치는 소리가 계곡 숲 속을 뒤흔들며, 이내 처절한 혈투가 시작되었다.

"쩽!"

"쩽!"

서로의 칼날이 부딪치며 불꽃이 일어났다. 실로 무서운 실력이었다. 겐죠의 칼 솜씨도 그렇지만, 그 역시도 겐죠만큼 강한 상대였다.

빠르고 힘차게 내려치는 겐죠의 칼놀림에, 그가 옆으로 잽싸게 피하며 그의 허리춤을 날카롭게 파고들었다. 무섭게 파고드는 그의 칼 솜씨에 겐죠가 잠시 주춤거리며 다시 공격을 준비했다.

그러나 모두가 숨을 죽이는 그 광경 속에서, 불안한 표정의 신가가 불쑥 그들 앞에 나서며 말했다.

"모두 진정하시오. 뭔가 단단히 오해가 있는 모양인데, 우리는 지금 임무를 띠고 상귀암(狀봉庵)으로 가는 군인들이오. 그러니 혹시 상귀암에서 나오는 길이면, 그 함에 뭐가 들었는지 만 말해 주시오."

정중한 태도였지만 상대가 보기엔 불쾌한 질문이었다. 그러나 젊은 그는 더욱더 의심의 눈빛으로 다시 말했다.

"중놈이 볼 것도 없는 상귀암에는 또 무슨 볼일인가?"

"그건 말할 순 없소. 단지 중요한 일을 한다는 것만 알아 주시오. 그러니 제발 상귀암에서 온 거라면, 그 함에 뭐가 들었는지 만 말해 주시오."

그 말에 그가 더욱더 의심의 눈길로 차갑게 말했다.

"이 사람들 이상하지 않은가? 군인들이 거길 가는 것도 이상하지만, 도대체 이 석함에 왜 그리 관심이 많은가."

이때 겐죠가 불같이 노해 다시 칼을 고쳐 잡았다.

"두 번 다시 묻지 않겠다. 그 석함에 뭐가 들었는지 말하라!"

그러나 젊은 그의 고집은 단호했다.

"웃기지 마라. 그런다고 말할 내가 아니다."

지금쯤 사로도 이 광경을 보고 있을 것이다. 나는 그들이 함께 싸우다 모두들 전멸했으면 하는 바람을 가져보았다.

'그러면 일이 수월할 텐데……'

겐죠가 다시 칼을 치켜들고 최후의 혈전을 벌이려는 듯 한 발자국 그의 앞으로 다가섰다. 그러나 신가가 재빨리 그의 앞을 가로막고 상대에게 다시 말했다.

"우리는 본국에서 건너온 사학자들로 이루어진 군인들이오. 그 이상은 말하기 힘드니 더 묻지 말고 제발 상귀암에서 오는 길이면 그렇다고만 말해 주시오. 이렇게 소승이 정중히 부탁 하겠소."

신가가 합장의 예로 부탁했지만, 그가 다시 비웃으며 말했다.

"너는 뭐하는 중놈인데 이런 자들과 합류한 건가?"

정말 보기 드물게 예의 없는 불한당 같은 말투였다.

"나는 본국 히에이산[比叡山]에서 불도를 닦는 출가자로, 이름은 신가라고 하오."

"신가……."

그가 잠시 생각하다 다시 말했다.

"난 그런 이름 들어본 일이 없다. 하지만 네가 진짜 중이라면 살생은 좋아하진 않을 테니, 저자에게 그만 길을 비키라고 말하라."

그때였다. 겐죠의 부하 한 명이 더 이상은 못 참겠다는 듯, 들고 있던 소총을 그를 향해 겨누었다. 그러나 그가 방아쇠를 당기기도 전에 젊은 그는, 어느새 날쌘 동작으로 그에게 달려가 단칼에 머리 위에서 아래까지 사무라이 칼을 내리 그었다.

그의 머리가 두 쪽으로 갈라지며, 붉은 피가 분수처럼 하늘을 향해 뿜어져 나왔다. 끔찍한 광경이었다. 태어나 이런 끔찍한 광경은 난생 처음이었다. 그러나 그 끔찍한 장면은 내가 우려했던 처참한 살육전으로 이어지고 있었다. 누가 먼저랄 것도 없이 들고 있던 소총과 칸이 부딪치며 서로를 죽이기 시작한 것이다.

"탕!탕!"

"쨍!"

"악!"

"탕!탕!"

비명과 살육이 난무하는 가운데, 겐죠는 다급히 신가를 데리고 그의 부하들과 함께 숲 속으로 피신했다. 젊은 남자 역시 도굴꾼 모두를 데리고 급히 바위 뒤로 신속하게 대피했다. 참으로 어이없고 처참한 광경이었다.

시간이 얼마나 흘렀을까? 칼과 총에 맞은 몇 명의 부상자가 신음하며 죽어 가는 가운데, 모두는 숨을 죽이고 엄폐물에서 서로를 견제하며 대치하고 있었다.

그런 상황 속에서 땅에 버려져 있는 석함이 멀리 내 시야에 들어왔다. 과연 저 속에 무엇이 들었을까? 궁금하긴 나도 마찬가지였다.

그때였다. 신가가 갑자기 엄폐물에서 나와 석함 쪽으로 발걸음을 내딛기 시작했다. 겐죠가 말릴 틈도 없었다. 긴장이 흐르는 가운데 신가의 발걸음이 조심스럽게 그쪽으로 향하자, 신가의 생사를 우려한 겐죠의 얼굴빛이 흙빛으로 변해갔다.

그러나 석함으로 향하는 그의 발걸음에 도굴 일행 쪽 어느 누구도 신가를 향해 총을 발사하지는 않았다. 석함에 도착한 신가가 잠시 석함을 내려다보다, 서서히 뚜껑을 열어보기 시작했다.

그때였다.

"탕!"

한 발의 총성이 울리며 신가의 옆 땅바닥에 총알이 박혔다. 그러나 그는 죽음도 불사하겠다는 듯, 석함 열기를 계속 고집했다.

"탕!"

또 한 발의 총성이 울렸다.

튀어 오르는 총알을 보고 신가가 잠시 주춤했다. 그러나 그는 다시 하던 일을 멈추지 않고, 함의 뚜껑을 열어 젖혔다. 모두가 신가의 행동을 숨죽여 보고 있었다.

아마도 스님을 죽이기에는 양심이 쉽게 허락하지 않는 듯, 경고성 있는 사격이 분명했다. 신가도 그걸 노렸겠지만 그가 그런 의도라면 그는 일단 성공한 셈이었다. 신가가 조용히 석함 안의 내용물을 보고 말없이 자리에서 일어났다.

"이제 모두 그만 나오시오."

신가의 외침에 모두가 긴장을 풀지 않았지만, 삼삼오오 그 모습을 드러내기 시작했다.

"이 중놈이……."

모습을 나타낸 젊은 도굴꾼이 분개해서 신가의 목에 칼을 들이댔다. 겐죠와 일행 모두 다시 긴장감으로 서로에게 무기를 겨냥했다.

"이제 그만하시오. 우리는 다시 가던 길을 갈 테니 살생은 삼가고, 그쪽도 가던 길로 가시오."

신가의 타이르는 말에 겐죠가 먼저 눈치를 보다 부하들에게 총을 내리라고 명령했다. 그의 명령대로 부하들 모두가 잠시 눈치를 보다가 어렵게 총을 내렸다. 도굴꾼으로 보이는 일행 모두도 그때서야 모두 무기를 거두었다.

하지만 젊은 그는 분한 표정을 아직도 삭히지 못한 듯, 신가의 목에 겨냥한 칼을 쉽게 내려 놓지 못했다. 신가가 조심히 그의 칼을 잡아 손 밑으로 내려 놓으며 말했다.

"모든 건 다 끝났소이다. 죽은 자들을 위해 예를 올리게 해주시오."

산새 소리가 울려 퍼지는 가운데, 신가가 죽은 자들을 위해 간단한 불공을 올리고 있었다.

죽은 자들은 양쪽 모두를 합쳐 7명 이었으며, 부상자는 6명이나 되어보였다. 간단한 불공이 끝나자, 신가가 먼저 바쁘게 발걸음을 재촉했다. 겐죠도 말없이 그런 그의 뒤를 따라 행군을 계속했다.

양쪽 모두 많은 인명 피해를 입었지만, 내가 그곳을 떠났을 때 그 젊은 남자는 한참 동안이나 그 자리에 머물러 있었다.

나는 행군 도중 그 석함에 뭐가 들었는지가 무척 궁금했다. 그러나 몇 십 분도 못 되어 나는 그 궁금증을 풀 수 있었다.

"그 안에 도대체 뭐가 들은 거요?"

겐죠의 물음에 신가가 부드럽게 미소하며 말했다.

"옥으로 만든 작은 불상이오."

그 말에 겐죠가 크게 소리 내어 웃으며 행군을 계속했다.

물론 그가 찾는 보물에 비하면 보잘 것 없다고 생각한 그의 웃음이었지만, 나는 우리나라의 보물들을 이렇듯 유린하는 일본인들의 작태를 보고 분통을 터트리지 않을 수 없었다.

19

저녁노을이 지고 있었다.

그리고 그 노을 속에서 내가 도착한 곳은 계곡 쪽에 자리하고 있는 작은 암자(庵子)였다. 숙련된 군인들이었지만 거친 행군과 치열한 전투로 인해 부상이 있는 만큼 모두가 심하게 지쳐 보였다. 그러나 단 한 사람 지쳐 보이지 않는 자는 신가였다.

나이 많은 고승인데도 불구하고 신가는 이상하게 멀쩡했다. 그는 전혀 피곤한 기색도 없이 무슨 술법을 부린 것처럼 태연하게 사찰을 둘러보고 있었다.

고요하고 썰렁한 암자였지만, 그곳은 비교적 깨끗한 모습으로 남아 있었다. 오랜 세월 아무도 찾지 않은 것을 입증이라도 하듯 암자의 건축물은 낡은 빛깔을 발했으며 곳곳에 이끼가 무성했다.

인적이 드문 암자의 현판(懸板)에는 상귀암(狀晷庵)이라는 글자가 희미하게 남아 있었다.

그 옛날 누군가 이곳에서 참선을 하려고 지어놓은 암자였겠지만, 아직도 잘만 손질하면 참선하기엔 아주 좋은 곳으로, 누구든 이곳에 숨어 있다면 아무도 찾지 못할 장소임은 분명했다.

암자의 방안은 떨어져 나간 문짝과, 조그만 돌 부처상, 그리고 먼지가 수북이 쌓인 몇 권의 서책만이 방바닥에 나뒹굴고 있었다.

겐죠와 신가가 잠시 암자 주변을 둘러보다 뭔가를 속삭이기 시작했다. 나는 감시를 받고 있었지만 그들의 행동 하나하나를 주시하고 있었다.

잠시 후 겐죠가 암자의 기둥을 살펴보고 만져보기를 반복했다. 뭔가를 찾고 있는 게 분명했다. 그러나 이곳이 그가 말하는 불화의 단서가 숨겨져 있는 암자라고 보기엔 다소 무리가 있는 듯 보였다.

내가 그렇게 생각할 즘에 암자의 방안에서 서책을 살펴보던 겐죠가 뒷짐을 지고 천장을 바라보다, 암자의 방문 앞 문지방에 앉아 기나긴 묵상(默想)에 들어갔다.

모든 부하들은 그런 그를 말없이 바라보다, 그가 고개를 추켜올리면 모두들 다른 곳으로 시선을 돌렸다.

횃불이 밝혀지고 밤이 찾아왔다.

겐죠는 묵상을 계속하고 있었지만, 누구 하나 그를 방해하는 자가 없었으며, 신가 또한 조금 떨어진 곳에서 겐죠를 위해 기도라도 하는 듯 염주를 굴리며 염불에 빠져 있었다.

나는 사사끼의 감시를 받으며 일본군이 먹다 남은 몇 숟갈의 음식을 얻어 먹고 그날 밤을 그렇게 보내고 말았다.

아침이 됐다.

눈을 뜨니 겐죠와 신가가 아침 일찍부터 뭔가를 상의하고 있었다. 그의 표정으로 볼 때 그는 분명 아무런 단서나 해답도 찾지 못한 것은 분명했다.

난 속으로 불화의 단서를 찾지 못한 겐죠가, 사로의 말처럼 대단한 사학자가 아님을 부처님께 감사드렸다. 그런데 무슨 생각에선지 겐죠가 부하를 시켜 나를 끌고 오라고 명령했다.

언제나처럼 사사끼가 나를 총으로 위협하며 그의 앞으로 끌고 갔다. 무릎을 꿇고 앉아 있는 내 앞에서 그가 말했다.

"나에 대해 아는가?"

난 속으로 크게 놀랐다. 그가 분명 우리말로 또렷하게 내게 물어왔기 때문이었다. 놀란 표정으로 내가 그를 바라보자, 그가 다시 날카롭게 질문했다.

"나에 대해 아느냐고 물었다."

난 이미 그에 대해 잘 알고 있었지만, 시치미를 떼는 것이 좋겠다고 생각하고 고개를 저었다. 그는 고개를 끄떡이다 자신은 일본의 사학자며 동양 최고의 발굴학자로, 조선말과 중국어는 물론 서양말까지 필요한 지식은 거의 습득한 인물임을 나에게 은근히 피력해왔다.

은근한 자랑에 기는 죽었지만 얼굴표정에 담고 싶지는 않았다. 그가 조심스레 다시 말을 걸어왔다. 그의 말은 나에 대해 궁금하니 솔직히 말해 달라는 부탁이었다. 몇 번을 망설이던 내가 지금에 와서 숨길 필요도 없겠다는 생각에 말문을 열기로 했다.

"나도 조선의 사학자요."

나를 강력하게 피력할 수 있는 첫마디였다.

그리고 어느 정도 조선의 학식 있는 사학자로써 이 일이 있기 전엔 친구와 같이 황금부처상을 찾은 일도·피력하고 싶었지만, 그 비밀은 차마 발설할 수는 없어 입을 다물기로 했다.

그는 그때서야 알겠다는 듯 고개를 끄떡이며, 잠시 침묵 속에서 들고 있던 문서를 나에게 내던지며 말했다.

"내용을 살펴봐라."

난 그의 의도가 궁금했지만, 뭔가 풀지 못하는 단서에 그가 내 지식을 이용한다고 생각하고 우선 그 문서부터 집어들기로 했다.

그러나 뜻밖에 일이 벌어졌다.

겐죠가 던진 문서가 땅 바닥에 떨어지면서 잠시 바람이 불었는데, 생각지도 못하게 문서의 뒷장이 나의 시야에 들어오고 말았던 것이다.

그것은 석구암(石口唵)이라는 글자와, 수(水)라고 적힌 한 개의 글자였는데, 얼핏 봐서 그 두 글자는, 다음 불화의 비밀이 숨겨져 있는 상소인 것이 확실했다.

그리고 그 밑에 작은 줄로 여러 줄의 시 구절이 쓰여 있었지만, 미처 읽어보기 전에, 그가 다시 문서를 집어 들었으므로 나의 시선은 거기서 멈춰야만 했다. 그는 서둘러 자신이 보여 주려는 책 내용을 다시 펼쳐들고 나에게 말했다.

"이걸 어떻게 생각하는지 말해 보라."

그가 나에게 펼쳐 보였던 문서에는 이렇게 적혀있었다.

頭上光照(두상광조)

머리 위로 빛이 비친다. 라고 표기된 한 구절이었다. 나는 나의 해박한 지식을 입증하기 위해 머리를 굴리기 시작했다. 그러나 그 글자에서 딱히 생각나는 것은 아무것도 없었다. 그 글자가 내포 하고 있는 의미가 뭔가 있겠지만, 내 머리로 암자 하나만 덜렁 있는 이곳에서 그 수수께끼를 풀기란 상당히 벅찬 일이었다.

그러나 무엇보다 내가 고민스러운 것은 내 입장에서 겐죠를 도와

약탈을 부추길 수는 없다는 점이었다.

그러나 또 한편으로는 해답을 풀지 못하면 조선의 사학자를 통틀어 우습게 볼 수 있는 문제였으므로 내 고민은 클 수밖에 없었다.

도와줄 수도 없으며, 외면하기도 안타까운 계륵(鷄肋)의 현실 속에서, 글자가 의미하는 것은 분명 내 전공이었던 파자가 아닌 것은 분명했다. 난 그에게 시간을 달라고 했다. 자존심도 지키고 시간도 벌 작정이었다. 그러나 그 순간 그가 내 앞에서 문서를 무섭게 낚아 채며 비웃듯 말했다.

"겨우 그 정도인가? 조선의 학자는……."

그의 비웃음은, 나와 우리나라의 모든 학자들에 대한 비난이었다. 분통이 터졌지만, 나는 그런 그에게 딱히 불만을 표시할 수도 없었으므로, 그가 단서를 찾는 데 실패하기만을 마음속으로 기원할 수밖에 없었다. 그러나 나의 기원은 기원으로만 만족해야 했다.

그가 부하들에게 다음과 같이 명령했다.

"지붕 위로 올라가라."

뜻밖의 명령이었다. 어느 정도 감이 잡히는 행동이었지만, 이렇게 빨리 단서를 추적하는 겐죠의 급한 성미가 불안하기 짝이 없었다.

부하들이 지붕 위로 올라갈 준비를 하는 동안, 나는 가만히 사태의 추이를 지켜보기로 했다. 부하들은 시키는 대로 일사분란하게 어깨를 디딤돌로 이용해 지붕 위로 잽싸게 올라가고 있었다.

"기왓장에 글씨가 있는지 살펴 봐라."

겐죠의 명령에 몇몇 부하들이 지붕의 기왓장을 한 장씩 들춰보기 시작했다. 명령을 내린 겐죠가 다시 암자의 방안으로 들어갔다. 부하들은 제각기 기왓장을 들추며 겐죠의 명령을 일사분란하게 수행했다.

그러나 겐죠의 말대로 기왓장 어느 곳에도 그가 찾는 글씨는 쓰여 있지가 않았다. 잠시 후 겐죠가 쓸쓸한 모습으로 다시 방안에서 나왔다. 겐죠의 성급한 판단 착오에 고소해 하던 내 입가에 작은 웃음이 번졌다. 잠시 후, 그가 다시 생각을 가다듬다가 뭔가를 신중하게 생각했는지, 부하들을 모두 지붕 위에서 내려오라고 명령하고, 의미심장한 표정으로 암자의 문지방에 다시 몸을 의지하고 앉았다.

나는 속으로 겐죠가 끝내는 실패할 거라는 믿음을 가지고 마음속으로 쾌재를 불렀다. 그러나 그건 내 착각이었다.

뭔가 결정을 내린 듯, 그가 내 귀로는 차마 듣고 싶지 않은 명령을 부하들에게 내린 것이다.

"불을 준비하라."

소스라치게 놀란 내가 겐죠를 바라봤다. 그는 굳은 표정으로 불을 준비하는 부하들의 움직임을 가만히 지켜보고 있었다.

'설마 이곳에 불을……'

난 있을 수 없는 명령이라고 생각하고 겐죠에게 다가갔다. 그러나 그 순간 사사끼가 내 머리를 총의 개머리판으로 강타했기 때문에, 난 그 자리에서 머리를 감싸 쥐고 꼬꾸라지고 말았다.

부하들이 기름을 준비하기 시작했다. 쓰러져 있는 나의 머릿속으로 겐죠가 불을 준비하는 이유를 그때서야 알 것 같았다.

모든 수수께끼는 지붕 위와 방안에 있었다.

하지만 그는 찾는 과정을 생략하고, 결과만 원하고 있었다.

두상광조(頭上光照)의 답은 의외로 간단했다. 두상광조란 머리 위로 빛을 비춘다는 말로, 해와 달이 빛이니, 하늘에서 햇빛과 달빛을 같이 볼 수 있는 장소, 즉 바꿔 말하면 방안에서 해와 달을 같이 볼 수 있는 장소인, 구들방의 어느 한 구석이 그 글자가 가진 비밀이었다.

그러나 그는 복잡한 방법을 택하기 보단, 암자를 태워 해와 달이 비추는 장소를 한꺼번에 다 얻겠다는 심산으로 이 방법을 택한 것이 분명했다.

이것은 시간을 절약하는 하나의 방법이겠지만, 사람으로서 할 수 있는 짓이 아니었다. 그는 사학자라기보다 파괴자라고 해야 옳았다.

난 바닥에 쓰러진 채로 고개를 돌려 신가를 쳐다봤다. 하지만 신가 또한 이 사태를 묵인(默認)하려는 듯 좌불(坐佛)에만 빠져 있었다.

그는 부처를 모시는 수행자가 아닌 방화를 돕는 동조자였다.

"암자에 불을 붙여라."

겐죠의 다음 명령이 이어졌다. 힘없이 엎드린 내 앞으로 드디어 불이 붙여졌다. 암자는 오래된 통나무로 지어졌으므로, 기름을 몇 번 끼얹곤 횃불을 가져가자, 곧바로 화염에 휩싸이기 시작했다.

난 고개를 땅에 처박고 비통한 심정으로 불에 타는 암자를 차마 바라볼 수 없었다. 탁탁 튀는 소리와 단맛마저 느껴지는 시간 속에서, 나무의 강한 향 냄새가 내 코를 크게 자극해왔다.

그리고 그렇게 불타오르는 화염 속에서 상귀암(狀瑎庵)이라는 암자는, 결국 그들의 방화에 의해 끝내 소실(燒失)되고 말았다.

시간이 얼마나 흘렀을까?

잿더미로 변한 암자의 불꽃이 서서히 사그라지기 시작했다. 암자를 태운 연기도 차츰 산허리를 타고 흐르다, 허공으로 넓게 흩어지면서 앙상한 뼈대만 유지한 채 버티고 서 있던, 시꺼먼 암자의 나무들이 내 앞에 힘없이 무너져 내렸다.

난 사사끼의 감시 속에서 한쪽에 앉아 좌불(坐不)만 하는 신가를 계속 노려보고 있었다. 태어나서 스님을 그렇게 미워해 보기는 난생 처음이었다.

때리는 시어머니보다 말리는 시누이가 더 밉다는 말이 실감났다. 어떻게 부처님을 모시는 사람으로 이럴 수가 있단 말인가. 신가는 그런 나의 따가운 시선 속에서도 눈을 감고 좌불(坐佛)에만 빠져있었다.

다른 방법으로 방바닥의 구들장만 뜯어봤어도, 이렇게 암자를 태우지 않아도 될 뻔한 일을, 겐죠는 빠른 방법으로 이렇게 암자를 한줌의 잿더미로 만들었으니, 그것이 분통하기 이를 데 없었다.

물론 그가 하루를 넘게 망설인 것은, 암자를 태울 때 화염에 휩싸인 불꽃과 연기는, 멀리서도 자신의 위치를 노출시키는 위험부담이 있다는 사실 때문에 망설인 것이 분명했다.

내가 그렇게 생각하고 있을 즘, 겐죠가 검은 잿더미로 변해 있는 암자의 상태를 바라보며 다시 명령을 내렸다.

"암자 구석구석을 다 살펴봐라."

냉령이 떨어지자 그의 부하들은 일제히 달려들어, 모락모락 피어나는 연기 속에서 암자의 구석구석을 살피기 시작했다.

막대기와 손으로 들쑤시는 암자의 잿더미들이 바람에 날리며, 또 한 번의 훼손이 시작된 것이다.

그러나 잠시 후였다. 부하 중 한 명이 잿더미를 파헤치다, 속에서 뭘 발견했는지 다급하게 외치고 있었다.

"여기 뭔가 있다!"

겐죠를 포함한 모두가 그곳으로 몰려들었다. 과연 잿더미 속에는 문고리 같은 두 개의 둥그런 고리가, 무거운 석함 위에 고스란히 박혀 땅 위로 치솟아 있었다.

겐죠가 회심의 미소를 지으며 신가를 바라봤다.

신가도 어느새 명상에서 깨어났는지 환한 얼굴로 겐죠를 바라보았다. 내가 신가의 그런 모습을 보고 쏘아보자, 그는 서둘러 표정을 수습하고 나의 시선을 회피했다.

홍분하는 부하들을 향해 겐죠가 양쪽에서 두 고리를 잡아당기라고 명령했다. 부하들은 저마다 신이 났는지 문고리를 잡아 석함의 뚜껑을 끌어올리기 시작했다. 그러나 그들의 완력에도 불구하고 문고리에 걸려 있는 석함은 전혀 미동도 하지 않았다.

겐죠가 다시 한 번 독려하자, 모두가 다시 힘을 냈다. 그러나 무거운 석함은 전혀 미동도 하지 않고, 오히려 힘을 줄수록 뭔가가 이 거대한 석함을 누르고 있는 듯 끄떡도 하지 않았다.

겐죠가 불같이 성질을 냈다.

"통나무를 가져와라."

부하가 허겁지겁 통나무를 가져오자, 그는 석함의 양쪽 고리에 통나무를 연결해 다시 들어올릴 것을 명령했다. 이번에는 모두가 달려들어 통나무를 끌어올리기 시작했다. 그러나 석함은 지렛대를 이용했음에도 불구하고, 더욱더 무게를 지킬 뿐 전혀 움직임을 보이지 않았다. 겐죠가 크게 당황했다.

서둘러 부하 한 명에게 총을 발사해 석함을 부수라고 명령했다.

"탕!"

"탕! 탕!"

그러나 석함은 총알을 맞고서 튕겨져 나갈 뿐, 흡사 무슨 강철로 만든 것처럼 아무런 변화도 보이지 않았다. 뭔가 크게 잘못되어가고 있었다. 의아하게 생각한 겐죠가 부하들 속에서 석함 위에 있는 재들을 훔쳐내고 자세히 뚜껑 위를 살펴보기 시작했다.

석함의 뚜껑에는 암각(岩刻)으로 새겨진 한 글자가 조각되어 있었다.

'門 (문).'

글자 그대로 문의 뜻을 나타내는 글자였다. 뜻밖에 함정을 만난 겐죠가 크게 동요했다. 문(門)은 과연 무엇을 의미하는 걸까? 석함의 뚜껑 자체를 문으로 볼 수 있는데, 또 다른 문을 가리키는 이 글자를 과연 어떻게 풀어야 한단 말인가?

머리가 혼란스러웠다. 내가 그런 생각을 하고 있을 즘, 겐죠도 머리가 복잡한 듯 혼란스런 표정을 짓고 있었다. 그는 괜히 암자를 태워 모든 걸 물거품으로 만든 게 아닌가 하는 자책감과 불안감에 휩싸여 있었다.

난감한 처지에 빠진 그가 서둘러 부하들에게 폭발물을 가져오라고 명령했다. 그러나 그 일은 신가가 말리고 나섰다.

혹시나 폭파 과정에서 석함 속에 든 보물이 손상되면, 모든 게 물거품이 될 수 있기 때문이었다.

겐죠가 일리 있다는 듯 고개를 끄떡이다 긴 한숨을 내쉬었다. 그가 전전긍긍(戰戰兢兢)하고 있을 즘, 그 글자가 내포하고 있는 수수께끼에 대한 궁금증은 나도 마찬가지였다.

한자의 부수로 봐도 문(門)이며, 파자로 적용시켜 본다 해도 별다른 해답이 없는 문(門)이었다.

'무얼 의미하는 걸까?'

그때였다. 부하들이 갑자기 나를 겐죠 앞으로 끌고 갔다. 그가 부하들을 시켜 나를 다시 데려오라고 명령한 것이다. 끌려온 나를 보고 그가 답답한 듯 말했다.

"당신도 알다시피 나는 지금 이 한 글자로 곤란에 빠진 것을 인정한다. 도와줄 수 있는가?"

명령같이 들릴 수도 있겠지만, 학자로서의 솔직한 심경을 토로한 말이었다. 그는 지금 나에게 도움을 청하고 있는 것이 분명했다. 어제까지만 해도 날 비웃던 그가, 이제는 나에게 자존심을 내던지고 도움을 청하고 있는 것이다.

나는 솔직하게 도움을 주고 싶진 않았다. 하지만 학자로서 더 이상 조롱과 수치를 받지 않겠다는 생각이, 내 마음을 더 강하게 압박해

온 것도 사실이었다. 이 기회에 겐죠라는 일본 학자와 나란히 경쟁을 해보고 싶은 묘한 충동도 일어났다.

나는 이미 평원사에서 파자법을 적용해 사로를 도와준 경력이 있지 않은가? 만일 사로라면 이 상황을 어떻게 해결할 것인가?

그러나 자칫하면 매국(賣國)행위가 될 수 있었으므로, 나의 신중함은 겐죠를 답답하게 하고 있었다.

내 마음을 아는 듯 그가 다시 말했다.

"내가 당신이라면 난 도와주지 않을 것이다. 하지만 국적을 떠나서 같은 학자로서 이 비밀을 풀어보고 싶다. 같이 도와서 이걸 한 번 풀어볼 생각은 없는가?"

어차피 도와주지 않는다 해도 그는 분명 어떤 방법을 동원해서라도 이 석함을 부수고 말 것이다. 내가 그렇게 판단하고 대꾸했다.

"생각나는 것은 아무것도 없소. 하지만 최선을 다해 풀어보겠소."

내 말에 겐죠와 신가가 크게 기뻐했다.

나는 우선 석함의 모양과 크기, 그리고 글자의 모양을 자세히 관찰했다. 그러나 관찰을 한다고 해서 크게 달라질 것은 아무것도 없었다.

왜 또 다른 문(門)을 요구하는 것일까? 내 머릿속은 온통 그 생각만 가득했다. 문(門) 위에 문(門)은 과연 어떤 의미일까? 아니면 전혀 다른 의미해석으로 봐야 옳은 것인가?

사학자로서의 경쟁과 자존심이 걸린 문제였다. 석함 뚜껑 위에 문고리가 달려 있는 것은 문을 열라는 의미는 분명했다. 하지만 왜 굳이 그런 불필요한 수수께끼를 만들었을까?

시간이 흘러갔다.

점심시간이 훨씬 넘었지만 나와 겐죠는 끝내 이 수수께끼 같은 비밀을 풀 수는 없었다. 모두가 지친 듯 부하들 모두 각자 휴식에 빠져있었다.

그때였다.

겐죠가 더 이상 지체할 수 없다는 판단이 섰는지, 폭발물을 가져오라고 소리쳤다. 휴식을 취하던 부하들이 크게 놀라 폭발물 상자를 챙기기 시작했다.

신가가 우려의 표정으로 다시 그에게 다가섰다.

그러나 이 상태로 시간을 끌 수는 없다는 것이 겐죠의 생각이었다. 신가도 딱히 그 의견에 반대할 수도 없는 상황이었으므로, 결국 소량의 폭탄을 가지고 석함을 부수는 데 동의하고 말았다.

내가 보건데 겐죠와 신가 모두는 파괴자와 동조자라는 말이 잘 어울리는 약탈자임에 변함이 없었다.

부하들이 그의 명령에 따라 일사분란하게 석함의 주위에 폭발물을 묻기 시작했다. 폭발 강도를 조절하기 위해 단단히 흙으로 그 수위를 조절하기 시작하자, 그 와중에 내 눈을 크게 자극하는 것이 하나 있었다.

그것은 폭발물 상자를 열쇠로 여는 장면이었는데, 그 모습은 순식간에 내 머릿속에 한 가지 단서를 제공해 주었다.

나는 곧바로 폭발물 상자의 나무함으로 달려갔다.

문(門)이라는 글자에 대한 답이 풀린 것이다.

나의 행동에 겐죠가 의아하게 바라봤다. 내가 폭발물 상자의 열쇠를 만지다가 확신을 가지고 다시 석함으로 달려갔을 즘, 그도 그때서야 그 수수께끼 같은 글자가 풀렸는지 곧바로 내 곁으로 달려왔다.

"이제야 알겠다. 조선의 사학자. 과연 조선의 비밀은 심오하다."

겐죠가 감탄조로 탄복하며, 흥분을 감추지 못했다.

나는 서둘러 문(門)자의 양쪽 획수를 나누어봤다. 4획과 4획으로 이루어진 글자였다. 비밀은 비교적 쉬웠다.

고정관념(固定觀念)을 깨면 되는 것이었다.

그 동안 우리 모두는 고정관념에 사로잡혀 있었던 것이다. 대문을 열고 들어서는 데는 열쇠가 필요한 법이다.

문(門)이라는 한자는, 쉽게 생각해 출입문을 뜻했으니, 석함의 뚜껑 그 자체가 출입문이며, 석함 위의 양쪽에 꽂혀 있던 그 고리야말로 문에 꽂혀 있는 열쇠인 셈이었다.

물론 문(門)이라는 글자의 나누어진 부수의 획순은, 열쇠를 열 수 있는 중요한 숫자의 의미기도 했다. 이미 석함에는 열쇠가 꽂혀 있는 셈이었는데, 내가 그걸 미처 보지 못한 것이다.

내가 문(門)의 한쪽 획순대로, 한쪽 고리에 나무를 끼워 넣고 4바퀴를 돌리기 시작했다.

둥그런 고리는 오랜 세월을 방치한 채 묻혀 있어, 다소 돌리는데 빽빽했지만 돌아가기에는 충분했다. 겐죠도 나와 같이 한쪽 고리를 잡아 돌리기 시작했다.

"끄르륵~ 끄르륵~."

"철컥."

4바퀴가 돌아가자, 둥그런 석함의 고리는 자물쇠통이 열리는 소리를 내며 이윽고 멈춰졌다.

흥분에 빠진 듯 겐죠의 어깨가 들썩 거렸다. 모든 부하들과 신가 또한 흥분에 들떠 있었다.

그러나 나는 이 비밀을 풀었다는 자부심과 겐죠를 이겼다는 승리감보다는 마음이 씁쓸했다. 일순간에 나라를 배신한 역적이 된 기분에 빠진 것이다.

그러나 난 편히 생각하기로 했다. 어차피 도와주길 거부했어도 그는 폭발물로 문을 열었을 것이다. 내가 석함에서 한 발자국 물러나자, 일본군들이 몰려와 그렇게 기다리던, 육중한 석함의 상판을 들어올리기 시작했다.

"크르릉~."

석함의 상판이 요란한 소리를 내며, 부하들의 손에 이끌려 서서히 개봉되어지고 있었다. 석함의 크기는 대략 2미터는 족히 될 만한 무덤 속의 관(棺) 정도의 엄청난 크기였지만, 열쇠를 열고 나니 비교적 쉽게 뚜껑이 열리고 있는 것이다.

겐죠가 나를 바라보고 고맙다는 듯 미소를 보냈다. 속이 거북했다. 모든 걸 잊기로 했는데 속이 거북한 건 무슨 일일까?

타버린 암자 때문이기도 했지만, 석함의 비밀을 풀었던 결과일 수도 있었다. 구역질이 났다. 모든 걸 토해버리고 싶었다.

잠시 후, 나의 그런 갈등 속에서 마침내 겐죠의 부하들이 육중한 석함의 상판을 열어젖혔다.

그러나 석관 안을 바라보던 일행 모두가 크게 놀라며 뒤로 한 걸음씩 물러나기 시작했다. 이어 그들의 웅성거리는 소리도 들려오고 있었다.

부하들의 뜻밖의 행동에 의아하게 생각한 겐죠가 부하들을 제치고 석함 안을 살피다가 크게 인상을 찌푸렸다.

의구심이 든 내가 사사끼의 시선을 피해, 조심스레 석함으로 다가갔다. 그리고 내가 바라본 석함 안에는 과연 겐죠가 인상을 찌푸릴 만한 것이 목격되었는데 그건 다름 아닌 부패된 시신 한구였다.

뜻밖에도 앙상한 뼈만 남은 시신 한 구가 낡은 천에 둘러싸여 조용히 누워 있는 것이었다. 그 시신의 손에는 나무패(牌) 하나가 들려져 있었는데, 자세히 보니 그 패에는 이렇게 쓰여 있었다.

'襲殮山役.'
'습렴산역.'

습렴(襲斂)이란 시체에 옷을 입히고 입관하는 것을 말하며, 산역(山役)이란 말 그대로 시체를 묻어 봉분해 달라는 말로, 시체의 장례의식을 요구하는 글귀였다.

또 하나의 비밀이 생긴 것이다.

그야말로 설상가상(雪上加霜)이라고밖에 달리 할 말이 없었다. 겐죠도 나와 같이 그 패에 쓰인 글씨에 주목하다가, 어이없다는 듯 허탈한 표정으로 나를 돌아봤다.

내가 고소하다는 듯 패를 뽑아 그에게 건네주자, 그는 말없이 내가 건네준 패를 받아 읽어보고 깊은 한숨을 내몰았다.

그의 얼굴이 붉게 변했다. 그가 찾는 불화의 열쇠는 고사하고, 시체나 묻어달라는 평범한 유언장이 쓰인 패만 찾았으니, 어찌 속이 불편하지 않겠는가.

겐죠는 말없이 굳은 표정으로, 한참이나 바위에 걸터앉아 깊은 시름에 잠겨 있었다. 기나긴 침묵의 시간이 흘렀다.

그러나 썰렁한 시체 한 구를 놓고, 그렇게 앉아 있는 겐죠의 모습에서 그의 부하들도 지쳐있기는 마찬가지였다. 신가도 어느새 깊은 한숨을 내쉬며 다시 명상에 파묻혀 있었다. 모든 부하들이 둘의 눈치를 살피며 숨을 죽이고 있을 때였다.

내 뇌리에 뭔가가 갑자기 스쳐 지나갔다.

그것은 습렴산역(襲殮山役)이라는 글자였다. 왜 무엇 때문에 편하게 안치돼 있는 석관 속에서, 다시 한 번 장례절차를 부탁했을까 하는 의문이 들은 것이다.

그리고 어느 순간 나도 모르게 내 발길이 석관으로 옮겨졌다. 뭔가 숨겨진 해답이 시체 안에 있는 것이 분명했다. 때를 맞춰 눈을 감고 있던 겐죠도 나와 같이 석관 앞으로 다가들었다.

내가 보건데 분명 그도 나와 같이, 해답을 얻은 것이 분명했다. 부하들이 다시 석함의 주위에 모여들자, 겐죠가 손을 들어 그 움직임을 막았다.

"오지마라!"

그의 명령에 모든 부하들이 걸음을 멈추었다. 내가 불안한 마음으로 겐죠를 바라보자, 그가 잠시 석관의 앙상한 시체를 바라보다 밝은 표정을 지어 보였다. 신가와 모든 부하들이 영문을 모른 채 그를 바라봤다.

순간 겐죠가 석관 안에 양손을 집어넣었다. 그리고 말라붙은 시신의 뼈들을 거침없이 두 손으로 마구 헤집기 시작한 것이다.

'겐쥬가 드디어 찾았구나……'

답은 이미 찾은 거나 다름없었다.

불화의 열쇠는 바로 시체 밑에 있었다. 습렴산역을 하자면 당연히 뼈를 들어올릴 수밖에 없으니, 그러면 그걸 행하는 자는 석관의 밑을 바라볼 수밖에 없었다. 그렇다.

습렴산역이란 글자는 불화의 열쇠를, 시체 밑에 보관하고 있다는, 일종의 마지막 수수께끼였던 것이다.

이것은 누군가 선(善)을 가진 자만이 가능한 일이었다.

이 패에 적힌 대로 누군가가 그 시신을 안치한다면, 열쇠를 그에게 주겠다는, 그 옛날 누군가의 철저한 계산법에 의해 진행된 마지막 수수께끼인 것이다. 자칫하면 스쳐 지나갈 수 있는 일을 겐죠와 나는 깊은 시름에 잠겨 있었던 것이었다.

그러나 그는 선(善)을 요구한 한 고인의 습렴산역(襲殮山役) 대신 수많은 세월 속에서, 불화의 열쇠를 고이 간직했던 한 위대한 시신을 마구 훼손하고 있었다. 내가 그런 그의 손을 붙잡았다.

근력(筋力)이 있어 보이는 손이었다.

"비밀을 찾았으니 정중한 장례를 치러주시오. 야마모토 상."

그러나 그는 나의 말을 무시하듯, 사사끼를 불러 날 데려가도록 명
령했다. 나의 입술이 작은 분노로 나직이 떨려왔다.
'파괴자…….'

　나는 분노의 눈초리로 겐죠와 신가를 번갈아 쏘아봤다. 그러나 그들
은 보물에만 정신이 빠져 있는 듯, 내 시선에는 전혀 반응도 하지 않았
다. 그때였다. 잠시 얼굴 표정이 굳어진 겐죠가 석관 속에서 뭔가를
발견했는지 밝은 표정으로 변했다.
　신가와 모든 부하들은 숨을 죽이고 그를 바라봤다. 순간 그의 손이
허공으로 번쩍 치켜 올라가자, 신가와 모든 부하들이 잠시 동작을 멈
추었는데, 그가 손에 들고 있는 것은 그가 그렇게 찾아 헤매던, 위대한
쌍룡불화의 첫 번째 열쇠인 석봉(石棒)이었다.
　석봉…….
　흡사 중국 명나라소설 서유기(西遊記)에 등장했던, 손오공이 들고
다니던 여의봉처럼 생긴 50센티 정도의 기다란 석봉이 분명했다.
　부하들이 일제히 함성을 질러댔다.
　겐죠는 석봉을 만지며 연신 감동에 젖어 손을 내릴 줄 몰랐다.
　석봉은 쌍룡불화가 숨겨진 장소의 문을 열 수 있는, 유일한 열쇠인
것이다. 이제 그 첫 번째 열쇠를 야마모토 겐죠가 드디어 찾은 것이다.
그 석봉에는 이런 문구가 새겨져 있었다.

　　'佛經脫愁.'
　　'불경탈수.'

　즉, 불경(佛經, 불교의 가르침을 적은 경전)으로 시름을 벗겨준다는 문구였

다. 겐죠가 뛸 듯이 기뻐했다.

금세라도 춤판이 벌어질 것 같은 기쁨이 한껏 고조된 가운데 모든 부하들은 신기한 듯 그 석봉을 바라보며 감탄을 연발했다.

신가도 그와 같이 흥분에 빠져 있었다.

모두가 기뻐하는 현장에서 나를 지키고 있던 사사끼도 기쁨을 감추지 못한 듯, 날 감시하는 걸 깜빡 잊고 기뻐 날뛰다가 겐죠 앞으로 바짝 다가들었다.

난 이 틈에 탈출하지 못하면 두 번 다시 기회가 없다는 판단 아래, 천천히 그들의 동태를 살피며 뒤로 물러나기 시작했다.

그러나 나의 탈출은 어이없게 제 3자에 의해 성사되지 못했다. 모든 부하들이 석봉을 찾은 겐죠의 노고에 거수경례를 올렸을 때였다.

"탕!"

한 발의 짧은 총성이 울리며, 겐죠의 부하 한 명이 가슴을 움켜잡고 땅바닥에 털썩 주저앉았다. 탈출을 멈춘 내가 총성이 울리는 쪽으로 시선을 돌렸다.

그리고 도저히 믿을 수 없는 광경에, 나는 내 두 눈을 의심하지 않을 수 없었다. 도굴꾼인 그 의문의 젊은 남자가 다시 나타난 것이다.

어디서 데려왔는지 모르겠지만, 그는 20여 명이 족히 넘는 그의 부하들을 데리고 겐죠의 부대를 벌써부터 포위하고 있었던 것이다.

겐죠의 표정이 크게 굳어졌다. 모두가 총을 들어올릴 수도 없었다.

의문의 남자가 입가에 웃음을 잔뜩 담은 채 긴 칼을 어깨에 걸쳐 메고 겐죠 앞으로 다가들었다. 겐죠가 급히 칼을 빼려 했지만, 그의 칼이 먼저 겐죠의 목을 겨냥했다.

"이게 무슨 짓이냐?"

겐죠가 엄하게 꾸짖었다. 그러나 그는 빙긋이 웃다가 겐죠가 들고 있던 석봉을 뺏어 쥐며 한마디를 내뱉었다.

"이것은 무엇인가?"

일이 갈수록 묘하게 꼬이고 있었다. 겐죠가 분한 듯 입술이 크게 요동치고 있었다. 그의 칼이 신가의 목에 겨누어졌다.

"너희들은 큰 실수를 저질렀다. 그 첫 번째가 이곳에 불을 질러 위치를 표시한 것이고, 둘째로 사람이 죽어 있는데도 뭐가 그리 다급한지 계속 행군을 강행해서 나의 의심을 사게 만든 것이다. 세 번째는 내가 가진 보물도 탐내지 않고 간 것을 보면, 분명 뭔가 나보다 더 귀한 보물을 손에 넣기 위함이고, 네 번째 실수는 나를 살려 놓았다는 것이다."

그럴듯한 논리였다. 겐죠가 분한 듯 지그시 눈을 감았다.

"자! 그러면 이제 이 물건이 어디에 쓰는 물건인지 순순히 자백해라."

신가가 떨리는 음성으로 천천히 입을 열었다.

"그건 단순한 석봉이오. 그것 말고는 더 말 할게 없소이다."

그러나 그는 그의 말에 묘한 눈웃음을 치다가, 불쾌한 듯 갑자기 겐죠의 부하 한 명을 사정없이 칼로 내리쳤다.

칼을 맞은 겐죠의 부하의 목이 저만큼 날아가 땅바닥에 떨어졌다. 머리가 없는 몸뚱이가 힘없이 아래로 내려앉자, 이 잔인한 광경에 겐죠가 그를 무섭게 쏘아보며 중얼거렸다.

"이카레타 야츠……." (미친놈)

그러나 젊은 그는 그 말에도 아랑곳없이, 안면에 웃음을 띠며 또 한 번 칼을 휘둘러 겐죠의 부하 한 명을 무참하게 베어버렸다.

그때였다. 겐죠가 더 이상 참을 수 없다는 듯, 순식간에 칼을 빼어들어 칼을 휘두르는 그의 팔 한 쪽을 잘라버리자, 석봉을 움켜잡은 그의 팔이 베어지며 땅바닥에 떨어졌다.

그의 비명이 계곡을 타고 울리는 가운데, 때를 같이해 겐죠의 모든 부하들이 일제히 총을 난사하기 시작했다.

"탕! 탕! 탕!"

"쨍! 쨍!"

"탕! 탕!"

사방에서 울부짖는 비명과 총소리, 칼 소리가 난무하는 가운데 나는 머리가 혼미해지고 오금이 저려왔다.

저만큼 떨어져있는 석봉이 보였지만 날아오는 총알 속에서 그걸 거머쥐려는 내 뜻은 쉽게 성사되지 못했다.

결국 나는 이 지옥 같은 곳에서 탈출하기로 마음먹었다. 그리고 쏟아지는 총탄과 날카로운 칼날을 피해, 서둘러 숲 속으로 도망치기 시작했다.

20

있는 힘을 다해 뛰었다.

빽빽한 나무 숲 사이로 거침없이 달리고 또 달렸다. 어디가 어딘지 모르게 달렸다. 입과 코에서는 연신 뜨거운 김이 뿜어져 나왔다.

그러나 도망치면 칠수록 겐죠와 도굴꾼들의 총소리와 비명소리는, 내 귓전을 파고들며 나를 줄기차게 따라오고 있었다.

모든 게 믿기지 않았다.

'이건 모험이 아니라 지옥이다. 지옥…….'

그러나 달리는 속에서 누군가 나를 따라오고 있었다. 누군가 분명 힘 있게 내 뒤를 쫓아 오는 것이 분명했다. 혹시 겐죠의 부하들은 아닐까? 아니면 도굴꾼의 패거리들은 아닐까? 아니면 혹시 구호사의 호랑이가?

그러나 나의 달리는 발길만큼이나 이름 모를 그것의 발걸음도 무척이나 빨라보였다. 보이지 않는 적이 두려웠다. 그렇게 생각하며 한참 달리던 내가 어느 순간 발을 헛디뎌, 산 밑으로 굴러 떨어지고 말았다.

"아악!"

정신이 혼미해지고 앞이 컴컴했다. 산 밑으로 굴러 떨어진 내 눈 위로 어느새 졸음이 덮쳐왔다.

'이대로 편히 쉴 수만 있다면…….'

그러나 잠에 취하기도 전에 누군가가 내 쪽으로 다가오는 이상한 소리가 들려왔다. 정신이 바짝 들어 간신히 눈을 떴다.

아니나 다를까…….

희미한 내 시야에서 누군가가 나를 물끄러미 바라보고 있었다. 나는 혹시 일본군이 아닌가 해서 옆에 있는 돌멩이를 들어, 희미한 시야에 잡힌 그를 향해 있는 힘껏 휘둘렀다.

그러나 내 앞의 물체는 내가 휘두르던 돌멩이를 잡아 뺏곤, 환하게 미소 짓고 있는 것이었다. 자세히 보니 그건 다름 아닌 사로였다.

"사로……."

고통 속에서 울부짖는 나의 첫마디였다.

"그 동안 잘 있었나, 친구."

미소 지으며 말하는 친구를 보니 반가움보단 서러움이 먼저 밀려왔다. 그러나 친구 앞에서 눈물을 보이기는 싫었으므로, 그가 내미는 손을 붙잡고 힘없이 몸을 일으켰다.

무사히 살아 이렇게 친구를 다시 만나니 천국이 따로 없었다.

"그 동안 고생 많았네, 친구."

그의 격려에 눈물이 핑 돌았다. 눈물을 흘리지 않기 위해 노력했지만, 친구의 의미 있는 말 한마디에 눈이 따가워진 것이다.

"그러지 말고 이거나 받게."

눈물을 글썽이는 나를 지켜보기 민망했던지, 법복이 든 배낭을 던져

주며 그가 말했다.

"일찍 구해주지 못해서 미안하네. 그럴만한 사정이 있었으니 이해해 주리라 믿네. 원한다면 경성으로 갈 수 있는 입구까지 데려다 주겠네."

배낭을 집어 들며 내가 단호하게 말했다.

"그런 말로 날 더 이상 현혹시키지 말게. 경성에서 자네하고 생사를 같이한다고 맹세했지만, 난 이미 그걸 한 번 어긴 사람이네. 그러니 날 더 이상 비겁한 사람으로 만들지 말게."

내 강경한 고집에 사로가 다시 대꾸했다.

"자네 맘은 알고 있네. 하지만 저쪽은 숫자도 많고 우리한텐 석봉을 찾을만한 아무런 단서도 없으니, 이쯤 해서 자네혼자 경성으로 다시 돌아간다고 뭐라 할 사람은 아무도 없네. 먼저 가서 기다리면 나도 곧 뒤따라 가겠네."

말도 안 되는 소리에 내가 다시 말했다.

"아니, 나머지 석봉을 찾기 전까진 여기 이 자리에서 한 발자국도 움직이지 않겠네."

사로가 말했다.

"우리한테 아무 단서도 없는데 뭐로 그 석봉을 찾는단 말인가?"

그 말에 내가 피식 하고 웃음을 보였다. 눈치 빠른 사로가 나의 그런 웃음을 모를 리가 없었다.

"석봉의 단서를 알아낼 줄 알았네."

나는 흥분에 들떠 포로가 됐을 때 우연히 겐죠가 들고 있던 문서를 봤다는 설명과 함께, 한시라도 빨리 석구암(石口봄)으로 출발하는것이 좋다고 말하자, 사로가 출발 전에 나에게 의미 있는 한마디를 던졌다.

"이런 말 하긴 뭐하지만, 자네를 잠시 동안 포로로 놔둔 건 정말이지 잘한 것 같네, 친구."

끔찍한 말이었지만 어딘가 모르게 의혹이 있는 말투 같았다. 혹시 불화에 대한 비밀을 얻기 위해, 나를 지금까지 구해주지 않은 것은 아닐까? 라는 생각이 내 뇌리를 깊게 파고들었다.

"자네 혹시……."

내가 묻자 사로가 빙긋이 웃었다. 하지만 그 일은 경성에 가서 따지기로 하고, 나는 우선 발 빠르게 석구암을 향해 걸음을 재촉하기로 했다. 그러나 빠른 행군을 하면서 내 머릿속은 복잡했다.

그건 바로 수(水)라는 글자였다. 운이 좋아 겐죠의 비밀서류를 훔쳐봤지만, 그것이 무얼 의미하는지는 판단하지 못했다.

그곳에 도착해도 시간이 없었으므로, 나는 뛰면서 석구암의 수(水)자를 생각해 보기로 했다.

뭔가 비밀이 풀릴 것 같은 예감이었지만, 내 예상이 빗나간 다면 크게 일이 잘못될 수도 있는 글자였던 것이다.

석구암으로 달려가는 우리 뒤로 일본군의 추격대는 보이지 않았다. 그러나 얼마쯤 달려갔을 때, 겐죠가 도착하기 전에 먼저 석구암에 도착해야 한다는 일념 하나로 내달리고 있는 우리 귀에, 한 방의 총성이 산허리를 타고 크게 울려 퍼졌다.

아주 가깝게 들려오는 총소리였다.

사로의 계산법에 의하면, 그들이 우리를 따라잡는 데 걸리는 시간은 기껏해야 20분 거리에 있다고 말했다. 나는 겐죠가 도굴꾼들을 상대로 승리했다는 생각이 들었다. 내가 그렇게 판단한 것은 우리를 알고 쫓아올 사람은 그들 말고는 없기 때문이었다.

그러나 우연히 들렸던 총소리는 우리에게 큰 행운을 가져다 줬다. 모르긴 해도 그 총소리는 누군가가 우리 뒤를 쫓다가, 산길에서 오발

(誤發)했을 가능성이 커 보이는 총성이었다.

다행히 그 오발 덕분에 그들의 추격을 알게 됐으니, 우리에겐 행운인 셈이었다. 일의 다급함으로 볼 때 그들은 우리보다 먼저 석구암을 차지하려는 것이 분명했다.

만약 우리가 조금만 더 지체했더라면, 그들이 우리보다 먼저 석구암에 도착할 것은 불 보듯 뻔했다. 그러나 쉬지 않고 달려간 우리 앞에 또 하나의 큰 난관이 기다리고 있었다.

벼랑이 나타난 것이다.

산허리가 두 개로 끊긴 그야말로 무서운 벼랑이었다. 벼랑 밑에는 엄청난 길이의 낭떠러지가 형성돼 있었다. 다행히 통나무 하나가 벼랑을 이어주고 있었지만, 폭이 좁은 그 통나무를 타고 건너편 벼랑으로 건넌다는 것은 극히 위험해 보였다.

그러나 다른 선택은 없었다.

밑으로 떨어지면 아무도 살 수 없는 매우 위험한 상황이었지만, 쫓아오는 추격대에 맞서, 돌아갈 수도 없는 진퇴양난에 빠진 우리는 줄곧 앞으로 나갈 수밖에 없었다.

"자네 먼저 건너가게."

떨리는 목소리로 내가 그렇게 말했으나, 사로가 이미 몸의 중심을 잡고 능숙하게 통나무 위를 건너가고 있었다.

난처한 입장에 빠진 나의 몸이 서서히 떨려왔다. 그러나 이대로 포기할 수도 없어, 결국 나는 통나무를 부둥켜안고 건너가는 방법을 채택하기로 했다.

그러나 건너편에 건너가기도 전에, 내가 잡고 있던 통나무가 한 바퀴 회전을 했으므로, 나의 몸은 허공을 향해 둥근 원을 한 바퀴 그리다가 통나무 밑에 매달리고 말았다.

"으악!"

비명소리와 함께 통나무를 잡은 내 손이 떨려오며, 눈앞이 컴컴해지고 정신이 몽롱해졌다. 다행히 통나무에서 손이 미끄러지지 않아 목숨을 부지할 수는 있었지만, 거꾸로 매달려보니 눈앞이 아찔했다. 밑으로 내려다 보이는 벼랑 끝이, 나를 향해 죽음의 손짓을 보내오는 것 같았다.

"잠시만 기다리게!"

잠시 후, 이미 벼랑을 건너간 사로가 급히 주변 숲에서 나무넝쿨을 찾았는지 나를 향해 그것을 던져왔다. 그러나 한 손으로 넝쿨을 잡기에는 나의 체력이 문제였다. 몇 번이고 그가 던져준 넝쿨을 잡지 못한 내 손이 어느새 서서히 힘이 빠지기 시작했다.

"아……."

죽음을 직감한 나의 머리가 온통 고요로 잠잠해졌다. 수많은 위험에서 살아남은 내가 한낱 이런 통나무에 매달려 죽을 걸 생각하니 서러움이 밀려왔다.

그때였다.

건너편에 있던 사로가 통나무를 잡아 돌리며, 나의 위치를 바로잡는 데 안간힘을 쓰고 있었다. 그러나 혼자서 통나무를 회전시킨다는 것은 신화에나 나오는 괴력의 영웅들이나 할 수 있는 것이지, 아무리 힘이 넘치는 사로라고 해도 역부족이었다.

오히려 통나무가 좌우로 회전하면서, 매달린 내 몸이 더욱더 힘들게 되자, 그는 이 방법이 역부족이었는지 통나무를 타고 직접 내게 건너오고 있었다. 통나무를 잡은 내 손이 점점 풀리기 시작했다.

"돌아가게, 사로!"

난 그에게 돌아가라고 말했지만, 사로는 매달려 있는 내 앞까지 와서 나를 끌어 올리기를 주저하지 않았다. 그러나 몸의 중심을 잡기 어려웠는지 그가 이내 포기하고 말았다.

죽음의 순간이 임박해왔다. 언제나 그렇듯 부모님과, 국밥집의 그 여자가 생각났다. 머리와 귓속이 조용해지며 어느새 내 몸이 편안해짐을 느꼈다.

'밑으로 떨어지는 기분은 어떤 걸까?'

내가 그렇게 생각하는 사이, 무슨 생각에선지 사로가 통나무 위에 양손을 펼쳐들고 반듯하게 몸을 일으켜 세웠다.

흡사 외줄을 타는 사람처럼 양손을 펼쳐들고 서 있는 모습이었다. 나는 그의 그런 행동을 의아하게 바라보며, 내 손이 미끄러지지 않도록 마지막 안간힘을 쓰고 있었다.

그 순간이었다.

마치 곡예를 하는 사람처럼 양손을 펼쳐든 그가 갑자기 허공에서 한쪽으로 몸을 기울였다. 흡사 자살을 시도하는 사람처럼 허공을 향해 몸을 내던지는 꼴이 분명했다.

그러나 순간적으로 밑으로 떨어질 것 같은 그는 끊어진 통나무의 굵은 가지 하나를 움켜잡고, 자신의 체중을 이용해 한 바퀴 회전을 시도하고 있었다.

해괴한 장면에 입이 다물어지지 않았지만, 그의 몸은 어느새 통나무와 함께 회전하면서 밑으로 내려갔으며, 나의 몸이 허공에 원을 그리며 원래대로 통나무 위로 올라오고 있었다.

순식간에 벌어진 일이었지만, 내 눈으로 분명 목격한 것은 상상이 아니라 현실이었다.

"먼저 건너가게."

통나무 밑에 매달려 있던 사로가 말했다.

아직도 어안이 벙벙했지만, 그를 곤경에 빠뜨리고 싶지 않은 내가 있는 힘껏 통나무를 건너기 시작했다.

내가 무사히 건너간 것을 확인한 사로가 능숙한 솜씨로 통나무에 매달려 다시 내 곁으로 돌아오고 있었다.

　도착한 사로가 안면에 웃음을 띠고 내게 말했다.

　"어떤가? 나의 서커스가?"

　나는 최고라고 엄지손가락을 들어보였다. 위험한 행동이었지만 그는 자신의 체중을 이용해, 통나무를 뒤집어 나를 원래 위치대로 바꾸어 놓은 것이다. 흡사 그리스 신화에나 나옴직한 영웅적인 모습을 보여준 나의 자랑스러운 친구인 것이다.

　"자! 이제 이걸 굴려서 밑으로 떨어트리세."

　사로가 겐죠의 추격대를 의식해 통나무를 부여잡고 말했다.

　"알겠네."

　건너편으로 무사히 건너간 나와 사로는, 있는 힘껏 통나무를 옆으로 밀어 벼랑 밑으로 떨어트리기 시작했다. 통나무는 큰 굉음을 내며 벼랑 밑으로 한없이 떨어져 내려갔다.

　사로가 만족한 듯 미소하며 말했다.

　"이제 시간은 충분히 벌어 놓은 거나 마찬가지네, 친구."

21

뒤늦게 벼랑에 도착한 겐죠의 부하 3명은 이미 없어진 통나무 다리 앞에서 몸을 풀며 휴식을 취하고 있었다. 그 뒤로 많은 부하들을 잃은 겐죠가 겨우 10여 명이 넘는 부하들을 이끌고 곧이어 들이닥쳤다.

부하들의 숫자는 엄청나게 줄어 있었다. 먼저 도착한 부하들이 상황 보고를 했다.

"우리가 한발 늦은 것 같습니다."

겐죠는 잠시 벼랑 근처를 둘러보고 우리가 통나무 다리를 고의로 떨어트린 걸 발견하고 크게 분노했다. 그가 불같이 노해 다음과 같이 명령했다.

"나무를 잘라 다리를 만들어라."

그러나 다리를 만드는 것은 결코 쉬운 일이 아니었다. 주위 어느 곳에도 다리로 쓸 만한 재목(材木)도 없었지만, 다리를 만드는 것은 엄청난 시간을 소비하는 일이기에 누구도 엄두를 내지 못했다. 더구나 도굴꾼과 전쟁 아닌 전쟁으로, 많은 부하들을 잃은 마당에 현재의 숫자로 그런 공사를 하기에는 거의 불가능했다.

"아무래도 돌아가는 게 좋겠네."

신가가 시간 낭비하지 말고 다른 길로 돌아갈 것을 먼저 제의하자, 평소 고분고분하던 그가 이번에는 아쉬움을 토로하며, 쉽게 결정을 내리지 못했다.

그러나 강철 같은 그도 신가의 의견에 따를 수밖에 없었다. 그는 결국 사로의 일행보다, 몇 시간을 더 낭비할 수밖에 없는 다른 길을 택해 부하들을 행군시키기 시작했다.

그러나 석구암으로 돌아가는 또 다른 길은 험악하기 이를 데 없었다. 가다가 길을 잃고 우왕좌왕하기도 하고, 벼랑 쪽에서 한 명의 부하가 또다시 발을 헛디뎌, 벼랑 밑으로 추락하는 사고도 일어났다.

연속되는 재난에 자신의 처지가 몹시 분했던지, 겐죠는 다소 상기된 얼굴로 연신 하늘을 향해 큰 욕설을 퍼부었다.

22

하늘이 유난히도 맑아 보였다.

빠른 속도로 뛰어가는 사로의 뒤를 쫓아, 뒤질세라 따라가던 나의 시야에 암자가 들어왔다. 산 중턱 가파른 벼랑 위에 지어진 암자였다.

오랜 시간을 달렸지만 쫓기는 신세라서 그런지 지친 기색이 쉽게 나타나진 않았다. 사로가 간혹 걱정스럽게 나를 바라봤지만, 나는 그럴 때마다 엄지를 들어 보이며 이상 없다는 신호를 보내 그를 안심시켰다.

그는 나의 강한 체력이 이상하다는 듯 연신 고개를 내저었지만, 나의 다리는 피곤에 지칠 줄을 몰랐으며, 나의 팔은 오히려 갈수록 힘이 솟는 듯했다.

우리가 그렇게 도착한곳은 석구암(石口唵)이라는 암자였다.

석구암은 말 그대로 돌 위에 건축되어진 암자였다. 암자는 작지만 그 뒤로 보이는 벼랑 아래의 전경은 그야말로 장관이었다. 우리는 잠시 숨을 가다듬고 바닥에 떨어져 있는 현판에서, 석구암(石口唵)이라는 글자를 발견하자 내 입가에 먼저 회심의 미소가 흘렀다.

암자는 너무 오래돼서 어디 하나 성한 데가 없었다. 구석구석마다 거미줄이었고, 암자나 사찰에 흔히 있을 만한 작은 부처상까지도 보이지 않았다.

오랜 세월 동안 방문객 없이 비바람에 씻겨 폐허가 된 암자가 분명했지만, 마당 바닥에 깔린 수십 개의 디딤돌로 봐서 꽤나 소중하게 건축되어진 암자는 틀림없었다.

물론 잡풀들이 우거져 그마저도 거의 보이지가 않을 정도의 세월이 흘렀지만, 가파른 암벽 중턱에 서 있는 건축 양식과, 바닥에 깔려 있는 수십 개의 디딤돌을 눈여겨볼 때, 누군가 화려한 암자를 지으려고 애쓴 흔적은 역력했다.

"자네가 본 나머지 글자를 말해 보게."

사로가 지친 몸을 풀면서 말했다.

"물 수(水)자네."

비교적 간단한 대답이었지만, 사로는 다음 얘기를 기대하는 듯 날 다시 바라봤다. 하지만 내가 본 건 그 한 글자였으므로 더 이상 할 얘기는 아무것도 없었다.

"미안하지만 그 한 글자밖에 못 봤네. 다른 글귀도 있었지만 가져가는 바람에 나머진 보지 못했네."

맑은 하늘이 갑자기 흐려왔다.

가끔씩 구름 사이로 천둥소리도 들려오는 듯 했지만, 곧 비가 올 것 같지는 않았다. 사로는 암자 디딤돌에 앉아 연신 머리가 복잡한 듯 이마를 긁적이고 있었다.

난 그의 희망을 꺾은 것 같아, 석구암 자체를 발설 안하는 것이 차라리 나을 뻔 했다는 생각이 들었다. 그가 나에게 다시 말을 건넸다.

"그래도 다시 한 번 생각해 보게. 덜렁 그 한 글자로 여기서 그 석봉을 찾는다는 건 거의 불가능 하네. 천천히 기억을 더듬어 보게."

사로의 애타는 심정은 그의 얼굴에 그대로 젖어 있었다. 난 그의 말대로 다시 기억을 더듬기로 했다. 그러나 아무리 기억을 더듬어 봐도, 나머지 글자들이 머릿속에 쉽게 떠오르지는 않았다. 내가 미안한 눈빛으로 그를 바라보자, 그도 그 의미가 무엇인지 눈치를 챈 듯, 나에게 더 이상 묻지 않고 그냥 멍하니 앉아 있었다.

비구름이 근처에 몰려온 듯, 천둥소리가 제법 크게 들려왔다. 궂은 하늘을 바라보며 그가 다시 말했다.

"큰 비가 올 것 같네."

난 고개를 끄떡이며 하늘을 올려다 봤다. 사로가 다시 말했다.

"아무래도 나머지 단서 없이 여기서 그 해답을 찾는다는 건 무리일 것 같네. 내 말대로 겐죠가 덮치기 전에 자네 먼저 경성으로 올라 가게."

그러나 난 그의 말을 따를 수가 없었다. 어떻게 해서든지 나머지 단서를 기억해 불화의 열쇠인 석봉을 찾고 싶었다.

"아직 시간은 충분히 있으니 조금만 더 생각할 시간을 주게."

난 신중하게 기억을 다시 더듬기 시작했다. 사로는 나름대로 자리에서 일어나 암자의 곳곳을 살피고 다녔지만 주변 어디를 봐도 이렇다 할 단서가 될 만한, 물건들이나 다른 부속물은 전혀 보이지가 않았다.

그런 사정은 암자의 방안도 마찬가지였다. 온통 거미줄과 먼지로 가득할 뿐 그 이상은 기대하기 힘들었다. 사로가 난색을 표하며 내 곁에 돌아와 나머지 단서를 기억해 주길 바라는 듯 연신 이마만 긁적댔다.

난 수(水)를 가지고 파자법을 적용시켜 보기도 하고, 다른 방법으로 의미를 풀어봤지만, 글자의 비밀은 좀처럼 풀 수가 없었다.

이윽고 천둥과 번개가 크게 몰아치자, 하늘에서 검은 구름이 몰려왔다. 사로가 긴 침묵을 깨고 다시 물었다.

"겐죠의 석봉에는 어떤 글이 새겨져 있다고 했나?"

"불경탈수(佛經脫愁)라는 글귀였네."

사로가 애석하다는 듯 이마를 문지르며 쓴웃음을 지었다. 난 희망이 없는 우리 현실이 딱했지만, 달리 무얼 할 수도 없었다. 내가 체념에 빠져 있는 사로에게 말했다.

"물하고 관계가 있을 거라고 생각했는데 아무래도 내 생각이 틀린 것 같네. 여기로 오면서 줄곧 물이 있을 거라고 생각했는데, 여기뿐만 아니라 근처에도 물이 없으니 자네한테 뭐라 할 말이 없네. 미안하네."

그러나 사로는 나의 그런 기분을 달래주 듯 어깨를 다독거리며 천천히 말했다.

"그럴 필요 없네. 어차피 이렇게 된 이상, 힘을 내서 그 글자만 가지고 한 번 풀어보세. 우선 수(水)자에 파자를 적용시켜 보면 어떤 답이 나오는지 말해 보게."

사로가 침착하게 나의 파자법을 다시 요구했다. 내가 말했다.

"물 수(水)자는 글자 그대로 물이 비스듬히 흐르는 모습을 본뜬 글자로, 갑골에서도 수(水)와 천(川)자는 같은 모습으로 표현되어 있네. 하지만 내가 알기론 수(水)자를 가지고 별다른 파자법을 적용시킬 수는 없네. 형상법으로 봐도 갈고리 궐(亅) 하나만 가지고 여기에 뭘 적용시킨다는 건 도저히 상식 밖의 일이라 힘들다고 보네."

"하지만 평원사에서 상(尙)자를 가지고 형상법을 만들었잖나?"

"알고 있네. 하지만 수(水)자를 적용시켜 풀 수 있는 것은 한계가

있네. 그보단 차라리 석구암이라는 여기 암자의 명칭을 풀어서 적용시
켜 보는 게 훨씬 낫다고 보네만…….”

“그럼 그렇게 해보게.”

“하지만 해답은 수(水)자에 있지 암자 이름에 있는 게 아니네. 난
단지 예를 들어 그렇다는 거지, 거기에 해답이 있다고는 보진 않네.”

사로가 일리 있다는 듯 고개를 끄떡이다, 다시 실망하는 기색이 역
력했다. 내가 눈치를 보다 그의 마음이라도 달랠 겸 다시 말했다.

“하지만 이것저것 가릴 때가 아니니 한번 적용 시켜 보겠네. 어쩜
수자에 관련될 수도 있으니까.”

천둥과 번개가 계속되는 가운데, 내가 처마 끝 디딤돌에 편하게 앉
아 얘기를 계속했다.

“암자의 명칭은 석구(石口)라는 명칭을 가졌네. 그럼 우선 두 글자
를 살펴볼 때, 두 개 모두 입 구(口)자가 하나씩 있는데, 그건 두 곳
모두 입구를 상징하는 글자로 해석할 수 있네.”

사로가 알겠다는 듯 고개를 끄떡였다.

“그럼 이번에는 글자를 하나씩 떼어 해석해보겠네. 우선 석(石)자를
떼보면 순수하게 돌을 가르치고, 다음 구(口)자는 순수한 입 구자니,
합쳐보면 돌이 입구라는 뜻이네.”

“형상법은 어떤가?”

“물론이네. 하지만 그 방법으로 풀어본다면 생각하기에 따라 사물
이 많이 달라지네. 입 구(口)자가 돌로 보일 수도 있고, 문으로 보일
수도 있고, 다른 물건으로도 표현할 수 있네. 그러니 이 방법은 각자
생각하기 나름대로 해석되니, 여기서 그 방법을 택하는 건 혼동만 될
뿐이네.”

“그럼 입 구자(口)를 뺀, 석(石)자 위에 붙은 나머지 윗글자의 모양
은 어떤가?”

“글쎄, 그 글자를 생각한다면 뭔가 입구를 누르는 사람쯤으로 보이
기는 하네만……”

사로가 불쑥 말했다.

“바로 그거네. 먼저 이 답부터 해결해 보세.”

“무슨 소린가? 해결하다니.”

궁금한 내가 물었다.

“들어보게. 이번 겐죠한테 얻어온 물 수(水)는 석봉의 단서하곤 거
리가 먼 것 같네. 물론 자네가 놓친 글자를 다 알아왔다면 그걸 대입시
켜 비밀을 풀 수 있겠지만, 여기선 그럴 수 없으니 이번 수수께끼는
우리가 임의대로 풀 수밖에 없네. 그러니 자네가 말한 대로 석구(石口)
라는 글자를 복잡하게 생각하지 말고 간단하게 생각해 보세. 우선 이
석구(石口)라는 글자를 간단하게 분리해 보세.”

“어떻게 말인가?”

“아주 간단하네. 먼저 입 구(口)자부터 생각해보면, 이 글자는 단순
하게 열쇠가 있는 입구로 결론을 내려놓고, 다음 석(石)자는 형상법을
적용시켜 또 하나의 입구를 누르는 사람쯤으로 표현해 보세. 그럼 ‘누
군가 돌을 눌러보면 입구가 보인다.’라는 간단한 나열식 해답이 나오
네. 그 말은 곧 ‘돌에 답이 있다.’는 얘기나 마찬가지라 보네. 어떤가?
내 상상력이?”

터져 나오는 웃음을 간신히 참고 내가 말했다.

“일리는 있네. 하지만 온통 돌로 이루어진 이곳에서 어떤 돌을 누른
단 말인가?”

“고민할 필요 없네. 바로 우리 앞에 있으니까.”

자신 있게 말하던 그가 천둥 번개가 몰려오는 마당으로 뛰쳐나갔다.
사로의 말은 다소 맞아 떨어지는 듯했다. 암자의 마당에는 수많은 디
딤돌들이 깔려 있었다. 암자 어느 곳이나 쉽게 볼 수 있는 디딤돌이

아니었다. 사로는 이 디딤돌이 열쇠라고 생각한 듯, 나를 보고 환하게 웃어왔다.

그가 그렇게 생각하는 것도 큰 무리는 아니었다. 내가 다소 흥분에 들뜨자, 돌을 딛고 서 있던 사로가 어느 틈에, 바닥에 깔린 디딤돌을 있는 힘껏 눌러보고 빼기도 하며, 그의 주장을 실천에 옮기고 있었다.

그러나 그 해답은 그의 말처럼 쉽지는 않았다. 낑낑대며 여러 곳의 디딤돌을 가지고 시름하던 그가 기진맥진한 표정으로 내게로 다시 돌아왔다.

"내가 뭘 잘못 생각한 것 같네."

힘없는 그의 어깨를 내가 다독거리며 말했다.

"상관 없네. 시도는 좋았지만, 실수 않는 사람이 어디 있겠나."

그 말은 평소에 사로가 내게 자주 써먹던 언어였기에, 그가 묘한 표정으로 나를 바라보았다. 내가 시선을 회피하자 사로가 다소 상기된 말투로 말문을 열었다.

"그럼 거기에 수(水)를 더하면 어떤가?"

다급해진 사로의 절박한 질문이었다.

"글쎄, 자네 말대로 거기에 수(水)자를 붙인다면, 물[水]이 돌[石]을 누르면, 입구(口)가 보인다는 말로 해석되기는 하네만, 그 말은 좀 적용하기가 그럴 것 같네."

사로가 다시 이마를 긁적이기 시작했다. 상황은 다급해져 있었다. 잠시 후면 겐죠의 추격대가 들이닥칠 것이다. 시간이 없었던 것이다. 다급하기는 나도 마찬가지였다.

때를 맞춰 우리 앞에 비가 내리기 시작했다. 처마 끝에 비를 피해 앉아 있던 우리는 계속 해답을 찾는 데 골몰했다. 하지만 아직 석봉은

커녕 알고 있는 수수께끼도 풀지 못했으니, 우리의 시름은 시간이 갈수록 깊어만 갔다.

비는 여간해서 그칠 것 같지 않았다.

부슬부슬 내리는 봄비는, 참담한 우리의 심정을 그대로 말해주고 있었다. 잠시 후 내가 결심한 듯 그에게 마지막 말을 건넸다.

"그만 여기서 빠져나가세."

후퇴와 패배라는 말을 싫어하는 사로였지만, 모자라는 글자로 두 번째 석봉을 찾는 것도 불가능해 보였으며, 잠시 후면 겐죠가 들이닥칠 것을 알고 있는 그로써도 달리 반대할 수는 없었다.

나는 떠나기 전에 법복이 들어 있는 배낭을 비에 젖지 않게 잘 꾸리고 싶어, 비를 피해 처마 끝에서 조심스레 법복을 꾸리기 시작했다.

내가 그렇게 법복을 다른 모포로 감싸는 동안, 사로는 초점 없는 눈동자로 하늘을 올려다보고 이 모험의 끝을 예견하고 있었다.

이제 우리가 떠나면 겐죠는 이 의문의 수수께끼를 풀어 두 번째 석봉을 손에 넣고, 그렇게 그가 원하던 쌍룡불화를 손에 넣을 것이다. 그리고 조선의 사학자를 크게 비웃으며, 나와 사로도 비웃을 것이다.

마음이 불편했다.

겐죠와 신가를 생각하니 울화가 치밀어 올랐다. 가슴도 답답해져 왔다. 불화를 막는 데 온 힘을 기울였지만 모든 게 수포로 돌아간 것이 안타까웠다. 오랜 세월 동안 이 좌절은 분노로 바뀌어 영원히 내 머릿속에서 지워지지 않을 것이다.

뭔가 다른 방책이 필요했다. 내가 자리를 박차고 일어났을 때였다. 사로가 뭔가에 얻어맞은 듯 끄떡도 하지 않고, 앞마당 디딤돌 위에 돌처럼 굳어진 채로 비를 맞고 있었다. 내가 다가서며 말했다.

"이렇게 포기하기는 너무 억울하네. 그러니 여기서 포기하지 말고 이 근처에 숨어 있다가 겐죠를 습격하든지, 아니면 나중에 불화를 찾아가지고 오는 길목을 습격하는지 다른 방법을 한번 생각해 보세."

그러나 나의 그런 말에도 그는 침묵으로 일관했다.

혹시 내 걱정으로 인해 그가 그런 결정을 할 수 없는 것이 아닌가 하는 우려에서 내가 다시 한 번 얘기를 반복했다.

"혹시 내 걱정에서 그런다면 그 생각은 잊어버리게. 자네만 괜찮다면 나는 기꺼이 그들과 싸우다 죽겠네. 그러니 좋은 계책이 있으면 그거나 일러주게."

그러나 사로는 말없이 자신의 목에 걸고 있던 십자가에 입맞춤을 하고 있었다. 처음 보는 엉뚱한 행동이었다.

그러나 내 생각에는 답답한 이 상황을 자신이 믿는 하나님에게 간절한 기도로 애원하는 것이 아닌가 하는 의문이 들었다. 괜스레 서러움이 밀려왔다. 서둘러 나도 그와 같은 방법으로 내가 믿는 부처님에게 기도를 올려보고 싶었다.

그러나 내가 기도를 하려는 순간 사로가 나를 불러 세웠다.

"그런 기도는 나중에 하고 이것 좀 봐주게."

흥분에 찬 말투였지만 영문을 모르는 내가 사로의 얼굴을 유심히 바라봤다. 그의 얼굴에는 이미 환희의 기쁨이 가득했다.

"해답을 찾았네, 친구."

"그게 무슨 소린가? 해답을 찾다니……."

크게 놀란 내가 반문하자, 그가 바로 대꾸했다.

"여기 이 바닥에 깔린 돌이 바로 그 해답이네."

"하지만 이 돌은 이미 실험해 본 돌이잖나?"

"한 가지 빠진 게 있네. 자네가 가져온 그 물 수(水)자는 이 열쇠를 풀 수 있는 유일한 단서가 분명하네."

"그건 아까 이미 끝난 얘기잖나?"

갈증 섞인 말로 내가 물었다.

“아니. 석구(石口)에 물 수(水)를 더하지 못했네.”

“하지만 석구(石口)에 물 수(水)를 붙인다면, 물[水]이 돌[石]을 눌러 입구(口)를 찾는다는 말인데, 물이 어떻게 돌을 눌러 입구를 찾는단 말인가?”

순간 사로가 발아래 있던 디딤돌을 가리키며 말했다.

“밑을 보게.”

영문을 몰라 하는 내가 사로가 가리키는 디딤돌을 내려다봤다. 내가 바라본 디딤돌은 그냥 평범한 돌이었다. 하지만 나는 잠시 후, 내 두 눈을 의심할 수밖에 없는 광경을 목격하고 말았다. 내가 말한 물 수(水)자가 서서히 그 모습을 드러내고 있었던 것이다.

기쁨에 들뜬 그가 말했다.

“어찌됐건 자네와 내 추리가 맞아 떨어진 건 확실하네.”

믿을 수 없는 현상이었다. 내가 본 바닥의 디딤돌은 비가 오는데도 젖지 않고 그대로 말라 있었다. 분명 떨어지는 빗방울을 무시하 듯 몇 개의 디딤돌은 그 물기를 전혀 흡수하지 않았다. 이 현상을 어떻게 봐야 한단 말인가…….

“믿기지 않네.……물에 젖지 않은 이런 돌이 있다는 게.”

믿어지지 않는 현실에 내가 입을 다물지 못하자, 그가 돌을 만지며 설명했다.

“물[水]이 돌[石]의 입구(口)를 누른다는 우리 말이 맞았네.”

내가 흥분된 어조로 다급하게 질문했다.

“하지만 물이 돌을 누르지는 않네.”

“아니. 물이 돌을 가리켰으니, 그 나머진 석(石)자의 모양대로 이렇게 하면 되네.”

말을 마친 사로가 재빨리 물에 젖지 않는 디딤돌을 두 손으로 힘껏 누르기 시작했다. 그랬다. 분명 그는 석(石)자의 윗 글자 형상대로 돌을 누르고 있는 것이 분명했다.

그러나 우리의 생각처럼 돌은 쉽게 움직이지 않았다. 놀란 내가 사로를 바라보자 사로가 크게 외쳤다.

"물에 젖지 않는 나머지 돌들을 찾아서 동시에 눌러보세."

그의 말에 내가 동조하며, 먼저 디딤돌을 누를 수 있는 큰 돌을 찾기 시작했다. 그가 제지하며 말했다.

"아니 그 일은 내가 할 테니, 자네는 비에 젖지 않는 디딤돌이 몇 개인지 찾아보게."

나는 서둘러 그의 말대로 잡풀들을 헤치며, 비에 젖지 않은 디딤돌의 숫자를 파악하기 시작했다. 빗물에 젖지 않은 디딤돌은 정확하게 4개였다. 내 얼굴에 기쁨과 흥분이 같이 교차했다. 4개의 디딤돌은 우리가 고민했던 물 수(水)의 획순과 동일한 숫자였기 때문이었다.

선조들의 지혜가 경탄스럽기만 했다.

"획순과 똑같은 숫자네, 사로."

우리가 발견한 2개의 디딤돌에, 이미 큰 돌을 옮겨놓은 사로가 대답했다.

"그럴 줄 알았네."

사로는 이미 획순에 따른 숫자의 돌이 있을 거라고 예상했는지, 흥분에 들떠 쾌재를 부르고 있었다. 잠시 후, 우리는 나머지 두 개의 디딤돌에 서로의 손을 얹고 모든 준비를 끝마쳤다. 이제 구령에 따라 누르기만 하면 모든 게 끝나는 것이다.

"난 준비가 끝났네. 사로."

천둥소리가 요란한 가운데 하늘에서 내리는 부슬비가 제법 큰 빗줄기로 바뀌고 있었다. 우리의 모자 위로 제법 많은 양의 빗물이 쏟아지자 잠시 후, 천둥소리를 신호로 우리는 있는 힘껏 돌을 누르기 시작했다. 디딤돌은 상당한 무게를 요구하고 있었다. 손바닥에 체중을 실어 죽을힘을 다해 돌을 누른지 얼마 후였다.

갑자기 내가 누르고 있던 디딤돌이 어느 정도로 압력이 가해지자, 마치 진흙속에 빠지는 것처럼 쑥 하고 땅속으로 빨려 내려갔다. 크게 놀란 내가 뒤로 한 발자국 물러났다.

"스르륵~"

디딤돌은 누군가에 의해 밑으로 당겨지는 것처럼 힘차게 밑으로 내려갔다. 더 이상 힘을 줄 필요도 없었다. 그리고 얼마쯤 내려가던 디딤돌이 큰 소리를 내며 이내 멈추었다.

"쿵!"

잠시 침묵이 흘렀다. 말없이 서로만 바라보고 있는 우리 머리 위로 빗줄기가 더욱 세차게 쏟아지고 있었다.

"크르릉~."

순간 암자 한쪽 어디선가 요란한 굉음소리가 울려왔다.

놀란 우리가 소리 나는 쪽을 돌아보자, 그곳은 암자의 한쪽 구석에 있는 작은 석등쪽이었다.

"크르릉~."

힘찬 빗줄기와 천둥이 울려오는 가운데, 우리는 누가 먼저랄 것도 없이 서서히 발길이 그곳으로 향했다. 1미터 가량의 석등을 밀고 올라온 것은 다름 아닌, 막대기처럼 생긴 대략 70센티 길이의 기다란 석함이었다.

마음이 떨려왔다. 심장이 요동치는 듯 했다. 그곳에 당도한 내가 얼굴 위로 흐르는 빗물을 쓸어내리며 흥분에 사로잡히자, 사로가 그런 나를 보고 먼저 석함을 열어볼 것을 허락했다.

그러나 나는 언제나 하는 버릇처럼 보물을 만지기 전에 간단한 예를 올리고 있었다. 사로도 이제 능숙한 솜씨로 자신의 종교식 인사인 성호(聖號)를 가슴에 그으며, 간단한 예(禮)를 올리고 있었다.

"이제 열어보게."

기도를 먼저 마친 사로가 내게 말했다. 나는 조심스레 손을 뻗어 석등의 아랫부분인 긴 석함에 손을 댔다. 순간 세워져 있던 석함의 뚜껑 부분이 힘 없이 땅 밑으로 떨어져 내렸다.

"아……."

나의 입에서 기쁨의 탄성이 터져 나왔다.

곡선의 우아함과 섬세함을 자랑하는, 두 번째 석봉의 찬란한 모습이 드러난 것이다.

"두 번째 석봉이자, 마지막 석봉이네, 사로."

터질 것 같은 심장을 억누르며 내가 말했다.

우리의 기쁨은 이루 말로 다 헤아릴 수가 없었다. 내가 석봉을 높이 쳐들고 하늘을 향해 있는 힘껏 고함을 질러댔다. 겐죠의 기쁜 마음을 이제야 알 것 같았다. 석봉에는 이런 글귀가 쓰여 있었다.

　'佛心洗咎.'
　'불심세구.'

겐죠가 가지고 있는 석봉글자와, 우리가 찾았던 석봉글자를 합하면 이런 글자가 성립되는 것이다.

　'佛經脫愁　佛心洗咎.'
　'불경탈수　불심세구.'

즉 그 말은 불경으로 시름을 벗겨주었고, 불심으로 허물을 씻는다. 라는 말이었다. 하늘에선 연신 천둥과 번개가 몰아치고, 쏟아지는 빗줄기는 그칠 줄을 몰랐다. 이 두 개의 석봉이야말로 불화의 숨겨진 장소에서 불화를 끄집어 낼 수 있는 유일한 열쇠인 것이다.

둘 중에 어느 한 개라도 없다면 쌍룡불화를 찾기에는 불가능하다는 것은 뻔 한 공식이었다.

우리는 쏟아지는 빗속에서 서로를 바라보며 환하게 웃고 있었다.

우리는 그렇게 기쁜 마음으로 하늘을 향해 감사드리고, 자축하는 마음으로 비가 내리는 석구암을 떠났다.

이제 남은 것은 오직 하나였다.

겐죠의 추격대를 피해 다른 곳으로 도망치는 것이었다. 그 방법으로는 사로가 작성한 지도대로 지름길을 통해 빠르게 빠져나가는 방법뿐이었다.

이제 이 한 개의 석봉만 잘 숨겨둔다면, 겐죠는 더 이상 불화를 찾을 수 없을 것이다. 우리의 내려가는 산행은 날개를 단 듯 가벼웠다.

다행히 세차게 내리던 빗줄기는 앞을 분간할 수 없을 정도였으므로 우리가 도망치기에는 안성맞춤이었다.

'겐죠는 나머지 열쇠인 이 석봉을 찾기 위해 지금쯤 혈안이 되어 있을 것이다. 그가 나중에 이 사실을 안다면 그는 어떤 얼굴일까?'

그의 표정을 상상하니 웃음이 저절로 흘러나왔다.

23

　이미 우리가 떠난 석구암은 쓸쓸하기가 이를 데 없었다. 뒤늦게 겐죠가 부하들을 이끌고 도착했지만, 그는 이미 우리가 석봉을 탈취해서 그곳을 떠난 지가 오래됐음을 알고, 깊은 탄식과 함께 노기가 충천해 미친 듯이 허공을 향해 울부짖으며 군도를 마구 휘둘러댔다.

　모든 게 물거품이 된 것이다.

　비를 맞으며 허공을 향해 울부짖던 겐죠의 눈에 뜨거운 눈물이 맺혀 있었다. 신가가 그에게 다가가 조심히 말을 걸었다.

　"이럴 시간이 없네. 우선 그들이 갈만한 곳을 차단하는 것이 우리한 텐 급선무니 그것부터 해 보세. 내가 주문을 걸어 조취를 취해보겠네."

　신가의 말에 겐죠는 다소 안정을 찾은 듯, 순순히 그의 의견에 따르기로 하고 흥분을 거두었다.

　"내 사물함을 가져오게."

　신가가 겐죠의 부하들에게 명령했다. 함을 열어 젖힌 신가가 거기에서 종이 한 장을 꺼내들고 뭔가를 적기 시작했다.

　그리고 모두가 지켜보는 가운데 뭔가를 적은 신가가 그 종이를 입에 물고, 알 수 없는 주문을 외우다가 그것을 입에서 내뱉자, 의문의 종이가 빗줄기를 피해 허공을 향해 높이 치솟았다.

　한편 겐죠는 서둘러 지도를 꺼내 우리가 도망갈 만한 길을 찾는 데 총력을 기울이고 있었다. 그리고 그의 부하를 시켜 무전기로 가까운 군부대에 지원을 요청하고, 모든 길목에 검문검색을 지시했다.

　주문을 끝낸 신가가 겐죠의 귀에 대고 뭔가를 나직이 속삭였다. 인사로 답례한 겐죠가 서둘러 석구암을 뒤로 하고 아쉬운 발길을 돌렸다.

24

사로와 함께 기쁜 마음으로 산길을 걷고 있던 내가 궁금해 물었다.

"우린 이제 어디로 가는 건가?"

"내가 아는 사찰이 있네. 겐죠가 돌아갈 때까지 숨어 있기 괜찮은 곳이네."

"그럼 경성은 언제 갈 건가?"

"그들 모두 자네 얼굴을 알고 있네. 당분간 경성에 갈 생각은 접어 두고, 당분간 그곳에 숨어 있다가 그들이 본국으로 돌아가면 그때 경성으로 돌아가는 게 좋을 것 같네."

틀린 말이 아니었다. 우리가 이대로 경성으로 돌아간다면 그것은 호랑이 굴로 다시 들어가는 꼴일 것이다. 그러나 사로의 말대로 며칠, 아니 몇 달이 걸릴지 모를 도피를 생각하니, 출발 전에 시골에 계시는 부모님께 안부를 전하지 못한 것이 몹시 마음에 걸렸다.

"하지만 몇 년 동안 불화를 찾는 그의 인내심으로 볼 때, 언젠가는 군대를 동원해서라도 우릴 찾고 말거네. 그러니 그곳에 도착하면 다른 방법으로 겐죠를 포기시킬만한 것을 한번 강구해 보세. 계속 숨어 있을 수는 없어서 하는 말이네."

나의 우려 섞인 말에 사로가 말없이 웃었다. 분명 대책이 없는 그가 아니었지만, 불안감에서 나온 나의 말이기도 했다. 내가 다소 안심하고 동쪽을 향해 몇 시간쯤 갔을 때였다.

갑자기 내 몸이 축 늘어지기 시작했다. 사로가 날 바라보았으나, 나의 체력은 아직은 멀쩡했으므로 그에게 괜찮다는 표시를 연신 해대고 길 걷기를 재촉했다. 그러나 시간이 갈수록 현기증이 일어난 나는 도무지 길을 제대로 걸을 수가 없어, 사로의 부축을 받아 가까운 나무 근처에서 행장을 풀고 말았다.

"무슨 일인가?"

병이 난 것을 우려한 사로가 내 모자를 벗겨 이마 위를 만져봤다. 내 몸은 온통 땀에 젖어 있었다.

"몸이 불덩이 같으니 아무래도 어디 가서 좀 쉬어야겠네."

나는 괜찮다고 말했지만, 고열과 함께 얼굴이 창백해지고 몸이 뜨거운 것이 어딘가가 분명히 고장이 났다는 것을 쉽게 알 수 있었다.

사로가 서둘러 나를 눕히고 가까운 곳에서 물을 떠다, 나의 입술을 적시기 시작했다. 몸에서 열기가 화끈 달아올랐다. 다소 몸이 허약한 건 사실 이었지만, 이런 일은 내 평생 처음이라서 무척 걱정이 되었다. 더군다나 겐죠에게 쫓기는 이런 상황에서, 이런 원인 모를 발병은 사로에게 큰 부담이 되었다.

이런 곳에서 마냥 쉴 수는 없다고 판단한 사로가, 서둘러 몇 장의 지도뭉치를 꺼내들었다. 가까운 사찰을 찾기 위한 것이 분명했다. 말리고 싶었지만 몸이 말을 듣지 않아 그가 행동하는 걸 그냥 묵묵히 지켜볼 수밖에 없었는데, 몇 장의 지도를 검색한 그가 말했다.

"지도상으론 여기서 조금만 비켜 가면 황구사라는 사찰이 있네. 우선 그곳으로 자네를 옮겨야겠네. 이대로 있다간 밤새 무슨 큰일이 날 수도 있으니까 내 말대로 하세."

사로는 나를 부축하고 업기를 반복하면서, 힘들게 그곳을 향해 부지런히 움직이기 시작했다. 나는 그에게 이 결정은 매우 위험하다고 얘기했지만, 아무리 위험해도 내가 먼저라는 말로 그는 나의 의견을 일축해 버렸다. 내가 먼저라는 그의 말에, 내 코끝이 갑자기 찡해 왔다.

사로가 그렇게 혼미한 정신을 가진 나를 부축하고, 몇 리를 갔을 때 내 희미한 시야에 아담한 사찰 하나가 들어왔다.

지나치며 현판을 보니 황구사(凰俱寺)라는 글귀가 첫눈에 들어왔다. 사로의 등에 업혀 입구를 통과해 대웅전 쪽으로 들어가 보니, 80세 정도의 절름발이 주지스님과, 몇 명의 젊은 스님들이 마당을 쓸고 있었다.

그들은 우리의 출현에 다소 놀랐지만, 어깨가 축 늘어진 나를 재빨리 부축하여 다급하게 선방(禪房)으로 옮기는 것을 지체하지 않았다.

"어디서 오신 불자(佛子)신지요?"

절름발이 주지스님의 난처한 질문에 사로는 지나가는 행객으로 산행 중에 우연히 병이 났다고 둘러대고, 아픈 나를 위해 정중한 치료를 부탁했다.

그러나 나는 시간이 갈수록 아무런 차도는 보이지 않고, 여전히 식은땀만 비 오듯 쏟아냈다. 스님들의 손길이 바빠졌다. 어떤 이는 물을 떠다가 이마에 수건을 얹어주고, 어떤 이는 절에서 쓰는 약을 달여 나에게 먹여줬다.

나는 한시바삐 몸이 쾌차해 겐죠를 피해 멀리 달아나고 싶었지만, 그럴 수 없는 현실이 안타까웠다. 물론 여기서 머물 수도 있겠으나 이곳을 보아하니, 일본군을 피해 며칠씩이나 몸을 숨길 만한 장소는 아니었으므로, 빨리 낫기만을 바랄 뿐이었다.

사로는 내가 혹시 잘못되지는 않을까 하는 생각으로 얼굴이 초조해져 있었다. 그런 사로를 바라보던 내 눈이 서서히 무거워지기 시작했다. 그리고 나를 간호해 주는 스님들의 윤곽이 희미해지며, 나는 곧바로 깊은 암흑 속으로 빠져들고 말았다.

밤이 되었다. 달빛이 사찰 안을 유난히도 밝게 비추고 있었다. 간혹 멀리서 들려오는 동물의 울음소리 말고는 사방이 고요했다.

"이곳의 현판을 보니 이름도 특이하고 다른 사찰하곤 좀 다른 분위기가 있어 보이는데 이곳은 어떤 사찰입니까? 스님."

사로가 절름발이 주지에게 물었다. 주지가 공손하게 대답했다.

"이곳은 본래 고려 때 학보대사님께서 창건한 사찰로, 원래는 작은 암자를 목적으로 지어졌지만, 봉황새가 자꾸 날아드는 바람에 이를 신기하게 여긴 어느 불자께서, 나중에 건축양식을 바꿔 공양 봉축한 작은 사찰입니다."

사로는 고개를 끄떡이자, 이번엔 주지가 사로에게 물었다.

"보아하니 며칠을 산속에서 헤매시다가 알 수 없는 변괴를 당하신 것 같은데, 어디를 그리 바쁘게 가시는지 몰라도 저런 몸으로 사람을 이런 곳까지 데리고 온 것을 보면 혹시 누구한테 쫓기는 중이신지요?"

신통력 있는 질문이지만, 사실대로 답할 수 없는 처지에 빠진 사로는 급한 일로 어딘가에 가다가 이런 봉변을 당했다는 얘기만 둘러댔을 뿐, 일본군에게 쫓긴다는 말은 차마 하지 않았다.

그때 한 젊은 스님이 사로 앞에 나타나 나의 위급함을 알려왔다. 사로는 서둘러 주지와 함께 내가 누워 있는 선방으로 향했다. 온몸이 고열에 휩싸인 나는 심각한 중태에 빠져 있었다.

주지가 손수 이마를 짚으며 온몸을 살펴봤지만, 알 수 없는 병세는 전혀 회복 기미를 보이지 않고 더욱더 상황만 악화되고 있었다. 표정이 굳어진 주지가 긴 한숨을 내쉬었다.

촛불이 흔들리는 가운데 나의 몸은 이제 어느 한계를 넘어 서서히 숨을 잃어가기 시작했다. 주지는 서둘러 나를 법당으로 옮기라고 지시하고, 자신이 손수 불공을 드리겠다며 젊은 스님들에게 모든 준비를 지시했다.

달리 어찌할 방법도 찾지 못한 사로가 혼미한 나를 법당으로 옮긴후, 스님들이 불공드리는 모습을 지켜보고 있었다. 부처님 앞에 놓여 있는 촛불이 바람에 살랑거리며 자꾸만 흔들렸다.

그리고 숨소리가 거친 가운데 난데없는 한줄기 바람이 살랑거리던 촛불마저 꺼버리자, 모든 스님들이 불길한 표정으로 사로를 바라보았다. 나는 이미 죽어 있는 듯 고요한 상태였으며, 얼굴은 백지장처럼 창백했다.

"먹과 붓을 준비해주게."

뭔가 결심한 듯, 주지스님이 젊은 스님에게 지필묵을 준비하라고 지시했다.

잠시 후, 지필묵(紙筆墨)을 가져오자, 주지의 손놀림이 빠르게 움직였다. 붓으로 몇 글자를 거침없이 써내려간 주지는 그것을 정신이 혼미해 있는 나의 몸에 붙여놓곤, 다시 불공을 드리기 시작했다.

사로는 이런 해괴한 짓에 의구심을 가졌지만, 달리 손쓸 방법이 없어 그저 주지의 움직임을 바라보고만 있었다.

잠시 후, 몇 십 분의 불공을 드리던 주지가 갑자기 불공을 멈추고 고개를 흔들었다. 젊은 스님들도 불공을 멈추고 주지를 돌아봤다.

"소승의 도력으로는 더 이상 힘들 것 같소."

어두운 주지의 말에 사로가 불안한 표정으로 나를 돌아봤다. 누워있는 나는 이미 가느다란 숨만 몰아쉴 뿐 아무 움직임도 보이지 않았다.

"소승의 생각으로는 누군가 사귀(邪鬼, 못된귀신)를 해놓은 것 같소만, 소승이 마지막으로 약사경(藥師經, 중생의 질병과 마음의 병까지 치료하는 서원)을 하는 동안, 혹시 모르니 마음의 준비를 미리 해두시지요."

희망 없는 마지막 말을 끝낸 주지가 조용히 눈을 감고 묵상에 잠겼다. 사로는 이러다가 큰일이 생기는 것이 아닌가 하는 마음으로 심장이 뛰었다. 그때 그의 머리에 뭔가가 떠오르는 게 있었다.

사로가 황급히 법당 밖으로 뛰쳐나갔다. 모든 스님들이 그를 의아하게 바라봤지만, 그가 잠시 후 들고 들어온 것은 선당에 있던 배낭이었다.

모든 스님들이 웅성거리는 가운데, 어느새 법복이 내 몸에 이불처럼 덮어졌다. 그리고 어느 순간 이상한 광채가 뿜어져 나오던 법복에서 글자들이 살아 있는 듯 꿈틀대자, 방안은 온통 무지개 광채로 가득하자 나의 몸에서 이상한 기운들이 맴돌기 시작했다. 주지를 포함한 모든 스님들이 넋이 빠진 듯, 이 놀라운 광경을 그냥 말없이 바라보고 있었다.

"불공을 계속하시지요, 스님."

사로가 독려하자, 기겁을 한 모든 스님들이 온몸을 떨며 머리를 조아렸다. 그도 그럴 것이 태어나 이런 신비한 광경을 처음으로 목격했으니 어찌 그렇지 않겠는가? 스님들의 이마에는 땀이 맺혀 있었고, 어떤 스님은 너무 놀라 불공을 드리지도 못하고 온몸을 떨다가 그대로 혼절하고 말았다.

25

다음날 아침이었다.

나는 몸이 그 어느 때보다 상쾌해져 아침 일찍 스님들과 밥을 먹는 도중에도 온몸에 힘이 솟구쳤다.

그러나 주지스님과 다른 스님들은 밥숟갈을 뜨지도 못한 채 나만 바라보며, 지난밤의 그 신기한 법복에 대해 경탄을 감추지 못했다.

법복의 신기함도 그렇지만, 내 병이 말끔히 나은 것이 여간 신기하지 않았던 모양이었다. 식사를 끝내고 사로와 난 사찰을 떠나기에 앞서 주지스님의 거처를 찾았다.

"오래 전 열반재일(涅槃齋日)이 끝나고, 이제 탄생재일(誕生齋日)이 돌아옵니다만, 미천한 소승에게 어젯밤에 살아 생전 이런 부처님의 영광을 보여준 것을 두 분께 뭐라 감사해야 할지 모르겠소이다. 부디 몸조심하시어 대업을 이루기를 대자대비하신 부처님께 소원하겠소이다. 아미타불 관세음보살……."

쭈글쭈글한 손으로 우리를 향해 합장 인사하는 주지의 눈에는 어느새 촉촉한 눈시울이 젖어 있었다. 주지는 우리가 뭘 하는 사람인지 끝까지 묻지는 않았지만, 나라를 위해 큰일을 하는 보살쯤으로 여기고 정성을 다해 먹을 것을 싸주며, 마지막으로 법당의 예불에 참석해주길 간청했다.

사로와 난 그들에게 보답하는 마음으로 기꺼이 그곳에 참석해 주었다. 낭랑한 불경 소리가 내 귓전을 타고 맴돌았다.

"나무아미타불 관세음보살."

불공을 드리는 모든 스님의 눈에는 촉촉한 이슬이 맺혀있었다. 평생 보지 못할 부처님의 귀한 보물을 보고 감동을 받아서인지, 그들은 하나같이 우리 앞길에 온 마음을 다해 정성껏 불공을 올려줬다.

그러나 예불이 끝나고 모두가 아쉬운 작별인사와 함께, 대웅전을 나서려던 우리 앞에 불운의 재난은 들이닥치고 있었다. 법당 밖에 뜻밖에도 겐죠가 이끄는 30여 명의 일본 군인들이 총을 들고 사찰을 에워싸고 있었던 것이다.

병력이 증원된 걸 보니 밤새 어디선가 새로운 병력을 지원받은 것이 틀림없었다. 주지스님과 모든 스님들이 혼비백산(魂飛魄散)하여 어쩔 줄을 몰라 하는 속에서, 사로가 겐죠를 보고 씁쓸한 미소를 흘렸다.

내가 몸이 아픈 바람에 시간이 너무 지체된 것이다. 사사끼가 나를 보고 연신 반가운 듯 손을 흔들어 대고 있었다. 나는 방에 놓아둔 법복이 걱정되었다. 법복과 석봉이 겐죠의 손에 들어가선 안 된다는 생각이 내 머리를 크게 자극해왔다.

절름발이 주지스님도 나와 같이 법복이 걱정 되었는지 잠시 머뭇거

리다, 젊은 스님에게 무언가를 눈짓하곤 대웅전 밖으로 나가 겐죠를
반갑게 맞아들였다.

그러나 겐죠는 주지의 그런 친절에도 아랑곳없이 표정이 굳어진 채,
뚜벅뚜벅 법당 안으로 들어와 무서운 눈초리로 사로를 쏘아봤다.

사로가 머리 위에 손을 들고 피식 웃었다.

겐죠의 이글거리는 분노는 이미 얼굴에 그대로 표현되어 있었다. 하
루 온종일 우리 때문에 고생한 듯 곧바로 우리를 쳐죽일 것만 같았다.

"네가 사로인가?"

겐죠가 무섭게 사로를 쏘아보며 말했다. 그는 침착성을 찾으려고
무척이나 애를쓰는 것 같았다. 사로가 대답 대신 고개를 끄떡여 그렇
다고 답했다.

겐죠는 잠시 그런 사로를 계속 쏘아보다, 그의 부하들에게 우리의
몸을 샅샅이 수색하라고 명령하고, 모든 스님들은 한쪽으로 끌고 가라
고 명령했다.

나는 누군가 법복과 석봉을 무사히 숨겨주길 기대하면서, 수색이
끝나자 다시 법당 밖으로 끌려가 겐죠 앞에 무릎을 꿇고 앉았다.

"이게 다 나 때문에 일어난 일이니 내가 책임지겠네, 사로."

내가 나직이 사로에게 말하자, 어느새 사사끼가 소총을 들어 나의
등을 후려갈겼다. 그러나 사로는 그런 사사끼를 보고 차가운 눈초리만
보일 뿐 아무런 대응도 하지 않았다.

그러나 그런 와중에 신가는 내 병이 깨끗하게 나은 걸 보고, 자신의
주술을 푼 것이 여간 신통하지 않은 듯, 나와 황구사를 번갈아 살피고
있었다.

겐죠가 사로를 무섭게 바라보며 일본어로 말했다.

"석봉은 어디 있나?"

그러나 사로는 아무 대꾸도 하지 않고, 그저 먼 산만 바라보고 있었

다. 그가 이번에는 우리말로 분명하게 물어왔다.

"석봉 있는 곳을 말하라!"

사로는 그래도 침묵을 지켰다.

전부터 나를 상습적으로 괴롭혔던 사사끼가 총의 개머리판을 들어, 사정없이 사로의 얼굴을 강타했다. 아마도 침묵으로 일관하는 사로가 비위에 거슬려서 그런 행동을 한 것이 분명했다. 그러나 겐죠는 오히려 그런 사사끼가 못마땅했는지 사정없이 그를 나무랬다.

"바보 같은 놈!"

그의 욕설에 그가 머리 숙여 사과하고 뒤로 물러나자, 사로의 입술에는 한 움큼의 피가 고여 있었다. 사로는 피 섞인 침을 겐죠 발 밑에 뱉으며 전혀 겁먹지 않는 듯, 겐죠를 다시 바라보며 미소했다.

감히 상상도 할 수 없는 짓이었다. 그런 사로의 행동에 겐죠의 모든 부하들이 겁 없는 내 친구를 흘끗흘끗 쳐다보았다.

겐죠가 다시 굳은 표정으로 사로에게 물었다.

"나는 야마모토 겐죠다. 너에 대해선 네 친구한테 잘 들었다. 네가 조선의 최고 사학자인가?"

"자네가 최고 사학자냐고 묻고 있네."

내가 통역해 줬다. 사로가 피식 웃으며 고개를 흔들었다.

겐죠가 궁금한 듯 다시 말했다.

"단서도 없이 두 번째 석봉은 어떻게 찾았나?"

그는 충분한 단서 없이 두 번째 석봉을 찾은것이 대단하다고 여겼는지, 그에 대한 궁금증을 토로했다. 하지만 사로는 어설픈 일본말로 이렇게 답했다.

"그 정도는 기본 아닌가. 야마모토."

겐죠가 잠시 무섭게 사로를 쏘아보다 자존심이 상했는지 자리를 박차고 일어났다. 그리고 그가 명령했다.

"모든 사찰을 샅샅이 뒤져라!"

부하들이 제각기 흩어져 사찰을 뒤지기 시작했다. 그리고 방에 갇혀 있던 스님들도 다시 그들의 손에 우르르 끌려나왔다. 부하들은 스님들을 한 줄로 무릎을 꿇려놓곤 사찰 수색을 계속했다.

한참이 지났다. 겐죠의 부하 한 명이 우리의 배낭을 가지고 겐죠 앞에 나타났다. 그러나 놀란 내 눈에 배낭속의 법복과 석봉은 보이지 않았다. 분명 스님들에 의해 숨겨졌다고 판단한 내가 놀란 가슴을 쓸어내리며, 주지를 바라보자 그가 따뜻하게 미소 지었다.

그 미소는 석봉과 법복을 아무도 모르게 숨겼다는 의미있는 웃음이기도 했다. 내가 답례로 미소를 지어보이자, 사로가 그런 우리를 보고 다소 안심이 되었는지 흐뭇하게 바라봤다.

석봉이 보이지 않자, 겐죠는 불같이 화를 내며 군도를 뽑아 사로의 목에 들이댔다. 그러나 사로는 꿈쩍도 하지 않은 채 겐죠를 바라보고 있었다. 곧바로 칼을 휘둘러 죽일 것 같이 으르렁 댔지만, 그는 잠시 사로를 쏘아보다 강인한 자라고 생각이 들었던지, 칼날을 내 목으로 서서히 옮기기 시작했다.

숨이 멎었다.

이미 죽음의 공포에 몇 번은 익숙해졌지만, 그의 칼날이 내 목을 자를 것을 생각하니 소름이 끼쳐왔다. 사로가 그런 겐죠를 쏘아봤다.

그러나 겐죠는 그런 겁 없는 사로의 눈빛에 자존심이 상했는지, 서서히 칼을 들어 나를 내리칠 자세를 취했다.

'아…… 드디어 겐죠의 칼날에 내 목이 잘리는구나.'

목숨에 대한 미련을 버리기로 한 내가 눈을 감자, 겐죠의 굵은 팔이 허공을 가르며 번뜩이는 칼날이 무섭게 내 머리 위로 쏟아져 내려왔다.

그 순간, 목 뒤로 깍지를 끼고 있던 사로가 팔을 풀어, 내리치는 겐죠의 칼자루를 잡아 버리는 것이 아닌가……. 놀랍게도 칼날은 나의 머리에서 겨우 1센티 정도에서 멈춰 섰다.

젠죠가 나의 머리를 자르려고 계속 힘을 줬지만, 한 손으로 그의 칼자루를 잡은 내 친구의 손힘이 더 강했던지, 그는 더 이상 힘을 쓰지 못했다. 젠죠의 모든 부하들이 크게 놀라 사로에게 달려들어 총을 겨누었다.

위기일발이었다.

그러나 젠죠가 마침내 들고 있는 칼자루에서 힘을 풀자, 사로도 천천히 칼을 잡은 그의 손목에서 힘을 풀고, 다시 머리 뒤로 깍지를 끼었다, 나는 사로의 담력에 구사일생으로 살아날 수 있었지만, 젠죠가 또 무슨 일을 벌일지 모른다는 생각에 마음은 여전히 불안에 휩싸여 있었다. 스님들도 모두 이런 광경에 넋을 놓고 바라보고 있을 즘, 젠죠가 다시 사로에게 물었다.

"다시 묻겠다. 부적은 어디 있는가?"

"내 친구한테 이미 들었으면 더 이상 묻지마라. 야마모토."

사로가 천연덕스럽게 나무랐다. 젠죠가 그 말에 고개를 끄떡이며, 다시 물었다.

"마지막으로 묻겠다. 석봉은 어디 있는가?"

사로가 귀찮은 듯 말했다.

"일본의 학자들은 원래 그렇게 말이 많은가?"

그 말은 잔소리 말고 죽이라는 뜻으로, 사로의 단호한 의지표명이 담긴 말이었다. 젠죠가 그 뜻을 읽었는지 잠시 생각에 빠지다가 무슨 생각에선지 줄지어 무릎 꿇고 앉아 있는 스님들 쪽으로 걸음을 향했다.

내가 소스라치게 놀랐다.

'설마…….'

그러나 나의 불길한 예상은 그대로 적중하고 말았다. 스님 앞에 선 그가 우리말로 크게 외쳤다.

"이들이 가진 물건을 내놓아라. 만일 내놓지 않으면 지금부터 차례대로 너희들을 본보기로 죽이겠다."

그러나 그의 협박에도 모든 스님들은 주지를 선두로 모두가 합장의 자세를 취하며 지그시 눈을 감았다. 죽기로 작정한 행동이었다. 겐죠는 자존심이 상했는지 먼저 칼날을 주지스님 쪽을 향해 높이 치켜들었다.

심장이 터질 것만 같았다. 내가 다급하게 사로를 바라보자, 그의 얼굴색도 변하고 있었다. 그때였다. 겐죠가 주지를 향해 칼을 내리치는 순간, 사로가 옆에 있던 일본군의 허리춤에 차고 있던 단검을 빼들어, 그의 칼날에 비호같이 칼을 날렸다.

"획~ 쨍!"

단검은 한치의 오차도 없이 겐죠의 칼날에 정확하게 명중했다. 단검에 맞은 칼날이 아슬아슬하게 주지의 목에서 저만큼 비켜가자, 겐죠가 크게 당황해 사로를 바라봤다. 모든 일본군들이 사로에게 다시 총을 겨누었으나, 다들 사로의 괴력에 겁을 먹고 있었다.

잠시 후, 사로가 조용히 스님 앞에 걸어가 뭔가를 속삭였다. 겐죠는 잠시 그런 사로를 물끄러미 바라보고 있다가 자신의 칼을 내려다봤다.

"소승은 이제 살 만큼 살았으니 목숨에 대한 미련은 없소이다. 소승은 괜찮으니 부디 그걸 지키시지요."

주지스님이 사로에게 죽음을 받아들이겠다고 말했으나, 사로는 얼굴에 미소를 담고 공양하 듯 주지를 일으켜 세우며, 자신의 뜻을 재차 알렸다.

"제 말대로 하시지요. 스님."

사로의 말에 주지스님은 크게 한숨을 내뱉었다. 잠시 후, 주지스님의 지시에 따라 젊은 스님이 콧물을 훌쩍이며, 어디론가 다급하게 뛰어갔다. 그리고 눈물을 훔치던 젊은 스님이 어딘가에 숨겨놓았던 석봉을 가지고 나와 겐죠 앞에 힘없이 내밀었다.

금세 얼굴에 화색이 돈 겐죠가 모두에게 석봉을 보여주며, 기쁨의 환호성을 질렀다. 모든 일본군이 그와 같이 하늘을 향해 총을 쏘며 큰 환호성을 질러댔다. 겐죠가 사로에게 비웃듯이 말했다.

"조선의 학자들은 원래 그렇게 인정이 많은가? 하하하."

그가 비웃으며 굳은 표정으로 다시 말했다.

"난 너희들을 지금 당장 죽이지는 않겠다. 대신 나는 너희들을 데리고 가서, 조선의 사학자에게 내가 어떻게 불화를 찾는지 보여주고 싶다. 넌 위험한 조선의 사학자며 사무라이다. 우리에겐 득이 될 게 없지만 죽이기 전에 너에게 똑똑히 보여주고 싶다. 일본의 학자가 어떻게 보물을 찾는지. 그리고 내 부하들을 죽인 책임은 그때 묻겠다."

그는 서둘러 불화가 숨겨져 있는 목적지를 향해, 다시 행장을 수습하라고 부하들에게 명령했다. 모두가 기쁨에 술렁이며 행장을 다시 꾸렸다. 내가 겐죠에게 가서 스님들의 목숨을 살려줘 고맙다고 말하자,

"나는 짐승이 아니다."

라고 말하며 그는 자신의 너그러움을 자랑하듯 뽐냈다. 난 겐죠에게 스님들과 잠시 작별할 시간을 달라고 했다. 그는 잠시 생각하다가 전에 내 도움 받은 일을 기억했던지, 부하에게 우리를 감시하라고 지시하고 잠시 자유로운 시간을 허락했다.

우리는 일본군의 감시를 받으며 어젯밤에 거쳐했던 선방으로 주지 스님을 모시고 들어갔다.

"스님, 법복은 어떻게 됐습니까?"

내가 다급히 묻자, 주지스님이 빙긋이 웃으며 옷깃을 풀어헤쳤다. 옷 속에는 두 개의 법복이 겹겹이 입혀져 있었다. 내 입에서 안도의 한숨이 터져 나오자, 사로가 빙긋이 웃으며 말했다.

"잘 하셨습니다, 노스님. 머리가 좋으십니다."

나는 서둘러 스님이 벗어준 법복을 사로와 같이 옷 속에 껴입었다. 그러나 한 가지 놀라운 사실은 절름발이 주지스님이 더 이상 다리를 절지 않는 것이었다. 크게 놀란 내가 물었다.

"어떻게 된 겁니까 스님?"

내 말에 주지스님이 눈물을 글썽였다. 나는 무슨 일이 일어났는지 대강은 알 수 있었지만, 법복의 신비감에 그저 놀랍다는 말밖에 달리 할 말이 없었다.

우리는 아무 일 없는 것처럼 방에서 나와, 일본군의 감시 속에서 주지스님과 마지막 작별인사를 했다. 주지스님과 모든 스님들이 사로와 내 손을 붙잡고 눈시울을 적셨다. 모두가 우리 앞에 펼쳐질 생사를 걱정해 주었다.

나는 마지막으로 모두에게 공손하게 합장인사하곤, 사로와 함께 포로의 신세로 겐죠를 따라 움직였다. 연이은 두 번의 포로 신세에 저절로 한숨이 나왔지만, 사로가 있다고 생각하니 다소 안심이 되었다.

내가 황구사(凰俱寺)를 떠나며 뒤를 바라보자, 모든 스님들이 땅바닥에 앉아 우리를 위해 간절히 기도하고 있었다.

26

날씨가 화창한 정오쯤이었다.

앞서가던 겐죠는 방해꾼이 없다는 안도감으로 다소 여유 있게 행군을 계속 하고 있었다. 신가와 지도를 꺼내놓곤 뭔가를 상의하는 모습에서도, 부하들을 격려하면서 행군하는 그의 모습에서도 그는 무척이나 기분이 들떠 있는 것은 확실했다.

그렇게 행군하다가 잠시 쉬어간 곳은, 이끼가 사방에 붙어 있는 계곡 깊숙한 숲이었다.

부하들이 서둘러 겐죠와 신가에게 맛있는 밥을 지어 올리고, 모두 식사를 하기 시작했다. 나와 사로에게도 겐죠의 명령대로 약간의 먹을 것을 가져다 주었지만, 이미 황구사(凰俱寺)에서 넉넉하게 아침을 먹은 후라 배가 고프지 않아 우리는 먹는 것을 거절했다.

대신 미래가 궁금한 내가 사로에게 물었다.

"이젠 어떡할 텐가?"

"답은 이미 나와 있네. 당분간 같이 움직여 보세."

사로는 그들과 같이 움직이는 게 상책이라고 말했다. 석봉을 빼앗긴 마당에 어차피 여기서 탈출한다는 건 아무런 의미가 없었기에, 나도 그 결론에 적극 찬성했다. 식사가 거의 끝나가고 있을 때였다.

겐죠의 부하 한 명이 모두가 비운 밥그릇을 모아, 계곡 흐르는 물 쪽을 찾아가 설거지를 할 때였다.

"아악!"

난데없는 비명소리와 함께, 요란하게 밥그릇 떨어지는 소리가 바람을 타고 들려왔다. 모든 일본군이 그곳으로 달려가고, 우리 또한 그곳으로 달려갔다. 그러나 그곳에는 끔찍하게 목이 물려 죽은 한구의 시체만 있을 뿐 아무런 흔적도 보이지 않았다.

"구호사의 그 호랑이 같네."

내가 다급하게 결론을 내리자 사로가 동감한다는 듯 고개를 끄떡였다.

참 끈질긴 호랑이였다. 이 정도에서 사라진 줄 알았던 그 호랑이가 다시 나타났다는 게 도저히 믿을 수가 없었다. 내가 어렸을 때 어쩌다가 부모님을 따라 산사에 들르면, 영검스럽고 인자스러운 호랑이 한 마리가 산신각에 그려져 있었으며, 탱화에 나타난 호랑이는 해학과 정감이 뒤섞인, 조금도 두렵지 않은 익살스러운 짐승이었건만, 아무리 원한이 뼈에 사무쳤어도 이렇게 무고한 생명을 끝까지 해치며 쫓아다니는 무서운 호랑이는 난생처음이었다.

이미 목격하여 알고 있었지만 새끼를 잃은 어미의 본능과 불타는 복수심치곤 너무 잔인하다는 생각이 들었다.

만일 내가 그 심정이 된다면 어떠하겠는가? 라고 반문하니 조금은 이해할 수 있었지만, 한편으론 이번 기회에 아예 자신의 구역에서 인간을 내몰겠다는 생각을 가지고, 이런 살육을 계속 벌이지 않나 하는 생각이 들었다.

그때였다.

"으르렁~."

높은 계곡 위에서 원한에 사로잡힌 호랑이의 울부짖는 소리가 들려왔다. 모두가 놀라 소리 나는 계곡 위를 올려다보았다.

내 예상은 그대로 적중했다. 구호사의 호랑이였다. 믿기지 않을 만큼 거대한 구호사의 호랑이가 위풍당당(威風堂堂)한 자세로 우리를 내려다보고 있었던 것이다. 엄청난 크기에 무섭고 날카로운 이빨을 드러낸 구호사의 호랑이가 다시 한 번 크게 울부짖었다.

"으르렁 ."

분노한 겐죠가 큰 소리로 명령했다.

"쏴라!"

무차별적인 총격이 시작됐다. 그러나 호랑이는 쏟아지는 총탄 앞에서도 잠시 동안 일본군을 원한 있는 눈으로 쏘아보다, 총알을 피해 서서히 계곡 쪽으로 자취를 감추었다.

겐죠는 쏟아지는 총알에도 끄떡없이 버티다가 사라져 간 호랑이가 어이 없었는지, 부하들의 총구를 검사하다가 호랑이가 사라진 계곡 쪽을 바라보며 눈살을 찌푸렸다.

나는 구호사의 호랑이가 흡사 우리 편이 되어 남몰래 활동하는 독립군 같다는 생각이 들었다. 사로도 이 상황에서 호랑이의 출현이 반가웠는지 고생하는 겐죠를 보고 묘한 웃음을 지어보였다. 이제 숨어있는 적은 사람이 아닌 동물이 돼 버린 현실에, 그가 못마땅한 듯 나직이 욕설을 해댔다.

죽은 부하의 시체를 묻어주고 모두의 행군이 다시 시작되었다. 해가 계곡으로 기울었다.

두 번씩이나 포로가 된 수치와 분함으로 속이 불편했는데, 전부터 유감 있던 사사끼가 나의 등을 계속 밀치며 분노하게 만들었다. 내 마음속 깊은 곳에서 뜨거운 분노를 삼키며 걷고 있을 때였다. 사사끼가 심심한 듯 다시 한 번 총으로 나의 등을 때리며 혼자서 낄낄대고 있었다. 더 이상 참을 수가 없었다.

이미 생명까지 포기했던 적이 있던 나로선 무서울 게 없었다. 뒤로 돌아서는 순간 사사끼의 얼굴에 주먹을 쏟아 부었다. 겁 없는 행동이었다. 어디서 이런 나의 용기가 쏟아져 나왔는지 모르겠지만, 계속 무너지는 내 자존심을 그대로 삭힐 수 없어 취해진 행동이 분명했다.

죽기로 마음먹고 그의 안면을 사정없이 강타하고, 그를 붙들고 땅바닥에서 나뒹굴었다. 앞서가던 겐죠가 발걸음을 멈추고 부하를 시켜 우리를 뜯어 말리게 했다.

내가 겐죠에게 사사끼의 부당함과 잔인성을 지적하자, 그는 화가 머리끝까지 치밀었는지 군도를 빼어 사사끼의 목에 갖다 대고, 그를 일본군의 수치라고 외치며 크게 분노했다.

원래 사사끼는 겐죠가 이끄는 특공대가 아닌, 경성에서부터 이끌고 온 군인이었다. 그는 천성이 폭력적인지 나와 인연을 맺은 후로 나를 끈질기게 괴롭혀 왔는데, 급기야는 오늘 같은 일이 벌어지고 만 것이다. 겐죠가 나에게 사과하라고 불같이 명령했다.

"혼또우니 스미마셍(정말 죄송합니다)."

사사끼는 무너지는 자존심을 억누르고, 나에게 머리 숙여 깊이 사과했다. 나는 그를 쏘아보다가 사로가 있는 대열로 돌아갔다. 사로는 내가 최고라는 듯 나에게 엄지를 추켜올렸다. 나의 강한 면을 칭찬하는 우리만의 표시였다. 그러나 나의 분노는 쉽게 가라앉지 않았다.

딴사람은 몰라도 그는 나중에 꼭 내 손으로 죽이고 싶은 게 내 솔직한 심정이었다. 마지막으로 사사끼가 겁을 먹고 땅바닥에 주저앉아 다른 특수대원들에게도 머리를 조아리고 있었다.

밤이 되었다.

한치 앞도 분간 못할 정도로 칠흑 같은 밤이었다. 구름에 가려 달도 사라지고, 피곤에 지친 듯 모두의 행군이 몰라보게 느려졌다.

겐죠도 몹시 피곤했는지, 그의 부하들에게 적당한 장소를 찾아 야영을 시작하라고 명령했다. 그리고 혹시나 호랑이의 습격이 있을지 모른다는 판단 아래, 두 명씩 보초를 세우고 자신은 신가와 함께 일찍부터 취침에 들어갔다.

호랑이의 기억이 되살아난 듯 모두가 식사를 끝내고 설거지를 하는 것을 기피했다. 그 속에서 사사끼는 아까의 일이 분한 듯 계속 날 쏘아보고 있었다. 그러나 나는 그런 그의 행동에 겁먹지 않고, 계속 그를 쏘아보며 맞대응으로 약을 올렸다. 물론 겐죠를 믿고 한 행동이었다. 그런 나를 보고 사사끼가 겐죠를 의식했는지 분함을 참다가 마침내 혼자서 씩씩대며 등을 돌려버렸다.

사로가 그런 나를 보고 웃음을 흘렸다. 포로의 신분이었지만 오랜만에 기분을 전환할 수 있어 사사끼를 골려주는데 나는 있는 힘껏 재주를 피웠다. 그는 나중에 얼마나 화가 났는지 혼잣말로 연신 욕을 해대며 막사 안으로 들어가 버렸다.

시간이 흐른 새벽이었다.

동물들의 울음소리와 살랑거리는 바람으로 나무들이 작은 몸부림을 내고 있었다. 보초들은 언제 호랑이가 공격해올지 모른다는 두려움으로 매우 긴장한 상태였다. 그러나 시간이 흘러도 아무런 기척이 보이지 않자, 두려움 속에서도 다소 긴장이 풀린 보초병들의 하품은 계속되었다.

그렇게 시간이 또 흘러갔다.

간혹 눈꺼풀이 무거워 졸고 있는 보초들도 한 두 명씩 눈에 띄었다. 나는 독립군 모습의 호랑이가 나타나기를 기대하며 아예 잠을 자지 않고 있었다. 사로는 나에게 잠을 청하라고 했지만, 나는 분명히 호랑이가 나타나 그들을 또 공격할 것이라는 강한 믿음을 가지고 있었기에 잠자기를 거부했다. 그리고 이 기회에 아예 사사끼가 호랑이에게 죽음을 당했으면 하는 바람도 가져보았다.

사로가 먼저 잠에 골아떨어졌다.

나는 복수를 꿈꾸며 새벽 늦게까지 호랑이를 기다렸다. 그러나 시간이 흐를수록 나의 눈꺼풀도 서서히 무거워지고 있었다. 그리고 피곤에 밀려 결국 잠깐 동안 잠을 이기지 못한 나는 이내 잠에 곯아 떨어지고 말았다. 그러나 그 잠깐사이 어디선가 한 방의 총소리가 허공에 울려 퍼졌다.

"탕!"

놀라 잠에서 깨어난 내가 먼저 촉각을 곤두세우며 호랑이의 존재를 찾기 위해 바쁘게 움직였다.

그러나 내가 서둘러 사방을 둘러봤을 때, 총소리와 함께 일본군의 날카로운 비명소리도 간간히 들려오고 있었다. 나는 서둘러 주변에 있는 횟불을 빼들고, 급히 발길이 움직이는 대로 풀숲을 향해 뛰어 들어갔다. 그러나 풀숲 쪽으로 뛰어간 내 앞에는 이미 두 명의 일본군이 처참한 몰골로 죽어 있었다. 바닥에는 피가 홍건하게 고여 있었으며, 살점은 보기 흉하게 뜯겨져 보기에도 아주 처참했다.

"으악!"

앞쪽에서 또 한 명의 처참한 비명소리가 울려 퍼졌다. 가까운 거리였다. 나는 곧바로 그곳으로 향했다. 그러나 내가 그곳에 당도해 목격한 것은 말로 표현 할 수 없을 정도로 끔찍하고 공포스러운 장면이었다.

목이 물린 채 축 늘어진 일본군의 시신을 입에 물고 있는 호랑이가 저 만큼 앞에 서 있었던 것이다. 불과 나와의 거리가 10여 미터쯤 떨어진 곳이었다. 나의 심장이 요란스럽게 박동치기 시작했다. 위풍당당하게 바라보는 호랑이의 눈빛은 사뭇 다른 때와는 달랐다.

"으르렁~."

압도하는 목소리에 나는 한 발자국도 움직일 수가 없었다. 괜한 호기심으로 구경을 나선 것이 후회되기 시작했다. 내가 그렇게 생각하고 있을 때, 일본군의 목덜미를 물고 있던 호랑이가 힘없는 그를 땅바닥에 내려놓고, 다음 표적인 나를 향해 서서히 다가오기 시작했다.

"으르렁……."

불과 5미터의 거리에서 횃불을 들고 있는 나의 손이 요란스럽게 떨려왔다. 아무 생각도 나지 않았다. 시골에 계시는 부모님과 국밥집의 여자 그리고 사로의 모습까지도…….

그러나 몸을 낮추고 공격할 태세를 갖추었던 호랑이는 어느새 힘없는 표정으로 겁에 질려있는 내 앞으로 바짝 다가들어, 나를 향해 뭔가 냄새를 맡기 시작했다. 처참하게 물려 죽은 내 모습이 연상되었다.

"아……. 살아 돌아가긴 틀렸구나……."

두 다리가 심하게 떨리고 몸이 경직되어 움직일 순 없었지만, 줄곧 그 생각만은 멈추질 않았다. 그러나 그것은 내 온몸을 살피다가 갑자기 태도를 바꿔 나의 손등을 그 기다란 혀로 조용히 애무하기 시작했다.

'아…….'

또 다른 생각이 스쳐 지나가는 가운데 그것이 다시 움직이기 시작했다. 그러나 한 가지 더 놀라운 사실은 그것이 움직일 때, 내 몸에 자신의 일부를 비벼대 듯 스치고 지나가는 행동이었다. 촉촉한 호랑이털의 부드러운 감촉과 말랑말랑한 꼬리의 휘어 감는 감촉이, 떨리는 내 손끝으로 생생하게 전해져왔다.

'왜 날 공격하지 않고, 이런 행동을 하는 건가…….'

이해할 수 없는 행동에 의문을 가진 사이, 긴 꼬리로 내 몸을 스치고 지나가던 호랑이는 이내 어둠 속으로 서서히 사라지고 말았다. 내가 구호사의 호랑이를 마지막으로 본 것은 이 날이 끝이었다.

　그리고 몇 년 후 나는 모 신문에서 그 호랑이의 소식을 다시 접할 수가 있었다. 그러나 그 모습은 위풍당당한 자태가 아닌, 흉물스럽게 죽어있는 그것의 사체(死體)였다.

　그리고 내가 더 경악한 것은 그것의 죽음이 놀랍게도 우리 사냥꾼의 손에 의해서 저질러 졌으며, 그 호피는 일본 고위간부에게 상납되었다는 사실이었다. 참으로 천인공노 할 만행이자, 더러운 동족의 매국 행위인 것이다.

　나는 지금도 그 사진과 기사를 고이 간직하고 있다. 일본군을 위풍당당한 모습으로 죽음의 공포에 몰아넣은, 나의 영혼의 용사였던 그것의 죽음이 담긴 빛 바랜 한 장의 사진이다.

　구호사의 호랑이…….

　공포에 젖어있는 내 곁으로 한때의 일본군들이 우르르 몰려왔다.

27

다음날 아침.

겐죠는 간밤에 호랑이에게 물려죽은 숫자가 어이없게 3명이라는 데 큰 충격을 받은 듯, 심각하게 앉아 아침도 거르고 행군을 준비했다.

그러나 나는 몇 숟갈의 아침을 건네준 일본군의 밥을 얻어먹고, 어젯밤에 내 목숨을 살려주고 홀연히 사라져간 구호사의 호랑이를 위해 정성껏 합장의 예를 올렸다.

겐죠와 그의 부하들은 나의 그런 태도를 무시했지만, 신가 만큼은 달라 보였다. 그는 기분 나쁜 미소를 나에게 흘리더니 어젯밤에 죽은 일본군의 시신을 모아놓고 자신도 서둘러 예불을 시작했다.

예불이 끝나고 시신이 묻어지자, 다시 거친 행군이 시작되었다.

한참을 진군했을 때였다.

줄지어 가던 겐죠의 부하 한 명이 소변이 마려워 대열에서 이탈해 숲 속으로 들어갔다. 그러나 얼마 되지 않아 날카로운 비명소리가 숲 속에서 크게 울려 퍼지자 순간 앞에서 행군하던 모든 부하들이 화급히 놀라 숲 속을 향해 무차별적으로 총을 난사하기 시작했다. 모두들 구호사의 호랑이에게 겁을 먹었으므로 그들의 난사는 필사적이었다.

사격이 잠시 멈춰지자, 겐죠가 모두에게 명령했다.

"사방을 경계하고 조심히 수색하라! 뭐든 보이는 게 있으면 가차 없이 쏴 죽여라."

그러나 수색을 시작한 그들이 찾은 것은 온몸에 총탄세례를 받아 싸늘하게 죽어있는 동료의 시체였다. 오인된 총탄 세례가 그를 죽인 것이 분명했다. 그러나 한 가지 더 놀라운 사실은 웅크리고 앉아 죽어 있는, 그의 온몸 구석구석에 땅벌떼들이 몰려있다는 사실이었다.

"웅~ 웅~."

엄청난 땅벌 떼였다. 첫 모험 때 소변을 보다가 낭패를 당한 경험이 있던 나로서는 쉽게 그 벌떼들의 위력을 알 수 있었다.

모든 군인들이 혼비백산 팔을 내젓기 시작했다. 분명 일본군은 나와 같은 방법으로 소변을 보다가 땅벌의 습격을 받은 것이 분명했다. 단지 차이가 있다면 그는 재수 없게 소리를 지르다 동료들의 총탄세례를 받고 죽었다는 사실이었다.

겐죠는 칼을 휘둘렀지만 벌떼는 칼로 퇴치될 대상이 아니었다. 내가 제일 먼저 능숙하게 그곳에서 도망치기 시작했다. 이에 모든 군인들이 나를 따라 마구 뛰기 시작했다. 그리고 한참을 달려가 겨우 벌떼의 습격에서 벗어난 모두 앞에 겐죠는 크게 한숨을 쏟아냈다.

그는 이 지긋지긋한 탐사에서 하루빨리 벗어나기를 기원하는 듯, 고개만 절래절래 흔들며 다음과 같이 명령했다.

"조선의 모든 것은 위험 투성이다. 내가 지시하기 전에는 소변도 보지 말고, 움직이지도 말고, 먹지도 말라."

행군은 다시 계속되었다.

오후가 되어서야 우리는 쌍룡불화가 묻혀 있을 어느 암벽으로 깎아진 산 밑에 도착했다. 암벽으로 이루어진 산세의 모양은 약 80도 각도를 유지한 채 버티고 있었지만, 700미터가 넘는 산의 높이 만큼이나 산을 오르기에는 거의 불가능해 보였다.

모두가 암벽을 타고 오르는 게 끔찍한 듯, 멍한 표정으로 산 위만 하염없이 바라보고 있었다. 그러나 겐죠는 그런 부하들을 정렬시켜 놓고 크게 외쳤다.

"모두들 본국에서 가져온 장비를 잘 챙겨라. 한 치의 오차가 있어서는 안 된다. 이제 저 산만 오르면 우리는 지금까지 우리가 그토록 원하던 조선의 보물을 손에 넣을 수 있다. 나는 일본의 대학자이기 전에 대일본제국의 군인으로, 지금까지 수많은 발굴에서 단 한 번도 물러난 적이 없는 사람이다. 하지만 내가 여기까지 온 것은 다 너희들 덕분으로, 대일본제국과 나는 언제까지 너희들을 두고두고 기억할 것이다. 너희들의 마지막 충성을 기대하겠다. 행운을 빈다."

겐죠의 연설이 끝나자, 그의 몇 남지 않은 특수대원들 모두가 굳은 각오로 그에게 거수경례를 올렸다. 그럴듯한 연설이었다. 하지만 경성과, 가까운 군부대에서 선발되어 지금까지 그를 따라왔던 나머지 일반 군인들의 사정은 좀 달랐다.

죽음을 부를 수도 있는 험악한 산을 오른다는 것은 그들에겐 큰 갈등이었다. 겐죠를 따라온 군인들의 눈빛이 달라지며 모두가 수군거렸다. 그 속에서 눈치를 보던 사사끼가 대표로 겐죠 앞에 나섰다.

그는 자신들은 고도로 훈련받지 않아 벼랑 위를 올라가는 것은 불가능하니, 이쯤해서 다시 군부대로 돌아가게 해달라고 부탁을 했다.

그러나 겐죠가 나서기도 전에 그의 특수부대원들은 비밀유지를 위해 불가(不可)하다고 말하고, 하나같이 총검을 뽑아 그들의 목을 겨누며 일방적인 위협을 가했다.

잘못하면 또 한 번의 참상이 일어날 수 있는 위기상황이었다. 반반으로 나눠진 부하들의 대립 속에서 살기를 느낀 겐죠가 말했다.

"겁낼 것 없다. 위에서 시키는 대로 따라하라. 너희는 나를 도와 이 위대한 발굴에 가장 중요한 충성심을 발휘해 준 군인들이다. 대일본제국의 군인답게 명예를 지켜라. 그 대신 경성으로 돌아가면 너희 모두에게 상상도 못할 포상을 내려줄 것이다."

고요와 침묵 속에서 겐죠의 연설을 들은 군인들이 잠시 망설였다. 그러나 사사끼가 먼저 포상에 눈이 멀어 충성을 맹세하자, 나머지도 마지못해 충성을 맹세하고 말았다.

모든 일은 순조롭게 풀려갔다.

겐죠를 포함한 모든 군인들이 제각기 암벽에 오를 준비를 시작했다. 들고 온 상자는 밧줄에 묶어 나중에 암벽에서 끌어올릴 준비를 했으며, 소총들은 단단히 어깨 뒤로 동여매졌다.

겐죠가 우리 앞에 다가와 말했다.

"이유는 모르지만 여기까지 따라와서 다행이라고 생각한다. 그 대신 내가 어떻게 불화를 취하는지, 나는 너희에게 분명하게 보여줄 것이다. 다만 올라가다 죽지 않기를 바랄뿐이다."

말을 마친 겐죠가 암벽 등반을 서둘렀다.

나는 일본군에게 쇠침신발이 들어 있는 내 배낭을 돌려달라고 부탁했다. 워낙 암벽이 험했던지 눈치를 살피던 일본군이 우리에게 슬그머니 배낭을 건네주었다.

나는 서둘러 장비를 꺼내 사로와 같이 암벽준비를 서둘렀다. 겐죠가 잠시 나의 장비들을 신기하게 바라봤지만, 별다른 반응 없이 시선을 회피했다. 나는 몸 속에 입고 있는 법복이 제발 불화를 방해해 주길 학수고대하면서, 사로와 같이 오르기 좋은 장소를 물색했다.

첫 모험때 이미 암벽 경험이 있는 나로선 산을 오르기가 왠지 겁나지 않았지만, 산의 높이로 봐서 만만하게 볼 대상은 아니었다. 그러나 전에도 그렇듯이 사로가 먼저 내 허리에 밧줄을 동여매줬으므로 난 다소 마음에 안정을 취했다.

잠시 후, 우리가 먼저 암벽을 오르기 시작하자, 겐죠와 신가 그리고 그의 부하들이 차례대로 절벽에 발을 올려놓았다. 암벽을 붙잡은 내 손이 가늘게 떨려왔다.

적운(積雲)이 파란 하늘에 가득한 가운데, 구름 사이로 까마귀와 온갖 새들이 하늘을 날아오르고 있었다. 까마귀를 보니 느낌은 불길했지만, 남의 나라 보물을 눈앞에 놓고 이렇게 경쟁하 듯, 암벽을 타고 오르는 일본군을 보니 울화가 치밀어 그 일은 잠시 잊기로 했다.

예전보다 암벽을 오르기가 그다지 힘들지는 않았다. 이번 모험으로 단단해진 체력도 그러했지만, 죽음을 목전에 두고도 쌍룡불화를 볼 수 있다는 막연한 기대에 한결 힘이 솟는 듯 했다.

겐죠는 이미 경험이 많아선지 암벽을 타는 데 큰 무리는 보이지 않았다. 그 일은 그의 특수대원들도 마찬가지였다. 신가 또한 승복을 걸어붙이고 산을 오르는 것에 능수능란했다.

그러나 나머지 군인들의 사정은 그렇지 못했다. 중간쯤에 이르렀을 때 나의 그런 우려는 곧바로 현실로 나타났다. 암벽을 오르던 일본군 한 명이 처참한 비명을 지르며 밑으로 추락한 것이다. 밑을 바라보자 그는 떨어지면서 어찌나 바위에 머리를 세게 부딪혔는지, 절벽 아래에 떨어지기도 전에, 그의 머리 조각들이 사방으로 쪼개지며 떨어져 나가는 것이 목격되었다. 피가 튀는 광경에 모두가 겁을 먹었지만, 이대로 후퇴할 수도 없는 상황 속에서 모두는 다시 힘을 냈다.

사로는 씩씩하게 절벽을 타는 나를 흐뭇하게 내려 봤지만, 그의 얼굴에는 여전히 불편한 심기가 그대로 노출돼있었다.

절반 이상을 올라갔을 때였다.

또 한명의 일본군이 바위에서 미끄러지며, 밑에 있던 다른 대원과 충돌해, 그와 함께 나란히 암벽 밑으로 떨어져 내려갔다.

"으악!~."

처참한 비명소리가 암벽 위로 울려 퍼졌으나, 어느 누구도 떨어지는 그들을 도와줄 수는 없었다.

저 멀리 어디선가 나직하게 천둥소리가 들려오는 듯했다. 금세 비가 올 것 같지는 않았지만, 소리를 들어보니 조금 있으면 한바탕 소낙비가 몰려올 것 같았다.

정상을 향해 마지막 힘을 내고 있는 나의 머리에 갑자기 고향에 계신 부모님이 떠올랐다. 내가 암벽을 오르는 걸 아신다면 기겁하실 것이다. 부모님으로서는 나의 약한 체력을 아시는지라 감히 생각도 못할 것이다. 고향에 가서 이 얘기를 말해도 아무도 믿지 않을 것이다. 호랑이를 만난 일이나, 일본군에게 포로가 된 것도 그럴 것이다. 하지만 국밥집에서 만난 그 여자는 나의 이런 무용담을 믿어 줄 거라고 생각했다.

'여기서 살아 돌아가 그녀를 만날 수만 있다면…….'

하는 생각이 강하게 내 머릿속을 혼란스럽게 했다. 그러나 그 순간 나의 발이 잠시 바위에서 미끄러지는 듯 하더니 이내 중심을 잃었다. 엉뚱한 생각이 나의 집중력을 잠시 흐트려 놓은 것이다. 겨우 뾰족하

게 튀어나온 바위를 간신히 붙잡았지만, 사로의 걱정은 이만저만이
아니었다. 내 입에서 안도의 한숨이 길게 터져 나왔다. 사로가 내 쪽으
로 발길을 돌려 내려왔다.

"괜찮은가?"

"괜찮네. 다른 생각을 하다가 그만……."

"아무 생각 말게. 이제 거의 다 왔으니 조금만 힘을 내게."

사로가 다시 나를 끌어올리기 시작했다. 이 세상에서 유일한 나의
버팀목이자 절대적인 나의 친구의 부축을 받은 내가 다시 힘을 내기
시작했다.

하늘을 널고 있던 까마귀의 울음소리가 더욱더 크게 들려왔다. 불길
하게 들렸지만 모든 신경을 암벽을 오르는 데만 쓰기로 했다. 그렇게
오른 지 한참이 지나서였다.

드디어 우리 눈앞에 암벽 정상이 가까이 다가와 있었다.

사로가 잠시 나를 돌아보고 바위 틈에서 마지막 휴식을 취했다. 모
두가 지친 듯 겐죠와 신가, 그리고 부하 모두가 헉헉대며 우리와 같이
암벽에 몸을 기대고 휴식을 취했다.

그러나 내 옆에 있던 한 명의 군인은 사정이 썩 좋지 못했다. 그는
휴식 중에 물을 마시다 몸의 중심을 잃었는지, 잠시 휘청거리다 벼랑
밑으로 미끄러져 내려갔다. 바위를 붙잡으려고 안간힘을 썼지만, 그럴
수록 바위를 붙잡은 그의 손톱과 얼굴 전체는 흉측하게 피범벅이 되
어 아래로 끌려 내려갔다. 그리고 마지막 순간에 그의 몸뚱이가 허공
에 튕겨져 오르는 듯 싶더니, 짧은 비명소리와 함께 몇 조각으로 찢어
진 그의 몸뚱이는 이내 온데간데없이 사라져 버렸다. 모두가 끔찍한
듯 시선을 회피했다. 겐죠 역시 얼굴에 화기가 달아올랐다.

그러나 계속 이대로 있을 수는 없었다. 겐죠가 다시 앞장서서 산
을 오르기 시작했다. 모두가 그를 따라 다시 산을 타기 시작했다.

나도 사로에게 엄지를 들어 이상 없다는 신호와 함께, 다시 바위를
붙잡았다.

　산 아래 흐르는 전경 속에서 암벽을 타고 오르는 모두의 모습은 흡
사 한 폭의 수채화 같았다. 그리고 그 속에서 어느 틈에 나의 손이
절벽 정상에 놓이며, 길고 긴 역경의 마지막을 장식하고 있었다.
　우리가 제일 먼저 정상에 올랐으며 다음엔 겐죠, 신가 순서였다. 나
머지 부하들도 속속들이 정상을 향해 올라오고 있었다. 사사끼는 맨
나중에 올라온 것 같았다. 모두가 체력의 한계를 느꼈는지 절벽 위에
도착하자 쓰러지 듯 누워 숨을 헐떡거렸다.
　나도 지친 몸으로 땅에 누워 사로를 바라보니, 사로는 벌써 몸을
추스르고 일어나 암벽 주변을 살펴보고 있었다. 뒤늦게 자리에서 일어
난 겐죠와 신가가 사로를 따라 합세했다.
　다시 한 번 구름 사이 저 멀리서 천둥소리가 크게 울려 퍼졌다. 내가
몸을 일으키자 저만큼에서 사로와 그들 모두가 뭔가를 유심히 살펴보
고 있었다.
　바위였다.
　길이와 넓이로 보건데 장정 세 사람이 누워도 될 만큼 넓적하고 큰
바위였는데, 그것은 30도 경사로 땅속에 깊이 박혀 있는 평평하고 뿌
리 깊은 바위가 틀림없었다.
　그러나 나를 더 크게 자극해 온 것은 그 위에 새겨진 글자였다. 바위
위에 암각으로 새겨진 글자의 내용을 살펴보면 이런 내용이다.

　　　'雙龍黑響　王民血凝　쌍룡흑향　왕민혈응
　　　佛經脫愁　植鋒祛悍　불경탈수　식봉거한

佛心洗咎 黑雲掃去 불심세구 흑운소거.'

쌍룡의 소리는 어둡게 울리고, 임금과 백성은 피가 엉기었네.
불경으로 시름을 벗겨주고, 칼끝을 세워 사나움을 없앴으니.
불심으로 허물을 씻고, 검은 구름을 쓸어버려라.

그 내용 중에 일부는 겐죠가 가지고 있는, 두 개의 석봉의 글씨하고
일부 맞아떨어지는 내용이었다. 흥분에 빠진 내 입에서 깊은 한숨이
쏟아져 나왔다.

경성에서 이 일을 부인했던 내 자신에 대한 자책감이었지만, 겐죠의
손에 이 귀중한 보물이 들어간다고 생각하니 안타까움에서 뿜어져 나
온 허탈감이었다. 어떡하든지 이 사태를 막아야 한다는 불안이 내 머
리를 강하게 압박해 왔다.

겐죠 또한 우리에게 흥분의 표정을 일부러 숨기지 않았다. 그의 얼
굴에는 불화를 찾았다는 성취감에 희열을 나타내고 있었다.

'불화가 그에게 들어가는 걸 막아야 한다.' 하지만 어떻게 막아야
한단 말인가?

내가 그렇게 고민하는 순간, 신가는 바위 앞에서 정중하게 합장을
올리기 시작했다. 때를 맞춰 공중에서 날고 있던 수많은 까마귀 떼들
이 요란스런 소리를 내며 절벽 주위를 맴돌았다. 이상한 기류를 느낀
내가 까마귀 떼들을 바라보자, 절벽 위로 한때의 비구름이 몰려오기
시작했다. 불안한 표정으로 내가 사로에게 말했다.

"뭔가 불길한 느낌이네. 사로."

그러나 이 불길한 느낌은 사로도 달리 어찌할 수 없었으므로, 우리
는 일본군 몰래 입고 있는 우리의 법복에 운명을 걸어보는 수밖에 없
다고 생각했다.

내가 이렇게 마지막 희망을 걸고 있을 즘, 비구름이 몰려와서인지 서늘한 봄바람 대신 차가운 냉기가 내 몸을 파고들었다.

예를 마친 신가가 바위 앞에서 불공을 준비했다. 부하들은 익숙한 솜씨로, 일본에서 가져온 상자를 열어 촛대와 향로 그리고 지필묵(紙筆墨)을 꺼내, 신가가 예불을 할 수 있게 자리를 만들어주었다.

양쪽 촛대에 불이 붙여졌다. 향로에 꽂아 있는 향에도 불이 붙여졌다. 은은한 향 냄새가 내 코를 깊게 자극해 왔지만 그러한 불공은 생각보다 오래가지 못했다. 차가운 냉기와 봄바람 때문인지, 촛불은 쉽게 꺼지기를 반복한 것이다.

겐죠가 매우 난감한 표정을 지었다. 그러나 신가는 무표정한 얼굴로 알 수 없는 글자를 종이에 몇 자 적어, 그것을 촛대 위에 붙여놓고 이상한 주문을 외우기 시작했다. 그것은 이상하게 쓰여진 알 수 없는 문자가 적힌 부적이었다.

내가 잠시 생각에 잠겼다. 황구사에서 내가 생사의 갈림길에 빠진 것은 혹시 신가의 해괴한 주문에 걸려 그리 된 것이 아닌가 하는 생각에서였다.

그런 의심이 맞기나 하듯 신가의 주문이 끝나자 촛대의 촛불은 신기하게 바람이 불어도 꺼지지 않고 그대로 있었다. 황구사의 일과 주문이 적힌 글씨 그리고 지치지 않는 그의 체력 또한 술법을 하는 것처럼 중얼거리는 그의 태도로 봐서 그는 일본의 고승이 아니라 괴승이 분명했다.

28

비는 아직 내리지 않았지만 먹구름 때문인지 우리가 서있는 벼랑 위는 제법 캄캄해져 있었다. 신가의 이상한 술법이 이어지는 동안 절벽 위는 더욱더 음산한 분위기로 바뀌어가고 있었다. 허공을 맴돌며 울어대는 까마귀 소리도 그랬지만, 비구름과 서늘한 냉기 또한 모두를 불안하게 만들기에 충분했다.

그런 상황 속에서 드디어 신가가 본격적인 예불을 올리기 시작했다. 겐죠가 부하들을 시켜 석봉을 꺼내올 것을 명령했다. 부하 한 명이 정중하게 두 개의 석봉을 꺼내 겐죠에게 건네주자, 그는 신가에게 공손하게 그걸 다시 건네줬다.

신가는 향로 앞에 나란히 석봉을 놓고 크게 한 번 절을 올리고, 석봉에 알 수 없는 글자들을 손가락으로 써내려가며 의식을 진행했다. 한번도 보지 못한 해괴한 짓거리였다. 더구나 그는 또 한 장의 부적 같은 종이를 자신의 가슴에 붙여놓고, 계속 이상한 주문만을 뇌까렸다. 우리는 신가의 그런 해괴한 짓거리에 기분이 몹시 언짢았지만, 포로의 신세로 이 행동을 말릴 수도 없는 처지였으므로, 그대로 바라볼 수밖에 없었다.

그러나 우리를 감시하고 있는 사사끼는 뭐가 그렇게 기분이 좋은지, 그 광경을 바라보고 연신 재미있다는 듯 코를 벌름거렸다.

신가의 이상한 불공은 한동안 계속되었다.

하늘에서는 금세 비라도 쏟아질 것처럼 천둥과 번개가 크게 울리며 세찬 바람을 몰고 왔지만 비는 끝내 내리지 않았다.

잠시 후 술법을 하던 신가가 자리에서 벌떡 일어났다.

내가 바라보자 그는 향로 앞에 있던 두 개의 석봉을 조심히 두 손에 받쳐 들고, 30도 경사로 이루어진 암각의 바위 위에 천천히 그걸 올려놓았다.

그런데 이상한 것은 바위의 각도로 봐서 당연히 굴러 떨어져야 할 석봉이 신기하게 바위에 자석처럼 척 달라붙는 것이었다. 양쪽으로 나뉘어져 서로 마주 보고 있는 석봉을 보고, 모두가 놀라 서로의 얼굴만 쳐다보았다.

겐죠는 신가의 술법에 자부심을 가진 듯, 우리에게 환한 웃음을 지어보였다. 나는 이 기이한 광경에 놀라움을 가지고 말없이 신가를 지켜보기로 했다.

그때였다.

신가가 뭔가 이상한 주문을 지껄이자 순간 하늘 문이 열리 듯, 천둥과 번개가 요란한 가운데 번개 하나가 갑자기 땅 위로 내리꽂혔다.

"쾅!"

모두들 놀라 땅바닥에 납작 엎드렸다. 겐죠와 사로만 남겨두고 우리 모두는 땅바닥에 엎드려 공포에 사로잡힌 채 사방을 두리번거렸다.

겐죠가 인상을 쓰며 부하들에게 곱지 않는 시선을 보내자, 부하들은 이내 땅 위에서 몸을 일으켰지만, 신가의 술법은 계속되었다.

그리고 잠시 후, 그런 우리 앞에 또 하나의 믿을 수 없는 광경이 펼쳐졌다. 음각으로 새겨진 바위글자들이 점점 사라지기 시작한 것이다. 그리고 놀랍게도 바위 속으로 사라진 글자 대신, 어디선가 먹물이 번져오 듯, 두 마리의 용 그림이 서서히 바위에서 그 모습을 드러내기 시작했다.

모두들 이 기이한 현상과, 믿을 수 없는 광경에 뒤로 한 걸음씩 물러 났지만, 겐죠는 너무 감격한 나머지 어깨를 들썩이며 이 믿을 수 없는 광경에 감탄을 연발했다.

'어떻게 사람이 이런 술법을 부릴 수 있단 말인가?'

내가 그렇게 생각하고 있을 즘, 신가가 먹을 갈아 다시 뭔가를 종이에 쓰기 시작했다. 또 다른 부적 같았다. 나의 불안은 증폭되었다. 이대로 있다가는 불화가 겐죠의 손에 넘어갈 것은 불 보듯 뻔했다.

'뭔가 조치를 취하지 않으면 큰 낭패를 볼 것이다.'

나는 옷 속에 껴입은 법복을 가만히 손으로 만져보았다. 그러나 법복은 아무런 반응도 보이지 않았다. 나의 입에서 뜨거운 통한(痛恨)의 한숨이 쏟아져 나왔다. 사로를 바라보았으나, 그도 법복이 아무런 신통력을 발휘하지 못한 것에, 무척 당황한 듯 놀란 기색이 역력했다.

그러나 신가의 알 수 없는 불공이 계속되는 가운데 우리가 입고 있는 법복은, 우리의 기대와는 달리 끝내 아무런 효력도 나타나지 않았다.

천둥과 번개가 커지면서 종이에 글자 쓰기를 마친 신가가 드디어 몸을 일으켰다. 그리고 느닷없이 손에 들고 있던 부적을 구겨, 자신의 입안에 넣고 씹기 시작했다. 그는 법사도 고승도 아닌, 분명 이상한 술법을 전문으로 하는 괴승이 확실하다는 것을 입증하고 있었다.

내가 그렇게 생각하고 있을 때였다.

부적을 씹던 신가가 입안에 부적을 삼키고 뭔가 이상한 행동을 하기 시작했다. 알 수 없는 공포심을 느낀 나는 혹시 그의 마술 같은 술법으로, 내가 입고 있는 법복이 그 신통력을 제대로 발휘하지 못하는 것이 아닌가 하는 의심이 일기 시작했다.

하지만 그런 순간에도, 신가는 또 한 번의 믿을 수 없는 광경을 내게 보여주고 있었다. 그의 주문에 힘입어선지 바위에 붙여놓았던 두 개의 석봉에서 갑자기 찬란한 빛이 뿜어져 나오기 시작한 것이다.

그리고 때를 맞춰 나란히 놓인 두 개의 석봉이 갑자기 실타래가 돌아가 듯 요란한 소리를 내며 빠른 회전을 시작했다.

모두가 탄성을 자아내며 겁을 먹고 다시 뒤로 한 걸음씩 물러났다.

그리고 한참을 돌아가던 석봉이 갑자기 회전이 멈추자 연이어 실타래가 풀리 듯 알 수 없는 광채에 휩싸인 석봉에서, 한 개의 아름다운 두루마리 비단천이 미끄러지 듯 펼쳐지고 있었다. 모두가 크게 동요했다.

나와 사로도 뜻밖의 광경에 두 눈을 의심했다.

"이건 있을 수가 없는 일이다. 믿을 수가 없다. 난 지금 신기한 꿈을 꾸고 있는 것이다.'

그러나 나의 그런 중얼거림에도 불구하고 놀라움은 계속되고 있었다. 그의 술법에 힘입어선지 두 개의 석봉에서 펼쳐진 비단천이 잠시 광채를 발하다가, 이내 두 마리의 용이 새겨진 바위 위를 소리 없이 덮기 시작했다.

실로 엄청난 광경이었다. 도저히 내 눈으로는 믿을 수 없는 마술 같은 광경이었다. 모든걸 부정했던 내가 이 마술 같은 장면을 목격하고 있다는 사실이 도저히 믿어지지 않았다. 모든 게 꿈이었다. 아니

차라리 그렇게 치부하고 싶었다.

사학자로서 이런 광경을 본다는 것은 천운(天運)이었다. 그러나 이 믿을 수 없는 광경을 어떻게 과학적으로 설명한단 말인가?

나의 심장이 쿵쿵 하고 요란스럽게 방망이치기 시작했다. 두 다리도 맥이 빠진 듯 힘없이 떨려왔다. 결국 땅바닥에 주저 앉은 내가 겐죠를 바라보았다.

그는 나처럼 떨지는 않았지만 크게 동요하는 듯 눈동자가 쉴 새 없이 움직이고 있었다. 그러나 그의 그런 동요는 황홀감에서 나오는 결과로, 몇몇 부하들과는 매우 상반된 반응이었다. 간혹 어떤 부하들은 겁을 집어먹고 연신 바위에 큰절을 했으며, 어떤 자는 무기를 땅에 떨어트리고, 하늘을 향해 기도했다.

절벽 위를 맴돌던 까마귀 떼들이 크게 괴성을 지르며, 멀리 도망치기 시작한 것은 바로 그때였다.

먹구름이 몰려오는 가운데 신가의 이상한 술법은 끊임없이 계속되었다. 그는 이제 석봉에서 펼쳐진 두루마리 비단 화폭에, 두 마리의 용을 담는 주문을 시도하는 것 같았다.

이 사태에 당황한 내가 사로를 바라보았다. 사로도 이 상황이 매우 다급했는지 옷 속에 껴입고 있던 법복을 계속 매만지고 있었다.

그때였다.

법복을 입은 내 몸이 갑자기 뜨거워지기 시작했다. 신가의 술법이 계속되는 가운데 법복이 드디어 효력을 발휘하기 시작한 것이다. 또 하나의 번개가 다시 한 번 벼랑 위를 후려쳤다.

"콰릉!"

모두가 다시 땅에 엎드렸다. 그러나 나는 움직일 수가 없었다. 너무 몸이 뜨거운 것도 그러했지만 몸이 잘 움직여주지 않았던 것이다. 시간이 갈수록 내 몸은 크게 달아올랐다.

참기가 힘들어 법복을 벗고 싶었지만 사로가 날 바라봤으므로 나는 그와 함께 끝까지 참기로 했다. 결국 우리의 믿음이 결실을 보게 된 것이다. 차가운 냉기가 흐르는 가운데 드디어 신가의 술법과 우리의 법복 싸움이 시작된 것이다.

나는 살짝 내 옷 속을 들여다보았다. 옷 속에 걸쳐 입었던 법복이 큰 빛을 발하며, 글자는 살아 있는 듯 춤을 추며 꿈틀대고 있었다. 그러나 이에 맞서 신가의 술법은 시간이 갈수록 그 강도를 더했다. 그리고 그가 이런 이상한 술법을 계속할수록 나의 몸은 참을 수 없을 정도로 뜨거워졌으며, 내 입에선 연신 뜨거운 입김이 뿜어져 나왔다.

하지만 나는 지금 전쟁 중이었으므로, 뜨거운 숨을 삼키면서 이 일을 끝까지 참기로 했다.

그때 신가가 갑자기 고개를 숙이고 술법을 멈추었다. 뭔가 이상한 기운을 느꼈는지 연신 주문을 외우다가 중도에서 멈추고 만 것이다.

그러나 더욱더 놀라운 것은 우리의 부적이 그 능력을 발휘하는 동안 바위 위에 새겨져 있던 용의 흔적이 점차 약해지고 있다는 사실이었다. 신가가 다급하게 연신 술법을 크게 외쳐댔지만, 사라지는 용의 흔적을 붙잡기는 어려워보였다.

내가 흐뭇하게 그 광경을 바라보며 쾌재를 불렀다.

영문을 몰라 하는 겐죠가 신가의 당황하는 표정을 살피고 있었지만, 그도 우리의 비밀을 풀 수는 없었다. 다급한 신가가 몇 장의 부적을 자신의 입안에 몰아넣고 다시 주문을 외우기 시작했다. 그러나 바위에 새겨진 용의 형태는 점차 그 모습을 잃어갈 뿐, 신가의 술법에도 전혀 동요하지 않았다.

겐죠와 신가의 얼굴에 당황하는 빛이 역력했다. 그들과는 반대로 나의 얼굴에는 환희와 만감이 교차했다. 불화를 막을 수 있게 도와준 하늘에 대고 깊은 감사를 드렸다. 그런 내 기도에 화답이라도 하듯 우리가 서있는 벼랑 위로 요란한 천둥과 함께 빗방울이 떨어지기 시작했다.

하늘은 온통 먹구름으로 뒤덮이고, 사방이 어둠에 파묻혔지만 나와 사로는 여전히 동요하지 않았다.

그러나 하늘의 화답은 우리에게 엉뚱한 불행을 가져다주고 있었다. 행운의 여신이 피해가듯 갑자기 우리 위로 장대 같은 비가 억세게 퍼붓기 시작한 것이다.

그것은 내 일생 중에 가장 큰 불행이었다.

간신히 법복을 입고 버티고 있던 상황에서, 일본군 한 명이 우리를 가리키며 크게 소리쳤다.

겐죠를 포함한 부하 모두가 우리를 돌아봤다. 처음에 나와 사로는 영문을 몰랐지만 곧바로 그 이유를 알게 되었다. 우리는 억세게 운이 없었다. 쏟아지는 빗줄기에 옷이 젖어, 옷 속에 껴입었던 법복의 글씨들이 광채를 발하며 옷 밖으로 새어나와 있었던 것이다.

모든 게 들켜 버린 상황이었다.

겐죠를 포함한 모두가 총을 들어 우리를 겨누었다. 얼굴이 굳어진 그가 우리 앞으로 다가들었다. 그리고 있는 힘껏 나와 사로를 향해 그의 굵은 손으로 뺨을 번갈아 후려쳤다.

주문을 외우던 신가가 안도의 한숨을 몰아쉬며 우리 옆으로 다가왔다. 신가가 겐죠에게 말했다.

"하마터면 모든 게 수포로 돌아갈 뻔했소이다. 어서 저 법복을 벗겨서 상자 안에 넣어주시오."

하늘이 원망스러웠다.

아까 드린 감사의 기도를 다시 되돌려 받고 싶었다.

잠시 후, 신가가 우리의 법복을 빼앗아 상자 안에 넣었다. 그리고 한 개의 부적을 상자 속 법복 위에 붙여놓자, 신기하게 불화를 막았던 법복의 광채는 점차 그 빛을 잃어갔다.

"쿵!"

상자가 닫아졌다.

힘을 잃은 법복은 우리가 보는 앞에서, 그렇게 자물통으로 단단히 밀폐되었다. 열쇠를 겐죠에게 건네준 신가가 다시 바위 앞으로 돌아갔다.

믿기도 힘든 진귀한 보물중의 보물인 쌍룡불화…….

돈으로는 따질 수 없는 이 값진 우리의 보물이, 이제 겐죠의 손에 이끌려 일본으로 건너가는 것은 시간 문제였다. 내 온몸이 분노로 파르르 떨려왔다. 지금까지 포로로 붙잡혀 불화를 막아보려는 시도가 한 순간에 물거품이 되버린 것이다.

맥이 빠져 있는 나와 사로의 어깨 위로 빗방울이 쏟아졌다.

천둥이 요란한 소리를 내며, 장대같은 비가 내리는 가운데 신가의 술법은 계속되었다. 그리고 그의 술법에 힘입어 바위에 새겨진 용의 암각도 다시 선명함을 드러내며 술법이 막바지에 이르렀을 때였다.

갑자기 요란한 벼락과 함께 바위에 나타났던 두 마리의 용이 마침내 바위 위에서 서서히 꿈틀대기 시작했다.

그 속에서 일본군 한 명이 너무 겁을 먹었는지 온몸을 부들부들 떨기 시작했다. 그러나 누구 하나 그에게 관심도 보이지 않고, 바위에서 살아 움직이는 두 마리의 용에 온 시선이 집중되었다.

하지만 이 놀라운 광경은 또 다른 놀라움을 연출하고 있었다. 모두가 바위에 넋이 빠져 있을 때였다.

신가가 마지막 주문을 마치자, 바위에서 꿈틀대던 두 마리의 용이 오랜 잠에서 깨어난 듯 큰 소리를 내기 시작한 것이다.

귀가 찢어질 정도의 엄청난 굉음이었다.

나와 사로를 포함한 모두가 귀를 막으며 몸부림치다, 뒷걸음으로 몇 발자국 물러났으나 너무 끔찍한 비명소리에 한 동안 귀가 아파왔다. 그 소리는 어떤 소리와도 비교할 수 없었다.

잠시 귀를 막고 있는 우리 앞으로 신가의 또 다른 술법이 계속됐다.

"잠시 뒤로 물러나시오."

무슨 생각에선지 그가 모두에게 물러가라고 지시했다. 겐죠가 그의 말대로 모두들 바위 앞에서 몇 십 걸음씩 뒤로 물러나라고 명령했다.

번개와 천둥이 요란한 가운데 폭풍구름에 둘러싸인 모두는 컴컴한 벼랑 위에서 신가의 술법이 끝나기를 기다리고 있었다.

억세게 퍼붓는 장대비는 그칠 줄을 몰랐다.

두려운 분위기와, 술렁이는 부하들 속에서 겐죠가 우리 앞에 나타났다. 그는 쌍룡불화를 발굴했다는 사실에 자부심을 가지고 있는 듯, 비맞은 수염을 쓸어 제치며 우리에게 마지막 말을 꺼냈다.

"역시 조선은 대단한 나라임이 분명하다. 나는 그 동안 많은 것을 가져봤지만, 이번 발굴은 사학자인 나로서도 내 평생 최고로 기억할 것이다. 이 쌍룡불화는 우리 대일본제국의 역사 속에 길이 빛날 것이며, 나의 역사 속에도 소중하게 기록될 것이다. 할 말이 있으면 지금 말하라. 같은 학자로서 마지막말을 들어주는 영광을 베풀겠다."

그가 호쾌하게 자비를 베풀자 사로가 조소하며 대꾸했다.

"맞다. 넌 대단한 학자다. 그리고 대단한 도굴꾼인 것도 분명하다. 그러나 이걸 가져가기 전에 분명하게 알아둘 것이 있다. 이 역사적인 발굴은 우리의 유물이며, 넌 네 평생 가장 부끄러운 일을 한 사람으로 우리 역사와 너희 역사에 길이 기억될 것이다. 야마모토."

사로의 매서운 말에 겐죠의 안색이 확 바뀌었다.

그가 잠시 사로를 쏘아보다 무겁게 대꾸했다.

"모든 국가는 자신들이 발굴한 소장품들을 소유할 권리를 가진다고 나는 생각한다. 그러므로 난 부끄럽지 않으며, 네 나라 조선은 그걸 따질 자격도 없다고 생각한다. 너희는 우리가 여기에 처음 왔을 때 누구 하나 값진 보물들을 보호하지도 않았으며, 숨기는 것은 고사하고, 우리에게 그걸 바치는 백성까지 있었다. 그런 조선이 이런 보물을 가질 자격이 있다고 생각하는가?"

젠죠의 그 말에 사로가 분노의 표정으로 대꾸했다.

"모든 국가는 남의 나라의 문화유산을 찬탈해서는 안 된다고 나는 배웠다. 우리가 지키지 못한 것은 부끄럽지만, 그렇다고 힘없는 나라를 상대로 문화재를 약탈해 간다는 건 더더욱 안 된다고 나는 배웠다. 나는 그렇게 스승과 책 속에서 배웠으며, 사학자로서 그것은 가장 기본이 되는 덕목이라고도 배웠다. 그대는 그걸 알면서 사학자라고 운운할 수 있겠는가?"

이번에도 젠죠가 분노의 표정으로 대꾸했다.

"나는 한 사람의 사학자기보다 대일본제국의 사학자로 남고 싶을 뿐이다. 그리고 난 보물의 가치를 존중한다. 그걸 존중하는 자야말로 진정으로 보물의 숭고한 정신을 받아들여, 그걸 소장할 수 있다고 본다. 처음에 누가 갖고 있는 것은 중요하지 않다. 난 단지 대일본제국의 군인으로서 이 소명을 다했을 뿐이다."

사로가 분노에 차서 크게 대꾸했다.

"살인과 약탈을 감행하고도 소명을 다했다고 말하는 건 부끄럽지 않은가? 야마모토."

이번엔 젠죠도 지지 않겠다는 듯 크게 소리쳤다.

"너도 지킨다는 명분 아래, 살인을 했지 않은가? 나하고 무슨 차이가 있단 말인가? 더 이상 논하고 싶지 않다. 다만 내가 아쉬운 건 너

같은 인재가, 나와 같은 나라에서 태어나지 않은 것이 안타까울 뿐이다. 넌 우수한 조선의 사학자고, 난 우수한 일본의 사학자다. 우리가 공통점이 있다면 그것뿐이다. 그러니 날 비난하지마라."

사로가 조롱하듯 말했다.

"너희들은 참으로 뻔뻔한 민족이다. 뭐든지 보이는 것은 다 너희들 것인가?"

화가 머리끝까지 오른 겐죠가 대꾸했다.

"우리는 각자 할 일을 하는 것뿐이니 원망 하려거든 너희 나라를 원망하라. 너하고 잠시 동안이라도 함께해서 영광이었다. 사로."

그렇게 말한 겐죠가 우리에게 간단한 목례를 했다. 그리고 부하를 시켜 우리를 무릎 꿇게 하고, 손수 허리에 찬 권총을 꺼내들었다.

난 마지막으로 불화를 지키지 못했다는 죄책감과, 불효를 한 부모님에 대한 죄책감으로 마음이 아파왔다. 겐죠가 마지막으로 우리에게 목례한 것은 한 인간의 끈질긴 집착과 애국심에 대한 존경의 예(禮)라고 생각 했다.

그러나 그게 다 무슨 소용이란 말인가.

눈앞이 뿌연해졌다. 저만큼에서 사사끼가 나를 보고 히득히득 웃고 있었다. 잘 가라는 인사 대신 고소한 표정의 그만의 특이한 표현법이었다. 들고 있는 겐죠의 총구가 나의 머리 위로 먼저 맞춰졌다.

눈을 감았다.

그러나 하늘은 아직 우리를 저버리지 않은 듯 그가 내 머리 위에 방아쇠를 당기려는 순간, 부하 한 명이 급히 뛰어와 그에게 신가의 얘기를 전해주었다.

겐죠는 우리에 대한 사형을 뒤로 미룬 채 허리에 총을 넣고 황급히 신가에게 뛰어갔다. 부하 모두가 이 새로운 광경을 놓치지 않으려는 듯, 하나같이 모두들 신가쪽으로 달려갔다. 우리를 감시하던 사사끼도 구경을 가고 싶어 졌는지 우리를 앞장세우고 신가 쪽으로 다가갔다.

우리가 다가가자 신가는 석봉을 손에 들고 있었다. 모두가 숨을 죽이고 신가를 바라봤다. 그의 입가에는 묘한 웃음이 흐르고 있었다.

또 무슨 술수를 부릴 것인지 눈여겨 이 상황을 지켜보기로 했다. 그러나 일은 이미 끝난 뒤였다. 모두가 숨을 죽이는 가운데, 석봉을 쥐고 있던 그의 두 손이 허공을 향해 높게 치켜 올려졌다.

그리고 사로와 내가 그 석봉을 바라보는 순간 실로 믿기지 않는 일이 벌어졌다. 신가의 손에 든 석봉의 두루마리 속에서 두 마리의 용이 꿈틀대고 있었던 것이다.

쌍룡불화의 탄생이었다.

오랜 세월 동안 수수께끼같은 비밀 속에 감추어져 왔던, 전설 속에서나 존재하던 쌍룡불화의 위대한 탄생인 것이다.

모두가 탄성을 자아내며 신가에게 엎드려 큰절을 올리기 시작했다.

겐죠도 크게 절하고 있었다. 검은 구름이 휩싸인 벼랑 위로 두루마리 화폭에 담겨 있는 쌍룡이 크게 꿈틀대고 있었다.

모든 게 수포로 돌아갔으며, 우리의 완전한 패배였다.

모두가 얼싸안고 환호하며 하늘을 향해, 폭죽을 쏘듯 총을 쏘아댔다.

그때였다.

사로가 체념으로 얼굴 빛이 달아올랐을 때 하늘 문이 닫힌 듯 갑자기 사방이 컴컴해지며 천둥과 번개가 멈추는 듯 싶더니 이내 정적이 흐르기 시작했다.

모두가 신기한 자연현상에 총 쏘는 걸 멈추고 하늘을 바라보자 이상하게 모든 사물이 멈춘 것같이 주위가 온통 고요했다.

억수같이 내리는 빗줄기도 잠시 가는 빗줄기로 바뀌었다.

하지만 벼랑 위로 깔린 어둠은 쉽게 벗겨지지 않았다.

"히에이[比叡山]산에서 가져온 먹물을 꺼내 주게."

침묵 속에서 신가가 한 군인에게 먹물을 가져오라고 지시했다. 겐죠의 부하 중 한 명이 이미 준비한 듯 먹물이 담긴 작은 병 하나를 신가에게 조심스레 건네줬다.

모두들 말없이 신가를 바라봤다.

그러나 그러한 침묵 속에서도 신가는 전혀 거리낌 없이 자신의 품 안에서 작은 붓 하나를 꺼내들고, 조심스럽게 석봉의 두루마리를 펼쳐 들었다.

알 수 없는 행동에 내가 불안한 표정으로 신가의 붓끝을 바라보았다. 뭔가 또 다른 일을 벌이는 것이 분명했다.

'설마……'

그러나 내 의심은 곧바로 현실로 나타났다.

작은 병 속에 붓을 담근 신가가 석봉의 화폭에 조심스레 붓을 옮기기 시작한 것이다.

화룡점정(畫龍點睛)이었다.

'안 된다……'

내 손끝이 가늘게 떨려왔다. 이건 지극히 위험한 일이다. 이 일은 생각해서도 안 될 일이며, 해서도 안 될 일이다. 그러나 신가는 지금 용에게 생명을 불어넣는 화룡점정을 자행하는 중이었다. 누군가 말려야만 했다.

다급해진 내가 신가 앞으로 튀어나갔다. 그러나 어느새 군도를 빼든 겐죠가 내 목에 칼을 갖다 대었다. 나머지 부하들도 나를 향해 총을 겨누었으므로 발걸음은 거기서 멈춰야만 했다.

난 겐죠에게 화룡점정만은 안 된다는 듯 애원조로 그를 바라봤지만, 그는 나의 주장을 무시한 듯 크게 조소하며 칼을 거두었다.

이어 신가의 위험한 행동이 다시 이어졌다.

꿈틀대던 두 마리의 용이 신가의 붓놀림에 갑자기 움직임을 멈춰섰다. 모두가 놀랐지만 아직 별다른 징후는 보이지가 않았다.

앞으로 벌어질 사태가 무서웠다.

만약 전해 내려온 전설대로 화폭에서 두 마리의 용이 튀어 나온다면 이 일을 어찌할 것인가. 그러나 전설속의 상상만 믿고 날뛰다가, 만약 아무 일도 없다면 괜히 망신만 당하는 것도 우스운 일이 아닌가.

내가 그렇게 우왕좌왕하는 사이, 어떤 두려움도 없이 붓을 든 신가가 과감하게 첫 번째 용(龍)의 눈에 눈동자를 찍고 있었다.

29

　모든 것이 멈춰진 것 같은 적막과 어둠이 내려앉아 있는 벼랑 위로 눈알이 찍힌 용의 꿈틀거림이 멈추었다. 내 불안한 우려에도 아무런 사태는 일어나지 않았지만, 내 심장이 죄여오는 느낌은 어찌할 수 없었다.

　이어 신가의 두 번째 용의 점안식(點眼式)을 끝으로, 화룡점정(畵龍點睛)이 모두 끝났다.

　신가가 조용히 화폭을 내려다보았다.

　사방이 온통 고요하고 침묵만이 우리의 주위를 맴돌고 있었다. 어느 누구 감히 움직이지 못하고, 두 마리의 용에 온 시선을 집중했다. 고요한 적막은 번개와 천둥소리마저 멈춰놓고 있었다. 나는 떨리는 시선으로 화폭 속에 담긴 두 마리의 용을 천천히 바라보았다.

　조용히 꿈틀대던 두 마리의 용이 벼랑 위에 서 있는 우리 모두가 신기한 듯, 그림 속에서 연신 꺼먼 눈동자를 이리저리 굴리고 있었다.

'이걸 볼 수 있다는 것은 천년을 살아도 불가능하다. 그런데 난 지금 그 불가능한 것을 보고 있다. 그것도 이렇게 살아서……'

사학자로서 이번 모험에 뛰어든 것은 나에게 큰 행운이었다. 사로가 아니었으면 내 평생 이런 진귀한 광경은 보지 못했을 것이다. 목숨을 담보로 이걸 볼만한 가치가 있었냐고 누가 묻는다면 나는 그렇다고 과감하게 말할 것이다.

내가 그렇게 생각하고 있는 사이…….

우리가 서있는 벼랑 위로 안개가 흐르기 시작했다.

자연현상으로 생각할 수도 있었지만, 우리 발밑으로 스며드는 끈적끈적한 안개는 어딘가 모르게 차가운 냉기를 띠고 있었으며, 공포심을 불러일으키기 충분했다.

10여미터 앞도 분간하지 못할 정도로 안개가 자욱하자, 모두가 불안한 마음으로 신가를 올려다 보았다.

그러나 신가는 미친 듯이 크게 웃으며, 공포심을 애써 씻으려는 듯 모두에게 안심하라고 타일렀다. 그 말에 겐죠와 부하 모두가 신가에게 머리 숙여 합장의 예로 다시 인사를 올렸다.

신가는 그런 인사를 받는 자신이 마냥 자랑스러웠는지 고개를 끄떡이다 다시 한 번 크게 웃어보였다. 그는 분명 괴승이었으며 주술사가 틀림없었다.

쌍룡불화를 풀 수 있는 비밀이 석봉에 담겨 있겠지만, 그는 그 비밀을 푸는 대신 마법 같은 주술을 사용해 그 비밀을 풀어 버린 것이다. 사람이 저런 도력을 행할 수 있는 것은 주술을 가진 괴승만이 할 수 있는 짓이었다.

그러나 계속된 나의 의문이 풀리기도 전에 겐죠는 자신의 부하들에게 우리를 처형하라는 명령을 하달했다.

사사끼가 제일 먼저 앞장서서 나섰다. 겐죠도 이번만큼은 기분이 좋아선지 흔쾌히 허락해 주었다. 그는 고맙다며 경례하곤 의기양양해서 총의 개머리판으로 우리를 위협하며 벼랑 끝으로 끌고 갔다.

나는 끝내 그를 죽이지 못한 것이 안타까웠다.

평소 때 같으면 사로와 같이 여기서 탈출할 수도 있었겠지만, 낭떠러지인 이 벼랑에서 할 수 있는 건 아무것도 없었다. 난 깨끗하게 마음을 정리하고 사로를 마지막으로 따뜻하게 불러봤다.

"사로……."

하지만 사로는 그런 나에게 여유 있는 표정으로 대꾸했다.

"그리 걱정할 필요 없네. 모두가 불화에만 미쳐서 판단이 흐려진 것 같은데, 나 같으면 절대 이런 날씨에 그런 명령은 하지 않을 거네."

의미 있는 답변이었다. 뭔가 계획이 있을 거라고 판단한 내가 잠시 주위를 살펴보았다.

안개였다.

벼랑으로 가는 도중에 내가 뒤를 돌아다보자, 겐죠와 그의 무리들이 안개 속에 파묻혀 보이지 않았다. 이러한 상황은 굳이 설명을 안 해도 알 수 있었다. 안개 속에서 사사끼를 죽이고 여기서 탈출해도 아무도 우리를 볼 수 없는 상황이 만들어진 것이다.

내가 쾌재를 부르자, 그런 상황에 처해진 줄 까맣게 모르는 사사끼가 우리를 앞세우고 낄낄댔다. 그러나 한 가닥 희망이 생긴 내가 여유 있게 그를 바라보자, 그도 뭔가 이상했는지 잠시 주위를 살펴보다가 뒤를 돌아봤다. 안개에 가려져 아무도 보이지 않는 상황에 사사끼가 크게 당황했다. 내가 그를 보고 미소하자 상황이 다급해진 그가 서둘러 총을 치켜세웠다. 그러나 그는 사로의 적수가 되지못했다.

단 한 번의 일격으로 그의 몸이 땅바닥에 나뒹굴었다.

사로가 그를 쓰러트렸지만 우리 쪽으로 달려오는 일본군은 전혀 보

이지 않았다. 사로가 재빨리 그의 소총을 빼앗아 허공에 대고 두발의
총을 쏘아댔다.

"탕! 탕!"

아마 겐죠와 그의 부하들에게 우리가 처형됐다는 신호를 보내는 것
이 분명했다. 정신이 든 사사끼가 두려운 표정으로 사로 앞에서 몸을
떨었다. 전에 황구사에서 겐죠를 상대로 용감무쌍한 그의 솜씨를 보고
기겁을 해선지 감히 달려들 생각을 못한 것이다.

그 순간 내가 사사끼의 소총을 뺏어 그를 향해 겨누었다. 전에 내가
마음속으로 다짐했던 복수를 실천에 옮기려는 순간이었다.

사사끼가 그런 나를 보고 기겁을 하며 온몸을 파르르 떨었다. 그러
나 사로가 나의 소총을 빼앗으며 한마디를 던졌다.

"이건 살인이나 다름없네. 친구. 저놈과 똑같은 사람이 되진 말게."

어디서 많이 듣던 얘기였으므로 소총을 빼앗긴 내가 가만 생각해보
니, 전에 내가 그에게 한 말이 생각났다.

사사끼가 떨고 있는 가운데 사로가 다가가 총의 개머리판으로 그의
머리를 사정없이 후려갈겼다. 그는 소리 한번 지르지 못하고 힘없이
그 자리에서 기절하고 말았다.

잠시 후, 밧줄을 가져온 사로가 밧줄을 바위 위에 단단히 묶기 시작
했다. 아마 밧줄을 이용해 암벽 밑으로 내려갈 심산인 것이다. 그러나
그는 바위에 묶은 밧줄의 끝을 기절해 있는 사사끼의 몸에 동여매고
있었다. 궁금한 내가 물었다.

"뭐하는 건가?"

"이 친구 먼저 내려 보내는게 순서 같네."

사로의 이 말은 사사끼를 이용해 흔들거리는 밧줄을 단단히 일직선
으로 고정시키는데 사용하자는 계획이 분명했다. 물론 벼랑 밑으로
사사끼를 던져 놓으면 그는 살아남기 힘들 것이다. 그러나 우리의 계

획은 거기서 멈춰야만 했다.

사사끼를 벼랑 밑으로 던지려는 순간, 갑자기 하늘이 노했는지 천지가 개벽하 듯 천둥과 번개가 몰아치고, 지진이 난 것처럼 벼랑이 마구 흔들리기 시작한 것이다.

어찌나 요란하게 땅이 흔들렸는지, 지축이 뒤바뀌 듯 땅이 들썩거렸으며 벼랑 전체가 크게 움직였다. 몸의 중심을 잃은 내가 땅바닥으로 넘어지자 뭔가 섬뜩한 느낌이 내 어깨를 감싸기 시작했다.

사로가 겨우 중심을 잡으며, 무슨 생각에선지 갑자기 겐죠가 있는 쪽으로 발걸음을 돌렸다. 나는 분명 우리가 없는 사이 신가가 무슨 일을 저지른 것이 분명하다고 생각하고, 사로를 따라 같이 움직이기로 했다.

지축이 흔들리는 가운데 우리가 그들 앞에 도착하자, 그쪽의 상황도 우리와 다를 바는 없었다. 겐죠와 신가를 포함한 모두가 이 공포스런 상황에 어리둥절하며, 계속되는 진동에 땅바닥에서 나뒹굴고 있었다.

이윽고 쩍 하는 소리와 함께, 땅 한쪽이 깊게 갈라지자 모든 일본군들이 이 무서운 위기에서 탈출하려고, 갈라지는 땅을 피해 이리 저리 날뛰었다. 그러나 몇 명의 일본군들은 갈라진 땅 속에 빠져 외마디 비명을 지르며 땅속으로 그대로 묻혀버렸으며, 어떤 자는 안개 속에서 도망치다 앞을 보지 못하고 벼랑 밑으로 떨어졌다.

사로가 크게 외쳤다.

"석봉을 손에 넣게!"

그의 말에 내가 고개를 끄떽였다. 하지만 흔들리는 땅 위에서 몸의 중심을 잡기는 매우 어려웠다. 모두가 겁을 먹고 우왕좌왕하는 사이, 신가도 이 사태에 겁을 먹었는지, 저만큼에 떨어트린 석봉을 주우려고 손을 앞으로 내리뻗고 있었다.

그러나 그의 앞쪽으로 날카로운 번개가 내리꽂히며 땅이 두 쪽으로 갈라지자, 그는 모든 걸 포기한 듯 땅바닥에 납작 엎드려 몸을 부들부들 떨기만 했다.

나는 그 틈을 이용해 석봉을 주우려고 최선을 다해 그 쪽으로 달려갔다. 그러나 내가 거길 향해 뛰고 있을 때 고막이 찢기는 듯한, 요란한 굉음이 크게 한번 허공에 울려 퍼지며, 이내 귀를 틀어막은 나를 다시 한 번 땅바닥에 나뒹굴게 만들었다.

쌍룡의 소리였다.

모든 바위가 흔들렸으며, 하늘의 먹구름과 땅의 지축이 또 한 번 크게 요동쳤다. 나를 포함한 모두가 날카로운 굉음에, 귀를 막고 괴로움에 몸부림치다가 땅바닥에 나뒹굴고 있었다.

바로 그때였다.

갑자기 떨어진 석봉의 두루마리 속에서, 눈이 찍힌 두 마리의 쌍룡이 순식간에 허공으로 튀어 올랐다.

믿을 수가 없었다. 이것은 전설과 신화 속에서만 가능한 일이었다. 우려는 했지만, 실제 이런 일이 일어날 줄은 꿈에도 생각하지 못한 일이었다. 석봉을 잡으려던 내 심장이 터질 것만 같았다.

용이 튀어 오르자 벼랑 위의 모두는 너무 놀란 나머지 두 눈이 휘둥그레져서 아무 말도 못하고 그 자리에 그만 얼어붙고 말았다.

용의 울음소리가 다시 한 번 크게 울려 퍼지는 가운데, 모두가 다시 귀를 막았다. 고막이 터질 듯한 날카롭고 살인적인 굉음이었다. 그러나 미처 귀를 막지 못한 몇몇의 군인들은, 귀와 코, 그리고 입에서 붉은 피를 한 움큼 쏟아내며, 땅바닥에서 그만 혼절하고 말았다.

두루마리에서 빠져나온 두 마리의 황룡이 드디어 허공 위에 머물렀다. 겐죠와 모든 부하들은 허공에 떠서 우리를 조용히 내려다보고 있는 쌍룡을 보고 몸을 사정없이 떨기 시작했다.

다시 한 번 검은 눈동자를 굴리던 쌍룡이 크게 굉음을 질러댔다. 그야말로 땅을 갈라지게 하는 무서운 소리였다. 겐죠의 부하들 모두가 그 자리에서 울며불며 소리를 질러댔다.

이제는 돌이킬 수가 없다. 모든 게 끝난 것 같았다. 그야말로 전설 속에서나 존재하는 두 마리 용이 그 모습을 드러낸 지금 우리는 이제 죽음을 목전에 두고 있는 거나 다름없었다.

수천 년 넘게 어두운 바위에 갇혀 있다가 이제야 자유를 얻었으니, 어찌 그 활기찬 쌍룡의 비상(飛翔)을 막을 수 있겠는가? 드디어 무시무시한 쌍룡의 활약이 시작된 것이다.

내가 바라본 유령같은 쌍룡의 모습은 이러했다.

등에 솟은 비늘 모양은 상어 지느러미같이 뾰족했으며, 살기충천한 두 눈동자는 검고 붉은 광채를 발했으며, 머리에는 사슴 뿔 같은 칼날이 높게 솟아져 있었으며, 꼬리의 끝은 뾰족한 바늘 같은 쇠창살이었고, 몸뚱이의 굵기는 사찰 기둥의 몇 배보다 더 굵어보였다. 구부러진 발톱은 집 한 채를 가뿐히 들어올릴 만큼 날카로워 보였으며, 입에서는 연신 불을 내뿜었으며, 코에서는 유황같은 노란 연기가 계속 뿜어져 나왔다.

그야말로 상상 속에서나 존재했던 무시무시한 괴물 그 자체였다.

고막을 찌르는 괴성은 쇠를 긁는 날카로운 소리였으며, 입속에 돋아 나 있는 이빨은, 단단한 쇳덩어리도 한 번에 뜯어먹을 수 있을 정도로 날카로워 보였다.

번개와 천둥 그리고 억수같이 퍼붓는 빗줄기 속에, 하늘이 온통 빨간 먹구름으로 뒤바뀌자, 우리가 나자빠져 있는 벼랑 끝을 천천히 내려다보던 쌍룡이 마치 사냥을 하려는 듯 크게 기지개를 펴고 있었다.

용을 바라보던 일본군들이 발을 동동 굴렸다. 어떤 자는 살려달라고 하늘을 향해 기도하고, 어떤 자는 너무 놀라 벼랑 밑으로 자신을 던져버렸으며, 어떤 자는 살기를 띤 용을 향해 실성한 듯 그저 웃고만 있었다.

겐죠도 이 같은 현실이 믿기지 않는 듯, 땅바닥에 몸을 엎드린 채로 간신히 고개를 들고 용을 바라보고 있었다. 뒤늦게 정신을 차린 신가가 우왕좌왕하며 손을 더듬어 벼루를 찾았다.

그러나 허공에서 밑을 살피던 한 마리의 용이 그런 신가를 먼저 발견하고, 큰 괴성과 콧김을 내뿜으며 그를 향해 밑으로 쏜살같이 내려오기 시작했다.

누구도 보호 할 수 없는 상황이었다. 내려온 용이 큰 이빨을 드러내며 신가의 몸을 물고서, 하늘을 향해 높이 치솟은 건 바로 그때였다.

"으악~~"

신가의 처참한 비명소리가 벼랑 끝 허공을 통해, 우리 귀에 멀리 울려 퍼졌다. 용의 이빨에 물려 허공에 올라갔던 신가의 몸뚱이는, 다른 한 마리의 용의 이빨에 온몸이 갈가리 찢기어 입으로 삼켜 들어갔다. 겐죠의 부하 모두가 날카로운 비명을 질러대며, 미친 듯이 벼랑에서 날뛰기 시작했다.

그러나 두 마리의 쌍룡은 모처럼 만에 맛있는 식사에 만족하듯, 코에서 연신 뜨거운 유황 연기를 내뿜으며, 겐죠의 부하들을 무차별적으로 덮치기 시작했다.

'雙龍黑響 王民血凝(쌍룡흑향 왕민혈응).'
쌍룡의 소리는 어둡게 울리고, 임금과 백성은 피가 엉기었네.

하늘과 땅바닥은 온통 유황 냄새로 가득했다. 겐죠의 부하들은 총

한번 쏘지 못하고 무참하게 죽어갔다. 겐죠가 자랑하는 특수대원들과 경성의 군인들이 그렇게 죽어가는 가운데, 벼랑 위는 온통 지옥을 방불케 했다. 핏줄기가 분수처럼 뿜어지고, 부하들의 팔과 다리가 용의 입에 씹혀 들어가며, 땅 밑으로 무수히 떨어져 내렸다.

이건 지옥이다…….

이처럼 끔찍한 지옥은 어느 곳도 없을 것이다. 이 아비규환 속에서 탈출은 거의 불가능했다.

쌍룡의 잔인한 사냥은 계속 이어졌다.

내 뒤로 큰 비명이 들려왔다.

돌아보니 그 동안 나를 괴롭히던 사사끼의 비명이었다. 그는 두 마리의 용에게 양쪽으로 온몸이 물려 찢겨지며, 처참하게 비명을 지르며 죽어가고 있었다. 용이 그를 삼키자, 공포에 사로잡혀 눈을 부릅뜬 그의 머리통이 내 앞에 떨어졌다.

온몸이 부들부들 떨려 왔다.

내 앞에 떨어진 그의 머리통은 흡사 고통에 몸부림치다 죽은 것처럼, 온통 고무처럼 표정이 일그러져 있었다.

내가 그렇게 떨고 있을 때, 겐죠는 부하가 떨어트린 소총을 집어들어 용을 향해 총을 발사하고 있었다. 그러나 총알이 투명한 용의 몸을 뚫고 박히기에는 거의 불가능해 보였다.

쌍룡의 잔인한 살육은 계속 되었다.

남은 부하들이 몇 안 되었지만, 그것들은 거기서 멈추지 않고 인간을 상대로 사냥을 즐기듯, 먹잇감을 가지고 마음껏 유린(蹂躪)하고 있었다.

이걸 누가 믿어 주겠는가. 이건 정녕 꿈이다. 이건 악몽이다. 오로지 그 생각만 내 머리를 파고들었다. 그때였다.

겐죠가 자신의 죽음이 임박한 걸 알았는지, 용감하게 쌍룡을 향해 군도를 빼들었다. 그리고 나와 사로에게 알 수 없는 눈빛을 잠시 보내다가, 허리춤에서 법복이 숨겨진 열쇠를 급히 우리 앞에 던져주었다.

뜻밖의 행동이지만, 충분히 이해할 수 있는 행동이었다.

칼을 부여잡은 겐죠가 쌍룡을 향해 눈을 부릅떴다. 사로와 내가 급히 말리려 했으나 그가 손을 뻗어 급하게 제지했다. 그리고 마지막이 될 수 있는 그의 모습을 각인시켜 주듯, 그는 우리에게 마지막 목례를 보내며 깊이 사과하고 있었다.

그의 그런 행동에 사로가 화답하듯이 고개를 끄떡여 줬다. 국적이 다른 사학자로서의 마지막 예를 갖춘 인사법이었다.

잠시 후, 공중에서 다른 시체를 썹고 있던 용이 마침내 겐죠를 발견하고, 하늘에서 곧바로 그를 향해 돌진해왔다.

그가 하늘을 향해 높이 칼을 쳐들었다.

그러나 굉음을 내며 그의 몸을 덮친 용에게, 칼이란 도구는 무용지물이었다. 겐죠가 칼을 휘두르다 땅바닥에 몸을 구르며 용의 1차 공격을 간신히 피해가자, 뜻밖에 자신의 공격을 피한 겐죠를 바라본 용은 크게 화가 난 듯, 다시 하늘로 몸을 치솟으며 뜨거운 콧김을 연신 내뿜었다.

겐죠가 다시 몸을 일으켜 자세를 바로잡았다. 그러나 그의 용맹은 그리 오래가지 못했다. 또 다른 용 한 마리가 그의 뒤를 기습해 온 것이다. 뒤늦게 그가 뒤를 돌아보고 칼을 휘둘렀지만, 그는 이미 비명을 지르며 용의 이빨에 물려 공중으로 높게 치솟고 있었다.

처참한 죽음이었다.

하늘에서 겐죠의 칼이 땅에 떨어지며, 날카로운 칼끝이 사로가 서있는 땅바닥에 그대로 박혀버렸다.

그의 시체를 씹고 있는 용을 바라보니 내 심장은 터질 것만 같았다. 순번을 알 수 없는 죽음을 예감하니, 내 몸에 심한 경련도 일어났다. 하늘에서 겐죠를 삼킨 용이 입맛을 다시며, 달아나는 소수의 일본군을 보고 다시 사냥을 시작했다.

그때 사로가 나에게 큰소리로 외쳤다.

"법복을 꺼내오게!"

칼을 뽑아든 사로가 나에게 법복이 숨겨진 상자의 열쇠를 던져주며, 급히 법복을 꺼내오라고 소리치고 있었다.

열쇠를 건네받은 내가 급히 상자로 달려갔다. 한 마리의 용이 칼을 든 사로를 공중에서 내려다보고 있었다.

나의 손이 급히 떨려왔다.

열쇠를 도무지 구멍에 꽂을 수가 없었다. 눈앞이 어두워지고 심한 현기증이 밀려왔다.

그 순간에 공중에서 사로를 지켜보고 있던 한 마리의 용이 그를 향해 쏜살같이 밑으로 내려오기 시작했다.

'침착하자…… 침착해야 한다.'

그러나 그런 생각에도 내 손은 사시나무 떨듯 심하게 떨려왔다. 사로는 날카롭게 공중을 올려다보며, 재빨리 내려오는 용을 피해 몸을 굴리고 있었다. 용이 그의 옆을 스쳐 다시 공중으로 솟구치자, 사로가 다급했는지 나에게 총으로 자물통을 부수라고 소리쳤다.

난 급하게 주위에 떨어져 있던 소총 하나를 주워들고, 자물통을 향해 방아쇠를 당겼다.

그러나 총알은 발사되지 않았다. 아까 하늘을 향해 일본군들이 축하탄을 발사했기에 총알은 이미 떨어지고 없었던 것이다.

또 다른 한 마리의 용이 사로를 향해 덮쳐 들어왔다. 그러나 사로 역시 투명하게 보이는 용을 상대로 칼싸움을 벌인다는 것은 쓸데없는 짓이었다.

사로가 다시 한 번 용을 피해 땅 위로 몸을 굴렸지만 그의 어깨에서는 이미 붉은 피가 비치고 있었다. 아마 스치는 용의 꼬리에 그의 어깨가 손상을 입은 것이 분명했다.

용은 크게 화가 났는지, 연신 입에서 뜨거운 불을 내뿜으며 다시 한 번 하늘로 높이 치솟아 올라갔다. 나는 급히 소총을 버리고 주위에 돌멩이를 들어, 자물통을 부수기 시작했다.

"쾅! 쾅!"

어렵게 자물통이 부서지자, 나는 서둘러 상자 안에 붙어 있던 신가의 부적을 찢어버리고, 황급히 두 개의 법복을 꺼내들고 사로에게 뛰어갔다. 내가 뛰는 동안 두 마리의 쌍룡은 이미 벼랑 위에 있던 일본군을 차례대로 다 먹어버리고, 마지막 남은 우리를 향해 돌진을 준비 중이었다.

나는 서둘러 사로에게 떨리는 손으로 한 개의 법복을 건네주고, 달려드는 두 마리의 용을 향해 법복을 하늘 높이 쳐들었다.

'제발, 이 법복이 저 사악한 용들을 막아주길……'

나의 간절한 기도였다.

법복을 들고 있는 나의 마지막 희망이 담긴 기도였다.

그러나 나의 그런 간절한 기도에도, 두 마리의 용은 제각기 공중에서 괴성을 지르며, 쏜살같이 우리를 향해 돌진했다.

나의 죽음을 차마 볼 수 없는 내가 모든 걸 부정하 듯 눈을 감았다. 그 순간 내 옆으로 큰 바람이 몰아치며, 유황 냄새가 내 코를 강하게 자극해왔다.

그러나 시간이 지나도 아무런 느낌이 없자, 뭔가 알 수 없는 기류에 휩싸인 내가 아직 살아있음을 느끼고, 가느다란 실눈을 뜨고 하늘을 올려다보았다. 내가 들고 있는 법복은 전보다 더 큰 빛을 발하며, 법경의 문자들이 뱀처럼 꿈틀거리고 있었다.

순간 우리를 공격했던 두 마리의 쌍룡이 갑자기 괴로운 듯, 하늘에서 몸을 비틀다가 고막이 찢어질 듯한 괴성을 내지르기 시작했다.

'佛經脫愁 植鋒祛悍 (불경탈수 식봉거한).'
불경으로 시름을 벗겨주고, 칼끝을 세워 사나움을 없앴으니.

당황스런 장면이었지만 아마도 법복의 영향이 있는 것이 확실했다. 용이 괴성을 내질렀지만, 내 귀는 전혀 미동하지 않았다. 아마도 법복의 효험 때문이라는 생각이 들었다.

천둥과 번개가 요란한 가운데, 하늘에서 발광하던 누 마리의 용이 다시 유황을 내뿜으며 또 한 번의 공격 준비를 서둘렀다.

법복을 들고 있는 내 손이 다시 무섭게 떨려왔다. 제발 이번에도 우리의 생명을 지켜주길 손꼽아 법복에 애원했다. 사로의 하나님에게도, 나의 부처님에게도 기도하고 또 기도했다.

눈을 감은 내 코에 또 한 번의 강한 유황 냄새와, 피 비린내가 몰아쳤다. 그러나 두 마리의 쌍룡이 우리 몸을 스치고 지나갔을 때, 또 한 번의 두려움 속에서 내 몸이 아직 살아 있는 걸 느낄 수 있었다.

기적과 동시에 불안을 느낀 내가 다시 하늘을 바라보았다.

유황 연기가 뿌연 가운데 두 마리의 쌍룡이 우리를 말없이 하늘에서 내려다보고 있었다. 순간 내 머릿속에 뭔가 이상한 기운이 감돌았다. 법복을 들고 있던 손목이 뜨거워졌으나, 공중에 떠서 우리를 물끄러미 내려다보고 있는 쌍룡의 다음 행동이 불안했던 것이다.

내가 공포에 젖은 표정으로 사로를 돌아봤다. 그러나 사로 역시 이러한 상황을 어떻게 해석할지 난감한 표정을 짓고 있었다.

'이젠 뭘 어떡해야 한 단말인가……'

의문이 꼬리를 물었으나 쉽게 결론을 내릴 수는 없었다. 주위를 살펴보았으나 도망 갈 곳은 그 어느 곳도 없었다. 밧줄을 타고 내려간다고 해도 얼마못가 잡혀 먹을 것이다. 그렇다고 한없이 법복을 들고 서 있을 수는 없었다. 어느 순간 법복의 기적이 사라진다면 그때는 죽음으로 마지막을 장식해야 할 것이다.

순간 쌍룡의 마지막 움직임이 일어났다.

공중에 머물러 있던 쌍룡이 크게 울부짖으며, 다시 행동을 개시한 것이다. 두 마리의 용들은 제각기 나와 사로를 향해 두 갈래 길로 나뉘어 쏜살같이 공중에서 내려오고 있었다.

'모든 게 틀렸구나…….'

자포자기의 심정으로 내가 먼저 눈을 감았다.

이제 이 질긴 모험에서 벗어나고 싶었다. 고향에 계시는 부모님의 얼굴도, 그 여자의 모습도 이제 끝인 것이다. 내가 그렇게 마지막을 장식하며 내 생명의 고리를 끊으려할 때, 강한 유황 냄새가 내 코를 다시 자극해 왔다.

눈을 뜨기로 했다.

'죽기 전에 이 모든 것을 생생히 지켜보리라.'

내가 눈을 크게 뜨자, 나를 향해 돌진해 오는 용의 머리가 내 시야에 크게 들어왔다. 두 팔과, 두 다리가 크게 요동쳤으나 더 이상 떨지 않기로 했다. 모든 걸 여기서 끝내고 싶은 충동이 먼저 앞선 것이다.

그러나 그러한 공포는 오래가지 않았다. 하늘에서 곧장 내려와 나를 향해 돌진했던 용은 나를 공격하기는커녕, 내가 양손에 들고 있던 법복을 가볍게 입에 물고서, 내 곁을 스쳐 다시 하늘 위로 치솟아 오른 것이다.

기적과 같은 일이었다.

흡사 구호사 호랑이의 말랑말랑한 꼬리의 감촉처럼, 미끄러지듯 내 곁으로 스쳐지나가는 한줄기 바람이 생생하게 내 손끝에 전해져 왔다.

내가 아직도 살아있음을 믿을 수가 없었다. 혹시 내가 이미 죽어 있는 것은 아닌가. 서둘러 내 몸을 만져봤다. 다급하게 사로도 바라봤다. 그러나 내 곁에 있는 건 분명 살아있는 내 친구 사로였다. 사로도 날 보고 그런 생각을 했는지 가쁜 숨을 몰아쉬고 있었다.

우리가 죽지 않은 것은 분명했다.

법복을 빼앗긴 내가 크게 놀라, 하늘 위를 올려다보았다. 법복을 물고 있는 두 마리의 쌍룡이 내 시야에 들어왔다. 유황 냄새가 강하게 풍겨졌으나, 그것들은 분명 우리에게 빼앗은 법복을 입에 물고 순진한 양처럼 하늘 위에 머물고 있었다.

"사로……저것들이 내……내 법복을 가져갔네."

법복을 빼앗긴 내가 죽음의 공포에 젖어 말했다. 그러나 법복을 빼앗긴 건 사로도 마찬가지였다.

"내가 소리치면 밧줄이 있는 벼랑 끝으로 뛰어가게."

마지막 탈출의 기회라고 생각한 사로가 나에게 말했다.

그러나 그 사이 우리 주위로 기이한 현상이 벌어졌다. 발 밑에 깔려 있던 짙고 차가운 안개가 서서히 걷히기 시작한 것이다.

그리고 우리가 서있는 하늘 위에 핏빛 먹구름이 바람에 휩쓸리 듯 서서히 걷히기 시작했다. 도망칠 기회를 엿보던 내가 발걸음을 멈추었다.

그러나 이 기이한 현상은 사방에 퍼져있는 피비린내를 사라지게 만들며, 또 다른 놀라운 광경을 계속해서 보여주고 있었다.

법복을 물고 있는 쌍룡이 고개를 쳐들자, 그 위로 머물러있는 검은 구름이 하늘 문이 열리듯 양쪽으로 나눠지며, 알 수 없는 한 줄기 광채가 하늘에서 엄청난 빛을 쏟아냈다.

눈이 부셨다.

내가 눈부심을 손으로 가리자, 열린 구름 사이로 머리를 치켜세운 두 마리의 쌍룡이 다시 내 눈에 들어왔다.

넋이 빠진 내가 사로의 곁으로 바짝 다가가자, 하늘에 떠 있던 쌍룡이 갑자기 하늘에서 쏟아지는 빛줄기를 올려다보며 하늘을 향해 나직이 울부짖었다.

말로 표현할 수 없는 기이한 울음소리에, 내가 넋을 놓고 바라보자 법복을 물고 있던 그것들이 잠시 우리를 조용히 내려다봤다.

소름이 다시 끼쳐왔다.

그러나 그것들은 모든 게 끝났다는 듯, 우리를 바라보던 시선을 하늘로 향하고 서서히 몸을 솟구치기 시작했다.

승천(昇天)이었다.

오랜 세월 바위에 갇혀 사나운 버릇을 없앤 두 마리의 쌍룡…….

불심으로 허물을 씻고 검은 구름을 떨쳐버린 승천이었다.

'佛心洗咎　黑雲掃去(불심세구　흑운소거).'
불심으로 허물을 씻고, 검은 구름을 쓸어버려라.

하늘을 향해 쏜살같이 날아오르는 쌍룡의 실체.

넋을 잃은 우리 시야에 쌍룡들의 모습이 서서히 멀어져 갔다.

그리고……

이내 하늘을 향해 승천하던 전설 속의 쌍룡은……

우리의 모습에서 그렇게 영원히 사라져 버리고 말았다.

하늘구름이 닫히고 얼마동안 시간이 흘러갔다. 세차게 내리던 빗줄기도, 안개도, 천둥과 번개도, 지진과 먹구름도 사라지고 이제 하늘은 맑은 햇살만을 내비치고 있었다.

우리는 넋이 빠진 모습으로, 서로를 바라보다 주위를 살폈지만 주위에는 그 어떤 것 하나 보이지 않을 정도로 깨끗했으며, 용이 새겨진

바위나, 겐죠와 신가 그리고 그의 부하들의 모습까지 그 아무것도 존
재하지 않았다.
　그리고…….
　우리가 서 있는 벼랑 위로 한 쌍의 무지개가 피어 올랐을 때, 우리
곁에는 그 옛날 쌍룡불화가 있었다는 사실도…….
　그것을 근거할 수 있는 아무런 흔적조차 찾아볼 수가 없었다.

눈을 떴다. 간밤에 너무 오래 잠에 곯아떨어진 것 같았다. 날이 밝았는데도 눈을 쉽게 뜰 수 없었다.

밤새 악몽을 꾼 것같이 온몸이 쑤셔왔다. 천천히 몸을 일으켜 시계를 보니 벌써 오후 1시였다.

침상에서 일어난 내가 밖으로 나오자, 밖에 있던 사로가 어떤 노인이 들고 온 물 항아리를 매만지며 온화한 미소를 짓고 있었다.

"잘 잤나? 친구."

사로가 미소하며 인사했다.

"어떻게 된 건가? 아침 일찍 깨우지 않고."

"글쎄, 그 지친 몸을 풀려면 한 달 정도는 더 자야 하지 않겠나."

나는 그때서야 쌍룡불화의 모험에서 4일 동안 걸어서 경성으로 돌아온 것이 생각났다.

아무것도 가져온 게 없었지만 이렇게 다시 이곳으로 돌아와 보니, 이제야 내가 살아 돌아왔다는 게 실감이 났다. 모든 게 악몽 같았지만 죽어도 잊지 못할 두 번째 모험인 것은 사실이었다.

그 사이 사로는 가지고 있던 돈을 노인에게 다 털어주고 있었다. 내가 보기엔 그냥 평범한 항아리 같았지만, 그렇다고 그의 결정을 제지할 수는 없었다.

돈을 받아 든 노인이 잠시 나와 사로를 번갈아 바라보더니 휙 하니 인사도 없이 가게를 빠져 나갔다. 뭔가 이상한 기운을 풍기는 노인이었다.

"뭔가?"

"아무것도 아닐세. 그냥 평범한 항아리인데 돈이 궁한 것 같아 그냥 사주기로 했네."

"알만하네. 그러나 저러나 배도 고픈데 국밥집에 가면 어떻겠나? 보아하니 돈도 다 털리고 없는 것 같은데 오늘 밥값은 내가 내겠네."

나의 그 말에 사로는 뭔가 속셈을 알아챈 듯 살며시 미소했다. 내가 돌아서면서 사로에게 말했다.

"아참! 한 가지 물어볼게 있네. 우리가 겪은 이번 일을 내가 다른 사람한테 말한다면, 그 말을 믿겠나? 안 믿겠나?"

사로가 대꾸했다.

"글쎄, 정신병자가 되기 싫으면 말하는 것도 괜찮다고 보네. 하지만 누가 알겠나. 혹시 자넬 좋아하는 여자가 생기면 자네 말을 믿을지."

나의 속셈을 꿰뚫고 있는 그가 괘씸했지만, 두 번째 모험을 무사하게 끝마치게 해 준 그의 공로를 봐서 너그럽게 용서해 주기로 했다. 하지만 그 전에 그를 시험해 볼 절호의 찬스를 가지고 싶은 내가 그에게 장난기 있는 표정으로 물었다.

"한 가지 더 있네. 전에 내가 겐죠의 포로가 됐을 때 풀었던 비밀인데, 자네도 한 번 풀어보게."

사로가 돌아보자, 내가 계속했다.

"내가 두 번째 석봉이 있는 석함을 발견했을 때 일이네. 석함 위에 두 개의 문고리가 달려있었는데, 뚜껑은 열리지 않고 석함뚜껑에 문(門)이라는 한 글자만 쓰여 있었네. 겐죠와 내가 한동안 풀지 못했는데 어떤가? 시간을 줄 테니 한 번 풀어 보는 게. 대신 딱 3시간만 시간을 주겠네."

여간해서 풀어질 문제가 아니었다. 내가 옷을 챙겨 입고 재미있다는 듯 다시 그에게 말했다.

"쉽게 풀어진다면 처음부터 내지도 않았네. 머리를 최대한 써서 풀어보게. 자! 그럼 이제 국밥이나 먹으러 가세."

나의 말에 사로가 빙긋이 웃으면서 말했다.

"양쪽 고리를 4바퀴 돌려서 석봉을 찾았다고 자랑할 필요는 없네."

사로의 빠른 정답에 내가 할 말을 잃고 잠시 얼떨떨해 있자, 그가 문을 나서며 익살스럽게 말했다.

"다음부턴 좀더 어려운 문제를 가져오게. 친구."

내가 겸연쩍게 웃자, 그도 따라 웃었다.

그리고 우리의 두 번째 모험인 쌍룡불화의 전설은……

그렇게 끝을 맺었다.

사로의 전설

쌍룡불화의 비밀

초판인쇄 | 2006년 8월 15일
초판발행 | 2006년 8월 20일

저   자 | 김 경 로
발 행 인 | 서 정 환
발 행 처 | 신아출판사

출판등록 | 1984년 8월 17일 제28호
주   소 | 전주시 완산구 태평동 251-30
전   화 | (063) 275-4000, 252-3131
팩   스 | (063) 274-3131
홈페이지 | http://www.shin-a.co.kr
전자우편 | shin-a@shin-a.co.kr
            shina321@chol.com

ⓒ 김경로   값 9,000원

ISBN 89-5925-150-X   94380